DRIVEN

DRIVEN – SAISON 1

K. BROMBERG

Roman

Traduit de l'anglais (États-Unis)
par Marie-Christine Tricottet

Hugo Poche

NEW ROMANCE®

À B, B & C

Puissiez-vous toujours suivre vos rêves.
Le chemin ne sera pas aisé et il se pourrait
que vous ayez à les poursuivre
pendant des années.
Vous devrez surmonter des obstacles
et ignorer les critiques.
Vous rencontrerez des périodes de doute
et des moments d'insécurité.
Mais vous y arriverez.
Et quand vous toucherez finalement au but,
peu importe votre âge et l'endroit
où la vie vous aura menés,
accrochez-vous fermement
– savourez ce sentiment d'accomplissement –
et ne lâchez rien.
Jamais.

CHAPITRE 1

Je soupire de soulagement, heureuse d'avoir pu m'échapper – ne serait-ce qu'un instant – du flot de bavardages futiles qui règne de l'autre côté de la porte. D'accord, c'est moi qui ai invité ces gens, mais pour autant je ne suis pas tenue de les apprécier ni même de me sentir à l'aise avec eux. Heureusement, Dane a compris mon besoin de prendre l'air et il m'a laissée lui rendre ce service et m'échapper pour résoudre ce problème de dernière minute.

Tandis que je trouve mon chemin dans le dédale des coulisses désertes du vieux théâtre que j'ai loué pour l'événement de ce soir, seul le claquement des mes hauts talons accompagne mes pensées éparses. Quelques secondes plus tard, je récupère les listes que Dane a oubliées dans le vieux vestiaire, dans notre précipitation à faire le ménage avant la réception. Alors que je m'apprête à rebrousser chemin, je refais mentalement le point sur la soirée d'enchères de ce soir, tellement attendue. J'ai la sensation d'oublier quelque chose. Machinalement, je porte la main à ma hanche pour attraper mon téléphone qui contient en permanence la liste de ce que je dois faire. Mais tout ce que j'attrape, c'est une poignée de la soie couleur cuivre de ma robe de cocktail.

– Merde.

Je m'immobilise pour essayer de checker ce que je peux bien oublier. Je m'adosse au mur, le corsage froncé de ma robe rend impossible toute tentative de pousser un soupir de frustration. Elle a beau être superbe, cette robe aurait dû être accompagnée d'un avertissement : ne permet pas nécessairement de respirer.

Réfléchis, Rylee, réfléchis ! Les omoplates appuyées contre le mur, je me balance d'avant en arrière, sans me soucier d'élégance, pour alléger la pression qui s'exerce sur mes orteils douloureusement compressés dans mes stilettos de dix centimètres.

Les tablettes d'affichage pour les enchères ! C'est ça ! Quand je pense au stress auquel j'ai été soumise dernièrement en tant qu'unique organisatrice de la soirée, le bon fonctionnement de mon cerveau me tire un large sourire de satisfaction. Soulagée, je m'écarte du mur et je m'avance de quelques pas. Et c'est là que je les entends.

Les gloussements séducteurs d'une voix féminine traversent le silence, suivis du timbre profond d'un gémissement masculin. Je m'immobilise instantanément, choquée par l'audace de certains de nos invités, quand le son reconnaissable entre tous d'une fermeture éclair, suivi d'un halètement féminin familier – « Oh oui ! » – me provient depuis un coin sombre, à quelques pas devant moi.

Tandis que mes yeux s'accoutument à l'obscurité, je distingue une veste de smoking jetée négligemment sur un vieux fauteuil poussé dans un coin et une paire d'escarpins abandonnés dessous, au hasard.

Il faudrait me payer cher pour faire ça en public. Mes pensées sont interrompues par le souffle d'une respiration sifflante, suivi d'une voix masculine.

– Doux Jésus !

Je ferme les yeux, indécise. J'ai absolument besoin pour les enchères des ardoises qui sont dans le local au bout du couloir. Malheureusement pour y accéder, je dois nécessairement passer devant l'alcôve des Amants. Je n'ai pas le choix. Je fais une prière, aussi vaine que silencieuse, en espérant réussir à me faufiler sans attirer l'attention.

Je fonce, en détournant la tête et sur la pointe des pieds, pour éviter que mes talons hauts ne claquent sur le plancher. Il ne manquerait plus que je me fasse remarquer et que je me retrouve face à face avec quelqu'un que je connais. Je pousse un soupir de soulagement silencieux en atteignant sans encombre le local de rangement, tout en me demandant où j'ai déjà entendu la voix de la femme. Je me bagarre avec la poignée de la porte qui me résiste mais que je finis par ouvrir, et j'allume la lumière. Le sac contenant les tablettes d'affichage se trouve sur l'étagère du fond. J'entre dans le local sans penser à bloquer la porte ouverte. À peine ai-je saisi les anses du sac que la porte se referme dans mon dos en claquant, faisant trembler les étagères bon marché. Je me retourne brusquement pour rouvrir la porte, mais je vois que le bras de la fermeture automatique s'est décroché. J'en lâche le sac. Les ardoises s'éparpillent bruyamment sur le sol en béton de cet espace clos. Je me précipite sur la poignée de la porte, elle tourne, mais la porte elle-même ne bouge pas d'un pouce. Refusant de céder à la panique qui commence à me gagner, je pousse la porte de toutes mes forces. Sans succès.

– Merde ! Merde, merde et re-merde !

Je prends une profonde inspiration et secoue la tête, frustrée. J'ai encore un tas de choses à faire avant le début des enchères. Et, bien sûr, je n'ai pas mon téléphone sur moi pour appeler Dane à mon secours.

Au moment où je ferme les yeux, ma Némésis m'apparaît brusquement. Les longs doigts de la claustrophobie commencent à monter lentement le long de mon corps et menacent de s'enrouler autour de ma gorge.

Pour serrer. Me tourmenter. M'étouffer.

Les murs de la petite pièce semblent se rapprocher peu à peu pour se refermer sur moi. Ils m'emprisonnent, je suffoque. Je lutte pour respirer, mais les battements de mon cœur s'affolent tandis que j'essaie de repousser la panique qui me serre la gorge. Ma respiration saccadée résonne à mon oreille. Elle me dévore et annihile toute capacité à tenir à distance mes souvenirs cauchemardesques.

Je tambourine sur la porte, la peur prend le pas sur le peu de self-control qui me reste et je commence à perdre pied. Un filet de sueur me coule dans le dos. Les murs ne cessent de se rapprocher. Je n'ai qu'une chose en tête, sortir d'ici. Je tambourine de plus belle en hurlant frénétiquement dans l'espoir que quelqu'un passe par là et m'entende.

En fermant les yeux, je m'appuie contre le mur, m'efforçant de reprendre mon souffle, mais je respire difficilement, pire, un étourdissement me gagne. Prise de nausée, je me laisse glisser contre le mur, appuyant involontairement sur l'interrupteur. Aussitôt je me retrouve plongée dans une profonde obscurité. Je pousse un cri et cherche frénétiquement le bouton d'une main tremblante. La lumière revient, renvoyant les monstres à leur cachette. Mon soulagement est de courte durée, en baissant les yeux, je vois mes mains couvertes de sang. Je cligne des yeux pour me sortir de ce cauchemar, mais impossible de le dissiper. Je suis replongée dans un autre lieu, à une autre époque. Tout autour de moi exhale la puanteur aigre de la destruction. Du désespoir. De la mort. Sa respiration saccadée me dit qu'il agonise. Je comprends que c'est la fin. J'éprouve cette douleur insupportable qui s'enfonce si profondément dans votre âme que vous avez peur de ne plus jamais pouvoir lui échapper. Même dans la mort. Je hurle. Mes cris me tirent de mon souvenir, mais je suis si désorientée que je ne sais pas s'ils proviennent du passé ou du présent.

Reprends-toi, Rylee ! Du dos de la main, j'essuie les larmes qui coulent sur mes joues et je me rappelle la première année de ma thérapie pour essayer de tenir ma claustrophobie à distance. Je me concentre sur un point du mur en face de moi, j'essaie de réguler ma respiration. Je m'applique à repousser les murs et à éloigner les souvenirs insupportables. Je compte jusqu'à dix lentement, ce qui me redonne un minimum de maîtrise, mais le désespoir ne lâche pas prise. Je sais bien que Dane ne va pas tarder à venir me chercher, il sait où je suis. Mais cette idée ne suffit pas à avoir raison de ma panique.

Finalement, mon besoin de sortir reprend le dessus et je me remets à tambouriner contre la porte, tout en hurlant et en jurant de toutes mes forces. Je supplie qu'on vienne ouvrir cette porte. Qu'on vienne à mon secours, cette fois encore.

Incapable de penser rationnellement, je perds peu à peu la notion du temps ; les secondes deviennent des minutes et les minutes des heures. J'ai l'impression d'être enfermée depuis une éternité dans ce local qui ne cesse de rétrécir. Découragée, je crie une dernière fois en reposant mes avant-bras contre la porte. Laissant libre cours à mes larmes, je pose la tête sur mes bras, faisant peser tout mon poids sur la porte. De longs sanglots saccadés secouent mon corps avec violence.

Soudain, j'ai l'impression que je tombe.

De fait, je tombe en avant, percutant le corps compact d'un homme qui se trouve sur mon chemin. Je me rattrape en entourant de mes bras un torse ferme et puissant tandis que, derrière moi, mes jambes se plient, formant un angle inhabituel. Instinctivement, l'homme lève les bras et les passe autour de moi pour me soutenir. Il me tient contre lui en absorbant le choc.

En levant les yeux, j'enregistre une masse de cheveux noirs ébouriffés, le hâle d'une peau, une barbe naissante… et c'est là que nos regards se croisent. Une décharge électrique – une énergie palpable – crépite quand mes yeux rencontrent des yeux méfiants aux iris d'un vert translucide. Un éclair de surprise les traverse brièvement. La curiosité et l'intensité avec lesquelles il me jauge me déconcertent, en dépit de la réaction immédiate de mon corps à sa présence. Un simple contact avec ce regard fait resurgir en moi des flots d'envies et des désirs enfouis depuis longtemps.

Comment cet homme que je vois pour la première fois réussit-il à me faire oublier la panique et le sentiment de désespoir qui me submergeaient il y a quelques instants à peine ?

Je commets alors l'erreur de détourner les yeux pour regarder sa bouche. Il m'étudie avec attention, ses lèvres charnues et bien dessinées se retroussent pour s'étirer lentement en un impertinent sourire en coin.

Oh, comme je voudrais que cette bouche se pose sur moi – n'importe où et partout en même temps ! Bon Dieu ! Qu'est-ce qui me prend ? Cet homme ne joue pas dans la même cour que moi. Il est à des années-lumière de mon monde.

Au moment où je relève les yeux, je vois qu'il me regarde avec amusement, comme s'il lisait dans mes pensées. Je sens le rouge me monter aux joues, gênée aussi bien par ma situation fâcheuse que par mes pensées salaces. Je resserre ma prise sur ses biceps développés tout en baissant les yeux pour éviter son regard évaluateur et je tente de recouvrer mon sang-froid. En ramenant mes jambes à la verticale, sans le vouloir, je me presse encore plus contre lui, mon équilibre est fâcheusement compromis par mon inexpérience en matière de talons aiguille. Je recule brusquement quand mes seins effleurent sa poitrine musclée, mettant le feu à mes terminaisons nerveuses. De minuscules détonations de désir crépitent dans les tréfonds de mon ventre.

– Oh… hum… je suis terriblement désolée.

J'agite les mains en un geste d'excuse. L'homme est encore plus désarmant maintenant que je le vois dans sa totalité. Parfait dans son imperfection et redoutablement sexy avec son sourire arrogant et son air de bad boy.

Il hausse un sourcil, conscient que je le jauge du regard.

– Vous n'avez pas à vous excuser. J'ai l'habitude que les femmes me tombent dans les bras.

Sa voix râpeuse aux intonations recherchées, avec juste ce qu'il faut de tension, évoque des images de rébellion et de sexe. Je relève la tête brusquement. J'espère qu'il plaisante, mais son expression énigmatique n'en laisse rien paraître. Il m'observe avec perplexité et son sourire insolent s'élargit, faisant apparaître une fossette unique sur sa mâchoire volontaire.

J'ai beau avoir fait un pas en arrière, je suis encore très près de lui. Trop pour parvenir à rassembler mes esprits mais assez pour sentir son souffle sur ma joue. Pour que le mélange subtil de l'odeur de savon et de son eau de toilette terreuse parvienne à mes narines.

– Merci. Merci.

J'ai le souffle court. Il me scrute, un muscle tressaute sur sa mâchoire serrée. Qu'est-ce qui me rend si nerveuse et me pousse à me justifier ?

– La porte s'est refermée sur moi. Elle s'est bloquée. J'ai paniqué…

– Vous allez bien ? Mademoiselle… ?

Sans me laisser le temps de répondre il me prend par la nuque et m'attire vers lui en m'immobilisant. De sa main libre, il explore mon bras nu, j'imagine qu'il veut s'assurer que je ne suis pas blessée. Le bout de ses doigts fait courir une gerbe d'étincelles sur ma peau et j'éprouve une conscience aiguë de sa bouche sensuelle à un souffle de la mienne. Sa main remonte le long de mon cou, mes lèvres s'entrouvrent et ma respiration s'arrête quand il me caresse la joue du dos de la main. Je n'ai pas le temps d'analyser l'état de confusion mêlé d'une solide poussée de désir qui m'envahit, que je l'entends murmurer :

– Et merde !

Et sa bouche se retrouve sur la mienne. Stupéfaite, je retiens mon souffle, mes lèvres s'écartent une fraction de seconde, il n'en faut pas plus à sa langue pour les caresser et s'insinuer entre elles. Les mains sur sa poitrine, je le repousse en essayant de me soustraire au baiser imposé par cet inconnu. J'essaie de faire ce que me dicte ma raison. J'essaie d'ignorer ce que mon corps me réclame. C'est-à-dire de me désinhiber et de m'autoriser à me laisser aller au plaisir de cet instant fugace. C'est la raison qui l'emporte dans le combat qui m'agite entre désir et prudence, et je réussis à le repousser un instant. Nos bouches se séparent, nous nous faisons face, haletants. Ses yeux brûlants d'envie ne lâchent pas les miens. Il m'est difficile d'ignorer le désir qui s'épanouit au creux de mon ventre. La protestation véhémente qui hurle dans ma tête vient mourir en silence sur mes lèvres au moment où j'accepte l'idée que j'ai envie de ce baiser. Je veux ressentir ce dont j'ai été tant privée – ce que je me suis volontairement interdit. J'ai envie d'oublier toute prudence et de m'offrir « LE baiser » – celui dont on parle dans les romans, celui qui vous révèle le grand amour et qui vous fait renoncer à votre vertu.

– Décidez-vous, chérie. Il y a des limites à mon self-control.

Cet avertissement, cette idée folle qu'une simple fille comme moi puisse faire perdre son self-control à un homme comme lui, me sidère et me perturbe tellement que je ne trouve même pas les mots pour protester. Il profite de mon silence et c'est avec un sourire lascif qu'il resserre son étreinte sur ma nuque. En un souffle, il écrase ses lèvres sur les miennes, sondant, goûtant, exigeant.

Ma résistance ne dure que quelques secondes avant que je rende les armes. Instinctivement, je passe les doigts sur sa mâchoire mal rasée pour aller tirer les mèches qui bouclent dans son cou, au-dessus de son col. Un gémissement sourd s'échappe du fond de sa gorge, et je m'enhardis à lui ouvrir mes lèvres. Ma langue s'enroule sur la sienne pour une petite danse intime. Un lent ballet de séduction accompagné de soupirs et de gémissements haletants.

Sa bouche a le goût du whisky. Son assurance frôle la rébellion. Son corps projette une onde de désir qui me va droit au sexe. Une combinaison enivrante suggérant qu'il est le bad boy que toute jeune fille sage devrait éviter à tout prix. Son empressement et son habileté laissent peu de doute sur ce qui pourrait suivre. Des images de sexe me traversent l'esprit , je me vois le dos arc-bouté, les orteils tendus et les mains agrippant les draps, où il serait probablement aussi dominateur que dans son baiser.

J'ai beau me laisser faire, je sais que c'est une erreur. Ma conscience me dit que je dois arrêter. Que je ne fais pas ce genre de choses. Que je ne suis pas ce genre de fille. Que je trahis Max à chaque caresse.

Mais Dieu que c'est bon ! Je laisse ma raison céder à mon désir qui submerge tout et enflamme la moindre de mes terminaisons nerveuses. La moindre de mes respirations.

Il me caresse la nuque d'une main, tandis que l'autre descend jusqu'à ma hanche, déclenchant des étincelles sur son passage. Il étale ses doigts sur mes reins et me colle contre lui, d'un geste autoritaire. Je sens son érection gonfler contre mon ventre, envoyant une décharge électrique à mon entrejambe, moite de désir et d'excitation. Il presse une jambe entre les miennes, augmentant la tension au point de rencontre de mes cuisses et y provoquant une sensation de plaisir presque douloureuse. Je me presse encore plus contre lui, exprimant mon désir grandissant par un feulement sourd.

Je me noie et pourtant je résiste à la nécessité de m'écarter de lui pour reprendre mon souffle.

Il mordille ma lèvre inférieure tandis que sa main continue de descendre pour aller pétrir le bas de mon dos. Une onde de plaisir me parcourt de la tête aux pieds. Je réagis en lui griffant la nuque pour reprendre le contrôle.

– Bon Dieu, j'ai envie de te prendre, là tout de suite.

Il dit cela entre deux baisers, d'une voix rauque et haletante qui intensifie la tension qui taraude les muscles de mon bas-ventre. Sa main quitte ma nuque pour se glisser le long de mon buste et venir se mouler sur mon sein. Un petit gémissement m'échappe quand ses doigts en frottent la pointe dressée à travers le fin tissu de ma robe.

Mon corps est prêt à accéder à ses exigences parce que je désire cet homme. J'ai envie de sentir le poids de son corps sur le mien, le glissement de sa peau nue sur la mienne et le mouvement rythmé de son sexe en moi.

Corps emmêlés, nous reculons dans le renfoncement du couloir. Il me colle contre le mur, nous nous découvrons à tâtons, nous nous embrassons, nous nous étreignons fiévreusement. Sa main glisse jusqu'à l'ourlet de ma robe de cocktail et ne s'arrête que lorsqu'il touche la bande de dentelle de mes bas.

– Doux Jésus.

Son murmure frôle mes lèvres tandis que ses doigts se dirigent sur ma cuisse, avec une lenteur calculée, vers le minuscule triangle de dentelle qui me sert plus de décoration que de culotte.

Quoi ? Ces mots. Quand je finis par les intégrer, je me rétracte comme sous l'effet d'un coup de fouet et je le repousse des deux mains. Ce sont les mêmes mots qui me sont parvenus un peu plus tôt depuis l'obscurité de l'alcôve. C'est comme une douche froide sur ma libido. C'est quoi ce truc ? Et qu'est-ce que je fous là moi, au fait, à me laisser peloter par le premier venu ? Et en plus, pourquoi choisir de faire ça au beau milieu d'un des événements les plus importants de l'année pour moi ?

– Non, non… je ne peux pas faire ça.

Je recule en trébuchant et je couvre d'une main tremblante mes lèvres gonflées. Il plante brusquement dans les miens ses yeux d'un vert émeraude assombri par le désir. Un éclair de colère les traverse fugitivement.

– Ces scrupules semblent une peu tardifs, chérie. Vous ne croyez pas ?

Ce commentaire sardonique me met en rage. Je ne suis pas idiote au point de ne pas comprendre que je viens de me rajouter sur la liste de ses conquêtes de la soirée. Je le regarde et son sourire suffisant me donne envie de le couvrir d'injures.

– Vous vous prenez pour qui, putain, pour profiter de la situation et me peloter comme ça ?

Je me sers de la colère pour écarter l'humiliation. Je ne sais pas ce qui me contrarie le plus, de m'être laissé faire ou qu'il ait profité de mon état de panique pour abuser de moi. À moins que ce ne soit la honte d'avoir succombé à son baiser étourdissant et à ses doigts habiles sans même connaître son nom.

Il continue à m'observer, les yeux brillants de colère.

– Ah bon ?

Il incline la tête et me regarde d'un air condescendant en se passant la main sur le visage en faisant un bruit de râpe.

– Vous le prenez comme ça ? Vous ne participiez pas il y a quelques instants, peut-être ? Vous n'êtiez pas liquéfiée dans mes bras ?

Il a un petit rire narquois.

– Ce n'est pas la peine de vous raconter des histoires, ma petite. Ça vous a plu, vous en vouliez même plus.

Il avance d'un pas, avec un regard amusé au fond duquel j'entrevois quelque chose de plus sombre. Il lève la main et dessine d'un doigt le contour de mon visage. Je tressaille et la chaleur de son contact rallume le feu qui couvait au fond de mon ventre. Je morigène silencieusement ce corps qui me trahit.

– Que les choses soient bien claires, chérie. Je n'ai pas pour habitude de prendre ce qu'on ne m'offre pas. Et nous savons tous les deux, que vous vous êtes offerte. Et, clairement, de votre plein gré.

Il sourit d'un air exaspérant.

Je dégage mon menton d'un geste brusque. Je voudrais faire partie de ces gens qui ont le sens de la répartie. Mais ce n'est pas le cas. Au lieu de ça, c'est toujours des heures plus tard que je trouve une réponse bien sentie et que je regrette de ne pas l'avoir trouvée sur le moment. Je sais que c'est ce qui va se passer parce que là, tout de suite, je ne trouve rien à dire pour remettre cet homme arrogant à sa place, même s'il reste très correct. Il m'a réduite à une boule de nerfs qui meurt d'envie de le toucher encore.

– Ce baratin pathétique marche peut-être avec votre petit ami qui vous traite probablement comme une poupée de porcelaine, fragile et belle à regarder… et qui ne sert pas souvent… mais reconnaissez que c'est plutôt ennuyeux.

Je hausse les épaules.

– Mon petit ami… Je ne suis pas fragile !

– Vraiment ?

Il reprend mon menton dans sa main pour me regarder droit dans les yeux.

– On le croirait pourtant, à la façon dont vous vous conduisez.

– Allez vous faire foutre !

Je dégage à nouveau mon menton d'un geste brusque.

– Oh, mais c'est qu'on ne se laisse pas faire. Ça me plaît, chérie. Je ne vous en désire que davantage.

Connard ! Je m'apprête à lui balancer qu'il n'est qu'un dragueur. Que je sais qu'il « faisait connaissance » avec quelqu'un d'autre dans ce couloir il n'y a pas si longtemps, juste avant de passer à moi. Je le regarde fixement, j'ai vaguement l'impression qu'il me rappelle quelqu'un, mais je n'arrive pas à mettre le doigt dessus. Je laisse tomber. Je suis troublée, c'est tout. Au moment où je vais dire quelque chose, j'entends la voix de Dane qui m'appelle.

Le soulagement m'envahit quand je me retourne et que je le vois au bout du couloir, en train de me regarder bizarrement. Il est probablement déconcerté par le désordre de ma tenue.

– Rylee ? J'ai vraiment besoin de ces listes. Tu les as trouvées ?

Je lance un regard à Monsieur Arrogant qui se tient derrière moi.

– J'ai été distraite. J'arrive. Je… attends-moi, OK ?

Dane acquiesce d'un mouvement de tête et je retourne dans le local de rangement pour ramasser aussi gracieusement que possible les ardoises éparpillées sur le sol et les fourrer dans le sac. Je ressors du local en évitant son regard et je me dirige vers Dane. Au moment où je respire, heureuse de me retrouver en terrain plus familier, j'entends sa voix derrière moi.

– Nous n'en avons pas fini, Rylee.

– Vous pouvez toujours courir, *Ace*[1] !

En me disant que ce titre lui va comme un gant, je presse le pas dans le couloir, les épaules et la tête haute pour garder ma fierté. Je rejoins rapidement Dane, mon confident et mon ami le plus proche au boulot. Son visage enfantin reflète son inquiétude quand je le prends par le bras pour l'entraîner retrouver nos invités. Une fois franchie la porte des coulisses, je relâche ma respiration, je ne

1. Ace : As, champion, expert. (NdT)

m'étais même pas rendu compte que je la retenais. Je m'appuie contre le mur.

– Putain, qu'est-ce qui t'est arrivé, Rylee ? Tu es toute débraillée !

Il me regarde de la tête aux pieds.

– Ça a quelque chose à voir avec l'Adonis là-bas ?

J'ai envie de lui confier que ça a tout à voir avec l'Adonis, mais je ne sais pas pourquoi je ne dis rien.

– Ne ris pas, la porte du local s'est bloquée et j'étais enfermée à l'intérieur.

Il réprime un rire en levant les yeux au plafond.

– Il n'y a qu'à toi que ça peut arriver !

Je lui donne une tape sur l'épaule.

– Vraiment, ce n'est pas drôle. J'ai paniqué. Crise de claustro. La lumière s'est éteinte et ça m'a renvoyée à l'accident.

L'inquiétude se lit dans les yeux de Dane.

– J'ai flippé, ce type m'a entendue hurler et il est venu m'ouvrir. C'est tout.

– C'est tout ?

Il hausse un sourcil. Visiblement il ne me croit pas. Je hoche la tête.

– Oui. J'ai juste perdu les pédales un instant.

Je m'en veux de lui mentir, mais c'est mieux pour le moment. Moins j'en dirai, plus vite il laissera tomber le sujet.

– Eh bien, c'est dommage pour toi, parce qu'il est super, ce mec.

Je ris et il me serre dans ses bras brièvement.

– Va te rafraîchir un peu et prendre l'air. Mais je compte sur toi pour revenir papoter avec les invités. On commence les enchères dans une demi-heure.

***

Je me regarde dans la glace. Dane a raison. J'ai une mine affreuse. J'ai réduit à néant le travail d'Haddie, ma coloc, qui m'a aidée à me coiffer et à me maquiller. J'essaie de réparer les dégâts avec une serviette en papier. Mes yeux améthyste sont rougis par les larmes et je n'ai pas besoin de me demander pourquoi mon rouge à lèvres a coulé. Des mèches de mes cheveux auburn s'échappent de la barrette qui les retenait et le bord de ma robe est complètement de travers.

Les basses résonnent à travers le mur. La musique est dominée par le brouhaha de centaines de voix – celles des donateurs potentiels. J'inspire profondément en m'appuyant sur le bord du lavabo.

Ce n'est pas étonnant que Dane se soit posé des questions sur ce qui s'est réellement passé et sur le rôle de Monsieur Arrogant dans tout ça. Je suis complètement échevelée !

Je remets mon joli décolleté en place et rajuste le corsage de ma robe. Je passe les mains sur mes hanches où le tissu souligne mes courbes. Je commence à rattacher les mèches de cheveux qui se sont libérées, mais je suspends mon geste. Les frisottis ont repris leur tendance naturelle et je décide que cela adoucit mon allure générale, et ça me plaît bien.

J'attrape mon sac à main, que Dane m'a apporté, et je retouche mon maquillage. Je rajoute une couche de mascara à mes cils naturellement épais et je retrace le trait d'eye-liner qui a coulé. C'est mieux. Ce n'est pas fantastique, mais c'est mieux. J'avance les lèvres pour appliquer de nouveau du rouge sur leur forme rebondie. Je ne fais pas ça aussi bien qu'Haddie, mais ça ira. Je suis prête à rejoindre les festivités.

CHAPITRE 2

Dans la foule des vedettes, des people et des philanthropes présents dans le vieux théâtre, les sujets de conversation tournent principalement autour des bijoux, des robes de grands couturiers et des potins mondains. Cette soirée marque le point culminant de tous les efforts que j'ai déployés depuis un an – un événement destiné à récolter la plus grande partie des fonds dont nous avons besoin pour lancer la construction de nos nouvelles installations.

Et je suis très loin d'être dans mon élément.

Dane me lance un regard compatissant depuis l'autre côté de la pièce. Il sait bien que je préférerais de beaucoup être à la Maison de l'Enfance avec les gamins, en jean et les cheveux attachés en queue de cheval. Je lui réponds par un semblant de sourire en hochant la tête avant de siroter une gorgée de champagne.

J'en suis encore à essayer de comprendre pourquoi je n'ai rien fait pour empêcher ce qui s'est passé dans les coulisses, et mon humiliation quand je me suis rendu compte que je n'étais pas la première à m'être fait draguer par Monsieur Arrogant ce soir. Je n'en reviens toujours pas de m'être conduite d'une façon qui me ressemble si peu, et en même temps je ne comprends pas ce qui me blesse à ce point. Il est évident qu'on ne peut pas attendre d'un homme qui cherche à tirer un petit coup vite fait qu'il ait d'autres intentions que de satisfaire un ego surdimensionné.

– Ah, tu es là, Rylee.

Mes pensées sont interrompues par la voix de mon boss. Ce colosse au cœur plus grand que tous les gens que je connais a tout d'un gros nounours. Il me passe le bras autour des épaules et je me laisse aller contre lui pour une brève embrassade.

– Teddy ! On dirait que ça se passe plutôt bien, non ?

– Grâce à tout le mal que tu t'es donné. D'après ce qu'on m'a dit, les chèques commencent à arriver. Et les enchères n'ont pas encore commencé.

Ses lèvres s'étirent en un large sourire qui lui fait hausser les sourcils.

– Ce n'est pas parce que ça marche que je suis d'accord.

J'essaie de ne pas avoir l'air trop coincée. C'est un débat que nous avons eu un nombre incalculable de fois au cours des derniers mois. Même pour une œuvre de charité, je ne peux pas comprendre que des femmes acceptent de se vendre au plus offrant. J'ai du mal à croire que les enchérisseurs vont se contenter d'un simple rendez-vous en échange des quinze mille dollars de la mise à prix.

– Rylee, à t'entendre, on croirait que nous dirigeons un bordel.

Son regard est soudain attiré par un invité qui se trouve derrière moi.

– Ah, voici quelqu'un que je voudrais te présenter. Cette cause lui tient beaucoup à cœur. C'est le fils d'un des membres de notre conseil d'administration et il…

Il s'interrompt pour appeler la personne qui s'approche de nous.

– Donavan ! C'est gentil d'être venu.

Il serre chaleureusement la main de la personne à qui je tourne le dos. Je me retourne, m'apprêtant à faire une nouvelle connaissance. Au lieu de ça, c'est le regard stupéfait de Monsieur Arrogant lui-même qui plonge dans le mien.

Et merde ! Ce n'est pas vrai ! À vingt-six ans, voilà que je me sens tout à coup aussi mal à l'aise qu'une ado prépubère. La demi-heure que j'ai passée loin de lui n'a rien fait pour atténuer l'effet que son physique ultra-sexy exerce sur ma libido. Son mètre quatre-vingt-dix est parfaitement mis en valeur par un smoking noir taillé sur mesure qui ne laisse aucun doute sur sa situation financière, et le souvenir du torse musclé qui se trouve sous la veste me pousse à me mordre la lèvre inférieure pour réprimer mon désir inopportun. Cependant son magnétisme ne me fait pas oublier ma fureur.

Je lui trouve un air familier, il ressemble à quelqu'un que je connais, mais le choc de le revoir fait passer cette pensée au second plan. Visiblement amusé, il me sourit d'un air narquois. Aussitôt me revient à l'esprit le souvenir de ses lèvres sur les miennes. De la sensation de ses doigts, maintenant posés sur un verre, et qui tout à l'heure se baladaient sur ma peau nue. De son corps tout entier pressé contre le mien.

Et de la façon très libertine dont il a fait la connaissance d'une autre femme quelques instants seulement avant d'entreprendre de m'avilir.

– Je voudrais te présenter quelqu'un. Cet événement n'aurait pas vu le jour sans elle.

Un sourire de convenance plaqué sur le visage, je fusille Donavan du regard, tandis que Teddy se tourne vers moi en toute innocence en posant une main sur ma taille.

– Rylee Thomas, voici…

– Nous nous sommes déjà rencontrés, mais je serais ravie que tu nous présentes.

J'ai parlé sur un ton des plus mielleux en souriant. Teddy me lance un regard perplexe, je n'ai pas pour habitude de manquer de sincérité.

Je tourne les yeux vers Donavan en lui tendant la main comme s'il n'était qu'un donateur potentiel comme les autres. Teddy semble renoncer à décrypter mon attitude anormale pour se concentrer sur Monsieur Arrogant.

– Est-ce que tu t'amuses ?

– Énormément.

Donavan garde ma main dans la sienne plus longtemps que nécessaire. Je réprime un sarcasme. Sûr qu'il ne s'ennuie pas, ce salaud arrogant ! Je devrais peut-être monter sur la scène et faire un sondage auprès des femmes présentes ici ce soir pour voir laquelle il n'a pas encore débauchée.

– Tu as pu t'approcher du buffet ? Rylee a réussi à convaincre un des chefs les plus courus d'Hollywood de nous offrir ses services à titre gracieux.

Donavan me regarde, les yeux pétillants d'humour.

– J'en ai eu un petit aperçu quand je me baladais en coulisse.

L'impertinence de son sous-entendu me coupe le souffle.

– C'était assez inattendu, mais tout à fait exquis, je te remercie.

Quelqu'un appelle Teddy qui me lance un nouveau regard empreint de curiosité avant de prendre congé.

– Si vous voulez bien m'excuser, on m'appelle. Merci d'être venu, Donavan, ça m'a fait plaisir de te revoir.

Nous hochons la tête de concert alors que Teddy s'éloigne. Les sourcils froncés, je tourne les talons pour m'éloigner de Donavan. Il me tarde de l'effacer de ma mémoire et de ma soirée. Mais il m'attrape par le bras et m'attire vivement contre lui de telle façon que le bas de mon dos se retrouve en contact avec son sexe durci. Avec un hoquet de surprise, je jette un coup d'œil autour de moi, rassurée de voir que tout le monde est trop absorbé par sa conversation pour faire attention à nous. Le menton de Donavan me frôle l'épaule quand ses lèvres s'approchent de mon oreille.

– Qu'est-ce qui vous contrarie à ce point, mademoiselle Thomas ?

Le ton glacial de sa voix me fait penser que c'est le genre d'homme qu'il vaut mieux ne pas contrarier.

– Est-ce parce que vous n'arrivez pas à vous départir de vos manières d'intellectuelle et à admettre que quoi que vous dicte votre raison, votre corps a envie de goûter à nouveau à ce rebelle venu du mauvais côté de la barrière.

Il pousse un long grognement condescendant dans le creux de mon oreille.

– À moins que vous n'ayez une telle pratique de la frigidité que vous vous interdisiez toujours ce que vous désirez ? Tout ce dont vous avez besoin ? Tout ce que vous ressentez ?

Je me secoue, pour essayer de dégager mon bras qu'il tient d'une main ferme. C'est quoi l'expression qui parle d'un loup déguisé en agneau, déjà ?

Je m'immobilise quand un autre couple passe devant nous en nous regardant avec attention. Pour donner le change, Donavan me lâche le bras et le caresse de la main comme ferait un amoureux. Et malgré la colère qui m'anime, ou peut-être à cause d'elle, son contact déclenche une myriade de sensations partout où passent ses doigts qui me donnent la chair de poule. De nouveau, je sens son souffle sur ma joue. En effleurant du bout des doigts la peau nue de mon épaule, il murmure :

– C'est très excitant, Rylee, de vous sentir si réactive à mon contact. Très grisant. Vous voulez comprendre la façon dont votre corps a répondu au mien. Vous croyez peut-être que je n'ai pas remarqué comment vous me déshabilliez du regard, et que vous me baisiez de la bouche ?

J'ai le souffle coupé quand il pose la main sur mon ventre et me serre contre lui pour que je sente son érection pressée contre mes reins.

Je suis furieuse, d'accord ! N'empêche, c'est grisant de savoir que je peux lui faire autant d'effet. En même temps, il est plus que probable qu'il réagit de la même façon aux nombreuses femmes qui ne doivent pas manquer de se jeter à ses pieds.

– Estime-toi heureuse que je ne te traîne pas de nouveau dans ce placard où je t'ai trouvée, pour prendre ce que tu m'offrais. Pour te faire crier mon nom.

Il me mordille le lobe de l'oreille et j'ai du mal à retenir un gémissement de désir.

– Pour te baiser, te sortir de mon esprit et passer à autre chose.

On ne m'a jamais parlé comme ça. Je ne l'aurais jamais accepté. Mais, curieusement, ces mots et la vigueur avec laquelle il les prononce m'excitent.

J'enrage contre mon corps pour la façon inappropriée dont il réagit à cet homme suffisant. Qui est visiblement tout à fait conscient de l'emprise qu'il peut avoir sur le corps d'une femme, et malheureusement pour moi, c'est du mien qu'il s'agit en ce moment.

Je me retourne lentement pour lui faire face et je le regarde en plissant les yeux. Ma voix est glaciale.

– C'est un peu présomptueux, non, Ace ? J'imagine que c'est votre technique habituelle, baiser et larguer ?

Il ouvre de grands yeux à ma soudaine vulgarité. À moins qu'il ne soit juste surpris que je l'aie percé à jour si facilement. Je soutiens son regard, tremblante de colère.

– Combien de femmes avez-vous tenté de séduire ce soir ?

Je hausse les sourcils, dégoûtée. Un éclair de culpabilité passe sur son visage.

– Quoi ? Vous ne saviez pas que je vous ai surpris, vous et votre première conquête de la soirée, dans la petite alcôve dans les coulisses ?

Donavan écarquille les yeux. Son air étonné me ravit. Alors je continue :

– Est-ce qu'elle vous a pris à votre propre jeu, Ace, et vous a laissé en plan ? Frustré de ne pas pouvoir prouver quel homme vous êtes parce que vous n'avez pas pu la satisfaire ? À tel point que vous avez dû vous rabattre sur cette femme affolée, enfermée dans un placard, et ensuite profiter de la situation ? Je veux dire, sérieusement, sur combien de femmes avez-vous testé votre baratin ce soir ? Sur combien avez-vous essayé d'imprimer votre marque ?

Il hausse les sourcils en souriant avec arrogance.

– Jalouse, chérie ? Nous pouvons toujours terminer ce que nous avons commencé, et vous pourrez me marquer de la façon qui vous plaira.

Je passe doucement la main sur sa poitrine pour le repousser. J'adorerais effacer ce sourire narquois de son visage. Ce serait une façon de laisser ma marque.

– Désolée, je n'ai pas de temps à perdre avec des connards misogynes dans votre genre. Trouvez-vous quelqu'un…

Il m'attrape par le poignet, l'air menaçant.

– Méfiez-vous, Rylee. Je ne me laisse pas insulter sans réagir.

J'essaie de dégager mon poignet, mais il me retient fermement. Pour tout le monde dans la pièce, je donne l'impression de poser la main sur son cœur en un geste affectueux. Ils ne peuvent pas sentir la force dominatrice de sa poigne. Je suis fatiguée de ce petit jeu et de mes émotions contradictoires. C'est la colère qui prend le dessus.

– Je vais vous dire un truc… Vous me voulez uniquement parce que je suis la première femme qui dit non à votre superbe visage et votre corps d'étalon sexy. Vous avez tellement l'habitude que toutes les femmes tombent à vos pieds, au sens littéral du terme et sans jeu de mots, que vous considérez comme un défi qu'une femme soit insensible à votre charme ! Et vous ne savez pas comment réagir.

Il a beau sourire nonchalamment en lâchant mon poignet, je vois bien que je l'irrite.

– Quand je vois quelque chose qui me plaît, je le prends.

Il ne semble pas éprouver le moindre remords. Je lève les yeux au ciel en secouant la tête.

– Non, en fait, vous avez besoin de vous prouver à vous-même que vous pouvez avoir toutes les filles qui croisent votre chemin. Votre ego en prend un coup. Je comprends.

Je lui tapote le bras avec condescendance.

– Allez, ne soyez pas inquiet, Ace, je me retire de la course.

Il hausse un sourcil et un semblant de sourire effleure ses lèvres. Un muscle tressaute sur sa mâchoire serrée tandis qu'il me regarde un moment avant de répondre. Il se penche vers moi, sa bouche tout près de la mienne, avec un éclat dans le regard qui me prévient que je suis allée trop loin.

– Soyons bien clairs. Si je vous veux, je vous aurai, où et quand je le voudrai, chérie.

Je soupire d'une façon aussi peu distinguée que possible, stupéfaite de son aplomb, tout en essayant d'ignorer l'accélération de mon pouls à cette simple évocation.

– Je ne parierais pas là-dessus si j'étais vous.

Je tente de passer rapidement devant lui. Il m'attrape par le bras de nouveau, m'oblige à pivoter pour lui faire face et je me retrouve beaucoup trop proche de lui. Je vois son pouls battre sous sa mâchoire. Je sens le tissu de sa veste frôler mon bras quand sa poitrine monte et descend. Je regarde sa main sur mon bras puis je lui lance un regard d'avertissement, mais il ne relâche pas la pression de ses doigts. Il penche la tête vers moi, je sens son souffle sur ma joue. Je relève le menton, peut-être pour le défier, à moins que ce ne soit dans l'attente de son baiser.

– Vous avez de la chance, Rylee, je suis joueur. Il n'est pas faux que j'apprécie de relever un bon défi de temps en temps.

Son ton provocateur s'accompagne d'un sourire malicieux. Il me lâche le bras mais le caresse paresseusement du bout des doigts. Ce doux mouvement sur ma peau nue me fait courir un frisson dans le dos.

– Alors, on va faire un pari.

Il s'interrompt pour faire un signe de tête à une de ses connaissances, ce qui me ramène à la réalité de la pièce où nous nous trouvons, au milieu d'une foule de gens.

– Votre mère ne vous a pas appris que quand une dame dit non, c'est qu'elle veut dire non, Ace ?

Je hausse un sourcil dédaigneux. Son sourire narquois revient en force et il hoche la tête d'un air entendu.

– Si, mais elle m'a aussi appris que quand je désire quelque chose, je ne dois jamais renoncer à l'obtenir.

Super. Maintenant, il ne va plus me lâcher. J'ai gagné un harceleur, séduisant, sexy, mais très agaçant.

Il tend la main pour jouer avec une des boucles qui tombent dans mon cou. J'essaie de rester impassible et de résister à mon envie de fermer les yeux et de m'abandonner à la douce caresse de ses doigts sur ma peau. Son sourire me dit qu'il sait exactement l'effet qu'il produit sur moi.

– Alors, Rylee, on parie ?

Sa proposition me hérisse, à moins que ce soit l'effet qu'il a sur moi.

– C'est complètement stupide…

Il m'interrompt en levant la main.

– Je parie qu'avant la fin de cette soirée, j'aurai rendez-vous avec vous.

J'éclate de rire en m'écartant de lui.

– ça, ça ne risque pas, Ace !

Il prend une longue gorgée de son verre, impassible.

– De quoi avez-vous peur ? De ne pas pouvoir me résister ?

Je lève les yeux au ciel, ce qui le fait sourire d'un air coquin.

– Dites oui, alors. Qu'est-ce que vous avez à perdre ?

– Un rendez-vous avec moi et votre ego sera guéri ?

Je hausse les épaules, je n'ai pas envie de jouer à ça.

– Et qu'est-ce que j'y gagne, moi ?

– Si vous gagnez…

– Vous voulez dire, si je ne succombe pas à votre charme incomparable.

– Je reformule. Si vous ne succombez pas à mon charme incomparable avant la fin de la soirée, alors je ferai une donation. Disons, vingt mille dollars pour soutenir votre cause.

Le souffle coupé, je le regarde avec stupéfaction. Dans ces conditions, oui, je peux être d'accord. Je sais que je n'ai aucun risque de succomber à Donavan ou à ses ruses perverses de salaud arrogant. D'accord, je me suis laissé prendre dans sa toile un moment, mais c'était juste parce qu'il y avait si longtemps que je n'avait pas ressenti ça. Que je n'avais pas été embrassée comme ça. Caressée comme ça.

En y repensant, je crois bien que cela ne m'était même jamais arrivé, de ressentir ça. Mais je sais aussi qu'aucun homme ne m'a jamais embrassée alors que ses lèvres conservaient la chaleur de celles d'une autre femme.

Je le regarde sans rien laisser paraître, en essayant de déceler le piège. Peut-être qu'il n'y en a pas, après tout. Peut-être est-il tellement imbu de sa personne qu'il se croit vraiment irrésistible. Tout ce que je vois, c'est que je vais augmenter notre recette de la soirée de vingt mille dollars.

– Ce pari ne risque-t-il pas de compromettre votre recherche d'autres partenaires de jeu potentielles pour ce soir ?

Je parcours la pièce du regard.

– Ça semble plutôt mal parti, Ace, surtout si on pense que vos deux premières tentatives se sont soldées par des échecs.

Il éclate de rire.

– Je crois que je devrais m'en sortir. Ne vous inquiétez pas pour moi. Je suis multitâche. Et puis la soirée ne fait que commencer et, d'après mes comptes, le score est de un à zéro pour l'instant. La deuxième tentative est toujours en cours. Arrêtez de vous torturer l'esprit, Rylee. C'est juste un pari. Ni plus ni moins.

Je croise les bras. La décision n'est pas difficile à prendre, *je ferais tout pour mes gamins*.

– Vous feriez bien de préparer votre carnet de chèques, Ace. Rien ne me fait plus plaisir que de prouver aux salauds arrogants dans votre genre qu'ils se trompent.

Il avale une nouvelle gorgée, sans me quitter des yeux.

– Vous semblez bien sûre de vous.

– Disons simplement que je suis assez fière de mon self-control.

Donavan se rapproche de moi et me regarde d'un air de défi.

– Self-control, hein ? Il me semble que nous avons déjà mis cette théorie à l'épreuve. Et elle n'a pas semblé tenir la route. Mais je ne demande pas mieux que de la tester de nouveau…

Mes muscles les plus intimes se contractent à l'évocation de cette possibilité, y ravivant un lancinement qui réclame d'être soulagé. Qu'est-ce qui me prend ? Je me conduis comme une gamine qui n'a jamais connu d'homme. C'est peut-être que je n'ai pas connu cet homme-là.

Je lui tends la main.

– OK. On parie. Mais je préfère vous prévenir, je ne perds jamais.

Il tend la main pour serrer la mienne, un large sourire éclaire son visage, ses yeux émeraude brillent d'un éclat bravache.

– Moi non plus, Rylee. Moi non plus.

Nous sommes interrompus par une voix derrière moi.

– Excuse-moi, Rylee, il faut absolument que tu viennes.

Je me retourne, Stella a l'air totalement paniquée. Je regarde Donavan.

– Si vous voulez bien m'excuser, on a besoin de moi.

Je suis mal à l'aise, je ne sais pas quoi dire ou faire d'autre. Il hoche la tête.

– Nous reprendrons cette conversation plus tard.

En m'éloignant, je m'aperçois que je ne sais pas si c'est une menace ou une promesse.

CHAPITRE 3

Assise dans les coulisses, au milieu du chaos qui suit la fin des enchères, je me remémore la soirée. Les dernières quatre-vingt-dix minutes sont passées dans un grand flou. Une réussite, en fait, mais à quel prix ! Celui de ma dignité, rien que ça.

Au tout dernier moment, une des participantes à nos « rendez-vous » aux enchères est tombée malade. Comme il n'y avait personne pour la remplacer et que les programmes imprimés indiquaient un nombre précis de participantes, j'ai supplié et même tenté de soudoyer chacune des membres de mon équipe pour les convaincre de prendre sa place. Peine perdue ! Toutes les personnes disponibles qui n'étaient pas requises par la bonne marche des enchères étaient soit mariées soit dans une relation sérieuse. Toutes, sauf moi, bien sûr.

J'ai eu beau gémir, conjurer, plaider, par un retour ironique des choses qui a semblé beaucoup amuser les autres organisateurs, je me suis retrouvée mise aux enchères sous le numéro vingt-deux. J'ai dû me faire une raison et me sacrifier en faisant taire une petite voix intérieure qui me disait que quelque chose clochait, sans que je sache vraiment quoi.

Je dois dire que j'ai détesté faire ça ! Du démarrage du show qui faisait penser à un concours de beauté, à la parade sur la scène où il m'a semblé être exhibée comme un trophée, sous les huées et les sifflements de l'assistance, jusqu'aux montants en dollars prononcés sur un ton monocorde par l'annonceur. Les lumières aveuglantes m'empêchaient de distinguer dans le public autre chose que de vague silhouettes. Tout le temps passé sous les projecteurs a été synonyme pour moi d'une gêne intense, mon cœur battait à se rompre et j'avais peur, sous la chaleur des lampes, d'avoir des auréoles de transpiration sous les bras.

Je suis sûre que si j'avais été de l'autre côté, j'aurais trouvé très plaisants les commentaires du commissaire-priseur, la participation de l'assistance chaleureuse, et les singeries de certaines femmes, qui essayaient de faire monter les enchères, amusantes. J'aurais surveillé la progression du montant des contributions et j'aurais été fière de la réussite de mon équipe.

Au lieu de ça, je suis assise dans les coulisses à essayer de me calmer et d'analyser ce qui vient de se produire.

– Bien joué, Ry !

Mon triste sort a bien amusé Dane, je l'entends dans sa voix tandis qu'il vient me rejoindre dans les coulisses au milieu des vingt-quatre autres femmes qui, elles, étaient d'accord pour prendre part aux enchères. En descendant de scène, elles récupèrent les sacs de cadeaux que nous avions prévus en remerciement de leur participation.

Je le fusille du regard sans cacher mon agacement. Il me gratifie d'un large sourire qui découvre toutes ses dents, tout en me prenant dans ses bras sans attendre ma permission. Je suis d'une humeur massacrante. Tu parles d'une soirée ! Après avoir été enfermée dans un placard, j'ai joué sans le savoir les seconds couteaux sur la liste des conquêtes de Monsieur Arrogant, pour finir par subir l'humiliation d'être mise en vente comme une pièce de bœuf sur le marché.

Je n'arrive pas à comprendre l'excitation des femmes qui m'entourent. Elles discutent avec animation de leur passage sous les projecteurs et chacune se vante de la somme qu'elle a remportée. Je leur suis reconnaissante de leur participation, enchantée de la réussite de l'opération, mais je suis aussi complètement ahurie de leur enthousiasme.

Il me revient à l'esprit qu'il m'a accusée d'être coincée tout à l'heure, mais j'écarte cette pensée.

– C'était horrible, putain !

Je secoue la tête et Dane part d'un rire compatissant en entendant mon ton plaintif.

– Tout ce que je veux, c'est un grand verre… non, une bouteille de vin, du chocolat, sous n'importe quelle forme, et enlever cette fichue robe et ces talons, dans n'importe quel ordre.

– S'il suffisait de ça pour te voir nue, il y a longtemps que je t'aurais apporté du vin et du chocolat.

Je ne trouve pas ça drôle et je lui jette un regard furieux.

– Désolée, mais je ne suis pas équipée pour te satisfaire.

Il se mord les lèvres pour ne pas rire.

– Oh, chérie, cela a dû être épouvantable pour toi qui ferais n'importe quoi pour rester dans l'ombre ! Regarde-moi ça !

Il s'assied dans le fauteuil à côté de moi et, en me prenant par les épaules, il m'attire contre lui. Je pose la tête sur son épaule, réconfortée par ce geste d'amitié.

– Au moins tu as réussi à faire monter les enchères, c'est déjà ça !

– Espèce de connard !

Je me recule vivement quand il part d'un rire puéril, content d'appuyer là où ça fait mal. À vrai dire, je n'ai pas la moindre idée du montant de l'enchère que j'ai remportée parce que je n'entendais rien d'autre que les battements affolés de mon cœur. Dire que mon ego se fiche de la somme pour laquelle j'ai été vendue est un doux euphémisme. Même si j'ai détesté le procédé, quelle femme n'aimerait pas savoir que quelqu'un la trouve suffisamment à son goût pour miser de l'argent afin d'obtenir un rendez-vous avec elle ? Surtout après mon expérience du début de soirée.

– À quoi ça sert, les amis ? Je veux dire entre la lutte acharnée des enchérisseurs, la bagarre pour savoir qui était ton soupirant potentiel… et la mêlée générale qui a suivi…

Il pousse un profond soupir, le regard pétillant d'humour.

– Oh, n'en rajoute pas !

J'éclate de rire, c'est la première fois de la soirée que je me détends.

– Non, sérieusement, combien est-ce que j'ai collecté ?

– Écoute-toi ! La plupart des femmes diraient : « À combien est-ce que je suis partie ? »

Il se moque de moi en prenant une voix haut perchée et maniérée, et je ris de plus belle.

– Et la deuxième question serait : « Et mon soupirant, il est sexy ? »

Je me tourne vers lui, les sourcils froncés. Les gamins du foyer, quand ils me voient faire ça, s'empressent de répondre ou vont vite se mettre à couvert.

– Eh bien ?

Comme il ne répond pas et me regarde l'air faussement horrifié, je m'autorise à faire comme ces femmes geignardes qui m'entourent.

– Dane, donne-moi des détails.

– Eh bien ma chérie, tu as rapporté…

Je prends l'air scandalisé par ces mots.

– Pardon. Ton rendez-vous a dépensé vingt-cinq mille dollars pour passer une soirée avec toi.

Quoi ? Putain, je n'en reviens pas ! Je sais que la mise à prix était de quinze mille pour tous les inscrits, mais quelqu'un a réellement surenchéri de dix mille ? Un sentiment de fierté monte en moi et vient réparer les dommages que Donavan a infligés à mon ego au début de la soirée. L'idée qu'un inconnu a offert autant d'argent pour obtenir un rendez-vous avec moi me semble totalement insensée. C'est sûrement un des membres de notre conseil d'administration avec qui j'ai travaillé. C'est la seule explication plausible. La plupart des femmes qui étaient sur la scène font partie du cercle très fermé des œuvres caritatives d'Hollywood, elles avaient des amis et des parents dans la salle pour enchérir sur elles. Moi pas. Je soupire et me détends un peu en pensant que je vais probablement devoir passer une soirée avec un monsieur âgé et veuf, et même avec un peu de chance, pas du tout. Si ça se trouve, cette personne veut tout simplement faire un don et j'y échapperai. Quel soulagement ! L'idée du rendez-vous m'inquiétait un peu. Un loser qui attend quelque chose en échange d'un don généreux, beurk !

– Et tu as vu qui a remporté l'enchère ?

– Désolé, chérie. Le type était sur le côté. J'étais dans le fond, je ne le voyais pas.

– Oh… d'accord.

La déception s'entend dans ma voix et je recommence à m'inquiéter.

– Ne t'en fais pas. Je suis sûr que c'est un des vieux types du conseil d'administration.

Il s'interrompt quand il se rend compte qu'il vient de laisser entendre que personne d'autre ne serait prêt à offrir de l'argent pour moi. Sachant très bien que je ne suis pas d'humeur à rigoler, il reprend en pesant ses mots.

– Tu vois ce que je veux dire, Ry. Ils t'adorent tous ! Ils feraient n'importe quoi pour te soutenir.

Il me lance un regard inquiet et se rend compte qu'il s'enfonce. Je pousse un profond soupir, et je me détends quand je réalise que je suis à fleur de peau en ce moment. Je remarque que presque toutes les participantes ont quitté les coulisses.

– Bon, il faudrait que j'aille rejoindre les invités.

Je me lève en lissant ma robe et je grimace quand mes pieds réintègrent mes chaussures trop étroites.

– Moi, en tout cas, j'en ai assez fait pour ce soir. Je suis prête à rentrer chez moi retrouver le confort de ma robe de chambre et de mon canapé et me jeter sur ce chocolat et ce verre de vin.

Dane se lève et m'emboîte le pas. Je rougis quand nous passons devant l'alcôve que Donavan et moi occupions tout à l'heure et je baisse la tête pour éviter les questions.

– Tu ne veux pas rester pour savoir à combien se montent les dons ?

– J'ai demandé à Stella de m'envoyer un texto quand les comptes seront faits. Je n'ai pas besoin d'être là pour ça…

Je pousse la porte et je laisse ma phrase en suspens quand je vois Donavan appuyé négligemment contre le mur et parcourant la foule du regard. Visiblement, cet homme se sent à l'aise partout. Il émane de lui une puissance sauvage mêlée de quelque chose de plus profond, de plus sombre, que je ne parviens pas à identifier. Voyou. Rebelle. Téméraire. Ces trois qualificatifs lui conviennent et, en dépit de son allure raffinée, cet homme évoque les ennuis.

Son regard scrutateur croise le mien et je m'arrête si brutalement que Dane me rentre dedans.

– Rylee…

Dane s'interrompt, comprenant pourquoi j'ai pilé.

– Dis donc, est-ce que ce ne serait pas Monsieur Renfrogné ? Qu'est-ce qui se passe, Ry ?

Je lève les yeux au ciel en pensant au pari stupide de Donavan.

– L'arrogance dans toute sa splendeur. Il faut que je règle un truc, j'en ai pour une minute.

Je me dirige vers Donavan, consciente que ses yeux suivent chacun de mes mouvements et en même temps agacée de devoir régler cela maintenant. Notre joute verbale a été un moyen amusant de passer la soirée, mais elle est terminée et je suis prête à rentrer chez moi. La partie est finie. Il s'écarte du mur et se redresse quand je m'approche de lui. Il esquisse un sourire en essayant visiblement de deviner mon état d'esprit. Je lève la main sans lui laisser le temps de parler.

– Écoutez, Ace, je suis fatiguée et d'une humeur massacrante. Il est temps pour moi de prendre congé…

– Juste quand j'allais vous proposer de vous emmener dans des endroits dont vous ignorez jusqu'à l'existence. Vous n'avez pas idée de ce que vous perdez, chérie.

Je le dévisage en oubliant toute bienséance.

– Vous rigolez ? Vous voudriez me faire croire que vous emballez avec des répliques aussi nulles ?

– Vous me vexez. Vous seriez étonnée de voir ce que ma bouche obtient avec de telles phrases.

Il sourit, les yeux pétillants, d'humour, en posant la main sur son cœur.

Je le regarde, stupéfaite. La vanité de ce type est juste incroyable.

– Je n'ai pas de temps à perdre avec ces enfantillages. Je viens de subir une humiliation pire que dans mes pires cauchemars et je suis plus furax que vous ne pouvez imaginer. Vous êtes bien la dernière personne avec laquelle j'ai envie de discuter en ce moment.

Si ma diatribe le choque, il n'en laisse rien paraître. Son visage demeure impassible, à l'exception d'un muscle qui tressaille sur sa mâchoire serrée.

– J'adore les femmes qui sont aussi directes, murmure-t-il pour lui-même.

Je pose les mains sur les hanches avant de poursuivre.

– Comme je disais, je pars dans une dizaine de minutes. La soirée est finie. J'ai gagné notre pari idiot, donc vous feriez bien de remplir votre chèque parce que ce soir vous allez rentrer chez vous avec les poches plus légères.

Un sourire amusé flotte sur ses lèvres.

– Plus légères de vingt-cinq mille dollars, pour être exact.

– Non, on avait dit vingt…

Soudain je comprends. Putain ! Non seulement il a misé sur moi, mais en plus il a gagné ! Je lui dois officiellement un rencard. Je serre les dents en levant la tête vers le plafond. J'inspire profondément pour essayer de me calmer et, d'un regard glacial, je l'empêche de parler.

– Non, non. Tout ça, c'est des conneries et vous le savez parfaitement. Ce n'est pas ce que nous avions dit. Je n'ai pas signé pour ça.

Je suis si exaspérée que je dis n'importe quoi.

– Un pari est un pari, Ryles.

– Je m'appelle Rylee, espèce de connard !

Il se prend pour qui ? D'abord il m'achète et ensuite il se permet de me donner un surnom ? Je sais que la femme irrationnelle qui est en moi a ressorti sa tête de Gorgone, mais, en ce moment, je m'en fiche complètement.

– Et moi, pour autant que je le sache, je ne m'appelle pas Ace !

Il faut reconnaître qu'il n'a pas tort. Le son rocailleux de sa voix est aussi irritant que du papier de verre. Il s'appuie de nouveau nonchalamment contre le mur, comme si nous parlions de la pluie et du beau temps. Sa décontraction me rend folle.

– Vous avez triché. Espèce de… espèce de… aaaargh !

Ma frustration m'empêche de former une pensée cohérente. Il hausse les épaules.

– Quelqu'un est venu vous chercher avant que nous ayons eu le temps de définir les règles et les conditions de ce pari. De ce fait, tous les coups étaient permis.

Son sourire et l'amusement que je lis dans ses yeux verts fascinants me mettent hors de moi. Bon sang, je m'efforce d'argumenter rationnellement avec lui et tout ce que j'arrive à faire, c'est d'ouvrir et de refermer la bouche comme un poisson hors de l'eau, incapable de prononcer un mot. Il s'écarte du mur et s'approche de moi. Des effluves de son parfum m'enveloppent.

– J'imagine que je viens de prouver qu'en fait il vous arrive parfois de perdre, Ryles.

Il tend la main pour écarter une mèche folle qui me tombe sur le visage, son sourire victorieux creuse sa fossette unique. Je me rétracte à son contact, mais il tient mon menton d'une main ferme.

– J'attends notre rendez-vous avec impatience, Rylee.

Du pouce, il me caresse la joue en inclinant la tête, l'air de réfléchir à ce qu'il va dire ensuite.

– À vrai dire, avec plus d'impatience que pour aucun des autres rendez-vous que j'ai eus dernièrement.

Je ferme les yeux un instant et je penche la tête en arrière.

– Oh là là !

Quelle soirée !

– C'est à cela que ça ressemblera ?

Quand je rouvre les yeux, déconcertée par son commentaire, il me regarde d'un air perplexe.

– Quoi ?

– Ces mots : *Oh là là*. Maintenant, je sais exactement comment sonneront ces mots que vous prononcerez quand je vous aurai pénétrée bien profondément.

Choquée, je reste bouche bée devant tant d'audace et d'aplomb. Son sourire suffisant me tape sur les nerfs. Espèce de con arrogant !

– Waouh ! On peut dire que vous êtes drôlement sûr de vous, Ace.

Il glisse ses mains dans ses poches, le sourire radieux. Il se penche vers moi avec un regard salace et murmure d'un ton provocant.

– Mais, chérie, j'ai beaucoup de raisons de l'être.

Il pousse un petit rire qui me fait courir un frisson dans le dos.

– Je vous appelle.

Sur ces mots, Monsieur Arrogant tourne les talons et s'éloigne sans un regard. Je suis des yeux ses larges épaules jusqu'à ce qu'il disparaisse dans la foule et c'est seulement à ce moment-là que je recommence à respirer normalement.

Qu'il aille se faire voir, lui et sa bouche sexy, ses yeux d'un vert incroyable, bordés de cils épais, et ses mains expertes et ses… ses… ses tout ! Je suis si furieuse que j'en tremble. Donavan est dédaigneux, sûr de lui et tout à fait à l'aise dans son rôle de mâle dominant. Pour moi, il n'y a rien de plus attirant chez un homme. Mais là, je suis hors de moi. Il m'est entré dans la peau et je ne sais pas si c'est une bonne chose ou pas. Ce que je sais, c'est qu'il a ramené à la vie certaines parties de moi que je croyais mortes depuis ce jour horrible, il y a deux ans.

Dès qu'il a posé la main sur moi.

Je reste plantée là, à essayer d'analyser les événements inattendus de cette soirée et, au bout d'un moment, je suis sûre de deux choses. Tout d'abord, il est absolument hors de question que j'honore cet engagement bidon. Ensuite, au fond de moi, en dépit de ma résolution inébranlable, je sais que je n'en ai pas fini avec ce Donavan.

CHAPITRE 4

Je pianote sur mon bureau tout en consultant le site web de notre société mère. J'ai un tas de trucs à faire mais, au lieu de ça, je regarde les photos de tous les membres de notre conseil d'administration ainsi que celles des membres du comité en charge de l'organisation. Je n'arrive pas à deviner lequel est le père de Donavan, ce qui commence sérieusement à m'agacer. Si je connaissais son nom de famille, ça m'aiderait. Je n'aurais pas dû dire à mon équipe que la paperasse pouvait attendre quelques jours. Je trouvais qu'ils avaient bien mérité un petit break après tout le travail qu'ils avaient fourni. Pourtant s'ils étaient là, j'aurais déjà la réponse. Bien sûr, je pourrais appeler Stella ou Dane et leur demander le nom de mon futur rencard, mais cela leur mettrait la puce à l'oreille. Ils savent bien que, généralement, ce genre de chose ne m'intéresse pas. Et ces deux-là sont trop portés sur les commérages, je ne tiens pas à leur fournir une si belle occasion.

Et puis je m'en veux de chercher à savoir qui il est. Qu'est-ce que j'en ai à faire ?

– Un queutard !

Je me frotte les yeux et me passe la main dans les cheveux en poussant un profond soupir. Ce week-end a été long et fatigant, je suis crevée. Je jette un coup d'œil à la pendule. Il faut que je parte dans un quart d'heure si je veux être à l'heure au foyer pour démarrer ma permanence de vingt-quatre heures.

Une alerte sur mon ordinateur me signale un mail entrant. Je clique sur ma boîte, et même si je ne reconnais pas l'adresse, je devine l'identité de l'émetteur. C'est reparti. J'ouvre le message parce que l'objet a piqué ma curiosité.

De : Ace
À : Rylee Thomas
Objet : Liaisons galantes en coulisse
Ryles,
Auriez-vous ouvert ce mail si l'objet était simplement « Rencard avec le plus offrant » ?
Je ne crois pas.
Vous me devez un rendez-vous.
Dites-moi quand vous êtes libre pour que je m'organise.
Vous avez vingt-quatre heures pour répondre. Sinon…
Ace

Je pousse un soupir de soulagement mi-figue, mi-raisin. Cet ultimatum absurde m'agace. Mais c'est surtout ma propre réaction qui m'agace. Pourquoi, alors que je ne veux pas sortir avec lui, suis-je excitée comme une collégienne en constatant qu'il m'a envoyé un mail ? Comme quand le gars le plus populaire et cool de la fac remarque la godiche ordinaire. Après qu'il a flirté avec la capitaine des pom-pom girls derrière les gradins du stade, ça va sans dire.

Seigneur, ce qu'il peut être agaçant ! Je regarde la pendule pour m'assurer que j'ai le temps de répondre.

De : Rylee Thomas
À : Ace
Objet : Autocensure ?
Ace,
Quelle exigence !
Vous avez dissimulé l'objet de votre mail, n'est-ce pas ? Est-ce que je devrais m'inquiéter du nombre de mails que vous avez envoyés, avec le même intitulé, à toutes vos autres conquêtes de samedi soir ?
Ryl-E-E

Je souris en cliquant sur « envoyer ». Je revois son visage. Son sourire. Ses yeux émeraude. Sa façon de réduire mon self-control à zéro. Il ne s'est écoulé que deux jours depuis les enchères mais, déjà, je me demande si ma mémoire n'enjolive pas le souvenir de Donavan, tout en minimisant ses transgressions. Une nouvelle alerte de ma boîte mail m'empêche d'approfondir cette réflexion.

De : Ace
À : Rylee Thomas
Objet : L'esprit chevaleresque n'est pas mort
Ryl-E-E,
Un gentleman ne se vante jamais de ses opportunités ni de ses conquêtes, Ryles. Vous devriez le savoir. Quand

vous penserez à moi, prenez bien soin de noter que mes exigences n'ont qu'un seul but : vous faire plaisir. D'autre part, vous n'avez pas répondu à ma question. Nous avons parié, vous avez perdu. Il est temps de passer à la caisse, chérie.
Ace

J'éclate de rire en lisant sa réponse. Peut-être que si je ne réponds pas à sa question, il laissera tomber. Ce serait trop beau ! Tout en détestant le petit jeu auquel il se livre, je me surprends à sourire en tapant ma réponse. Je représente un défi pour lui, c'est aussi simple que ça. Si j'avais accédé tout de suite à ses exigences, ou peut-être même si j'avais continué à l'embrasser dans le couloir, il m'aurait oubliée instantanément. Il aurait fait ce qu'il voulait avec moi et il serait parti sans se retourner.

De : Rylee Thomas
À : Ace
Objet : Grosses dames et canaris
Ace,
J'ai lu quelque part qu'un garçon ordinaire a besoin d'être adulé par de nombreuses filles pour être satisfait, alors que l'adoration d'une seule femme suffit à combler un gentleman. Cette définition à elle seule montre que vous n'êtes décidément pas un gentleman. Ce qui veut dire que vous devriez chanter comme un canari, donc.
De plus, un rendez-vous avec vous est BIEN AU-DESSUS de mes moyens.
Rylee
PS : Ne vous inquiétez pas, je ne pense pas à vous. Pas du tout.

Prends ça ! Je ne suis pas peu fière de mon trait d'esprit en dépit du mensonge éhonté du dernier commentaire. Je me lève, mets de l'ordre sur mon bureau et prends mes affaires. Au moment d'éteindre mon ordinateur, ma boîte mail m'alerte encore une fois.

De : Ace
À : Rylee Thomas
Objet : Il vous faut une augmentation
Rylee,
Je suis un homme, c'est vrai, mais je suis loin d'être gentil. En fait, je pense que vous êtes curieuse, juste comme j'aime. Sautez le pas avec moi, Ryles, je vous tiendrai la main et prendrai plaisir à vous faire perdre ce self-control dont vous êtes si fière. Je serai tout et n'importe quoi, sauf gentil. Je vous le promets. Comment connaître vos limites si vous ne les repoussez pas ?
Si vous refusez de me donner vos disponibilités, je pourrais bien être obligé de prendre les choses en main. Peut-être est-ce précisément ce que vous souhaitez ? Que quelqu'un prenne les rênes à votre place ? Peut-être que c'est ce dont vous avez besoin ?
Ace.

– Espèce d'enfoiré égocentrique !

Cette fois, j'éteins mon ordinateur sans prendre la peine de répondre. Comme s'il savait ce que je veux, ce dont j'ai besoin ! Pourtant, malgré ma colère, ses mots résonnent en moi, plus qu'ils ne devraient.

***

En route pour le foyer, mon téléphone sonne dans la voiture. Je suis d'une humeur de chien sans trop savoir pourquoi. En fait, c'est Donavan et ses fichus mails. Pourquoi a-t-il fallu qu'il vienne réveiller mes manques, mes besoins et mes désirs ? Je grogne en voyant le nom d'Haddie sur l'écran de mon téléphone. Depuis la soirée de samedi, j'ai soigneusement évité ma coloc et meilleure amie. Elle et ses questions prévisibles. Heureusement, elle avait des plans qui l'ont retenue loin de la maison, sinon, il lui aurait suffi d'un interrogatoire pour savoir qu'il s'était passé quelque chose.

– Salut Had !

– Ry ! Où étais-tu ? Tu m'évites ?

Bon sang, elle n'a pas dit trois mots qu'elle commence déjà !

– Mais non, c'est juste que nous avons toutes les deux été trop occupées avec…

– Arrête tes conneries ! J'ai parlé avec Dane et je suis au courant ! Pourquoi ne m'as-tu pas réveillée en rentrant pour me raconter ?

Je pâlis. Qu'est-ce que Dane a bien pu lui dire ? Ah, elle doit parler des enchères, bien sûr.

– Il n'y avait rien à raconter à part l'humiliation absolue que j'ai subie. C'était horrible.

– Arrête, ça n'a pas dû être si terrible ! Et puis tu y as gagné un rencard d'enfer. Qui est-ce ?

Je lève les yeux au ciel en arrivant dans l'allée du foyer.

– Un type…

– Je m'en doute. Je suis contente que ce ne soit pas une fille, tu vois, parce que ça changerait la donne.

Elle rit et je ne peux retenir un sourire.

– Allez, vas-y, accouche !

– Sérieux, Haddie. Il n'y a rien à raconter. Bon, je viens juste d'arriver au foyer, je te laisse.

– Tu imagines que je vais te croire, Ry ! T'inquiète, je t'obligerai à cracher le morceau dès que tu rentreras du boulot demain soir.

Je fais la grimace. Quand Haddie Montgomery menace d'aller au fond des choses, elle ne lâche jamais. Je capitule en espérant que si je lui donne quelque chose, elle sera satisfaite et ne cherchera pas à en savoir plus.

– Écoute, je ne connais pas le gars. Teddy nous a présentés avant que je sois contrainte de remplacer une concurrente. Il s'appelle Donavan quelque chose et c'est le fils d'un des membres de notre CA. C'est tout ce que je sais.

Je suis gênée de ce mensonge éhonté. J'entends un murmure d'approbation au bout du fil et j'imagine très bien la tête qu'elle fait. Elle fronce le nez et retrousse les lèvres en forme de cœur en essayant de deviner si je dis la vérité.

– Bon, je suis au foyer, Had, il faut vraiment que je te laisse. Bisous, bisous, à plus.

– Bisous, à plus.

***

À mon arrivée, c'est le bazar comme d'habitude. Je dois enjamber six cartables jetés pêle-mêle dans l'entrée. En passant dans le hall, j'entends des chansons du Top 40 qui proviennent d'une chambre et un début de dispute dans une autre.

Par la fenêtre ouverte, je perçois le bruit d'une balle qui tape dans un gant de base-ball, à l'arrière du bâtiment, c'est Kyle et Ricky qui jouent à la balle, comme souvent. D'une minute à l'autre, l'un des deux va se plaindre que l'autre ne sait pas tirer. Il vont discutailler puis ils passeront à une autre activité, une partie de Bakugan ou de base-ball sur la Wii.

En arrivant dans la grande salle, j'entends Scooter qui rigole en débattant avec mon collègue Jackson des mérites comparés de Spider-Man et de Batman. La grande salle est la pièce commune du foyer, elle comprend une cuisine ouverte sur un living spacieux. De grandes fenêtres donnent sur le jardin où les garçons jouent au ballon. D'un côté de la pièce, plusieurs canapés forment un U autour du coin média ; en face se trouve une grande table en bois recouverte en partie, pour l'instant, par ce qui semble être des devoirs inachevés. Le mobilier n'est pas neuf, mais il n'est pas minable non plus, simplement patiné par l'usage.

– Salut, les gars.

– Salut, Rylee.

Jackson lève vers moi un regard amusé par son débat avec Scooter, un garçon de huit ans, et me sourit.

– On fait une petite pause. Ils auront fini leurs devoirs avant que le repas soit prêt.

Je pose mon sac sur le plan de travail dans la cuisine avant d'aller jeter un coup d'œil à l'avancement du repas qui mijote dans deux grandes marmites. Je soulève un couvercle et je touille ce qui ressemble à du porc avec des légumes. Mon estomac gargouille, ce qui me rappelle que j'ai sauté le déjeuner de midi au bureau, au siège de l'association.

– Mmm, ça sent bon.

Je donne une tape sur la main de Shane qui essaie de faucher un morceau de pain tout frais posé sur un papier, sur le dessus de la cuisinière.

– Bas les pattes ! C'est pour le dîner. Va te prendre un fruit si tu as faim.

Il lève les yeux au ciel comme seul un ado de quinze ans sait le faire.

– Hé, ça ne coûte rien d'essayer !

Il passe à côté de moi en repoussant la mèche blonde qui lui tombe sur les yeux.

– Faudrait penser à te couper les cheveux.

Il hausse les épaules en me décochant ce sourire en coin qui me fait fondre à tous les coups.

– Tu as fini ta rédaction, que je puisse la relire ?

Il se retourne vers moi tout en continuant à marcher à reculons.

– Oui, maman !

L'affection contenue dans ce terme ne m'échappe pas. C'est exactement ce que nous représentons pour ces garçons, les parents qu'ils ont perdus. Or, la plupart du temps, les chances d'être adoptés diminuent de façon dramatique, passé un certain âge. L'État a délégué leur tutelle à mon association.

Je travaille surtout au siège qui est à quelques kilomètres d'ici, mais j'insiste pour que tout le personnel qualifié fasse au moins une permanence de vingt-quatre heures toutes les semaines. Ce temps leur permet de connaître les garçons et de ne jamais oublier pour qui nous nous battons quotidiennement. Ces gamins et mon équipe sont ma deuxième famille. Ils me donnent de l'énergie, me provoquent émotionnellement et m'obligent à rester alerte mentalement. Parfois, ils mettent ma patience à rude épreuve et me poussent à bout, mais je les aime de tout mon cœur. Je ferais n'importe quoi pour eux.

Connor arrive en courant dans la cuisine, portant quelque chose sous le bras, et ressort aussitôt par l'autre porte, poursuivi par Aiden qui hurle qu'il va le rattraper et le faire payer.

– Eh les gars, calmez-vous !

– Ça suffit, les garçons !

Jackson se lève du canapé pour surveiller leur échange. Ces deux-là ont l'habitude de se provoquer au point, parfois, d'aller jusqu'à se battre.

Je sens des petites mains s'accrocher à ma jambe. Je baisse les yeux et croise le regard angélique de Scooter.

– Salut, toi.

Je souris en prenant mon temps pour lui rendre son embrassade. Je le vois se raidir à l'idée que je l'approche, mais il ne flanche pas. Il m'a fallu seize mois pour obtenir cette réponse de la part d'un enfant de huit ans qui n'avait connu comme seul contact avec sa mère que des coups de poing ou des objets lancés à la figure. Je m'accroupis pour être à sa hauteur et je l'embrasse doucement sur la joue. Ses yeux chocolat me regardent avec confiance.

– Je suis d'accord avec toi, Spider-Man est bien plus cool que Batman. Il possède un sixième sens qui manque à Batman.

Il me sourit en hochant la tête avec enthousiasme.

– Et si tu allais ranger tes affaires ? Le dîner est presque prêt.

Il acquiesce en souriant et retourne dans la pièce commune où ses BD favorites sont étalées en vrac sur le sol. Je reporte mon attention sur la silhouette recroquevillée sur l'autre canapé. Zander est statique. Depuis trois mois qu'il m'a été confié, il n'est pas sorti de son mutisme. Replié sur lui-même, le visage impénétrable et les yeux, au regard hanté, rivés sur l'écran de télévision, il serre sur son cœur, telle une bouée de sauvetage, un chien en peluche élimé qui ne le quitte pas. Ses cheveux bruns bouclent sur sa nuque. Ils sont beaucoup trop longs, mais j'entends encore ses hurlements de terreur le mois dernier quand je me suis approchée de lui avec des ciseaux pour les couper.

– Pas de changement, Jax ?

Jackson vient de me rejoindre, sans quitter Zander des yeux. Il pousse un profond soupir plein de compassion.

– Non. Sa consultation avec le docteur Delaney s'est déroulée comme d'habitude. Il s'est contenté de la regarder fixement quand elle a essayé de le faire participer à l'atelier de ludothérapie.

– Quelque chose finira bien par servir de déclencheur et le sortir de son état de choc. Ce serait bien que cela ne tarde pas trop si nous voulons limiter les dégâts dans son inconscient… et aider la police à comprendre ce qui s'est passé.

La police nous a amené Zander après l'avoir trouvé chez lui, couvert de sang. Armé d'une boîte de pansements adhésifs, il essayait d'arrêter le sang qui coulait des multiples coups de couteau que sa mère avait reçus. Un voisin qui promenait son chien avait entendu les appels au secours et prévenu la police. La mère est morte avant leur arrivée. On pense que le père de Zander est l'auteur des coups, mais sans le témoignage de Zander, les événements qui ont précédé restent un mystère. Son père ayant disparu, il est le seul à pouvoir dire ce qui s'est passé cette nuit-là.

Zander n'a pas prononcé un seul mot depuis le meurtre de sa mère, il y a trois mois. C'est mon boulot de m'assurer que nous lui apportons toute l'aide possible afin qu'il puisse sortir de l'état de torpeur catatonique dans lequel il se trouve.

Ensuite seulement nous pourrons l'aider à entamer un long processus de guérison.

Pour m'extraire de ce crève-cœur, je m'emploie à terminer avec Jackson les préparatifs du repas. Nous œuvrons en silence, l'un à côté de l'autre, parfaitement synchronisés, comme un vieux couple. Nous partageons cette permanence depuis deux ans maintenant, et chacun est capable d'anticiper les gestes de l'autre. Nous ne parlons pas, attentifs au débordement d'activité dans la maison.

– Alors, on m'a dit que les enchères ont fait un tabac, avec une concurrente inattendue.

Il me regarde en haussant les sourcils et je lève les yeux au ciel en guise de réponse avant de me retourner vers l'évier.

– On m'a parlé aussi d'une séance de flirt érotique très poussé dans les coulisses.

J'en lâche le couteau que j'étais en train de laver et qui tombe dans l'évier en inox avec un fracas épouvantable. Je suis contente que Jackson, à qui je tourne le dos, ne puisse pas voir la stupéfaction sur mon visage. C'est quoi ce bazar ? Quelqu'un a dû me voir avec Donavan. Je m'oblige à respirer pour ne pas paniquer. Je ne sais pas comment réagir. Je n'ai pas envie que les membres de mon équipe alimentent les commérages à propos de ma rencontre dans les coulisses.

– De… de quoi est-ce que tu parles ?

J'essaie de prendre un ton dégagé, mais j'espère être la seule à discerner la détresse de ma propre voix. Je ferme le robinet en attendant sa réponse. Jackson part d'un rire chaud et profond.

– J'aurais adoré te voir en action, Ry.

Merde, merde et merde ! Mon cœur s'emballe. Comment est-ce que je vais expliquer ça ? Je sens le rouge me monter aux joues. Au moment où je vais répondre, il reprend, l'amusement perceptible dans sa voix.

– Te voir parader sur scène pour un événement que tu as tellement combattu. Bon sang, tu devais être hyper furax !

– Tu n'as pas idée !

J'ai pratiquement murmuré sans me retourner bien que je n'aie plus rien à laver. Mais je crains le déferlement de questions s'il voit mon visage.

– Et en plus, Bailey m'a raconté qu'elle a rencontré ce mec hyper sexy – c'est elle qui le dit – et l'a entraîné dans les coulisses – tu sais comment elle est – où elle a eu une séance de flirt très poussé avec lui.

Je relâche le souffle que je retenais, heureuse d'apprendre qu'il s'agit de notre stagiaire, Bailey, qui s'est vantée de ses exploits et non de commérages à propos de ceux de sa patronne. Et soudain, je réalise que cette bombe de Bailey, avec qui tous les mecs au boulot rêvent de sortir, était vraisemblablement la première conquête de Donavan, samedi soir.

Si c'était le cas, pourquoi voudrait-il passer de cette beauté brune aux jambes interminables à moi ? Tout à fait ce qu'il me faut pour renforcer mon sentiment d'être toujours le deuxième choix. Je souffle pour éloigner les cheveux qui me tombent dans la figure.

– Bah, tu la connais. Elle aime bien s'amuser.

Jax rigole et me tapote le dos en passant derrière moi.

– C'est une façon sympa de présenter les choses.

Il entreprend de préparer les pique-nique des garçons pour demain midi.

– C'est une fille super, elle travaille bien, les gamins l'adorent… mais ce n'est pas le genre de copine que je choisirais pour mon fils.

J'acquiesce dans un murmure en pensant à notre séduisante stagiaire, qui n'a que cinq ans de moins que moi, et à ses manières particulièrement libérées. J'ai toujours été un peu envieuse de ce genre de filles. Des filles qui jettent leur bonnet par-dessus les moulins, totalement libres, et qui vivent leur vie sans regrets, en flirtant avec des inconnus au hasard de leurs rencontres, sans se prendre la tête, qui partent en balade sur un coup de tête et sont toujours les reines de la fête. Je me dis souvent avec angoisse qu'un jour je me retournerai sur ma vie avec l'impression que je ne l'ai pas vécue. Que je n'ai pas pris assez de risques, pas assez profité de ma jeunesse, que je ne me suis pas suffisamment aventurée hors de mon périmètre de confort.

Je mène une vie protégée, prévisible, contrôlée et toujours en ordre. La plupart du temps, elle me convient comme ça. Ce n'est pas parce qu'elle a embrassé Donavan la première que je suis jalouse d'elle – enfin, peut-être un peu quand même – mais plutôt parce qu'elle vit sans regrets.

Je me sors de mes pensées, de celles que j'ai de plus en plus fréquemment à mesure que l'anniversaire approche. J'aurais dû au moins apprendre que la vie est courte et que je dois la vivre pleinement au lieu de rester dans mon coin tranquillement en la regardant s'écouler. Je me force à reporter mon attention sur ce que je dois faire maintenant.

– Les garçons, il est temps de venir finir vos devoirs.

Des grognements divers me parviennent des différentes pièces. Six garçons entre huit et quinze ans s'approchent de la table en traînant les pieds et en grommelant.

Je jette un coup d'œil vers le divan où Zander, recroquevillé sur lui-même, se balance d'avant en arrière. Je vais lentement vers lui et je m'agenouille.

– Zander, tu veux venir avec nous ? Je peux te lire un livre si tu veux.

Je lui parle d'une voix douce en tendant la main lentement pour qu'il ne se trompe pas sur mes intentions, puis j'effleure sa main posée sur son genou. Il continue à se balancer, mais ses yeux bleus vacillent et viennent se fixer sur les miens. Ce que je vois dans ce regard me secoue au plus profond de moi-même. Je lui souris en serrant sa main.

– Nous serions très heureux que tu viennes avec nous.

Il garde le silence, mais ses yeux ne quittent pas les miens. Un infime éclair d'espoir jaillit en moi parce que d'habitude il détourne le regard au bout de quelques secondes.

– Allez, Zander, prends ma main, je ne te lâcherai pas, sauf si tu le veux.

Il continue à me regarder fixement un moment, et je ne bouge pas, un sourire rassurant sur le visage. Sa petite main vient sur la mienne et il entoure ma paume de ses doigts. Il se lève lentement et nous allons rejoindre les autres garçons assis autour de la table.

CHAPITRE 5

Je marche au ralenti. J'arrive à la fin de ma permanence au foyer et les longues heures de ces deux derniers jours commencent à se faire sentir. Les garçons se sont montrés particulièrement durs aujourd'hui.

Ma collègue Kellen joue à chat avec les garçons dans la cour ; leurs rires et leurs cris me parviennent par les fenêtres ouvertes. Je suis dans la cuisine, en train de préparer le repas de la permanence suivante quand le téléphone sonne.

– Allô ?

– Ah, très bien. Tu es encore là.

– Plus pour longtemps. Je termine dans un quart d'heure. Qu'est-ce que je peux faire pour toi, Teddy ?

– Je sais que tu es probablement épuisée, mais est-ce que tu pourrais passer au bureau en rentrant ?

J'adore Teddy, mais c'est bien la dernière chose que j'ai envie de faire. Je voudrais juste rentrer chez moi, me glisser sous la couette et dormir jusqu'à demain.

– Hum, OK, d'accord. Il y a un problème ?

– Au contraire, je pense que nous avons trouvé la solution pour les fonds qui nous manquaient pour les nouvelles installations. Je t'expliquerai dès que tu seras là. On est justement en train de finaliser les détails.

– C'est vrai ? C'est super !

Mes espoirs reprennent. Même après le gala de charité et les nombreux dons que nous avons collectés, il nous manque encore plusieurs millions de dollars pour atteindre notre objectif.

– Je… je fais aussi vite que possible, ça va dépendre de la circulation.

Je raccroche, tout excitée. Tout le travail que j'ai fourni depuis deux ans pour obtenir les consentements, le soutien du CA, les projets, le financement – tout cela va peut-être porter ses fruits, finalement.

J'achève de préparer le dîner pour que l'équipe suivante n'ait plus qu'à le mettre à cuire. J'attrape mon sac à main et mon sac de week-end et, tout en rassemblant mes affaires, je jette un coup d'œil à mon téléphone pour, sans enthousiasme, regarder mes mails. Je pourrai peut-être passer quelques coups de fil dans les embouteillages.

En consultant mes messages, je remarque un courriel que Donavan m'a envoyé un peu plus tôt dans la journée. J'hésite à le supprimer, mais ma curiosité l'emporte et je l'ouvre.

De : Ace
À : Rylee Thomas
Objet : Mains expertes
Rylee,
Vous ne m'avez pas laissé le choix. Votre absence de réponse m'a obligé à prendre les choses en main. Vous n'avez pas oublié leur toucher, j'en suis sûr.
Ace

Quel connard arrogant ! Je supprime le mail. Qu'est-ce qu'il va faire ? Je m'en fiche d'autant plus que, maintenant, je sais ce qui s'est passé entre lui et Bailey dans le vestiaire. Quand on y pense, ils sont parfaitement bien assortis. Un queutard avec une dévoreuse d'hommes. Cette pensée me fait sourire tandis que je finis de ranger mes affaires avant de dire au revoir à la petite troupe.

Contrairement aux autres jours, la circulation est fluide sur le trajet du bureau. Je me dis que c'est de bon augure. Par ce beau jour sous le soleil californien, exceptionnellement chaud pour une fin janvier, je donnerais n'importe quoi pour attraper une serviette, aller à la plage et m'allonger sur le sable au soleil pour me régénérer.

En un rien de temps, je me gare sur le parking de Corporate Cares. Je traverse le hall du bâtiment à grands pas en vérifiant ma tenue au passage dans les fenêtres qui me servent de miroir. Je porte mon jean préféré taille basse avec un t-shirt moulant rouge en V. Heureusement j'en avais un de rechange dans mon sac parce que je ne crois pas que Teddy aurait apprécié celui que je portais à l'origine et qui est maintenant maculé du vomi de Ricky. Je prends un moment pour arranger mes cheveux, je retire ma pince et laisse retomber mes boucles sur mes épaules.

Profitant de la montée en ascenseur, je remets un peu de gloss sur mes lèvres et me pince les joues pour leur redonner de la couleur avant d'arriver à l'étage des bureaux. En passant devant le mien, je fais signe à différentes personnes et j'échange quelques mots en allant jusqu'à la réceptionniste, devant celui de Teddy. Je suis surprise de voir que les stores sont baissés dans la salle de réunion.

– Salut, Sandy.

– Salut, Rylee. Je vais le prévenir de ton arrivée. Il t'attend.

– Merci.

Par la baie vitrée, j'aperçois une longue file de voitures sur l'autoroute qui va chez moi. On dirait des fourmis avançant à la queue leu leu.

– Tu as fait vite !

Je me tourne vers mon patron qui arbore un large sourire.

– Je meurs d'impatience de te mettre au courant.

– Et moi je meurs d'impatience de savoir ce qui se trame.

Je lui emboîte le pas et je prends place dans le fauteuil de cuir noir qui lui fait face, heureuse de m'asseoir. Teddy s'installe en face de moi, incapable de contenir son enthousiasme.

– J'ai reçu un coup de fil ce matin et j'ai passé l'après-midi en réunion pour monter un projet. Écoute ça.

Il se penche vers moi, les mains posées sur son bureau.

– CD Entreprise m'a contacté, ils veulent nous donner la moitié de ce qui nous manque pour nos installations et s'engagent à lever le reste des fonds en obtenant d'autres sociétés qu'elles apportent leur contribution ou qu'elles les sponsorisent.

Il a débité son flot de paroles sans reprendre sa respiration, les yeux brillants d'excitation. J'essaie d'intégrer le sens de ses mots, j'ai du mal à croire que je ne rêve pas.

– Quoi ? Mais comment ça ? Waouh !

Je rigole, prise dans le tourbillon d'excitation de Teddy.

– Je suis encore en train de peaufiner les détails. Colton est toujours dans la salle de réunion en ce moment. Je vais te le présenter à nouveau dans une seconde.

– Je l'ai déjà rencontré ?

– Oui, je te l'ai présenté samedi au gala de charité.

Je ris.

– Tu m'as présenté un tas de gens ce soir-là. Tellement que je n'ai retenu ni leurs noms ni leurs visages. Espérons que je me souviendrai de quoi nous avons parlé et que je ne passerai pas pour une idiote.

Son rire rassurant résonne dans la pièce.

– Je suis sûr que tu vas très bien t'en tirer ! En tout cas, c'est parti, mon petit ! Tout le travail que tu as fourni porte enfin ses fruits.

– C'est super, Teddy !

Un sentiment de soulagement m'envahit soudain. Au début de la semaine, nous avons appris que faute d'un financement intégral, le projet risquait d'être encore reporté de huit à douze mois.

– C'est inespéré, en fait.

Il secoue la tête.

– Mais il faut que je te dise, Ry, tu vas être mise à contribution. Il veulent une personne détachée de chez nous pour travailler à leur côté, et ils ont exigé que ce soit toi.

Je hoche la tête tout en me demandant pourquoi et comment la société me connaît. Mais ça n'a pas d'importance. Ce qui compte, c'est le financement.

– Bien sûr. Je ferai tout ce qu'il faudra, tu le sais. (Je pose la main sur mon cœur.) C'est tellement incroyable ! Je ferai tout ce qui sera nécessaire pour obtenir ce financement – pour lancer le projet.

– Bravo, je savais que je pouvais compter sur toi.

Il se lève.

– Viens, j'ai hâte que tu rencontres Colton à nouveau et que nous mettions la touche finale à cet accord.

Il me fait signe de le suivre dans le couloir. Je ne suis pas très à l'aise, je n'ai pas la tenue qui convient à une réunion de travail, mais si Teddy s'en moque, je n'ai pas à m'en faire.

– La voici, Colton.

Teddy me précède dans la salle de réunion. J'entre à sa suite et je m'arrête net. Donavan est assis à l'autre bout de la table de conférence, une pile de documents devant lui. Il a les bras croisés négligemment sur la poitrine et ses biceps sont visibles sous les manches de son polo. Quand nos regards se croisent, ses lèvres s'écartent en un large sourire suffisant. C'est quoi ce bordel ? Figée dans l'embrasure de la porte, je regarde alternativement Teddy puis Donavan.

– Je… je ne… je ne comprends pas !

Le regard horrifié de Teddy me fait comprendre que je viens de faire une bourde.

– Rylee ?

Il jette un rapide coup d'œil à Donavan pour voir si je ne l'ai pas offensé, puis me lance un regard d'avertissement.

– Rylee, de quoi parles-tu ? Voici Colton Donavan, qui est, entre autres, le PDG de CD Entreprise – je vous ai présentés l'autre soir, tu te souviens ?

Tout d'un coup, mon univers est entièrement bouleversé par le fait que l'homme qui me fait face – l'homme qui m'a réduite à une boule de sensations l'autre soir – n'est autre que Colton Donavan. LE Colton Donavan – le pilote de course sexy et branché, le fils d'un célèbre metteur en scène d'Hollywood et le séducteur impénitent qui alimente les colonnes people des tabloïds. Le Colton Donavan qui m'a laissée avec des rêves érotiques et un désir charnel insatisfait depuis samedi dernier. Putain !

C'est incroyable que je ne l'aie pas reconnu tout de suite. Je lui avais bien trouvé quelque chose de familier que je n'arrivais pas à identifier quand je l'ai rencontré, mais maintenant je réalise que je n'étais pas dans mon état normal. J'ai un peu de mal à comprendre ce qui se passe. Le souffle coupé, je regarde tour à tour Teddy et Dona – heu – Colton. À la façon dont Teddy me regarde, j'imagine que je ne dois pas avoir l'air aimable. Je baisse les yeux, prends une profonde inspiration et j'essaie de composer mon visage et de calmer les émotions qui se bousculent dans ma tête. Je ne peux pas laisser mes sentiments foutre en l'air cette donation – les enjeux sont trop importants.

– Hum… excusez-moi, c'est juste que… je pensais que Donavan était votre prénom.

Je pénètre plus avant dans la pièce en prenant de l'assurance. Je me dis que je peux le faire.

– Je n'ai pas bien compris quand nous avons été présentés l'autre soir.

Le bref sourire de Colton m'arrête net.

Tu peux le faire. Je me répète cette phrase comme un mantra. Pas question de lui laisser voir l'effet qu'il produit sur moi.

La tête haute, je me dirige vers lui avec détermination et je lui tends la main en plaquant un sourire sur mon visage.

– Ravie de vous revoir, monsieur Donavan.

Teddy pousse un soupir de soulagement. Il retenait sa respiration, craignant que ma réaction ne vienne remettre leur accord en question. Son visage se détend.

– Appelez-moi Colton, je vous en prie.

Donavan se déplie avec grâce et se lève pour prendre ma main dans la sienne. Il la garde un poil plus longtemps que nécessaire.

– Ravi de vous revoir, moi aussi.

Un éclair traverse ses yeux émeraude.

– Asseyons-nous, je vous prie, dit Colton avec enthousiasme.

– Colton, je te laisse le soin d'expliquer la proposition de ta société à Rylee.

– Avec plaisir, Teddy.

Colton, très professionnel, déplace son siège pour me faire face et dépose une liasse de documents devant moi.

– CD Entreprise s'emploie à redistribuer ses gains à notre communauté. Une fois par an, avec mon équipe, nous choisissons une association et y consacrons du temps, nos relations et des fonds pour attirer l'attention sur la cause qu'elle défend. Après avoir assisté inopinément à votre soirée la semaine dernière, à la place de ma mère qui est tombée malade, j'ai trouvé que votre association méritait toute notre attention.

Je l'observe, qui continue à aligner des faits et des chiffres relatifs à des organisations que CD Entreprise a sponsorisées par le passé. J'ai du mal à admettre que cet homme si posé, si professionnel, soit la même personne qui m'a fait fondre et m'a réduite à une chose tremblante et gémissante entre ses mains.

C'est le genre d'homme pour lequel je craque habituellement. Tout en noir et blanc, sans demi-teinte. Passionné et compétent. C'est ça que je trouve sexy. Pas le connard arrogant et prétentieux de l'autre soir, impudique et sans retenue. Dieu merci, je sais à quoi m'en tenir, je ne risque pas de tomber dans le panneau. Du moins, c'est ce que je suis en train de me dire quand je l'entends prononcer mon nom. Je me secoue pour me sortir de mes pensées.

– Pardon ?

– Avez-vous des questions ?

Colton incline la tête, l'air pensif. J'ai la nette impression qu'il sait exactement que l'objet de mes pensées, c'est lui.

– Tout d'abord, permettez-moi de vous demander des nouvelles de votre mère. Ensuite, que fait CD Entreprise exactement, monsieur Donavan ?

– Ma mère va mieux, je vous remercie. Quant à CDE, l'activité principale de la société est la propriété et la direction d'une écurie de course automobile. Mon écurie de course automobile, ajoute-t-il avec fierté. Notre projet principal est, entre autres choses, une technologie de pointe qui va permettre d'accroître la sécurité des pilotes. Nous avons déposé une demande de brevet. Nous sommes en cours d'homologation.

– Hmmm.

Je ne saisis pas très bien comment toute cette histoire peut fonctionner.

– Et comment comptez-vous relier une voiture ou une écurie de course automobile à une collecte de fonds au profit d'enfants orphelins et de Corporate Cares ?

Je suis de retour en mode business, et son charme n'affecte plus mon raisonnement. Plus entièrement en tout cas. Mais j'ai dans l'idée qu'il y a un piège. Chat échaudé…

– Merci de m'offrir cet enchaînement. Lundi, j'ai attiré l'attention de mon équipe sur votre association. Après quelques recherches, des discussions et une réflexion de toute l'équipe, nous sommes arrivés à la proposition suivante :

Il ouvre le dossier qu'il a posé devant moi et, quand il me regarde, le plaisir adoucit ses traits.

– CD Entreprise propose de faire une donation d'un million et demi de dollars à Corporate Cares.

Putain ! Je m'efforce de ne pas prononcer les mots qui se bousculent dans ma bouche. La fierté se lit dans ses yeux alors qu'il me regarde d'un air pensif, en évaluant silencieusement ma réaction avant de continuer.

– En plus de ce premier versement, nous prévoyons de dédier une partie des placards publicitaires de ma voiture à promouvoir votre cause ou votre mission pour la saison à venir, si cela vous convient.

Il voit la perplexité sur mon visage et lève la main pour finir.

– Nous prévoyons d'utiliser ce support publicitaire pour inciter d'autres sociétés et d'autres écuries de course à vous sponsoriser, elles aussi. Mon équipe va les pousser à s'engager à payer soit un montant préfixé par tour que ma voiture effectuera, soit un parrainage total.

J'écarquille les yeux, incrédule. Cela représenterait une somme hallucinante pour l'association. Je jette un regard vers Teddy, si excité qu'il ne tient pas en place, un sourire radieux illuminant son visage. Je regarde Colton de nouveau et nos regards se croisent, l'émeraude et l'améthyste, je suis partagée entre la gratitude et la perplexité. Pourquoi nous ? Pourquoi justement notre organisation ?

Il me sourit doucement comme s'il lisait dans mes pensées et comprenait mon dilemme. Accepter la donation signifie que j'accepte de sortir avec lui.

– Nous n'avons pas encore décidé si nous proposons le parrainage course par course ou pour toute la saison. Mon équipe travaille là-dessus au moment où je vous parle, étant donné que nous avons un peu moins de trois mois avant l'ouverture de la saison, et nous devons obtenir le parrainage du plus grand nombre possible de sociétés.

– N'est-ce pas incroyable ?

Teddy hurle à côté de moi. Je me tourne vers lui et je lui souris avec sincérité avant de reporter mon regard sur Colton.

– C'est extrêmement généreux de votre part et de celle de votre société. Ce qui m'intrigue, ce sont les raisons qui vous poussent à faire ça. Pourquoi Corporate Cares ?

Un sourire effleure ses lèvres.

– Disons que vous pouvez être très persuasive, mademoiselle Thomas.

Il garde les yeux rivés sur les miens et je retiens ma respiration.

– Je pense que cela va me plaire de travailler avec une personne aussi passionnée et…

Il détourne les yeux en cherchant le mot juste.

– … réactive, comme vous m'avez semblé l'être samedi soir.

Son visage affiche une impassibilité que ses yeux démentent tandis qu'il passe la pointe de sa langue sur sa lèvre inférieure. Tout le sang de mon visage semble refluer dans mes joues et descendre dans mon cou. Il plisse les yeux. Son regard insistant me met mal à l'aise et je voudrais me trouver n'importe où, ailleurs qu'ici.

Dans un lit, par exemple, son corps sur le mien, avec ses doigts se baladant sur ma peau, ses lèvres écrasant les miennes. C'est quoi, ce bordel ? Ce n'est pas suffisant qu'il soit en face de moi, il faut en plus qu'il vienne corrompre mes pensées ? Ça ne va pas du tout.

Je réprime la colère que son culot fait monter en moi. Je n'arrive pas à croire qu'il ait dit ça. Il a vraiment besoin de me rappeler ma mauvaise conduite en face de mon patron ? Comment ose-t-il venir à mon bureau pour me provoquer et me rappeler un épisode dont je ne suis pas fière. Et que je ne suis pas près d'oublier.

– Réactive. C'est bien le mot qui convient pour décrire ma Rylee. Elle va toujours de l'avant.

Teddy me tapote le dos, la fierté s'entend dans sa voix.

Colton regarde Teddy qui n'a rien perçu de la tension sexuelle qui s'est installée entre nous, et hoche la tête.

– C'est exactement ça. Et ce n'est pas courant. Je l'ai observée en action samedi soir et j'ai été impressionné.

J'en ai assez entendu, mais je ne veux pas lui donner la satisfaction de voir qu'il me trouble. Je n'ai pas envie de travailler avec cet homme, mais je dois me rendre à l'évidence, Corporate Cares n'a pas d'autre choix que de récolter les fruits de tout le sang, les larmes et la sueur que j'ai versés ces deux dernières années. C'est lui qui se présente, même si ses intentions ne sont pas totalement désintéressées. Je dois considérer cette collaboration comme un moyen pour arriver à mes fins. Je dois penser à mes gamins et à tous ceux qui bénéficieront de ces nouvelles installations.

– Donc, monsieur Donavan…

– Appelez-moi Colton, je vous en prie.

Je décide de remettre la conversation sur ses rails.

– Colton, j'ai compris le principe. Maintenant, quel est exactement mon rôle dans cette collaboration ?

– Eh bien, mademoiselle Thomas, je n'aurai pas vraiment besoin de vous d'un point de vue purement professionnel. J'ai une équipe parfaitement rodée pour ce genre de choses. Mais il va sans dire que j'aurai besoin que vous soyez notre contact pour répondre à leurs questions et pour différentes autres choses.

Ce sont ces « différentes autres choses » qui m'inquiètent.

– Mais alors, pourquoi…

Colton m'interrompt en levant la main une fois de plus, et cette habitude commence à me taper sur les nerfs.

– Comme je l'ai dit à Teddy, la signature du contrat entre nos deux sociétés pour la donation est soumise à plusieurs facteurs.

Il marque une pause et arrange les papiers devant lui. Il lève les yeux en concentrant toute son attention uniquement sur moi.

– Pendant les mois à venir, je vais avoir besoin d'un représentant de Corporate Cares à mes côtés en de nombreuses occasions.

Il s'arrête et je fais la moue en arrondissant les yeux, j'espère me tromper.

– Moi ?

Mais je connais déjà la réponse.

– Oui, vous.

Je remarque que ses yeux rétrécissent quand je passe la langue sur mes lèvres sèches. Tout à coup, j'ai chaud. Ses lèvres s'entrouvrent légèrement tandis qu'il m'observe et je suis obligée de repousser les pensées inconvenantes qui me viennent à l'esprit.

– En plus de l'annonce de notre accord, il y aura plusieurs événements, certains ici, d'autres en dehors de la ville, des cocktails, des interviews à la presse, etc., où vous devrez m'accompagner.

– Quoi ?

Stupéfaite, je me lève en repoussant brutalement mon siège et je regarde alternativement Colton et Teddy. Quel culot ! Je décline un rendez-vous, je le repousse dans les coulisses du théâtre et lui, il élabore un moyen de me lier à lui par contrat ? Quel sombre crétin ! Son ego a vraiment dû souffrir de mon refus.

Je suis sidérée. Rien à faire ! Il n'est pas question que j'accepte. Il me passe par la tête quelques expressions bien senties que j'adorerais lui envoyer à la figure.

– Cela te pose un problème, Rylee ? Moi, je trouve que c'est une idée brillante.

Teddy me sort de ma stupeur. Je me tourne vers lui pour lui répondre, mais aucun son ne sort de ma bouche.

– Si Colton est prêt à faire jouer son nom, ses relations et sa popularité pour faire parler de Corporate Cares en se montrant avec toi au cours d'événements couverts par les journaux, alors…

– Pourquoi ne pas en profiter ?

Colton termine la phrase de Teddy en arborant un large sourire insolent. La tournure que prennent les événements commence à me tourner la tête et je me sens tout étourdie. En posant une main sur la table pour me soutenir, je me laisse tomber lentement dans le fauteuil, fixant du regard un point imaginaire sur la pile de documents devant moi.

– Ry ? Ça va ?

Teddy semble inquiet.

– Hein ?

Je relève la tête et je croise son regard plein d'empathie.

– Tu es un peu rouge. Tu te sens bien ?

– Oui, ça va. C'est juste… j'ai eu une longue permanence. C'est tout.

J'essaie de me reprendre. Qui veut la fin veut les moyens, comme on dit.

– Désolée. Excusez-moi. Je suis complètement bouleversée à l'idée que ce nouveau projet va devenir réalité.

Colton me scrute en silence, je m'agite sur mon siège, mal à l'aise sous son regard insistant.

– Écoute Riley, je sais que tu es surbookée en ce moment et que cela va constituer pour toi une charge de travail supplémentaire, mais nous sommes si près du but ! Je n'accepterai personne d'autre pour représenter notre association. Il n'y a que toi, mon petit.

Le compliment de Teddy me va droit au cœur malgré la panique où me plonge l'impression d'être piégée. D'être embarquée de force dans une histoire qui sera sans aucun doute profitable à Corporate Cares mais qui, pour moi, risque d'être dévastatrice.

Teddy jette un coup d'œil à sa montre et me tapote la main.

– J'ai une vidéoconférence dans cinq minutes.

Il se lève, imité par Colton.

– Je suis sûr que vous pourrez vous passer de moi pour régler les derniers détails.

Il tend la main à Colton, pour sceller l'accord par une poignée de main.

– Merci pour cette générosité à laquelle nous ne nous attendions pas. Tu n'as pas idée du nombre de vies qui vont pouvoir changer grâce à ce don.

Une ombre inexpliquée passe sur le visage de Colton.

– Je comprends bien plus de choses que ce que les gens croient en général, ajoute-t-il. Merci d'avoir accueilli ma proposition si chaleureusement. Mon avocat te contactera dans la matinée pour rédiger la paperasse.

Teddy acquiesce avant de sortir de la pièce. Je reste plantée à regarder la porte, tournant le dos à Colton, en réfléchissant à ce que je vais faire. Je suis submergée par sa générosité. Par sa tentative de réaliser mes rêves, alors pourquoi est-ce que je ne ressens pas de gratitude envers lui ? Pourquoi est-ce que j'ai juste envie de me retourner et de l'étrangler ? Je déteste qu'on me force à faire quelque chose. Ce n'est pas parce que je veux tout contrôler – enfin peut-être un peu quand même. Mais, au moins, je veux être en mesure de prendre mes propres décisions et ne pas être traitée comme une femme docile qui dit oui à tout sans discuter.

Pourquoi est-ce qu'il m'énerve tant ? Est-ce parce que chaque fois que je regarde ses lèvres ou ses doigts qui passent sur sa mâchoire, mon corps se contracte en souvenir de ce que j'ai ressenti quand ils se sont posés sur moi ? Ou bien parce que, dans mes rêves, j'entends sa voix rauque qui me dit à quel point il me désire ? Merde ! Je menais une vie parfaitement tranquille jusqu'à la semaine dernière. Et puis je l'ai rencontré et depuis, je perds tous mes moyens. Je devrais me moquer complètement qu'il ait flirté avec Bailey et Dieu sait quoi encore, mais je n'y arrive pas. Je suis gênée à l'idée qu'il croie probablement que je laisse le premier type venu poser les mains sur moi. Cela m'énerve de penser que la seule raison qu'il ait de me poursuivre, c'est que je ne me laisse pas séduire par ses compliments ni par son baratin éloquent. Je me demande pourquoi un homme comme lui, qui embobine des femmes bien plus jolies et plus sexy que moi, porte son regard sur moi. Ma vie n'est pas une de ces romances hollywoodiennes où une fille ennuyeuse et un homme célèbre tombent follement amoureux. Je n'ai pas la naïveté de croire que c'est ce qui va m'arriver. En plus, mes sentiments pour Max ne font que compliquer les choses. Je culpabilise en pensant que, bien que je l'aime, avec lui, je ne me suis jamais sentie aussi vivante qu'avec Colton.

Je pousse un profond soupir, consciente de la proximité entre nous.

Quand je me tourne vers lui, il sent mon irritation et ça le fait rire. Il est assis, appuyé au dossier de son fauteuil, une cheville posée sur son genou, les bras nonchalamment posés sur les accoudoirs. Nous nous observons, nous nous scrutons pour la première fois sans le regard d'observateurs extérieurs. Son regard se balade paresseusement sur mon corps et s'arrête sur mon décolleté. Je remarque que son sourire s'élargit et je suppose qu'il apprécie les rondeurs féminines en général, pas seulement les miennes, puis ses yeux reprennent leur exploration.

Il est vraiment très beau. Ses épais cils noirs contrastent de manière frappante avec le vert de ses yeux. Son nez puissant est légèrement incurvé, comme s'il avait été cassé. Cette imperfection sur un visage parfait par ailleurs ne fait qu'ajouter à son sex-appeal renversant. Je détaille ses lèvres pleines – la lèvre supérieure est légèrement plus fine –, la barbe naissante qui ombrage son visage et le pouls qui bat régulièrement sous la courbe de sa mâchoire. Je suis prise d'une envie soudaine de l'embrasser et de me blottir contre lui, de sentir le pouls de cet homme vibrant sous mes lèvres. D'être enveloppée dans son odeur propre et terreuse. Je secoue la tête pour essayer de sortir de cette transe. Il hausse les sourcils et attend que je fasse le premier pas. Nous continuons à nous observer un moment en nous jaugeant l'un l'autre. C'est finalement moi qui romps le silence.

– C'est ça que vous appelez prendre les choses en main ?

– Qu'est-ce qui ne va pas ? Vous avez du mal à résister à la tentation, Ryles ?

Il me lance un sourire arrogant. Malgré mon envie de lever les yeux au ciel, je ne pense qu'à lui.

– Tu parles !

Il hausse les épaules avec indifférence.

– Il fallait bien, Ry, vous ne m'avez guère laissé le choix.

– Pas le choix, vraiment ? Vous êtes qui ? Un ado qui pique sa crise parce qu'il n'obtient pas ce qu'il désire ?

– Vous me devez un rencard.

– Tout ça pour un foutu rencard, Ace ? N'est-ce pas plutôt parce que j'ai refusé vos avances une fois que j'ai eu retrouvé mes esprits ?

Oh, ce qu'il peut être énervant !

Sardonique, il ajoute en levant un sourcil :

– Oh, vous y seriez venue sans problème. Quant à vos esprits, d'après mon souvenir, ils étaient répandus en vrac sur le sol de ces coulisses.

Gros malin ! Comment fait-il pour me mettre tellement hors de moi alors qu'il m'en faut beaucoup plus d'habitude ?

– Donc, comme je vous ai dit non, vous offrez des masses d'argent et vous me coincez par contrat. Vous me forcez à passer du temps avec vous ? De l'argent en échange d'un rendez-vous ? Je ne suis pas une putain, Colton. Et certainement pas la vôtre !

Je me dirige vers la fenêtre pour essayer de dissiper ma colère. Je l'entends bouger derrière moi, je comprends qu'il se lève et s'approche de la fenêtre. Nos regards se croisent dans le reflet de la vitre et il soutient le mien. Mon corps se met à vibrer.

– Mettons les choses au clair. Premièrement, j'ai mes raisons pour faire ce don qui n'ont absolument rien à voir avec vous. Rien du tout ! Deuxièmement, je ne paie jamais pour un rencard, Rylee. Jamais. J'ai plus de classe que ça.

Je sens la fureur qui émane de lui.

– Vous avez bien payé pour un rendez-vous avec moi.

– Vous n'allez pas comparer une enchère pour une œuvre de charité avec un service d'escort-girls. Et pour finir…

Il s'approche de moi en gardant les yeux rivés aux miens, et m'attrape le bras pour donner plus de force à son argument.

– Pour finir, je ne veux plus jamais vous entendre employer le mot *putain* pour parler de vous.

Nous restons silencieux alors que ces mots flottent autour de nous. Qu'est-ce que ça peut lui faire, la manière dont je parle de moi ? Il n'a aucun droit sur moi. Je sais bien qu'il est plus sage de ne pas provoquer quelqu'un qui est en colère, mais je ne peux pas m'en empêcher. Sans savoir pourquoi, j'ai envie de le pousser à bout. Après tout, puisqu'on m'oblige à faire quelque chose, autant dire ce que j'ai sur le cœur. Je dégage mon bras brusquement.

– Alors pourquoi ce contrat ? Les événements où je suis tenue de vous accompagner ? On dirait que je blesse votre ego en refusant de succomber à votre charme irrésistible. Vous avez besoin de m'attacher pour vous prouver que la magie Colton opère toujours ?

Il me regarde avec un sourire en coin.

– Je n'ai jamais parlé de vous attacher, mais si c'est votre truc, Rylee, je ne demande pas mieux que de vous satisfaire. Je peux vous montrer les ficelles.

Je n'en reviens pas. Le double sens de ses paroles me fait monter le rouge aux joues et détourner les yeux.

– Je ferai comme si je n'avais pas entendu ce commentaire.

J'ai parlé sèchement, mais j'essaie de me rappeler où j'en étais. Il m'a fait perdre le fil. *Ah oui !*

– Votre orgueil en prend un coup parce que je ne tombe pas à vos pieds et que je refuse de devenir votre objet sexuel, alors vous venez sur mon lieu de travail, vous prenez la seule chose que je veux vraiment, la chose sur laquelle je travaille depuis plus de deux ans, et vous me la servez sur un plateau.

– Et où est le problème ?

– Le problème est que vous me l'offrez dans des termes qui sont gratifiants pour vous…

J'hésite parce que je me rends compte que je me perds et j'ai peur, si je continue à parler, de laisser passer des pensées intimes, des pensées qui le concernent. Et si cela arrive, alors… il saura que je pense à lui bien plus que je ne devrais.

Colton se glisse près de moi et appuie son épaule contre la vitre pour m'observer de profil. Notre silence se prolonge un moment, mon anxiété augmente sous son regard insistant. C'est lui qui rompt le silence d'une voix douce et pressante à la fois.

– Pourquoi ne voulez-vous pas sortir avec moi ?

Waouh, changement de sujet ! Un rire nerveux s'échappe de mes lèvres. Je continue à regarder dehors, sans lever la tête.

– Pourquoi le ferais-je ? Vous et moi venons de mondes différents, Colton, des mondes qui obéissent à des règles différentes. Vous voulez un rencard pour pouvoir m'ajouter à la longue liste de vos conquêtes. C'est vous qui avez dit que vous vouliez me baiser pour pouvoir me sortir de votre esprit et passer à autre chose. (Du coin de l'œil, je le vois pâlir.) Les femmes que vous côtoyez habituellement vous déclarent probablement leur amour et s'offrent à vous quand vous leur sortez ce genre de subtilités, mais avec moi ça ne marche pas.

Colton s'apprête à répondre. Je sais qu'il va me lancer un de ses traits d'esprit, me dire que je n'aurai aucun problème à m'offrir à lui. Je l'interromps d'un geste de la main, lui empruntant sa propre tactique au passage.

– Notre rencontre n'a été qu'un moment d'égarement passager, en ce qui me concerne. Cela ne se reproduira pas.

Je me tourne pour le regarder dans les yeux.

– Je ne suis pas ce genre de fille, Ace.

Il me considère un moment, un muscle tressaille sur sa mâchoire. Il se penche vers moi et sa voix rauque recèle des accents de vérité.

– Vous savez bien qu'au fond de vous-même, une part minuscule de la femme respectable que vous êtes désire explorer cette partie intrépide, sexy, désinhibée, qui est en vous et qui ne demande qu'à s'exprimer. Une partie de vous-même que je peux sans problème vous aider à découvrir.

Mes yeux lancent des éclairs tandis que j'essaie de ne pas voir la vérité derrière ses paroles. Il observe ma lutte intérieure jusqu'à ce que je me détourne pour retourner vers la table de conférence. Je ne tiens pas à ce qu'il décèle le moindre désespoir dans mes yeux.

– Vous ne jouez pas franc-jeu, Colton.

– Et alors ? On est parfois contraint de se montrer déloyal pour obtenir ce qu'on veut.

– Et qu'est-ce que vous voulez, exactement ?

Je croise les bras sur ma poitrine pour ériger une barrière invisible de protection contre lui. Comme si quelque chose pouvait vraiment me protéger ! Colton s'éloigne de la fenêtre et se dirige vers moi, comme un lion prêt à bondir sur sa proie. Il s'immobilise devant moi, plus près qu'il n'est nécessaire, il tend la main et, du bout des doigts, il me relève le menton pour m'obliger à le regarder dans les yeux.

– Vous.

J'ai l'impression que tout l'air contenu dans la pièce a brusquement été aspiré. Je ne peux plus respirer. Incrédulité et acceptation m'envahissent un moment devant la simplicité de cette réponse. Mais ma sympathie se dissipe quand je comprends que c'est sa façon de procéder. C'est comme ça qu'il obtient tant de noms sur sa liste. Il vous manipule de telle sorte que vous vous sentez unique dans son radar. Il est bon. Il est vraiment bon. Mais je ne vais pas tomber dans le panneau.

Je m'écarte de lui pour créer une distance et pouvoir penser plus clairement.

– Alors pourquoi un contrat ? Qu'est-ce que vous cherchez à obtenir ?

Je contourne la table de la salle de conférence. Une fois de l'autre côté, je me retourne pour lui faire face.

– Vous allez me faire perdre mon boulot si je ne couche pas avec vous ?

Un sourire désabusé relève les coins de sa bouche.

– Non… mais cela reste une option.

– Eh bien, pourquoi est-ce qu'on ne s'épargne pas une perte de temps et des efforts et qu'on s'en débarrasse tout de suite ? Comme ça, on pourra passer aux choses importantes. Bon sang, on peut même utiliser la table de conférence si vous êtes aussi désespéré que ça.

– On pourrait, en effet.

L'air sincèrement amusé, il appuie des deux mains sur la table pour tester sa stabilité.

– Elle est assez solide.

Il hausse les épaules.

– Même si ce n'est pas exactement ce que j'avais en tête.

Il fait passer dans son regard toutes ses pensées lascives inexprimées.

– Et vous pouvez me croire, chérie, je suis loin d'être désespéré.

Son regard fait courir des frissons dans mon dos. J'essaie de changer de stratégie. Il est clair que celle que j'ai choisie n'a pas réussi à le dissuader.

– Nous savons tous les deux que vous n'avez pas besoin d'une escorte pour assurer ces tâches. Pourquoi ne demandez-vous pas à une de vos petites amies de vous accompagner ?

Je continue à me déplacer parce que je sais que si je reste immobile, je risque d'entrer en contact avec lui. Et l'attraction qu'il exerce sur moi est trop forte pour que je résiste à ce contact. Et s'il me touche, alors je pense que toute ma résolution va s'écrouler.

– Je suis sûre que vous avez toute une bande de filles superbes qui n'attendent qu'un claquement de doigts de votre part.

– Les petites amies, ce n'est pas mon truc.

Je m'arrête net.

– Ah, je vois. Votre truc, c'est plutôt les plans cul ? Apparemment, j'avais raison de ne pas me faire d'illusions à votre sujet.

J'ai le temps de voir la colère briller dans ses yeux avant qu'il ne la domine et la dissimule derrière un petit sourire narquois.

– Pourquoi me lier à une seule femme alors qu'il y en a tant qui se battent pour attirer mon attention ?

Il me provoque pour me faire réagir.

– Vous y croyez vraiment à votre baratin ?

Seigneur ! Cet homme est aussi exaspérant qu'irrésistible. Il m'adresse un sourire mielleux et croise les bras sur sa poitrine. J'essaie de ne pas concentrer toute mon attention sur ses muscles qui roulent sous sa chemise. De ne pas imaginer à quoi il ressemble *sans* sa chemise.

– On peut dire que vous êtes drôlement pénétré de vous-même, Ace.

Il incline la tête et me regarde.

– Si vous désirez l'être à ma place, je peux m'arranger pour vous satisfaire.

Cette fois encore, ses paroles me laissent sans voix et, malgré leur côté direct et grossier, tous mes muscles situés sous la ceinture se contractent de désir. La chaleur me monte au visage, et je me force à fixer un point invisible sur le mur en espérant qu'il ne se rendra compte de rien. Il rigole en voyant ma réaction et je relève vivement les yeux en m'efforçant de dissimuler sous un masque d'incrédulité l'effet que ses mots ont eu sur moi. C'est seulement en cherchant vainement une réponse destinée à le remettre à sa place que je comprends qu'il plaisante. Un sourire flotte sur ses lèvres et il plisse les yeux.

– Allez. Vous l'avez bien cherché. Je n'ai pas pu résister.

Je connais ça. Je le regarde fixement en secouant la tête.

– D'accord. Je vais faire comme si vous n'aviez pas dit ça. Non mais sérieusement, pourquoi vous n'avez pas de petite amie ?

Il hausse les épaules d'un air détaché.

– Ce n'est pas mon truc. Je n'aime pas avoir d'attaches. Une relation, c'est synonyme de complications.

Un mec qui refuse de s'engager. Rien de nouveau sous le soleil.

– Donc j'avais raison ?

– À propos de quoi ?

Il s'approche de moi lentement, la tête inclinée sur le côté. Mon cœur se met à battre plus vite. Le ton de sa voix et son allure ont changé. Je sens son désir brut à mesure qu'il se rapproche. Le danger. Mon corps se tend de désir alors que mon cerveau me conseille de battre en retraite.

– Ce que je vous ai dit samedi dernier – baiser et larguer, c'est ça qui vous plaît.

J'ai dit ça à voix basse. La témérité qui sous-tend mes paroles s'évapore à chaque pas qu'il fait dans ma direction.

– Je vous ai déjà dit que je n'appréciais pas les insultes. Et voilà que vous recommencez. Ne serait-ce que pour ça, vous méritez la fessée.

Mes cuisses se crispent de désir. Je ne suis pas portée sur ce genre de trucs. Et pourtant, avec Colton, l'idée de ses mains sur moi, me possédant, me poussant à surfer sur la frontière infime entre le plaisir et la douleur m'excite au-delà de toute cohérence.

Mes lèvres s'écartent quand il arrive à quelques centimètres de moi. Mon corps le reconnaît, son odeur, son souffle court. Mon dos s'arc-boute quand il tend la main vers ma joue.

– Ça craint, non ? Non ? ajoute-t-il, alors que du bout du doigt il suit le contour de ma mâchoire, s'arrête, puis vient effleurer ma lèvre inférieure.

– Quoi ?

– De devoir camper sur ses positions par principe au lieu de céder à la tentation qui se présente. Il n'y a pas de honte à accorder à votre corps ce qu'il désire par-dessus tout, Rylee.

Nous sommes là, à quelques centimètres l'un de l'autre, tandis que le poids de ce qu'il vient de dire s'installe dans ma psyché. Je sais qu'il a raison. Le désir de plus en plus lancinant qui agite mon corps me le dit. Que je veux exactement ce qu'il est en train de m'offrir.

– Vous pouvez difficilement le nier, chérie, c'est écrit en toutes lettres sur votre corps.

Je m'écarte brusquement de lui, comme si j'avais été mordue. Ce qu'il vient de dire a ranimé ma colère.

– Non ! Je…

Il revient vers moi et me pose un doigt sur les lèvres, les yeux brillants d'une intensité salace.

– Chut… Sachez seulement, Rylee, que le sexe avec moi… vous n'aurez jamais mieux.

Il dit ça d'une voix basse, hypnotique, qui semble vider tout l'air de mes poumons, et toute raison de ma tête, d'ordinaire plutôt sensée.

Je fais un bond en arrière, j'ai besoin de m'éloigner de son discours sensuel et de son arrogance sans limites. Il est si direct, si sûr de lui, qu'il en devient presque déplaisant. *Presque*. Il est indéniable que cet homme est doué pour vanter ses propres mérites. Malheureusement pour lui, je n'irai jamais vérifier s'il dit vrai ou pas, ne serait-ce que pour donner une bonne leçon à son ego surdimensionné.

– Je vais accepter ce fichu accord, Colton. Je vais le faire pour mes gamins. Pour tous les gamins qui viendront après. Pas pour vous. Ni pour les machinations débiles qu'il y a derrière.

Je vais vers la table pour ramasser mes affaires. Je rassemble les documents en les tapant bruyamment sur la table, c'est le seul bruit qu'on entend dans la pièce. Je lève la tête et je le regarde droit dans les yeux.

– Je ne coucherai pas avec vous, Ace.

– Mais si, vous le ferez.

Il sourit d'un air suffisant. Malgré le coup vicieux que ses mots provoquent entre mes jambes, je réussis à pousser un petit rire.

– Ne pensez pas un seul instant…

– Colton !

Un ronronnement sexy m'interrompt, venant de la porte de la salle de réunion. Je relève la tête brusquement pour apercevoir la mince silhouette de Bailey, un sourire séducteur sur le visage, les yeux écarquillés et battant des cils. Mon sentiment d'insécurité remonte à la surface et je déglutis bruyamment en guettant la réaction de Colton. Je croise son regard. En fait, malgré cette interruption, il ne m'a pas quittée des yeux. Je ne sais pas comment je dois prendre ça. Il retrousse les lèvres, les questions non résolues restent en suspens entre nous.

Tout à coup, je ne me sens pas bien. J'éprouve un besoin impérieux de m'échapper de cette pièce. De fuir cet homme. Je ne veux pas être témoin de la familiarité qui existe entre Bailey et lui. Ni éprouver cette jalousie, alors que je viens de dire que je ne voulais pas de lui.

Ignorant la tension qui règne entre nous, Bailey pénètre dans la pièce en roulant des hanches et se dirige vers Colton en jouant avec une mèche de ses cheveux au brushing et à la teinture auburn impeccables.

Un regret passe furtivement dans les yeux de Colton quand il se tourne vers elle en souriant chaleureusement, toujours le parfait gentleman. En pivotant brusquement pour sortir, je me cogne dans mon fauteuil qui racle bruyamment le parquet.

– Je ne me rappelle pas vous avoir entendu claquer des doigts.

J'entreprends de nouveau de contourner mon siège. Colton rit de bon cœur dans mon dos, ce qui me fait sourire malgré ma colère. En sortant, je l'entends qui m'appelle. Je ne m'arrête pas, dans ma hâte de mettre de la distance entre nous.

– Nous n'en avons pas fini, Rylee, vous pouvez me croire.

Je passe devant mon bureau sans répondre et je vais droit à l'ascenseur. Sans prêter attention à l'appel de Stella ni au clignotement du répondeur de mon téléphone, j'approche des portes de l'ascenseur qui, heureusement, s'ouvrent juste à ce moment-là.

J'ai besoin de prendre l'air pour m'éclaircir les idées. Je ne me reconnais plus, d'ordinaire je suis sûre de moi et je ne crains pas d'exprimer mes sentiments, et là je me sens comme une de ces gamines pleurnichardes que je ne peux pas supporter. Comment se fait-il qu'avec Colton je sois réduite à une boule d'hormones, furieuse une minute et désirant sentir ses lèvres sur les miennes la suivante ?

Je me laisse aller contre la paroi de l'ascenseur. Il me met dans un état pas possible, complètement hors de moi. Je n'arrive pas à savoir ce que je désire le plus, lui mettre ma main dans la figure ou baiser avec lui.

CHAPITRE 6

Je me détends dans mon jardin en buvant un verre dans la chaleur du soleil californien. Je suis allongée sur une chaise longue, et je profite des derniers rayons avant qu'il ne se couche. La brise légère qui fait frémir les palmiers le long de notre clôture m'apaise.

Les événements de la journée m'ont épuisée. Pour tout arranger, Josie est au lit avec la grippe. Je vais devoir retourner au foyer dans moins de vingt-quatre heures pour la remplacer. Il est encore tôt mais, raisonnablement, je devrais aller me coucher pour effacer une partie de cette fatigue par une bonne nuit de sommeil. Mais je me suis laissé convaincre par Haddie de prendre un verre avec elle et de partager la pizza qu'elle est en train de préparer dans la maison.

Je ferme les yeux et je me détends contre le dossier de la chaise en soupirant. J'ai envie de croire que les nouvelles installations vont se concrétiser et devenir réalité. Que notre nouvelle approche de l'action à mener auprès des orphelins pourra se développer et, avec un peu de chance, devenir le fer de lance d'une révolution dans notre système d'accueil de ces enfants. Nous pourrons démontrer que le fait de regrouper des petits nombres d'enfants sous un même toit, où ils trouveront en permanence des tuteurs, des règles, un enseignement, des conseils, leur permettra de devenir des adultes équilibrés et bien adaptés. Ils auront un endroit où ils seront chez eux.

Un frisson de fierté me traverse quand je pense à toutes les possibilités et tous les espoirs que nous pourrons susciter en finalisant ce projet.

Brusquement, je me sens mal en pensant à lui. Je ne comprends toujours pas ce qu'il veut dire quand il dit que les petites amies, « *ce n'est pas son truc* ». Pourquoi est-ce que je continue à penser à lui s'il ne se passe rien ? Parce qu'en fait il se passe quelque chose. Je ne peux pas nier qu'il soit plus qu'agréable à regarder. Et je ne peux décidément pas faire comme si les étincelles qui courent sur ma peau quand il me touche étaient imaginaires. Mais je n'ai vraiment pas envie d'être confrontée à lui et à ses manières de dragueur, surtout maintenant que j'y suis obligée pour des raisons professionnelles.

Je pousse un profond soupir quand j'entends la porte coulissante s'ouvrir et Haddie sortir dans le jardin avec une bouteille de vin, deux verres et un carton de pizza sur lequel sont empilées des assiettes et des serviettes en papier. Je me rends compte tout à coup que je meurs de faim. Elle vient vers moi, sa longue silhouette encadrée par les rayons du soleil qui font de sa chevelure blonde comme un halo autour de sa tête. Ses longues jambes élancées sont mises en valeur par un minishort kaki, et sa poitrine généreuse est contenue dans un caraco orange. Comme toujours, elle est habillée avec style et un goût parfait. Et, en dépit de sa perfection sans faille qui me donne des complexes, je l'aime comme la sœur que je n'ai jamais eue.

– Je meurs de faim.

Je me redresse pour l'aider à tout mettre sur la table.

– Et moi je meurs d'impatience de savoir ce qui t'arrive. Et pourquoi tu restes là, plongée dans tes pensées.

Elle verse le vin rouge dans nos verres pendant que je coupe la pizza.

– Ça me rappelle quand nous étions dans notre chambre à la cité U.

Je montre notre repas en rigolant.

Haddie était ma coloc en première année de fac. Je n'aurais jamais pensé au cours de cette première semaine d'intégration que la Barbie qui partageait ma chambre deviendrait ma meilleure amie. Elle était entrée en tourbillonnant dans la chambre, on aurait dit un mannequin sorti d'une campagne de pub pour Ralph Lauren, incroyablement sûre d'elle-même, suivie de sa famille modèle venue l'accompagner. Elle avait regardé lentement autour d'elle, notre environnement spartiate, les murs de briques recouverts d'une couche de peinture et les placards exigus. Je l'observais, mal dans ma peau, en me disant que chaque matin allait me rappeler à quel point j'étais inférieure à cette splendide créature.

Une fois ses parents partis pour de bon, j'étais restée immobile à tirer sur l'ourlet de ma robe. Elle avait fermé la porte, s'était tournée vers moi avec un sourire immense sur ses lèvres en forme de cœur et m'avait dit :

– Bon sang, j'ai cru qu'ils ne partiraient jamais !

Du coin de l'œil, je l'avais vue s'adosser contre la porte, l'air soulagé. Elle avait incliné la tête, me jaugeant du regard.

– Je pense que le moment est venu d'arroser ça !

Et elle s'était précipitée sur sa valise pour en sortir une bouteille de tequila bien cachée au milieu de ses affaires. Puis elle s'était laissée tomber sur mon lit à côté de moi. Elle avait débouché la bouteille et l'avait levée entre nous.

– À notre première année à la fac ! À l'amitié, à la liberté, à tous les beaux mecs et à la solidarité entre colocs qui se couvrent l'une l'autre.

Elle avait fait une grimace en buvant une gorgée de cet alcool fort et m'avait tendu la bouteille. J'avais nerveusement regardé la bouteille, puis elle, mais comme je voulais déjà désespérément lui plaire, j'avais bu une gorgée dont la brûlure m'avait fait monter les larmes aux yeux.

– Seigneur, ce qu'on pouvait être naïves en ce temps-là ! Et si jeunes ! Il s'est passé tellement de choses depuis cette première année.

– Il suffirait de cette tequila bon marché pour nous y ramener.

Je rigole puis je regarde en silence les rayons du soleil disparaître, emportés par la nuit qui s'avance.

– Huit ans, ça fait un bail, Had.

Je prends une longue gorgée de ce vin âpre, le laissant calmer l'angoisse qui pointe le nez dans mon esprit.

– Ça fait assez longtemps pour que je sache que quelque chose te tracasse. Qu'est-ce qui se passe, Ry ?

Je souris, heureuse d'avoir une amie comme elle. En même temps, c'est embêtant parce que je ne peux rien lui cacher. Je sens les larmes me monter aux yeux, surprise par ce soudain afflux d'émotion. Haddie se penche vers moi, en pliant sous elle ses jambes parfaitement bronzées, et elle pose une main sur la mienne.

– Qu'est-ce qu'il y a, Rylee ? Qu'est-ce qui te met dans cet état ?

Il me faut un moment pour retrouver ma voix, j'ai envie de tout lui raconter, de savoir si elle trouve que je suis bornée en ce qui concerne Colton. Peut-être que je sais ce qu'elle va me dire si je lui raconte et que c'est la raison pour laquelle je garde tout pour moi. Peut-être que je n'ai pas envie de m'entendre dire que c'est normal de se laisser aller à éprouver de nouveau des sentiments. Que de sortir avec quelqu'un d'autre n'enlèverait rien à Max, ni à son souvenir, ni à ce que nous avons vécu ensemble.

– Il y a tellement de choses à dire, je ne sais pas par où commencer. Je suis crevée, à cause du boulot, je m'inquiète pour Zander, qui ne fait aucun progrès, ce qui annihile tous les bienfaits du succès de la soirée de samedi dernier.

Je me passe la main dans les cheveux.

– Et, en plus, il faut que je retourne au foyer demain pour remplacer Josie qui est malade…

– Il n'y a personne d'autre pour la remplacer ? Tu as déjà fait beaucoup trop d'heures cette semaine, je ne t'ai pratiquement pas vue.

– Non, personne n'est disponible. Pas cette semaine. Tout le monde a fait exploser ses heures à cause du gala de charité… et comme je suis salariée… il n'y a que moi.

– Je sais pourquoi tu le fais, Ry, je comprends que tu adores ton boulot… mais ne te laisse pas dévorer, ma puce.

– Je sais, je sais. On croirait entendre ma mère.

Je prends une bouchée de pizza que je mâche lentement.

– Il y a une bonne nouvelle, quand même. Je crois que nous avons trouvé le reste du financement pour les installations.

– Quoi ?

Elle se redresse vivement.

– Pourquoi tu ne disais rien ? Ça s'arrose !

Elle cogne son verre contre le mien.

– Que s'est-il passé ? Comment ? Je veux des détails.

– Nous peaufinons les derniers détails avant de rendre la chose publique, nous ferons une annonce à ce moment-là.

J'essaie de ne pas laisser transparaître le dégoût que je ressens en pensant à quelles conditions le marché a été conclu. J'espère qu'elle va se contenter de cette réponse sans me poser plus de questions.

– D'accord.

Elle me dévisage, visiblement surprise que je n'en dise pas plus.

– Oh ! Et qu'en est-il de ce rencard aux enchères dont Dane m'a parlé ?

Je baisse les yeux et je tourne l'anneau que je porte à l'annulaire de la main droite. Je fais ça tout le temps sans m'en rendre compte.

– Je ne sais pas encore.

En relevant les yeux, je vois qu'elle a remarqué mon geste. Ses yeux s'emplissent de larmes.

– C'est parce que la date anniversaire approche, hein? C'est pour cela que tu as l'air si accablée ?

Elle se lève et vient s'asseoir à côté de moi pour me prendre dans ses bras.

Pendant un bref instant, je m'abandonne à mes souvenirs et aux pensées qui accompagnent la date qui approche. Je n'avais pas vraiment fait le rapprochement entre mon sentimentalisme soudain et la confusion de mes sentiments envers une relation inexistante avec Colton. Je suppose qu'inconsciemment je refuse de penser à cette date traumatique et au chagrin à jamais vivant au plus profond de mon âme. J'essuie une larme sur ma joue et me soustrais à l'étreinte chaleureuse d'Haddie.

Je hausse les épaules.

– Ouais, j'imagine que ça fait beaucoup d'un seul coup.

C'est la vérité, mais je me sens coupable de lui en cacher une partie.

– Eh bien, sœurette, nous allons boire plein de vin, nous apitoyer sur notre sort et nous moquer de nous-mêmes et de notre stupidité.

La sincérité de son sourire me remonte le moral. Je trinque avec elle, heureuse de son amitié.

– À la tienne, ma chérie !

CHAPITRE 7

Je jette un coup d'œil à la pendule tout en aidant Ricky à finir ses exercices d'orthographe. Quand nous avons terminé, je lui fais signe d'aller jouer avec les autres. Dans une demi-heure, ma permanence touchera à sa fin et j'aurai deux jours complets devant moi. Magnifique ! J'ai réellement un week-end entier de congé, ce qui est extrêmement rare, et même si j'ai accepté d'accompagner Haddie à la soirée de lancement du dernier rhum que sa boîte commercialise, je suis vraiment contente d'avoir tout ce temps pour moi.

La journée a été mémorable, c'est le moins qu'on puisse dire.

Un peu plus tôt dans l'après-midi, l'école a appelé pour que je vienne chercher Aiden qui s'était battu une fois de plus. J'ai eu droit à un sermon du principal disant que si cela se reproduisait, il serait sans doute nécessaire de prendre d'autres dispositions pour sa scolarité. Quand je lui ai demandé si les autres garçons, ceux qui passent leur temps à le harceler, étaient menacés de la même punition, il s'est contenté de pousser un grognement évasif en guise de réponse.

J'ai pris plaisir à travailler en tête à tête avec Zander pendant que les autres garçons étaient à l'école. Notre équipe de référents pense que c'est mieux pour lui qu'il soit scolarisé à domicile tant qu'il ne recommence pas à communiquer verbalement. C'est très frustrant d'essayer d'enseigner à quelqu'un qui n'a pratiquement aucune réaction. Mais je me contenterai de la moindre forme d'avancée, quelle qu'elle soit. Quelque chose me dit qu'il sait à quel point je m'intéresse à lui. Que je voudrais que sa mère soit toujours là pour l'apaiser ! Pour le prendre dans ses bras. Pour lui dire qu'elle l'aime.

Les garçons s'occupent pendant que je contrôle les devoirs de Shane. La permanence de Jackson a pris fin il y a une heure et son remplaçant, Mike, a emmené Connor à son rendez-vous avec le psy.

Je suis très impressionnée par les progrès de Shane, qui a su tirer profit de nos nombreux cours particuliers. Je jette un coup d'œil à la partie salon où Kyle et Ricky ont apporté leur boîte d'images de base-ball. Assis par terre à côté de la table basse, ils se sont retournés, attirés par un match de basket à la télé. Zander est à sa place habituelle, serrant sa peluche contre sa poitrine, le regard perdu dans le vide. Allongé sur le tapis, Scooter colorie un album de Spider-Man. J'entends la musique dans les chambres du fond, ce qui prouve que Shane est dans sa chambre. Je finis d'écrire mes commentaires sur le devoir de Shane et je vais vérifier le planning des repas et des activités extra-scolaires pour la semaine prochaine.

On frappe à la porte d'entrée et avant que j'aie posé mon stylo, j'entends Shane hurler depuis sa chambre.

– J'y vais !

Je souris, je sais qu'il espère que c'est « la fille qui est son amie ».

Elle est passée la semaine dernière et, depuis, Shane n'est pas redescendu de son petit nuage.

– Regarde qui c'est avant d'ouvrir.

Je me lève et me dirige vers le hall d'entrée. Quand j'arrive au coin du couloir, Shane passe devant moi, déçu.

– C'est pour toi.

Il se laisse tomber sur le canapé.

Je contourne l'angle du couloir en me disant que c'est un coursier. Nous recevons toujours au foyer des documents administratifs en rapport avec la situation de nos gamins. J'arrive à la porte et quand je sors, je me retrouve face à face avec Colton. Bien qu'il se cache derrière ses lunettes de soleil, je sais qu'il me regarde de la tête aux pieds. Un sourire nonchalant éclaire son visage en creusant sa fossette.

Je m'en défends, mais j'ai le souffle coupé en le voyant. J'ai beau ne pas vouloir de lui ici, ne pas vouloir les complications qu'il a, de toute évidence, à m'offrir, à savoir un plan cul d'un soir, aussitôt oublié, j'ai la tête qui tourne. Et cette réaction ne présage rien de bon pour moi.

Je m'arrête à la porte en souriant malgré tout. Nous restons plantés là un moment, à nous dévisager. Il porte un jean usagé et un t-shirt noir qui moule son torse musclé. La simplicité de ses vêtements ne fait que renforcer son look dévastateur. Ses cheveux noirs ébouriffés sont hyper sexy. Tout chez lui m'avertit qu'il est synonyme de problèmes à venir. Et moi je me trouve là, sur sa route, comme une biche prise dans la lumière de ses phares, incapable de faire un mouvement. La force de ma volonté ne va pas résister bien longtemps, je suis fichue, j'en ai peur.

– Bonsoir, Rylee.

Le simple son de sa voix rauque prononçant mon nom me renvoie aussitôt au souvenir de sa bouche sur la mienne. De ses mains sur moi. De ses vibrations envoyant des ondes dans tout mon corps.

Sur mes gardes, j'incline la tête sur le côté pour le regarder :

– Salut Ace. Depuis quand avez-vous ajouté « harcèlement » à la liste de vos talents ?

Je glisse les mains dans les poches arrière de mon jean et je m'appuie contre le chambranle de la porte. Quand il ôte ses lunettes de soleil, ses yeux émeraude fusillent les miens, puis il accroche une branche de ses lunettes dans l'encolure de son t-shirt. Leur poids tire sur la bande du col, révélant une légère toison noire et ondulée. Je détache avec peine les yeux de cette vision pour les ramener sur les siens.

Il me décoche un sourire éclair.

– Je ne demande pas mieux que de vous montrer mes talents, chérie.

Je lève les yeux au ciel.

– Dragueur invétéré, ce n'est pas ce qu'on appelle un talent.

– Vous avez raison, mais vous n'avez pas encore eu le temps d'apprécier l'étendue de tous ceux que je possède.

Il hoche la tête tandis qu'un sourire espiègle relève les coins de sa bouche.

– Et comme vous passez votre temps à vous enfuir, je ne peux pas vous les montrer et nous ne pouvons pas régler le petit problème qui nous oppose au sujet de ce rencard que vous me devez.

Il avance d'un pas, l'air amusé. Je recule d'un pas dans l'entrée, me méfiant de cette petite danse dans laquelle nous nous engageons.

– Vous ne m'invitez pas à entrer, Ryles ?

– Je ne pense pas que ce soit une bonne idée, Donavan. On m'a dit de me méfier des mecs dans votre genre.

Il sourit d'un air suffisant sans me quitter des yeux.

– C'est un sage conseil.

Son ton condescendant me met en rage. Il avance encore d'un pas, affolant les battements de mon cœur.

– Qu’est-ce que vous voulez ? Que faites-vous ici ?

– Je veux mon rencard avec vous.

Il a dit ça en séparant chaque syllabe.

– Et j’obtiens toujours ce que je veux, poursuit-il en posant les deux mains de chaque côté de l’encadrement de la porte et en se penchant en avant.

Sa silhouette cache les rayons du soleil de l’après-midi, les traits de son visage sont auréolés d’un halo de lumière vive. Je secoue la tête, médusée par son culot et sa prétention sans limites.

– Eh bien, pas cette fois !

Je repousse la porte d’entrée et je tourne les talons. En moins de temps qu’il ne faut pour le dire, Colton attrape mon bras, me fait pivoter sur moi-même et me colle contre le chambranle de la porte.

– Continuez comme ça, chérie. Plus vous me résistez, plus je bande.

Il y a dans sa voix un ton à la fois amusé et dangereux qui me hérisse le poil et aiguillonne mes sens.

Et merde ! Comment fait-il pour transformer ces mots en une promesse séduisante ?

Il presse ses lèvres sur les miennes en m’immobilisant contre le montant en bois, dur et inconfortable. Je ne saurais dire si notre respiration haletante est due à l’effort physique ou au fait d’être si proches l’un de l’autre.

Colton me lâche le bras et prend mon visage entre ses mains, effleurant de ses deux pouces le bord de ma mâchoire. Ses yeux translucides brûlent les miens et, à la tension de sa mâchoire, je devine la lutte intérieure qui l'agite.

– J'ai beau vouloir vous tenir à distance, pour votre bien, Rylee, je suis torturé par une envie irrésistible de vous posséder.

Du bout du doigt, il trace une ligne le long de mon cou, ce qui embrase ma peau.

– Trop de temps s'est écoulé depuis que je me suis délecté de votre bouche. Vous êtes enivrante.

Le débit saccadé de ses paroles correspond à l'accélération de mon cœur.

Oh putain ! Ce commentaire suffit à faire éclore le désir sur chaque centimètre de ma peau. Cet homme arrive à me séduire par la seule magie des mots. Il m'attire vers lui, testant la force de ma volonté et m'amenant à le désirer au-delà de toute raison. Nous nous respirons l'un l'autre un moment, pendant lequel j'essaie d'aligner des mots dans ma tête. De regagner un semblant de cohérence. Sa simple présence fait disjoncter mes synapses. Je suis complètement paralysée par l'intensité de son regard.

– À quoi bon me prévenir puisque de toute façon vous allez prendre ce que vous voulez ?

Un sourire fugace passe sur ses lèvres, qu'il pose sur les miennes, ses mains sur moi, comme pour me donner raison et même plus. Ce baiser n'a rien de doux. Quand nos dents se heurtent, il témoigne de sa faim et de son désir farouche. Ses lèvres et sa langue s'activent frénétiquement sur les miennes tandis qu'il saisit ma queue de cheval et la tire en arrière pour m'immobiliser. Je savoure ce baiser autant que lui, et toutes mes frustrations refoulées le concernant explosent en moi. Je suis embarquée dans un ouragan qui a pour nom Colton. Je prends autant qu'il prend. J'enroule mes bras autour de son torse, je parcours son dos de mes mains, je me régale de la fermeté de ses muscles quand nous bougeons à l'unisson. Je mordille sa lèvre inférieure, excitée par le profond gémissement qui monte du fond de sa gorge. Nous nous pressons l'un contre l'autre, avec un désir effréné de nous toucher encore plus – la seule chose à laquelle j'arrive à penser, c'est que j'en veux plus.

Je suis brutalement rappelée à la réalité, comme un ange qui perd ses ailes, par les cris enthousiastes des garçons qui dans le salon regardent la partie de basket. Je repousse Colton des deux mains. J'essaie de reprendre ma respiration et mes esprits en posant une main contre le mur pour me stabiliser. À quoi est-ce que je pense, putain ! Je suis là, à me faire peloter dans le couloir, au boulot ! Pour la deuxième fois ! Qu'est-ce qu'il me fait, ce mec ? Quand il est dans les parages, c'est comme si je perdais tout sens des réalités. Je ne peux pas faire ça ! Je ne peux pas, un point c'est tout. Je suis troublée. Vraiment troublée. Personne n'a jamais suscité une réaction aussi charnelle chez moi, et ça me fait peur. Colton se tient en face de moi, aussi calme qu'on peut l'être, m'observant avec attention. Pourquoi est-ce que j'ai l'impression d'avoir couru un marathon alors qu'il ressemble à un spectateur indifférent ?

Je finis par retrouver ma voix.

– Vous avez raison. Il est indéniable que je ferais mieux de me tenir à distance de vous.

Je me retourne vers le fond du couloir en notant au passage une petite grimace sur son visage.

– Il faut que j'aille voir ce que font les garçons. Je ne vous raccompagne pas.

Je tourne les talons brusquement et je retourne à mes responsabilités. À ma réalité.

Je pénètre dans la grande salle en essayant d'afficher un sourire dégagé. J'échoue lamentablement. Tous les garçons sont là où je les ai laissés et je suis contente – heureuse vraiment, que personne ne se soit aventuré dans le couloir où ils auraient pu voir leur tutrice se comporter comme une ado travaillée par ses hormones.

Quelque chose m'attire l'œil. Je me retourne, Colton se tient au bord du couloir, les pouces dans les poches de son jean, l'épaule nonchalamment appuyée contre le mur. Son visage est impassible, mais ses yeux aux pupilles irisées n'en disent pas moins. Qu'est-ce qu'il veut encore ? Il ne pourrait pas me laisser tranquille tout simplement ?

Je le fusille du regard en espérant que ma colère se voie dans mes yeux. Shane a remarqué la présence de cet étranger dans sa maison. Il le jauge de la tête aux pieds. Il observe l'inconnu en fronçant les sourcils, il l'a déjà vu quelque part, mais où ?

– Qu'est-ce que vous voulez ?

Je fronce les sourcils en essayant de ne pas avoir l'air trop méprisante. Les garçons n'ont vraiment pas besoin d'être témoins d'un affrontement en ce moment. Kyle et Ricky redressent brusquement la tête pour regarder par-dessus la table, on dirait une paire de suricates.

Colton regarde les gamins en souriant poliment, mais je vois dans son regard qu'il est tendu.

– Je vous l'ai dit, Rylee, je suis venu récupérer mes gains. Je viens chercher mon dû.

Il me décoche un sourire insolent, guettant ma réaction.

– Je vous demande pardon ?

– Vous me devez un rendez-vous, Ryles.

Les garçons sont tous tournés vers nous, maintenant. Oublié le match de basket. Shane sourit en coin, il est assez grand pour sentir la tension sexuelle entre nous, même s'il ne la comprend pas vraiment.

Colton vient vers moi en tournant délibérément le dos à notre auditoire. Il se place dans leur champ de vision pour les empêcher de voir notre échange. Je lui sais gré de s'arrêter à une distance respectueuse.

– Navrée, Ace (je parle à voix basse pour qu'il soit seul à m'entendre), mais les poules n'ont pas encore de dents. Je vous préviendrai quand ça changera.

Il fait un pas en avant, sa voix guère plus audible qu'un murmure.

– On dirait que vous vous ingéniez à paraître très froide, Rylee. Pourquoi vous évertuer à rester frigide quand vous savez que je peux vous réchauffer ?

Ses mots sont un coup direct porté à ma fierté. La colère me prend devant tant d'arrogance, mais je sais que je dois garder mon calme et éviter de faire une scène devant les enfants. Soudain, quelque chose par-delà son épaule attire mon attention. Je fais un pas de côté pour voir ce que c'est. Et je retiens un cri de surprise : Zander, sa peluche toujours serrée contre lui, contourne lentement le canapé pour venir vers nous. Lui d'ordinaire si impassible, a une drôle d'expression sur le visage.

Colton se retourne, intrigué par ma réaction. Il s'apprête à me poser une question, mais je lève la main avec autorité pour le faire taire. Heureusement, il s'exécute. Tous les autres garçons se sont retournés, l'air surpris. C'est la première fois que Zander prend l'initiative, volontairement, d'interagir avec quelqu'un.

Il vient vers nous, les yeux rivés sur Colton, et ouvre et referme la bouche plusieurs fois. Il a les yeux comme des soucoupes. Je m'agenouille pour me mettre à sa hauteur. Je sens que Colton, à côté de moi, essaie de comprendre ce qui se passe.

– Salut, dit-il alors, d'une voix douce.

Zander s'arrête et se contente de le regarder. Je crains que quelque chose dans le look de Colton, ou dans ses vêtements, n'ait provoqué cette réaction chez lui. Un souvenir négatif qui le pousse à venir voir de plus près si c'est réel. Je me prépare à la crise – les hurlements, la lutte, la terreur dans ses yeux.

– Zander, tout va bien, mon bébé.

Je parle tendrement pour le faire sortir de sa transe, d'une voix volontairement familière et réconfortante. Je tourne la tête vers Colton et le regarde droit dans les yeux.

– Partez, maintenant !

J'ai peur de ce que Zander voit en lui.

Mais, sans m'écouter, Colton s'avance et s'accroupit lentement à côté de moi. Il règne un tel silence dans la maison que j'entends ses bottes crisser sur le carrelage. Un des garçons a dû couper le son de la télé.

– Hé, mon pote. Comment tu vas ? Bien ?

Zander avance d'un pas et ses lèvres esquissent un pâle sourire. J'écarquille les yeux. Il n'a pas peur. Il aime bien Colton. Je lance un coup d'œil rapide en direction de celui-ci, craignant de rater le moindre mouvement de Zander. Il soutient mon regard et hoche la tête. Il comprend qu'il se passe quelque chose. Quelque chose d'important. Quelque chose qui demande du doigté.

– Zander, c'est ça ?

Un regard hanté croise celui de Colton, et soudain il bouge la tête pour un petit hochement, timide, mais bien visible. Je retiens ma respiration, au bord des larmes à la vue de cette avancée spectaculaire.

– Dis-moi, Zander, tu aimes les courses de voitures ?

Un murmure d'excitation circule parmi les garçons de la famille qui réalisent soudain qui est Colton. Le ton monte jusqu'à ce que je les regarde sévèrement pour les faire taire.

Colton tend la main à Zander.

– Ravi de te rencontrer, Zander. Moi, c'est Colton.

Pour la deuxième fois de la journée, je reste sans voix, stupéfaite : le petit Zander vient de tendre la main pour serrer celle de l'homme qui se trouve à côté de moi.

J'assiste aux premiers pas d'un petit garçon se libérant de l'emprise d'un violent traumatisme. C'est la première fois en trois mois qu'il initie un contact physique avec quelqu'un.

Colton garde la petite main de Zander dans la sienne et la serre gentiment. Quand ils ont fini de se saluer, Zander semble ne pas vouloir retirer sa main. Colton comprend et garde la main minuscule dans la sienne en souriant avec douceur.

Je lutte pour retenir les larmes qui me brûlent les yeux. J'ai envie de sauter et de crier d'excitation devant un tel progrès. J'ai envie d'attraper Zander pour le serrer dans mes bras et lui dire à quel point je suis fière de lui. Je n'en fais rien. L'intensité de ce moment est tellement plus significative que si je faisais tout ça.

– Je vais te dire un truc, Zander. Si Rylee est d'accord pour m'accorder ce rencard qu'elle fait tout pour éviter, alors je t'inviterai personnellement sur le circuit la prochaine fois que nous ferons des essais. Qu'est-ce que tu en dis ?

Il a dit ça sans quitter Zander des yeux. Un pâle sourire revient sur les lèvres du petit garçon dont les yeux s'éclairent pour la première fois en même temps qu'il fait oui de la tête.

Une joie profonde m'envahit et je porte la main à ma poitrine. Enfin ! Et tout ça parce que Colton m'a suivie dans la maison. Tout ça parce qu'il ne m'a pas écoutée. Tout ça parce qu'il se sert d'un de mes gamins pour me faire du chantage et m'obliger à sortir avec lui. Je pourrais l'embrasser, à cet instant même ! Enfin, je crois que je l'ai déjà fait, mais je pourrais recommencer. À ce moment précis, je ferais tout ce que Colton me demanderait rien que pour revoir un sourire sur le visage de Zander.

Colton serre la main de Zander encore une fois.

– Marché conclu, mon pote !

Il lui lâche la main et s'approche un peu plus.

– Je te le promets.

Zander a un grand sourire qui fait apparaître des petites fossettes sur ses joues. Je ne savais même pas qu'il en avait. Il retire lentement sa main mais continue à regarder Colton avec espoir, comme pour lui demander quand cela va se faire. Des yeux, Colton me demande mon aide, alors j'interviens.

– Zander, mon chéri ?

Il détache son regard de Colton et se tourne vers moi.

– Colton et moi nous allons nous asseoir dans la cuisine pour organiser tout ça, tu veux venir avec nous ou tu préfères aller voir la fin du match de basket avec les autres ?

Zander nous regarde l'un après l'autre, mais Colton se penche vers lui.

– J'ai une idée, mon pote, je vais parler quelques instants avec Rylee dans la cuisine. Tu veux bien aller voir le match pour moi pendant ce temps-là et après, tu me raconteras tout ce qui s'est passé ?

Zander acquiesce d'un petit mouvement de tête, les yeux toujours rivés sur ceux de Colton, essayant cette fois encore de deviner s'il est sincère. Il doit décider que oui parce qu'il serre un peu plus fort son chien en peluche contre lui et repart vers le canapé. Shane cherche mon regard avec incrédulité, puis il ramasse la télécommande et remonte le son.

Quand je me relève, je remarque que tous les garçons, à part Zander, ont encore leur attention fixée sur Colton. Ce n'est pas tous les jours qu'une célébrité vient chez nous. Toutes ces paires d'yeux fixées sur lui n'échappent pas à Colton qui leur adresse un sourire chaleureux.

– Pas de problème, les gars, vous pourrez tous venir aussi quand j'emmènerai Zander sur le circuit.

Cette proposition est accueillie par un concert de cris de joie et d'excitation.

– OK, OK. Vous avez eu ce que vous vouliez. Maintenant, vous regardez le match et vous me laissez discuter avec Colton.

Ils obéissent dans l'ensemble, et nous nous dirigeons vers les tabourets de bar dans la cuisine. Je propose un siège à Colton et je fais le tour de l'îlot central pour être en face de lui. Shane continue à nous observer, l'air protecteur. Il doit se demander ce que Colton a fait pour me contrarier. De toute la myriade de sentiments que Colton m'a fait ressentir depuis une semaine que je le connais, la gratitude que j'éprouve pour lui en ce moment l'emporte, et de loin. Je lève les yeux et nos regards se croisent, alors que j'essaie vainement de retenir mes larmes.

– Merci.

Ce n'est qu'un mot, mais l'expression sur son visage me dit qu'il comprend tout ce qu'il y a derrière. Il hoche la tête.

– C'est le moins que je puisse faire. Nous avons tous une histoire.

– En effet.

Encore bouleversée par ce qui vient de se passer, je regarde Zander et je souris. Il l'a fait. Il l'a vraiment fait, aujourd'hui. Il a franchi une étape pour sortir du brouillard. Et soudain, je sens l'espoir m'envahir. Les possibilités qui s'offrent à moi me rendent impulsive.

– Colton !

Je le tire brutalement de ses pensées. Il relève brusquement la tête, surpris par mon ton impérieux. Je sais que je vais le regretter, mais je choisis de suivre mon instinct. Je décide d'agir sans réfléchir.

– Je termine dans dix minutes.

Il me regarde sans comprendre.

– Je vous dois un rencard, eh bien allons-y.

Il secoue la tête comme s'il n'était pas sûr d'avoir bien entendu.

– Oh… d'accord.

J'adore l'avoir pris par surprise. Il hésite à se lever, ses lèvres dessinent un sourire.

– Je n'ai rien réservé…

– On s'en fiche. Je ne suis pas difficile. La simplicité, moi ça me va très bien. Un hamburger, ou n'importe quoi.

Ses yeux s'arrondissent.

– De plus, vous avez déjà déboursé assez d'argent pour ce rencard. Quel intérêt de claquer un max de fric pour de la nourriture que nous allons manger de toute façon ?

Il me regarde, incrédule, et je sens qu'il se demande si je suis sérieuse. Je le regarde fixement comme s'il était bouché.

– Vous êtes incroyable. Vous le savez, hein ?

Ces simples mots me vont droit au cœur, je suis sûre qu'il est sincère.

Je lui lance un sourire par-dessus mon épaule en allant dans ma chambre chercher mes affaires et me rafraîchir un peu.

– Je reviens tout de suite.

À mon retour, je le trouve dans la cuisine en train de serrer la main d'un Mike ébahi.

Il se tourne vers moi quand il m'entend entrer.

– Prête ?

Je lève l'index pour lui demander une seconde.

– Les gars, je m'en vais.

Les garçons se lèvent pour me dire au revoir. La présence de Colton et ma familiarité avec lui m'ont soudain élevée au rang de star, si j'en juge à la vigueur de leurs accolades. Pendant nos embrassades, je vois Colton se diriger vers le divan et s'accroupir devant Zander. Il lui dit quelque chose que je n'entends pas.

CHAPITRE 8

Tandis que nous sortons de la maison, un étrange sentiment de calme s'empare de moi. Je me dis que c'est peut-être la meilleure approche pour un rendez-vous avec Colton. Je l'ai pris au dépourvu, comme ça il n'a pas eu le temps de planifier. Trop de préparation pourrait se traduire par trop d'autosatisfaction et de séduction programmée. Deux choses dont je peux vraiment me passer. C'est déjà bien assez difficile comme ça de lui résister.

– On va prendre ma voiture.

Il pose dans mon dos une main chaude et rassurante pour me conduire vers une élégante décapotable noire garée le long du trottoir. L'Aston Martin est magnifique et semble méticuleusement entretenue. On dirait qu'elle peut voler, et l'espace d'un instant, je m'imagine me mettre au volant, appuyer sur la pédale et disparaître en laissant tous mes fantômes derrière moi.

– Chouette bagnole.

Je le reconnais même si je m'efforce de ne pas paraître intéressée. Je suis convaincue qu'il est habitué à ce que toutes les femmes se pâment devant lui et sa voiture. Pas moi. Que la partie commence !

– Merci.

Il m'ouvre la portière du côté passager et je me glisse sur le siège de cuir noir en admirant l'intérieur personnalisé de façon luxueuse. Il fait le tour de la voiture et vient s'installer à côté de moi.

– J'ai pensé que c'était le jour idéal pour rouler avec le toit ouvert, mais je n'avais pas pensé que j'allais vous en faire profiter. C'est un bonus supplémentaire.

Il me fait son sourire le plus éclatant en chaussant ses lunettes de soleil. Je ne peux pas m'empêcher de lui sourire à mon tour.

– Que sont devenus les bons vieux pick-up ?

Il se penche en avant pour ouvrir la boîte à gants, en effleurant ma cuisse au passage, et il éclate de rire. Son contact est électrisant même quand il est involontaire. Il sort une casquette de base-ball usagée, avec le logo Firestone au-dessus de la visière, et se la met sur la tête, laissant ses boucles brunes dépasser sur la nuque. Il abaisse la visière jusqu'à ses lunettes. Je suppose que c'est son look « incognito », en tout cas je le trouve hyper sexy. Tout son côté bad boy couvant sous la cendre, enveloppé dans un corps de rêve. Je ne vois pas comment je pourrais avoir assez de volonté pour lui résister, quoi qu'il me demande. Il tend la main et me donne une petite pression sur la cuisse avant d'appuyer sur un bouton sur le tableau de bord.

– Ne vous en faites pas, j'ai aussi un pick-up.

Il rigole juste quand le moteur se met à rugir, transmettant des vibrations excitantes dans tout mon corps.

– Accrochez-vous !

Il file comme une flèche avec l'air excité d'un petit garçon.

Les mecs et leurs jouets ! Je le regarde à travers mes verres fumés. Il n'y a rien d'étonnant à ce qu'il soit expert dans le maniement d'une voiture, c'est ce qu'il fait dans la vie, pourtant je suis bluffée. Je ne devrais pas être excitée par la totale maîtrise avec laquelle il évolue entre les voitures, en accélérant sans donner d'à-coups, mais cela me donne envie de le toucher. De communiquer avec lui, même si je sais que c'est une ligne rouge à ne pas franchir. Le rugissement du moteur et le bruit du vent sont suffisamment forts pour rendre toute communication impossible. Je me laisse aller contre le dossier du siège et je profite du sentiment de liberté alors que le vent danse dans mes cheveux et que le soleil me chauffe la peau. Je penche la tête en arrière et je cède à mon envie de lever les mains au-dessus de ma tête alors que nous entrons sur l'autoroute n°10 qui va vers l'ouest. Je lui lance un coup d'œil et je vois qu'il m'observe avec un drôle d'air. Il secoue imperceptiblement la tête, une ébauche de sourire sur les lèvres, avant de reporter son attention sur la route. Tout de suite après, il presse un bouton et la musique sort des haut-parleurs. Dès que la chanson se termine, une autre prend le relais. Je rejette la tête en arrière en riant. C'est un petit air pop entêtant que j'ai entendu maintes et maintes fois sur la radio de Shane. Du coin de l'œil, je vois que Colton me lance un regard intrigué, alors malgré mes piètres talents de chanteuse, j'entonne le refrain en espérant qu'il entende les paroles.

« *You make me feel so right,*
even if it's so wrong.
I wanna scream out loud, boy,
but I just bite my tongue[2]. »

Je lève les bras au-dessus de ma tête encore une fois, me laissant aller au plaisir de penser que je suis en train de dire à Colton ce que je ressens sans le lui dire. Cela me ressemble si peu, de chanter à tue-tête, de me laisser aller – mais il se passe quelque chose quand je suis avec lui, assise à côté de lui dans cette voiture de sport clinquante, qui me débarrasse de mes inhibitions. Comme nous sortons de l'autoroute, je termine le refrain avec entrain.

« *It feels so good but you're so bad for me*[3] *!* »

---

2. Je me sens bien avec toi, même si j'ai tort. J'ai envie de crier, mec, mais je me mords les lèvres. (NdT)

3. Je me sens trop bien, même si tu es trop mauvais pour moi ! (NdT)

Colton entend les paroles et rit de bon cœur.

Je continue à chanter, mais en baissant le ton parce que le bruit du moteur est plus bas maintenant que nous sommes sur la Quatrième Rue. Il donne un brusque coup de volant et gare la voiture avec dextérité le long du trottoir.

Je regarde autour de moi pour essayer de savoir où nous sommes. Il presse un bouton sur le tableau de bord, et le ronronnement sexy du moteur s'éteint.

– Vous voulez bien m'attendre ici ? J'en ai pour une minute.

Il me lance un sourire désarmant qui m'atteint plus que je ne veux bien l'admettre.

– Pas de problème.

Je sais immédiatement que je viens de dire oui à beaucoup plus que simplement attendre patiemment dans la voiture. Je repousse la peur qui se présente à mon esprit et me promets d'accepter l'idée d'avoir de nouveau des sentiments. Ou de vouloir en avoir. Quand je détache mon regard de ses yeux pour descendre sur sa bouche et remonter, des pensées coquines me viennent à l'esprit. Son sourire s'élargit.

– Je reviens tout de suite !

Il se déplie avec grâce en sortant de sa voiture et me donne à ce moment-là une vue impressionnante sur son cul. Je me mords les lèvres pour réprimer la réaction impérieuse de mon corps. Il me jette un coup d'œil par-dessus son épaule et se met à rire, tout à fait conscient de l'effet qu'il produit.

– Hé, Ryles ?

– Ouais, Ace ?

– Je vous avais prévenue que vous ne pourriez pas me résister.

Ce sourire encore, avant de sauter sur le trottoir et de longer rapidement le pâté de maisons sans se retourner.

Je ne peux m'empêcher de sourire en le regardant s'éloigner. Cet homme est absolument fascinant et irrésistiblement sexy. De ce sourire de gamin qui me désarme en une seconde à cette démarche sexy qui montre qu'il sait exactement où il va et quelles sont ses intentions. Il émane de lui une telle virilité qui suscite le désir et attire l'attention en un simple regard de ses yeux incroyables. Il est tendu et intrépide, et vous donne envie de le suivre dans sa course en espérant obtenir un aperçu de son côté tendre qui transparaît de temps en temps. Le bad boy avec un soupçon de vulnérabilité qui vous laisse hors d'haleine et vole votre cœur.

Je m'extrais de mes pensées et j'admire ses larges épaules, et sa façon de rouler des mécaniques en marchant sur le trottoir. Il tire sur la visière de sa casquette de base-ball avant de croiser deux passantes. Elles se retournent sur lui pour l'admirer avant de se regarder en gloussant :

– Waouh !

Je sais ce qu'elles ressentent, à la puissance mille.

Colton s'arrête et disparaît dans une entrée. Je n'arrive pas à lire ce qui est écrit au-dessus de la porte du bâtiment décrépit.

Pour passer le temps, je détaille l'intérieur élégant de la voiture et j'observe les gens qui l'admirent en passant. Soudain, la sonnerie du téléphone de Colton retentit dans le vide-poche en me faisant sursauter. En baissant les yeux, je vois le nom « Tawny » s'afficher sur l'écran. Une pointe d'agacement me traverse l'esprit, mais je contiens ma jalousie. Rien d'étonnant à ce que des femmes l'appellent. Ça arrive probablement tout le temps.

– C'est bon, on peut y aller.

Colton me fait sursauter en posant un sac en papier derrière mon siège. Il fait le tour de la voiture et se glisse derrière le volant. En attachant sa ceinture, il remarque l'appel manqué sur l'écran. Il fait glisser son pouce dessus et une expression énigmatique passe sur son visage quand il voit le nom qui s'affiche. Je m'en veux d'avoir espéré qu'il fasse la grimace en le voyant.

On peut toujours rêver.

En peu de temps, nous revoilà sur l'autoroute de la côte Pacifique. Je contemple les vagues qui déferlent sur la plage avec, en arrière-plan, le soleil qui baisse lentement sur l'horizon, avant de m'apercevoir que nous nous arrêtons sur un parking pratiquement vide. Cela me surprend qu'il y ait si peu de monde ici si l'on pense au temps étonnamment chaud pour cette époque de l'année.

– Et voilà.

Avant de couper le moteur, Colton appuie sur un bouton et le toit de la voiture se soulève et se referme au-dessus de nos têtes. Je le regarde, surprise. Je ne m'attendais pas à un rencard « romantique », et pourtant il m'emmène à l'endroit que je préfère sur Terre – une plage presque déserte juste avant le coucher du soleil. Il ne joue pas franc-jeu, mais il est vrai qu'il ne me connaît pas depuis assez longtemps pour savoir ce que j'aime, alors je mets ça sur le compte de la chance. Il attrape le sac en papier derrière mon siège et descend de la voiture. Puis il prend une couverture dans le coffre avant de venir de mon côté. Il ouvre la portière avec panache en me tendant la main pour m'aider à descendre.

– Venez.

Il me tire par la main et une foule de sensations me submergent tandis qu'il m'entraîne vers la plage. Je suis grisée par le fait qu'il continue à me tenir la main alors que je l'ai suivi sans résister. J'apprécie la sensation de sa paume calleuse sur ma peau douce, comme si on me pinçait pour m'assurer que je ne rêve pas.

En marchant sur le sable, nous passons devant une pile de serviettes et de vêtements qui appartiennent probablement aux deux surfeurs qui sont dans l'eau. Nous marchons en silence, regardant le spectacle qui nous entoure, et je cherche quelque chose à dire. Pourquoi suis-je soudain si nerveuse ? Est-ce l'intensité de Colton ? Notre proximité ?

Quand nous arrivons à environ trois mètres du sable mouillé, il rompt le silence.

– Là, c'est bien, vous ne trouvez pas ?

– C'est parfait, mais j'aurais apporté mon maillot si j'avais su qu'on irait à la plage.

Ma nervosité me fait dire des âneries, comme toujours. Si je pouvais me faire une grimace, je le ferais.

– Qui parle de maillots ? Je suis un fervent défenseur du bain de minuit.

Je me fige, les yeux écarquillés, et je déglutis avec difficulté. C'est curieux comme l'idée de me déshabiller devant cet homme à la beauté farouche me trouble, en dépit du fait qu'il a déjà posé ses mains sur moi.

Lui si parfait, à côté de moi, si quelconque.

Colton tend le bras et pose le bout du doigt sous mon menton pour me relever la tête afin que je le regarde dans les yeux.

– Détendez-vous, Rylee. Je ne vais pas vous manger toute crue. Vous avez dit que vous vouliez quelque chose de simple, je vous offre quelque chose de simple. J'ai pensé que nous devrions profiter de ce temps exceptionnellement chaud.

Il lâche mon menton et me tend le sac en papier, le temps d'étaler la grande couverture indienne sur le sable.

– En outre, quand je vous déshabillerai, ce sera dans un endroit beaucoup plus intime afin de faire durer chaque seconde, lente et excitante. Je prendrai mon temps pour vous montrer à quoi ce corps sexy qui est le vôtre est destiné.

Il lève vers moi des yeux brûlants de désir et un sourire plein de sous-entendus relève les coins de sa bouche.

Je secoue la tête en soupirant. Je ne sais pas comment réagir ni ce que je dois faire. Cet homme est capable de me séduire rien qu'en parlant. Ce n'est décidément pas bon signe. S'il continue comme ça, je ne vais pas tarder à craquer.

L'intensité de son regard et la direction qu'ont prise mes pensées me mettent mal à l'aise.

– Asseyez-vous, Rylee. Je vous promets que je ne mords pas.

Il me fait un sourire moqueur.

– Cela reste à voir.

Mais je m'exécute et je m'assieds sur la couverture. Je retire mes bottines pour me donner une contenance. J'enlève mes chaussettes et j'agite mes doigts de pieds aux ongles vernis d'un rouge vif. Je remonte les genoux et je les entoure de mes bras pour les serrer contre ma poitrine.

– C'est magnifique ici. Je suis si contente que le ciel soit resté dégagé toute la journée.

– Hum.

Il plonge la main dans le sac en papier provenant de Fourth Street.

– Vous avez faim ?

Il sort deux paquets emballés dans du papier blanc, puis une baguette de pain français, une bouteille de vin et deux gobelets en carton.

– *Voilà*[4]. Un repas on ne peut plus sophistiqué : salami, provolone, du pain français et du vin.

Il fait un petit sourire en coin comme s'il me testait. Comme s'il voulait voir si je vais vraiment me contenter d'un repas ordinaire et sans chichis, ici à Hollywood, ville du faste, du glamour et de la prétention.

Je le regarde avec méfiance. Je n'aime pas ces petits jeux ni qu'on me teste, mais je suppose que quelqu'un comme lui se méfie probablement de tout le monde. Encore une fois, ce n'est pas moi qui l'ai supplié de sortir avec moi, même si je me demande bien pourquoi il l'a fait.

Je lève les yeux au ciel.

– Bon, ce n'est pas le Ritz, mais il va bien falloir s'en contenter.

Il éclate de rire en débouchant la bouteille de vin. Il le verse dans les gobelets en carton, m'en tend un et porte un toast.

– À la simplicité !

– À la simplicité !

Je trinque avec lui et bois une gorgée de ce vin doux et parfumé.

– Waouh ! Ça ne doit pas être difficile de s'habituer à tout ça.

---

4. En français dans le texte. (NdT)

Il me regarde, l'air incrédule.

– Que demander de plus ? Le soleil, le sable, la nourriture…

– Un rencard avec un beau mec ?

Il rompt un morceau de pain, le nappe de provolone sur lequel il pose une fine tranche de salami et me tend le tout sur une serviette en papier. Je l'accepte sans broncher, mon estomac réclame, j'avais oublié que j'avais aussi faim.

– Merci. Pour ce repas, pour la donation, pour Zander…

– C'est quoi, l'histoire de ce garçon ?

Son visage demeure impassible pendant que je lui relate les faits à grands traits.

– Et aujourd'hui, avec vous, c'est la première fois qu'il a interagi volontairement avec quelqu'un, alors merci. Je vous suis plus reconnaissante que vous ne pourrez jamais l'imaginer.

Soudain, de nouveau mal à l'aise, je baisse les yeux timidement, et le rouge me monte aux joues. Je mords dans le sandwich qu'il a improvisé et je pousse un petit grognement de plaisir en goûtant le mélange de pain frais et de charcuterie.

– C'est vraiment bon !

Il acquiesce.

– Cela fait des années que je me sers dans ce Delicatessen. C'est décidément meilleur et bien plus mon truc que le caviar.

Il hausse les épaules comme pour s'excuser.

– Alors, racontez-moi, pourquoi Corporate Cares ?

Il entrouvre les lèvres en me regardant savourer mon sandwich.

– Pour un tas de raisons. La possibilité de faire changer les choses, la chance de prendre part à un progrès comme celui de Zander aujourd'hui, ou ce que j'éprouve lorsqu'on donne à un enfant abandonné le sentiment qu'il compte de nouveau…

Je soupire, incapable de trouver les mots pour exprimer ce que je ressens.

– Il y a tellement de choses que je n'arrive pas à expliquer.

– Vous êtes très passionnée. Je vous admire pour cela.

Il semble sincère. Je bois une autre gorgée de vin et je le regarde dans les yeux.

– Merci. Vous-même, vous avez été très impressionnant, aujourd'hui. Presque comme si vous saviez quoi faire, bien que je vous aie dit de partir. Vous avez été super avec Zander.

– Non.

Il saisit une autre tranche de fromage qu'il plie dans un morceau de pain.

– Je ne sais pas du tout y faire avec les enfants. C'est pourquoi je n'en aurai jamais.

Son ton déterminé et son expression insondable me prennent de court.

– Cela me semble un peu radical de dire ça à votre âge. Je suis sûre que vous changerez d'avis un jour.

Je l'observe en plissant les yeux. J'aimerais bien, moi aussi, pouvoir encore avoir le choix.

– Certainement pas.

Il a répondu avec emphase et il baisse les yeux pour se soustraire à mon regard pour la première fois depuis que je le connais. Je sens que ce sujet le met mal à l'aise, ce qui est surprenant chez un homme aussi sûr de lui habituellement. Il tourne la tête vers l'océan tumultueux et reste silencieux un moment, un masque indéchiffrable sur ses traits rudes.

Au moment où je pense qu'il va en rester là, il rompt le silence. Il y a dans sa voix comme une tristesse résignée.

– Non, vraiment, Rylee. Je suis sûr que vous rencontrez ça tous les jours. Les adultes utilisent les enfants comme des pions, dans ce monde. Il y a trop de femmes qui se servent des enfants pour piéger un homme, et ensuite elles les détestent quand l'homme les quitte. Des familles accueillent des gamins uniquement pour toucher les allocations du gouvernement. Et cela continue encore et encore.

Il hausse les épaules avec une nonchalance destinée à masquer à quel point il est affecté par la vérité qui se cache derrière ses paroles.

– Cela se produit tous les jours. Des enfants bousillés et abandonnés à cause des choix égoïstes de leur mère. Je ne prendrai jamais le risque de mettre un enfant dans ce genre de situation.

Il secoue la tête énergiquement, refusant toujours de croiser mon regard, les yeux rivés sur le surfeur qui évolue sur une vague au loin.

– En tout cas, moi, je les bousillerais probablement autant que je l'ai été dans mon enfance.

Il inspire profondément et ôte sa casquette pour passer la main dans ses cheveux.

– Que voulez-vous dire ? Je ne comprends pas.

Brusquement, cette conversation a pris un tour pesant. Une lueur d'agacement passe sur son visage, qu'il contrôle rapidement en lisant l'incompréhension sur mon front plissé.

– Mon histoire est de notoriété publique. C'est la rançon de la célébrité. Des fouineurs se croient autorisés à déterrer des vérités sordides.

– Je suis désolée. Je n'ai pas pour habitude d'enquêter sur mes rencards.

Je cache le malaise que me procure cette conversation sous un ton sarcastique. Ses yeux verts plongent dans les miens, un muscle tressaille sur sa mâchoire serrée.

– C'est un tort. Vous devriez le faire, Rylee. Vous ne savez jamais sur qui vous pouvez tomber. Ni qui va vous faire du mal au moment où vous vous y attendrez le moins.

Je n'en reviens pas. Est-il en train de m'avertir de me méfier de lui ? De m'éloigner de lui ? Je n'y comprends rien. Il me poursuit de ses assiduités pour mieux me repousser après ? C'est la deuxième fois de la journée qu'il me sort un truc comme ça. Qu'est-ce que je dois comprendre ?

Et à quoi fait-il allusion quand il dit qu'il a été bousillé dans son enfance ? Ses parents font partie de l'aristocratie d'Hollywood. Veut-il dire qu'ils l'ont maltraité ? La soignante en moi veut chercher à en savoir plus, mais je sens bien que ce serait mal venu.

Je lui jette un coup d'œil en douce. Il est de nouveau plongé dans la contemplation des vagues. Et c'est à ce moment-là que je le vois tel que les médias le représentent. Sombre et ombrageux, l'air farouche avec sa barbe naissante qui assombrit sa mâchoire et une intensité dans le regard qui lui donne l'air inaccessible. Imprévisible. Les épaules larges et la démarche sexy. Le mélange de bad boy, trop beau pour être honnête, avec un goût prononcé pour les conduites à risque. Le rebelle devant qui les femmes se pâment en jurant qu'elles pourraient l'apprivoiser s'il les laissait faire.

Et c'est cet homme qui est assis là. À côté de moi. Incroyable.

Je m'éclaircis la gorge pour essayer de dissiper le malaise qui plane maintenant sur notre pique-nique.

– Et au fait, que pensez-vous de ces fameux Lakers ?

Je dis ça le plus sérieusement du monde. Il rejette la tête en arrière et part d'un grand rire avant de se tourner vers moi. Toute trace du Colton Ombrageux a disparu, remplacée par le Colton Détendu, aux yeux pleins d'humour et au maxi-sourire éclatant.

– Ça devenait un peu trop pesant ?

Je hoche la tête en faisant la moue et je prends un nouveau morceau de fromage. Il est temps de changer de sujet.

– Je me doute que ma question n'a rien d'original, mais qu'est-ce qui vous a poussé vers la course automobile ? Je veux dire, pourquoi vous lancer sur un circuit à près de trois cents kilomètres à l'heure pour le plaisir ?

Il boit une gorgée de vin.

– Mes parents cherchaient un moyen de canaliser ma rébellion adolescente. Ils se sont dit qu'il valait mieux me laisser faire avec tout l'équipement sécurisé nécessaire pour éviter que je fasse la course dans la rue, au risque de me tuer ou de tuer quelqu'un, ou les deux. Heureusement pour moi, ils avaient les moyens de le faire.

– Vous avez commencé quand vous étiez ado ?

– À dix-huit ans.

Il rit en y repensant.

– Qu'y a-t-il de si drôle ?

– J'ai eu une amende pour conduite dangereuse. Je fonçais… à toute allure vraiment… je faisais la course avec une espèce de punk BCBG.

Il me jette un coup d'œil en coin pour voir si je réagis. Je me contente de hausser les sourcils pour l'inciter à m'en dire plus.

– C'est le nom de mon père qui m'a évité le tribunal pour enfants. Il était furax, putain ! Le lendemain, il a décidé de me donner une leçon. Il m'a emmené sur un circuit et m'a confié à un cascadeur qu'il connaissait. Il s'imaginait que le mec allait me faire faire le tour du circuit à Mach dix et me flanquer la trouille de ma vie.

– De toute évidence ça n'a pas marché !

– Non, j'ai eu un peu peur bien sûr, mais après je lui ai demandé de me montrer quelques cascades.

Il hausse les épaules, un demi-sourire sur les lèvres en regardant la mer.

– Il a fini par dire oui et m'a laissé faire deux ou trois tours de circuit avec sa voiture. Il se trouve qu'un de ses copains l'avait accompagné sur le circuit ce jour-là. Il s'appelait Beckett. Il travaillait pour une écurie de course locale qui venait justement de perdre son pilote. Il m'a demandé si j'avais déjà pensé à piloter. Je lui ai ri au nez. Premièrement, il avait mon âge, alors comment pouvait-il faire partie d'une écurie de course, et deuxièmement, comment pouvait-il me juger capable de piloter après m'avoir vu seulement faire un ou deux tours de circuit ? Quand je lui ai posé la question, il a dit qu'il trouvait que je me débrouillais très bien avec un volant et m'a demandé si j'aimerais revenir le lendemain pour qu'on en discute.

– C'est ce qui s'appelle être au bon endroit au bon moment !

Je suis contente d'apprendre quelque chose à son sujet que je ne pourrais pas trouver sur Internet.

– Comme vous dites ! Alors je suis revenu. J'ai fait un essai sur le circuit, je m'en suis bien tiré et je me suis bien entendu avec les types. Ils m'ont demandé de participer à la course suivante. Je n'étais pas mauvais, alors j'ai continué. On m'a remarqué. J'ai évité les ennuis.

Il sourit d'un air malicieux en haussant les sourcils.

– La plupart du temps.

– Et après tout ce temps, ça vous plaît toujours ?

– Je suis bon.

– Ce n'était pas ma question.

Il mastique son sandwich en réfléchissant.

– Je suppose que oui. C'est une sensation particulière. Je fais partie d'une équipe et pourtant je suis seul sur la piste. Je ne dépends de personne, je ne peux m'en prendre qu'à moi-même si quelque chose se passe mal.

La passion est perceptible dans sa voix. La vénération qu'il éprouve toujours pour ce sport.

– Sur la piste, je peux échapper aux paparazzi, aux groupies… à mes démons. La seule peur que j'éprouve, c'est celle que je me fais à moi-même et que je peux contrôler avec un coup de volant, une pression sur la pédale… pas celle qui peut m'être infligée par quelqu'un d'autre.

Son air étonné me dit qu'il s'est dévoilé plus qu'il n'avait pensé le faire en répondant. Qu'il est lui-même surpris de cette franchise inattendue avec moi. Pour lui éviter le malaise de se sentir vulnérable, je rejette les bras en arrière, la tête levée vers le ciel.

– C'est si beau ici.

Je respire l'air frais en enfonçant mes doigts de pied dans le sable doux.

– Encore un peu de vin ?

En posant la question, il vient s'asseoir plus près de moi. Au frôlement de son bras nu sur le mien, mes sens se mettent à vibrer. Je murmure un petit *oui* tandis que des sonnettes d'alarme se mettent en branle dans ma tête. Je sais que je dois mettre de la distance entre nous, mais il est vraiment trop attirant. Irrésistible. Totalement différent de ce que j'imaginais, mais exactement comme je l'espérais. Je sais qu'il faut que je m'éclaircisse les idées parce qu'il obscurcit mon jugement.

– Alors dites-moi, Ace, est-ce ainsi que vous aviez imaginé les choses quand vous avez dépensé tout cet argent pour un rencard avec moi ?

Je tourne la tête et me trouve face à lui – ses cheveux ébouriffés, ses lèvres pleines, son regard ardent. Je retiens ma respiration, figée dans l'instant, parce qu'il suffirait que je me penche pour sentir ses lèvres sur les miennes à nouveau. Pour goûter à son désir charnel comme je l'ai fait un peu plus tôt sous le porche de la maison.

Il me décoche un sourire.

– Pas exactement.

Il l'admet, mais je sens que notre proximité l'affecte autant que moi. Je vois l'accélération de son pouls sur sa gorge. Sa pomme d'Adam qui monte et qui descend quand il déglutit. Je replonge les yeux dans les siens et un flot de paroles non dites passe entre nous.

– Vous avez vraiment les yeux les plus extraordinairement magnifiques.

Ce n'est pas la première fois qu'on me dit que mes yeux violets sont uniques, mais pour une raison que j'ignore, l'entendre de sa bouche fait jaillir le désir en moi. Les sonnettes d'alarme se déchaînent dans ma tête.

– Rylee ?

Je le regarde, le cœur battant.

– Je ne vous poserai la question qu'une fois. Avez-vous un petit ami ?

La gravité du ton de sa voix, ainsi que la question elle-même, me prennent de court. Je ne m'attendais pas à ça. Je pensais qu'il aurait une petite idée de la réponse après notre séance dans les coulisses l'autre soir. Et ce qui me surprend encore plus que la question, c'est la façon dont il la pose. C'est ce ton exigeant.

Je secoue la tête en avalant bruyamment ma salive.

– Non.

– Personne avec qui vous sortez, juste comme ça ?

– Vous vous répétez.

Je plaisante pour essayer de dissiper ma nervosité.

Comme il ne sourit pas mais continue à soutenir mon regard d'un air interrogateur, je secoue la tête de nouveau.

– Non, pourquoi ?

– Parce que j'ai besoin de savoir qui se trouve sur mon chemin.

Il incline la tête en me regardant fixement, et j'entrouvre les lèvres par réaction. J'ai soudain la bouche très, très, sèche.

– De savoir qui je dois virer à coups de pied avant de pouvoir officialiser.

– Officialiser quoi ?

Il y a quelque chose qui m'échappe, là.

– Que vous êtes à moi.

Le souffle de Colton passe sur mon visage tandis qu'il me dévore du regard.

– Une fois que je vous aurai baisée, Rylee, ce sera officiel, vous serez à moi et rien qu'à moi.

Oh, putain! Rien que ça ! Comment un discours aussi possessif, aussi « mâle dominant » peut-il me donner encore plus envie de lui ? Je suis une femme indépendante, autonome, et pourtant entendre cet homme – Colton Donavan lui-même, s'il vous plaît – m'informer qu'il veut me posséder de cette façon me laisse pantelante.

– Peut-être pas ce soir, Rylee. Ni même demain soir. Mais ça arrivera.

Le timbre vibrant de sa voix se transmet dans mon corps tout entier. Ma respiration se bloque tandis qu'il marque une pause pour que ses paroles s'impriment dans mon cerveau, avant de poursuivre.

– Vous ne le sentez pas, Rylee ? Ça…

Il fait un geste de la main entre nous.

– Ce courant qui passe entre nous ? La charge électrique qui nous relie lorsque nous sommes ensemble est beaucoup trop puissante pour que nous l'ignorions.

Je baisse les yeux, gênée par l'outrecuidance dont il fait preuve, mais excitée par ses paroles. Il lève la main, et l'étincelle dont il parle s'allume quand son index se fraie un chemin depuis mon cou jusqu'à mon menton qu'il soulève pour me forcer à plonger dans la profondeur de son regard.

– Vous n'avez pas, ne serait-ce qu'un peu, envie de savoir à quel point ça va être bon ? Si ce simple frôlement de nos peaux l'une contre l'autre est aussi électrisant, je vous laisse imaginer ce que ce sera une fois que je vous aurai pénétrée.

Son assurance et l'intensité de son regard me déconcertent. Je baisse les yeux une fois de plus sur la bague que je porte à l'annulaire droit. Mon côté rationnel me dit qu'une fois que Colton aura obtenu ce qu'il veut de moi, il passera à autre chose. Et que, quand bien même je le ferais en toute conscience, cela ne m'empêcherait pas d'être dévastée à la fin. Je ne veux pas repasser par là. J'ai peur d'avoir de nouveau des sentiments. J'ai peur de courir ce risque, peur que les conséquences ne me soient fatales à nouveau. Je me sers de ma peur pour booster ma résistance. Même si la course est folle, son arrivée inévitable n'en vaut pas la peine.

– Vous êtes si sûr de vous que je me demande même si ma présence est requise pour l'événement.

J'ai parlé sur un ton hautain en espérant que mes paroles masqueront le désir douloureux qu'il provoque dans mon corps. Il se contente de répondre par un sourire irrésistible. Je secoue la tête.

– Merci pour l'avertissement, Ace, mais sans façon.

Il rit.

– Ah, quand même ! Enfin je retrouve ce sarcasme que je trouve si intrigant et si sexy. Il avait disparu un moment avec votre impertinence. Je commençais à m'inquiéter.

Il tend une main pour presser la mienne.

– Oh, et pour votre gouverne, Rylee, ce n'était pas un avertissement, chérie. C'était une promesse.

Et après ça, il s'appuie sur son coude avec un sourire arrogant et une expression de défi dans les yeux en me regardant fixement. Je parcours son corps mince du regard. Je me demande comment je pourrais résister à cet homme excessif, intrépide, perturbé et imprévisible dont l'assaut verbal continu me met mal à l'aise. Provoque mon désir. Fait renaître en moi des sentiments et des pensées qui sont morts ce jour funeste, il y a deux ans. Et pourtant, au lieu de tourner la tête de l'autre côté comme je devrais, je ne pense qu'à une chose, le chevaucher là tout de suite sur cette couverture, passer la main sur les muscles fermes de sa poitrine, enrouler mes doigts dans ses cheveux et profiter du moment jusqu'à oublier toute pensée rationnelle.

Je m'aventure à braver son regard à nouveau parce que je sais qu'il m'a vue admirer son corps. Je m'arrange pour que mes yeux ne reflètent pas le désir que j'éprouve.

– Parlons de vous, Colton ! Vous avez dit que vous ne vouliez pas de petite amie et, pourtant, vous avez toujours une femme accrochée à votre bras.

Il hausse les sourcils.

– Et comment vous savez ça, vous ?

Comment je le sais ? Est-ce que j'ose lui avouer qu'il m'arrive de temps en temps de feuilleter le magazine *People* auquel Haddie est abonnée et dont les reportages ridicules me font lever les yeux au ciel ? Est-ce que je lui dis que, parfois, quand je suis au bureau, je m'amuse à consulter le site Perzhilton.com et que je lis les ragots qui concernent les jeunes loups d'Hollywood comme lui, qui se croient supérieurs à tout le monde ?

– Eh bien, je fais la queue à la caisse du supermarché, bien sûr. Et vous savez comme tous ces tabloïds disent la vérité.

– D'après eux, je sors avec un alien à trois têtes et ma photo retouchée avec photoshop apparaît accompagnée d'une légende qui affirme qu'on a aperçu un Chupacabra dans un cinéma à Norman, dans l'Oklahoma.

Il parle sur un ton animé, les yeux arrondis par une horreur jouée.

J'éclate de rire. Sincèrement.

Je suis ravie qu'il s'en prenne aux médias. Contente qu'il amène un peu de légèreté dans nos sujets de conversation pesants.

– Bien essayé, mais ça ne marche pas. Répondez à la question, Ace.

– Oh, Rylee, toujours aussi sérieuse. Qu'y a-t-il à dire ? Je déteste les conflits, le système à points pour savoir qui paie, et combien ? L'attente de la prochaine étape à franchir, en essayant de deviner si elles ont une idée derrière la tête en sortant avec moi…

Il hausse les épaules.

– Plutôt que d'avoir à gérer ces conneries, je passe un accord avec quelqu'un, nous définissons les règles et les attentes, nous négocions les détails et nous limitons les exigences bien avant qu'elles aient la moindre velléité de commencer à devenir ingérables. Cela simplifie les choses.

Quoi ? Des négociations ? Il me passe tant de choses par la tête que je sais que je vais devoir y réfléchir plus tard. Mais sous ce regard scrutateur qui guette ma réaction, je décide que l'humour est le seul moyen de ne pas montrer que sa réponse m'étonne.

– Ah d'accord ! Un mec avec des difficultés à s'engager… rien de bien original !

Il ne dit rien mais continue à m'observer tandis que je pense à lui, à ceci, à tout.

– Vous espériez quoi ? Que j'allais plonger dans vos superbes yeux verts, baisser ma culotte et écarter les jambes quand vous admettriez que vous aimez mettre les femmes dans votre lit mais pas dans votre cœur ?

Mon ton est sarcastique mais, au fond, je suis absolument sincère. Il croit vraiment que parce qu'il est qui il est, je vais renier mes principes moraux ?

– Qui a dit que le romantisme n'existait plus ?

Il change de position, s'allonge sur le côté, la tête posée sur son coude. Un petit sourire calculé passe sur son visage.

– Vous maniez rudement bien le langage, chérie. Je vous assure, le romantisme n'est pas un truc auquel j'adhère. L'amour qui rime avec toujours, ça n'existe pas.

La romantique invétérée que je suis pousse un profond soupir qui me permet d'éviter de répondre à ce commentaire et au sourire moqueur sur son visage. Celui qui me fait oublier toutes mes pensées parce qu'il est si séduisant avec son regard hypnotique.

– Vous n'êtes pas sérieux ? Pourquoi cette apparence si détachée ? Vous avez l'air si passionné par ailleurs.

Il s'allonge sur le dos en posant les mains derrière sa tête.

– Pourquoi les gens sont-ils comme ils sont ?

Il laisse planer un petit moment de silence entre nous.

– Je suis peut-être né comme ça, ou alors c'est ce que j'ai retenu de mes années de formation… Comment savoir ? Il y a beaucoup de choses à mon sujet qu'il vaut mieux pour vous que vous ne sachiez pas, Rylee, je vous jure.

Je le regarde en essayant de déchiffrer ses explications énigmatiques tandis qu'il reste silencieux un moment avant de tendre la main et de la poser sur la mienne. Je savoure ce rare signe d'affection. La plupart du temps, quand nous nous touchons, c'est explosif, charnel même. C'est rarement simple. Facile. C'est peut-être pourquoi j'apprécie la chaleur de sa main sur la mienne.

Malgré ça, je continue à m'interroger sur le sens de ses paroles.

– Je ne suis pas d'accord. Comment pouvez-vous…

Il m'interrompt au milieu de ma phrase en me tirant par le bras. En moins d'une minute, je me retrouve allongée sur la couverture, son visage juste au-dessus du mien. Je ne sais pas comment c'est possible, mais ma respiration s'accélère et s'arrête en même temps. Très lentement, très délibérément, il repousse de la main une mèche folle qui barre mon visage tandis que son autre main repose sur la base de mon cou, juste sous le pli de mon menton.

– Essaieriez-vous de changer de conversation, monsieur Donavan ?

Mon cœur s'affole et la chaleur du désir monte dans mon ventre. Son contact laisse dans son sillage des décharges électriques sur ma peau.

– Et ça marche ?

Je fais la moue et je plisse les yeux en réfléchissant.

– Hum… non. Je n'ai pas oublié ma question.

Je souris en le regardant me regarder.

– Alors je pourrais peut-être remédier à ça.

Avec une infinie lenteur, il baisse la tête jusqu'à ce que ses lèvres ne soient plus qu'à un souffle des miennes. Je lutte contre mon envie de m'arc-bouter pour presser mon corps contre le sien.

– Pourquoi pas tout de suite ?

Comment expliquer que bien que nous soyons au grand air, j'ai l'impression que tout oxygène a disparu ? Comment peut-il avoir cet effet sur moi ? J'inspire lentement et je respire son odeur – boisée, propre et mâle – un mélange enivrant qui est cent pour cent Colton. La voix me manque pour répondre à sa question.

– Mmmm…

Tout disparaît autour de nous, le cri des mouettes, le reflux des vagues, le soleil qui descend lentement vers l'océan à l'horizon.

Nous sommes trop près l'un de l'autre pour que je voie ses lèvres, mais quand le coin de ses yeux se plisse, je sais qu'il sourit.

– Est-ce que je dois prendre ça pour un oui ou pour un non ?

Il soutient mon regard avec défi. Quand rien d'autre ne sort de ma bouche qu'une respiration saccadée, il dit :

– Je pense que je vais donc me servir.

Avec ces mots, sa bouche est sur la mienne.

Il choisit un rythme lent et hypnotique, en effleurant mes lèvres de légers baisers. Chaque fois que je pense qu'il va me donner ce que je veux – des baisers longs et passionnés –, il recule. Il s'appuie sur son coude et pose la main sur ma nuque. Son autre main descend le long de mon corps et s'arrête sur ma hanche. Il prend position là, saisissant une poignée de ma chair à travers mon jean et pressant mon corps contre le sien.

– Vos courbes sont tellement sexy, bordel.

Le tumulte de sensations qu'il stimule en moi est à la fois jubilatoire et une torture. Je passe les mains sous son t-shirt, le long de son torse et de son dos pendant qu'il poursuit ses assauts langoureux sur mes lèvres.

Si j'étais aussi intelligente que je me targue de l'être, je prendrais un peu de recul, le temps d'évaluer la situation rationnellement. Je prendrais en compte le fait que Colton est le genre de type habitué à obtenir ce qu'il veut sans préambules et sans précautions. Et, en ce moment, c'est moi qu'il veut. Il a essayé l'approche directe, droit au but, et en moins de dix minutes, il m'avait collée contre un mur. Il a essayé la coercition, le contrat, le harcèlement et même reconnu qu'il ne veut pas de petite amie régulière, d'engagement ni de relation stable. La partie rationnelle chez moi devrait reconnaître ces faits et voir qu'ayant perdu le défi jusqu'ici, il passe maintenant à la séduction. J'argumenterais qu'il change de tactique et qu'il prend son temps pour que ce soit moi qui le désire. Pour me faire croire qu'à présent c'est moi qui domine la situation. Je me rendrais compte que tout ceci n'a rien à voir avec les sentiments ni avec un possible futur avec moi, mais plutôt qu'il essaie de me mettre dans son lit sans attendre et de n'importe quelle façon.

Mais je n'écoute pas ma raison ni les doutes sarcastiques que celui-ci essaie d'instiller en moi. Je repousse le sentiment persistant qu'il tente de faire entrer de force dans mon inconscient. Oublié mon sens des réalités. Dépassé, submergé, effacé par ma nouvelle addiction, je veux dire la bouche de Colton. Une bouche qui rend grâce à la mienne par de lents mouvements de sa langue, frôlements de ses dents et caresses de ses lèvres.

– Tss… tss…

Il me taquine des lèvres alors que j'entrelace mes doigts dans ses cheveux sur sa nuque en essayant de l'attirer plus près de moi pour donner libre cours au désir brûlant qu'il a déclenché en moi et aller plus loin.

– Vous êtes frustrant.

Je soupire parce que ses lèvres se déplacent le long de mon cou et viennent mordiller le lobe de mon oreille en allumant des petites étincelles dans leur sillage.

Pour toute réponse, il sourit dans le creux, sous mon oreille.

– Maintenant, vous savez ce que ça fait de désirer quelque chose…

Il s'écarte de mon cou si bien que son visage n'est qu'à un centimètre au-dessus du mien. Le désir qui voile son regard quand il croise le mien ne fait aucun doute.

– De désirer quelque chose qu'on vous refuse.

J'ai à peine le temps d'enregistrer ses paroles que déjà il écrase ses lèvres sur les miennes. Cette fois-ci, il ne se retient pas. Ses lèvres possèdent les miennes à l'instant même où nos bouches entrent en contact. Il contrôle ce baiser avec une passion sauvage qui me fait tourner la tête et me rend folle de désir. Il semble lui-même craindre de devenir fou s'il ne cède pas à son besoin impérieux de me dévorer. Je n'ai pas d'autre choix que de surfer sur la vague qu'il maîtrise parce que je ne suis pas moins prise au piège que lui.

Sa langue s'insinue entre mes lèvres, elle a le goût du vin, puis il mordille doucement ma lèvre inférieure. Je tends le cou, m'offrant un peu plus, désirant qu'il prenne davantage parce que je ne me lasse pas de cette saveur enivrante. Il se plie à mon désir, dépose une kyrielle de baisers légers comme des plumes tout le long de mon visage avant de revenir dans ma bouche. Sa langue s'enroule autour de la mienne, caressante, possessive et allumeuse.

Je me délecte des sensations que me procurent ses mains qui prennent possession de mes hanches, le poids de sa jambe pliée posée sur la mienne, son excitation évidente qui se presse contre moi. Sa bouche qui garde le contrôle, prenant et donnant tout à la fois. Les gémissements profonds de désir qui émanent du fond de sa gorge et me confirment que je l'excite. Qu'il me désire.

Je pourrais rester dans cet état d'excitation toute la journée avec Colton, mais des rires qui se rapprochent me ramènent à la réalité. Nous sommes dans un lieu public, on peut nous voir. Colton effleure mes lèvres délicatement encore une fois alors que les surfeurs arrivent à quelques pas de nous, sur leurs serviettes. Mais sa main reste sur mon visage et il pose son front contre le mien tandis que nous essayons l'un et l'autre de reprendre haleine. Il ferme les yeux un instant et je sens l'effort qu'il fait pour se maîtriser. Il passe et repasse ses pouces sur mes joues en une douce caresse qui me calme.

– Ah, Rylee. Tu te rends compte de l'effet que tu me fais ?

Il soupire et pose un baiser sur le bout de mon nez.

– Qu'est-ce que je vais faire de toi ? Tu es une telle bouffée d'air frais.

Mon cœur s'arrête de battre et mon corps se tend. Je me retrouve trois ans en arrière. Max, un genou à terre, une bague à la main, me couvant d'un regard plein d'espoir. Ses paroles, chargées d'émotion, résonnent dans ma tête comme si c'était hier.

Rylee, tu es ma meilleure amie, mon voyage dans le couchant, ma bouffée d'air frais. Veux-tu m'épouser ?

Je pense à Max – brillant, ouvert, insouciant –, mais je regarde Colton, réservé, inaccessible mais inévitable.

Un sanglot s'échappe de ma gorge quand le souvenir s'empare de moi, souvenir de ce jour-là, de ceux qui ont suivi, et la culpabilité me submerge.

Colton sursaute, interdit. Il recule vivement sans écarter les mains de mon visage cependant. L'inquiétude se lit dans son regard.

– Rylee, que se passe-t-il ? Tout va bien ?

Je pose les mains sur sa poitrine et je le repousse pour m'asseoir, les genoux repliés contre ma poitrine. Je les entoure de mes bras. Je secoue la tête pour lui demander de m'accorder une minute et j'inspire profondément. Je me rends compte que Colton m'observe avec attention, curieux de savoir ce qui a provoqué cette réaction.

Je m'efforce de bloquer ma mémoire. Sa mère hurlant que je l'ai tué, son père regrettant que je ne sois pas morte à sa place et son frère m'accusant d'être responsable. Et affirmant que je ne mérite pas de rencontrer à nouveau un amour comme celui-là.

Ces pensées me font frissonner, mais je me reprends et me prépare pour les questions que Colton ne va pas manquer de poser. Mais non, rien ne vient. Je lui jette un coup d'œil. Le visage sombre, il m'observe. Je tourne les yeux vers la mer. Il passe la main sur mes reins, le seul signe de réconfort qu'il me témoigne.

J'écarte mes pensées d'un mouvement de tête, contrariée qu'elles soient venues nous interrompre. Pourquoi est-ce que je ne peux pas, tout simplement, me laisser aller au plaisir d'être avec cet homme – cet homme viril à portée de main – qui, pour une raison, aussi incongrue soit-elle, me désire ? Pourquoi est-ce que je n'arrive pas à céder à sa proposition sordide de plan cul sans lendemain juste pour me sortir de ce cauchemar récurrent ? L'utiliser, tout comme lui veut m'utiliser.

Parce que tu n'es pas comme ça. Tu es une bouffée d'air frais.

Je suis reconnaissante à Colton de garder le silence. Je ne sais pas si c'est par sympathie ou par indifférence aux drames d'autrui, mais en tout cas, en cet instant, je suis ravie qu'il ne me demande pas d'explications.

Je tends la main derrière moi pour saisir mon gobelet de vin. Colton me le passe en prenant le sien et il boit une gorgée.

– Eh bien, heureusement qu'on est dehors.

J'essaie de dissiper le malaise en prenant un ton léger.

– Pourquoi ça ?

Je prends une longue gorgée avant de poursuivre.

– Pour nous éviter de perdre le contrôle en public.

Je tourne la tête pour lui sourire.

– Qu'est-ce qui vous permet de croire que ça me gênerait ?

Il me décoche un sourire diabolique et éclate de rire en rejetant la tête en arrière quand il voit mon air choqué.

– Le danger de se faire prendre ne fait qu'exacerber les sensations, Rylee. Cela donne plus d'intensité à l'excitation. À la jouissance.

Sa voix de séducteur m'enveloppe et m'emmêle dans sa toile. Je le regarde fixement en essayant de me dégager de ce piège. Je m'efforce de retrouver mes esprits assez vite pour réagir sans lui montrer à quel point je suis affectée par son discours hypnotique.

– Je croyais que vous vouliez un endroit intime pour la première fois ?

Je souris ironiquement en haussant un sourcil.

Il se penche vers moi, son souffle passe sur mon visage et l'amusement danse dans son regard.

– Eh bien, au moins j'ai réussi à vous faire admettre qu'il y aurait une première fois.

Mes yeux s'arrondissent quand je me rends compte que je suis tombée de moi-même dans ses filets. Je ne peux retenir un sourire en voyant le sien malicieusement impudent. Il secoue la tête et détourne les yeux.

– Regardez.

Il montre du doigt l'horizon où le soleil tombe dans l'eau, une boule brillante qui sombre en faisant gicler des couleurs pastel dans le ciel.

Contente de changer de sujet, je tourne la tête pour admirer le spectacle.

– Comment ça se fait que le soleil semble mettre une éternité à atteindre l'horizon et que, à l'instant où il y est, il disparaisse aussi vite ?

– C'est à l'image de la vie, vous ne croyez pas ?

– Comment ça ?

– Parfois nos parcours dans la vie semblent durer une éternité pour atteindre le point culminant de nos efforts, pour atteindre notre but. Et une fois que nous y sommes, tout s'accélère et c'est déjà fini.

Il hausse les épaules. Je suis étonnée de cette introspection.

– Nous oublions que le meilleur moment, c'est le parcours lui-même. La raison pour laquelle nous l'entreprenons. C'est là que nous apprenons le plus.

– Est-ce une façon détournée de me dire quelque chose, Colton ?

Un sourire éclaire son visage.

– Non. Une simple remarque, voilà tout.

Je le regarde avec méfiance, je ne comprends pas ce qu'il essaie de me dire, bien qu'il s'en défende. J'enfonce mes orteils dans le sable encore chaud des rayons du soleil. Je les plie et les déplie, la sensation est merveilleuse.

Colton bouge à côté de moi et j'entends le bruissement du sac en papier. Je me retourne. Allongé de tout son long sur la couverture, il sort du sac deux carrés enveloppés de film étirable. Il se rassied à côté de moi, les jambes en tailleur comme un gamin d'école primaire. Il tient un carré entre nous.

– Le remède à tous les maux, dit-il en me le tendant.

Nos doigts se frôlent quand je prends le brownie, et j'aime ce contact.

– Vous avez pensé à tout pour ce rencard à vingt-cinq mille dollars, on dirait.

Il ne me faut pas longtemps pour venir à bout de l'emballage. Il m'observe tandis que je prends la première bouchée, le chocolat est un délice et je lève les yeux de plaisir en poussant un gémissement extatique. C'est le plus sûr chemin pour atteindre mon cœur.

Je regarde Colton qui semble fasciné.

– Vous rendez-vous compte à quel point vous êtes sexy, là maintenant ?

Sa voix est enrouée, douloureuse même. Je m'arrête de mâcher. Comment fait-il pour que des mots aussi simples deviennent si envoûtants aux moments les plus improbables ? Je suis déconcertée par la candeur de son expression. Nous sommes assis là, à quelques centimètres l'un de l'autre sur une couverture, sur une plage, et nous nous regardons sans rien dire. Sans faux-semblants. Sans public. Sans attentes. Les mots non dits qui circulent entre nous sont si puissants que j'ai peur de cligner des yeux, peur de bouger, peur de parler, de crainte de ruiner ce moment. Je vois le vrai Colton Donavan – la version sans masque, un être si vulnérable que j'ai envie de tendre la main pour faire disparaître la blessure qui transparaît si souvent dans ses yeux verts. Pour lui prouver que l'amour et l'engagement sont possibles sans complications. Que c'est réel et pur et beaucoup plus puissant qu'on peut l'imaginer quand c'est construit et partagé par deux personnes.

Je sens une douleur fantôme dans mon cœur quand un morceau minuscule s'en détache, perdu à jamais au profit de Colton à ce moment précis.

Je finis par baisser les yeux vers mon brownie que je tripote du bout des doigts. Je sais que je ne réussirai jamais à le lui dire. Je n'en aurai jamais l'occasion. À un moment, pas très lointain, je m'offrirai à lui, de mon plein gré, même si ma tête me dit que c'est une erreur. Je savourerai ce moment passé avec lui qui sera rempli de soupirs ardents et de corps enlacés, et je serai dévastée quand il me quittera, une fois qu'il en aura assez. Je cligne des paupières pour dissiper les larmes qui me brûlent les yeux.

C'est sûrement à cause de la date anniversaire qui approche. Je ne suis jamais aussi sensible, remplie d'émotion et instable d'habitude.

Je casse un coin du brownie et me le fourre dans la bouche. Quand je relève les yeux vers lui, un timide sourire flotte sur son visage qui me dit que, lui aussi, il a ressenti ce moment de communion entre nous. Je frissonne.

– Froid ?

Du pouce, il essuie une miette de chocolat à la commissure de mes lèvres. Il approche son pouce de ma bouche. J'ouvre les lèvres et je lèche le chocolat. Un grognement s'échappe du fond de sa gorge et il entrouvre les lèvres en me regardant avec intensité. Si j'avais su que ce serait si érotique d'observer sa réaction, j'aurais disposé des lignes de miettes de brownie sur tout mon corps pour le plaisir de le regarder les ramasser.

Je frissonne de nouveau malgré la chaleur qui m'embrase.

– Cette soirée étant improvisée, je n'ai pas pris de veste et je n'ai pas d'autre couverture à vous proposer.

Je le sens déçu.

– On peut aller ailleurs si vous voulez.

– Merci Colton. J'ai passé un moment délicieux…

– Malgré la gravité de notre conversation ?

Je ris.

– Oui, malgré les sujets graves. Mais la semaine a été très longue et je suis épuisée, alors je pense qu'il vaut mieux rentrer.

Je n'en ai pas du tout envie, mais j'essaie désespérément de garder la tête froide.

– Ouille, le vent !

Il porte la main à son cœur blessé.

– C'est rude, mais je comprends.

Il rit.

Je l'aide à remballer les restes de notre pique-nique et à les ranger dans le sac. Je remets mes chaussettes et mes chaussures, quand il me dit soudain :

– Teddy a signé avec CDE aujourd'hui.

– C'est super !

Je suis sincère. Excitée par cette opportunité mais perplexe : être obligée de passer du temps avec lui va forcément avoir des conséquences sur ma vie personnelle.

– Je ne sais comment vous exprimer ma gratitude…

– Rylee, ce truc, cette donation, ça n'a rien à voir avec ceci.

Il fait un geste de la main entre nous. Tu parles ! Je ne serais pas ici avec lui s'il n'y avait pas cet arrangement.

– Bien sûr que non.

Mais je sais que je ne l'ai pas convaincu.

***

– La voilà.

Je montre ma Mini Cooper rouge et blanche garée dans la rue devant le foyer. Il se gare derrière et appuie sur le bouton qui coupe le ronronnement sexy du moteur. Les réverbères sont allumés et celui qui se trouve le plus près de ma voiture clignote sans arrêt. Un chien aboie un peu plus loin dans la rue et une odeur de barbecue flotte dans l'air. Cela respire la maison, la normalité, exactement ce qu'il faut aux sept garçons qui sont dans la maison en face de moi.

Colton fait le tour de la voiture pour venir ouvrir ma portière et me tend une main pour m'aider à descendre. En allant vers ma voiture, je tiens mon sac à main serré contre ma poitrine, je me sens mal à l'aise, tout à coup, avec la main de Colton sur mes reins.

Je me tourne pour lui faire face en m'adossant à ma voiture. Je mordille ma lèvre inférieure coincée entre mes dents tandis que ma nervosité semble gagner du terrain.

– Eh bien, encore merci pour cette soirée, Colton. C'était très sympa.

Je parcours la rue des yeux, incapable de soutenir son regard. Est-ce que j'ai peur que ça s'arrête là ? Bien sûr que non, je sais que je vais être amenée à le revoir régulièrement pour le boulot. Alors pourquoi, au moment de nous séparer, est-ce que j'éprouve ce mélange de malaise et de tristesse ? Pourquoi est-ce que je me donne des coups de pied mentalement pour ne pas avoir dit oui quand il m'a proposé d'aller ailleurs ?

Colton vient poser un doigt sous mon menton et me relève la tête pour m'obliger à le regarder dans les yeux.

– Qu'est-ce qui se passe, Rylee ? Pourquoi avez-vous peur de vos sentiments? Chaque fois que vous commencez à vous laisser aller à profiter de l'instant et de vos sensations, quelque chose passe sur votre visage et vous vous refermez. Vous devenez inaccessible. Quelque chose qui vous pousse à verrouiller en l'espace d'une seconde toute cette passion en vous.

En me tenant le menton d'une main ferme pour m'empêcher de détourner les yeux, il sonde mon regard à la recherche de réponses.

– Qui vous a fait ça, chérie ? Qui vous a blessée à ce point ?

Je ne suis pas disposée à lui apporter les réponses qu'il cherche. Il semble frustré par mon silence. Ses traits assombris par le ciel nocturne se crispent dans l'attente de ma réponse. Le réverbère qui clignote reflète de façon saisissante ses émotions contradictoires.

Je sens ma muraille de protection se hérisser en réaction à cette attention envahissante. Le seul moyen que je connais de la gérer et de le maintenir à distance, c'est de lui retourner la question.

– Je pourrais vous demander la même chose, Colton. Qui vous a fait du mal ? Qu'est-ce qui revient si souvent hanter votre regard ?

Il hausse les sourcils en découvrant mon stratagème, mais son regard ne faiblit pas.

– Je ne suis pas très patient, Rylee. Je vous préviens que je n'attendrai pas longtemps avant…

Je l'interromps.

– Il est parfois plus sage de ne pas chercher à tout savoir.

Ma voix est à peine plus audible qu'un murmure, et ma respiration est saccadée. Son pouce quitte mon menton pour venir se poser sur ma lèvre.

– Ça, c'est une chose que je peux entendre.

Sa réponse me surprend, confirmant mon idée qu'en fait il a, lui aussi, quelque chose à cacher. Ou à fuir. Il se penche lentement et dépose un baiser respectueux qui s'attarde sur mes lèvres, et toutes mes pensées s'évaporent. Sa tendresse est inattendue et je veux capturer ce moment. Le savourer. Je soupire contre ses lèvres et nos fronts se touchent brièvement.

– Bonne nuit, Colton.

– Bonne nuit, Rylee.

Il se penche en arrière, la main sur la poignée de ma portière, il l'ouvre pour moi et me pousse à l'intérieur.

– À la prochaine.

Dès qu'il a refermé la portière, je démarre et je m'éloigne du trottoir. Instinctivement j'allume le lecteur de CD. Je jette un coup d'œil dans le rétroviseur en descendant la rue, alors que la musique emplit l'habitacle. Je vois sa silhouette qui se balance, les mains dans les poches, sous le réverbère qui clignote. Un ange combattant l'obscurité ou un démon jaillissant dans la lumière ? Je ne sais pas. En tout cas, il est là, mon paradis et mon enfer personnels, qui me regarde jusqu'à ce que je tourne au coin de la rue avant de disparaître.

CHAPITRE 9

Je me gare dans l'allée et je reste dans ma voiture quelques minutes en fredonnant sur la musique qui sort des haut-parleurs. Je repense à cette soirée avec Colton. Je chante en même temps que la chanson que je connais par cœur. Les paroles et le rythme sont réconfortants. Les mains sur le volant, je pose la tête dessus. Je n'ai pas beaucoup d'éléments de comparaison, mais ce rencard a été un des plus intenses, passionnés et réconfortants de ma vie. Je secoue la tête en me repassant le film de la soirée.

Incroyable ! C'est tout ce que je trouve à en dire. Y compris de l'insistance de Colton. Le diable sur mon épaule me répète que tout est de ma faute. Que si j'avais été vraiment moi-même, je n'aurais jamais été la victime consentante de ses mains expertes dans l'alcôve, dans les coulisses du théâtre. Je ne me serais jamais retrouvée en position de lui dire « *merci, mais non merci* », ce qui a déclenché toute la poursuite – le défi –, une diversion bienvenue dans son univers de femmes trop avides, trop faciles.

Je pousse un cri, brusquement tirée de ma rêverie par des coups sur la vitre de ma portière. J'étais si absorbée par mes pensées que je n'ai pas vu Haddie approcher de ma voiture. Mon cœur reprend son rythme normal quand j'ouvre la portière.

– Salut Had. Une seconde.

Je me penche par-dessus mon siège pour attraper mes affaires. Je la sens qui bouge devant la porte et son corps bloque la lumière du garage, son ombre se projette sur le siège avant.

– C'est Matchbox Twenty ?

Elle tend l'oreille pour entendre la musique qui passe en sourdine.

Oh oh, elle a senti qu'il se passe quelque chose. Elle sait que j'écoute Matchbox Twenty chaque fois que je suis perturbée. Elle ne le sait que trop, depuis ma période sombre.

Je la regarde, les poings sur les hanches, la contrariété émane d'elle en vagues et je me demande ce qu'elle sait exactement. Et, en fonction de ce qu'elle sait, à quel point elle sera vexée de savoir ce que je lui ai caché.

C'est impossible de discuter avec Haddie quand elle est en colère. Quand elle se sent trompée. Je grogne silencieusement en me disant que ma journée, si riche en événements, ne semble pas près de se terminer. Haddie ne lâche jamais le morceau tant qu'elle n'a pas obtenu les réponses qu'elle veut. Elle peut tromper tout le monde parce que derrière sa beauté innocente se cache un esprit aiguisé comme un rasoir – mais pas moi.

Je la connais trop bien.

Je coupe le moteur rapidement avant qu'elle n'entende la chanson que j'écoute en boucle, « Bent ». Au moins ce n'est pas « Unwell ». J'ai mon sac à la main, mais elle m'empêche de descendre de la voiture.

– Il serait temps que nous ayons une petite discussion toutes les deux, tu ne crois pas ?

Elle s'écarte en gardant les mains sur les hanches. Il suffirait qu'elle tape du pied pour que je me retrouve dans le bureau de la directrice à l'école primaire.

Je me force à sourire.

– Quand tu veux, Had. Qu'est-ce qui se passe ? Tu as l'air furax.

– C'est toi.

– Quoi, moi ?

Je me dirige vers la porte d'entrée en levant les yeux au ciel.

– Ne me fais pas ça, en plus, Ry.

Quand nous entrons, je jette mes affaires sur la console dans l'entrée et me dirige sans attendre vers le séjour où je m'affale dans le canapé. Je n'ai qu'une envie, fermer les yeux et sombrer dans le sommeil. Mais Haddie vient s'asseoir à l'autre bout du canapé en repliant sous elle ses longues jambes fuselées.

– Quand vas-tu te décider à me raconter ?

Sa voix est calme et glaciale, ce qui n'est pas bon signe. Plus elle est en colère, plus elle est calme.

– Raconter quoi ?

Je me dis que si elle me dit ce qu'elle sait, elle me sera peut-être reconnaissante de lui dire le reste.

– Colton Donavan, carrément ?

Les yeux écarquillés, elle s'efforce de réprimer le sourire qui menace de lézarder son masque implacable.

– Tu rigoles ou quoi ? Et tu ne m'as rien dit ?

Le ton de sa voix monte d'un degré dans les aigus à chaque mot. Elle saisit son verre de vin sur la petite table et boit une gorgée sans me quitter des yeux un instant.

– Pourquoi ?

Elle parle calmement mais, visiblement, elle est vexée.

– Oh, Haddie.

Je me passe les mains sur le visage en essayant de retenir mes larmes. Peine perdue, une simple larme glisse le long de ma joue.

– Je ne sais plus où j'en suis.

Je soupire en fermant les yeux pour essayer de maîtriser mes émotions. Le visage d'Haddie se radoucit.

– Je suis désolée, Ry… c'est juste que… ça m'a blessée que tu ne m'en aies pas parlé… je ne voulais pas…

– Ce n'est rien.

Quand j'enlève mes chaussures, des grains de sable collés sous mes pieds me rappellent que j'ai vraiment passé la soirée avec Colton. Comme si j'avais besoin d'un pense-bête. Le parfum de son eau de toilette mélangé à son odeur personnelle est toujours présent à mon esprit.

– Je ne voulais pas te faire de la peine. Comment l'as-tu…

– Tu ne répondais pas au téléphone… je veux dire, jamais. J'étais tout excitée, il fallait que je te parle à propos de quelqu'un qui a confirmé pour la réception de lancement demain. Je t'ai envoyé des textos et je t'ai appelée plusieurs fois sans obtenir de réponse. Je m'inquiétais. Ça ne te ressemble pas. D'habitude, tu réponds toujours, même quand tu es occupée, ne serait-ce qu'un mot. J'ai donc appelé Dane.

Je hausse les sourcils.

– J'imagine qu'il a simplement fait le rapprochement.

Elle hausse les épaules.

– Alors, qu'est-ce qui se passe, Rylee ? Qu'est-ce que tu me caches ?

– C'est juste que… je suis complètement dépassée.

Je lui raconte toute l'histoire, dans les moindres détails, même les plus sordides malgré ma gêne au début. Son visage demeure impassible pendant que je rejoue le film des événements. Quand j'ai fini, elle reste silencieuse pendant quelques instants en me regardant avec une affection inconditionnelle.

Puis elle se lève pour aller rechercher du vin et revient avec un verre pour moi.

– Eh bien, il y a un tas de choses à dire et à discuter, mais en premier lieu…

Elle saisit mon genou, vibrante d'excitation.

– Putain, Rylee ! Colton Donavan ? Dans les coulisses du théâtre ! Waouh !

Elle lève les bras au-dessus de sa tête et je me crispe mentalement, espérant qu'elle ne va pas renverser son vin.

– Je suis si fière de toi, tu deviens un peu fofolle, finalement. Qu'est-ce qui t'arrive ?

Le rouge me monte aux joues et je baisse la tête en tournant la bague autour de mon doigt.

– Je sais. Je n'en reviens pas, moi non plus.

– Quoi ? De quoi tu parles, putain ?

Elle me pousse le genou vigoureusement.

– C'était un *Waouh* admiratif, pas un *Waouh* du genre pourquoi t'a-t-il choisie, toi ? Sors-toi cette idée de la tête, Ry.

Elle claque les doigts devant mon visage pour m'obliger à la regarder.

– Il est super gaulé, putain ! Le type même du bad boy rebelle et brûlant…

Comme si je ne le savais pas !

Elle reporte son regard sur moi, je vois que son excitation remonte à la surface.

– Et il est aussi beau en vrai qu'à la télé ?

J'essaie de trouver le mot juste, mais je dis le premier qui me vient à l'esprit.

– À couper le souffle, et sexy aussi, et dominateur et frustrant, et ses yeux sont juste… et ses lèvres… ah là là !

Je suis perdue dans mon souvenir, mon esprit dérivant d'une bribe à l'autre. Quand je reviens au moment présent, Haddie me fixe avec un léger sourire sur les lèvres.

– Il te plaît vraiment, hein ?

Elle sent bien ce que j'éprouve mais que je refuse d'admettre.

Les larmes me montent aux yeux quand j'y pense malgré mon sourire de façade.

– Qu'est-ce que ça change qu'il me plaise ou non, il m'a clairement fait comprendre qu'il n'y a qu'une chose qui l'intéresse.

Je hausse les épaules en buvant une gorgée de vin.

– En plus, je ne peux pas faire ça à M…

– Ho ho !

Elle hurle en agitant le bras pour m'arrêter.

– Je vais reprendre cette discussion en deux parties distinctes… la compartimenter pour toi et tes habitudes régressives si tu veux bien… parce que les deux méritent qu'on s'y arrête.

Elle se rapproche de moi et adopte un air plus grave.

– Rylee chérie… qu'est-ce qu'on en a à faire de l'avenir en ce qui concerne Colton ? S'il ne s'intéresse à toi que pour ton corps et pour une expérience sexuelle décoiffante, où est le problème?

Vas-y. Ce n'est peut-être pas ce que tu espérais, mais ça ne veut pas dire que ça ne pourrait pas te faire du bien. Et qui serait le mieux placé pour ça qu'un putain d'Adonis comme lui ?

Elle se sert un autre verre, amusée.

– Putain, moi je dirais oui sans une seconde d'hésitation.

Elle retrousse les lèvres en imaginant la scène. J'éclate de rire.

– Je n'en doute pas.

Je sens mon corps se libérer de sa tension.

– Ce genre de choses, c'est facile pour toi.

Elle me donne un coup de poing.

– Hé, ça va ! Je ne dis pas oui à tout ! Enfin, sauf si j'en ai envie.

Elle rigole.

– Oui, mais tu es tellement libre et sûre de toi. Tu ne doutes jamais, contrairement à moi. Tu n'as pas de regrets. Et il est clair que tu es attirée par les bad boys.

Je penche la tête en souriant.

– Hum, c'est vrai que je les aime un peu coquins.

Elle rigole et s'abîme un instant dans ses pensées.

– Mais revenons à toi. Inutile de me faire des idées à propos d'un mec qui s'intéresse à toi.

Je lève les yeux au ciel.

– Rylee, ce type peut avoir toutes les femmes qu'il veut, or il passe son temps à te courir après. Il dépense des milliers de dollars pour un rencard, des millions pour réaliser ton rêve et il t'invite sur la plage pour une sortie romantique improvisée. Au coucher du soleil.

– Lui, il dit qu'il ne donne pas dans le romantisme.

Elle s'esclaffe.

– Il a peut-être besoin de relire la définition de romantisme, alors. Parce que tout ce qu'il fait décrit un homme en quête de quelque chose.

Je secoue la tête à cette franchise propre à Haddie.

– Il me veut pour la simple raison que je lui ai dit non. Je représente un défi pour lui qui baigne dans un univers de femmes consentantes.

– Tu parles d'un défi quand il te plaquait contre le mur dans les coulisses !

Elle retrousse les lèvres en me provoquant.

– Tu sais très bien que je ne suis pas comme ça, Haddie ! On ne m'avait pas touchée depuis…

Le silence tombe lourdement et je secoue la tête pour écarter les souvenirs qui m'emprisonnent.

– En plus, j'ai tout de suite repris mes esprits. C'était juste l'adrénaline après m'être retrouvée enfermée…

– Continue à te dire ça, poulette, mais je ne sais pas si c'est toi ou moi que tu essaies de convaincre que c'était simplement un écart de conduite.

Elle hausse les épaules en me regardant droit dans les yeux.

– Tu n'as pas à avoir honte. Tu as le droit de recommencer à éprouver des sentiments, Rylee. De recommencer à vivre.

Mes larmes menacent de nouveau de couler et je les en empêche du revers de la main.

– Et même si nous n'en avons pas fini avec la première partie de notre discussion, passons à la deuxième.

Je la regarde, pleine d'appréhension. Tout à coup, son expression change du tout au tout quand elle comprend.

– C'est pour ça que tu ne voulais pas m'en parler, c'est ça ? Tu ne voulais pas que je te dise que tu as le droit de recommencer à vivre. Que tu as le droit de passer à autre chose.

Elle pose la question d'une voix douce et réconfortante. J'acquiesce lentement en avalant l'énorme nœud coincé dans ma gorge. Elle se penche vers moi et me prend dans ses bras pour me bercer doucement en faisant des petits bruits apaisants. Un énorme sanglot m'échappe et je m'abandonne aux larmes qui menacent depuis plusieurs jours. C'est tellement bon de les laisser couler, cathartique en fait.

Au bout d'un moment, je finis par retrouver un semblant de contrôle de moi-même et je réussis à parler.

– J'ai… j'ai l'impression de trahir Max. J'ai l'impression que je ne mérite pas…

Je sanglote.

– … je me sens coupable…

– Rylee, chérie…

Elle repousse une boucle de mes cheveux derrière mon oreille.

– … c'est normal. Mais il arrive un moment où tu dois recommencer à vivre. C'est horrible, tragique, ce qui vous est arrivé. À lui. À toi. Mais cela fait plus de deux ans, Ry… et je sais que tu n'as pas envie d'entendre ça, mais à un moment donné, il faut que tu tournes la page. Il ne s'agit pas d'oublier, mais toi – la femme merveilleuse, belle, que tu es – cette femme doit recommencer à vivre. Toi aussi, tu étais insouciante à une époque. Il n'est pas trop tard pour retrouver cette insouciance.

Je la regarde fixement, les yeux embués de larmes, craignant que mon prochain aveu ne lui montre quelle horrible personne je suis. Je détourne les yeux, craignant son regard pendant que je lui parle.

– Une raison pour laquelle je me sens coupable… c'est que… l'intensité, le besoin désespéré, le je-ne-sais-quoi que Colton provoque en moi me semble plus, beaucoup plus fort, que ce que j'ai jamais ressenti avec Max.

Je prends le risque de la regarder et ce que je lis sur son visage est totalement opposé à ce que je croyais y trouver. J'y vois de la compassion plutôt que du dégoût et de la déception.

– Max, que je m'apprêtais à épouser.

Je ressens un profond soulagement maintenant que j'ai réussi à soulever ce poids immense de ma poitrine et de ma conscience.

– C'est stupide, je sais, mais je ne peux pas m'en empêcher. Je ne peux pas l'empêcher de surgir dans ma tête en ce moment où tout ce que je ressens, ce que je respire et ce que je veux, c'est Colton.

– Oh, Ry… pourquoi est-ce que tu gardais tout ça en toi ?

Elle verse une larme avant de m'attirer et de me serrer contre elle encore une fois. Elle pose la joue sur ma tête.

– Rylee, tu n'es plus celle que tu étais à cette époque-là. Ta vie est différente maintenant. À l'époque, il suffisait de vous voir ensemble, Max et toi, pour savoir que vous étiez faits l'un pour l'autre, et vous le saviez vous aussi.

J'entends comme un sourire dans sa voix à l'évocation de ces souvenirs.

Elle soupire.

– Et maintenant tu as vécu l'enfer et tu en es revenue en un peu plus de deux ans. Tu n'es plus la même. C'est normal de ressentir les choses autrement – d'aimer d'un amour plus profond, d'éprouver des sentiments plus forts –, personne ne va te le reprocher. Personne ne t'a touchée en deux ans, Rylee. Tu réagis automatiquement avec plus d'intensité.

Nous restons assises en silence tandis que je digère la vérité de ce qu'elle dit. Je sais qu'elle a raison, et j'espère continuer à y croire le moment venu. Haddie se met à rire brusquement, interrompant ma méditation silencieuse. Elle relâche son étreinte et je me penche en arrière pour la regarder, perplexe. Qu'y a-t-il de si drôle, bon sang ?

– Quoi ?

Quand elle me regarde, un éclat coquin brille dans ses yeux.

– Il doit être super au lit.

Elle me décoche un sourire salace.

– Je parie qu'il baise comme il pilote – un poil téméraire, repoussant les limites et concentré jusqu'au dernier tour.

Elle hausse un sourcil avec un sourire insolent. Je me mords la lèvre inférieure en imaginant Colton penché sur moi, me pénétrant profondément. Je repense au contact de ses lèvres sur les miennes, à ses muscles fermes sous ses vêtements, épousant mon mouvement, et à sa voix rauque me disant qu'il me désire. Le cœur de mon intimité devient moite quand je pense à lui, et je repousse ces pensées. Je regarde Haddie et je l'observe en train de m'observer, les sourcils haussés comme si elle me demandait si je pense que son jugement est pertinent.

Tu parles que oui ! Et même plus que ça.

J'essaie de détourner la conversation.

– Depuis quand tu t'intéresses à la course automobile ? Comment sais-tu la manière dont il pilote ?

– C'est Brody qui regarde. Je prête attention quand ils mentionnent le nom de Colton. Ça vaut vraiment le coup de regarder quand ils font des gros plans sur son visage.

Brody est son frère. Elle me fait un sourire démoniaque.

– Cet homme sait embrasser, ça c'est sûr. Il embrasse vraiment bien.

Je souris comme une débile en hochant la tête.

– Arrête de te prendre la tête, Rylee… vas-y, fonce ! Oublie la prudence. Lâche tes chevaux. T'as vraiment envie de te retrouver dans vingt ans menant une vie parfaitement ordonnée où chaque chose est à sa place, mais sans avoir jamais vraiment vécu ? Sans être jamais vraiment sortie des rails ?

– Eh bien j'aime assez l'idée d'une vie ordonnée.

– Bien sûr. C'est bien de toi de t'arrêter à ça ! Mais pense aux histoires que tu pourrais raconter à tes petits-enfants un jour – à propos de l'aventure sordide que tu as eue avec le play-boy sexy qui pilotait des voitures de course.

Je bois une gorgée de vin en réfléchissant à ses propos.

– Je sais ce que tu veux dire, Haddie, je te jure, mais le sexe sans l'engagement, sans la relation… comment tu fais ça ?

– Eh bien, tu colles le volet A dans la fente B.

– C'était une question purement rhétorique, espèce de garce !

Je lui lance un coussin à la figure en riant.

– Ah quand même ! J'ai cru un instant que ça faisait si longtemps que j'allais devoir te donner un cours d'éducation sexuelle.

Elle prend une autre bouteille de vin sur la table et la débouche pour remplir nos verres. Elle se rassied sur le canapé et je vois qu'elle choisit ses mots avec précaution avant de poursuivre.

– C'est peut-être mieux comme ça ?

Devant mon air interrogateur, elle s'explique.

– Peut-être que pour ton premier mec depuis Max, c'est mieux qu'il ne soit pas porté sur les relations stables. Tu vas sûrement avoir des ratés – après tout ce que tu as traversé – alors c'est peut-être mieux d'envoyer balader les précautions et de laisser s'exprimer la séductrice qui est en toi pendant un petit moment. Prends tout ce qui se présente, le plaisir et le sexe jubilatoire.

Elle soulève les sourcils et je glousse, l'excès de vin fait lentement son effet et calme mes nerfs à vif.

– La séductrice qui est en moi ? L'idée me plaît, mais je crains qu'elle ne se soit perdue.

– T'inquiète, on va la retrouver, ma petite. Elle est probablement cachée derrière les toiles d'araignée qui encombrent ton entrejambe.

Nous partons d'un rire qui ne tarde pas à se transformer en un fou rire incontrôlable. Mes émotions, à cran après la semaine que je viens de passer, accueillent cette libération avec gratitude. Je ris tellement que des larmes perlent au coin de mes yeux. Juste quand je pense que je vais me calmer, Haddie secoue la tête.

– Tu dois bien reconnaître, Ry, que cet homme est sacrément sexy !

Je recommence à rire.

– Chaud bouillant, je confirme ! Putain, je meurs d'impatience de le voir nu !

Les mots m'ont échappé avant que mon cerveau embrumé n'ait eu le temps de les filtrer. Haddie s'arrête net, un sourire entendu flottant sur ses lèvres. Elle pointe un doigt accusateur vers mon visage.

– Je le savais ! Je savais que tu avais envie de coucher avec lui !

– Ouais, et alors ?

Nous nous écroulons en riant de plus belle.

– Demain, au cocktail, tu vas prendre une autre cuite et quand tu seras fin soûle, on composera son numéro de téléphone et on lui proposera un plan cul.

– Oh, mon Dieu, non !

Dans quelle galère suis-je allée me fourrer ?

CHAPITRE 10

La lumière qui inonde ma chambre est bien trop forte. J'ai un marteau-piqueur dans la tête. J'attrape mon oreiller en grognant et je me le colle sur les yeux. Tout en maudissant les nombreux verres de vin que j'ai bus avec Haddie hier soir, je souris en repensant à nos larmes et nos fous rires.

Et Colton. Sexy et délicieux Colton.

Mmm, je soupire en repensant à hier, et à lui. Il va devoir faire quelque chose pour s'occuper de ce désir qu'il a allumé en moi. Je presse mes cuisses l'une contre l'autre pour l'éteindre, en vain.

Rien à faire, je ne peux pas me le sortir de la tête, inutile donc d'essayer de me rendormir. Je tends le bras sans ouvrir les yeux et je cherche à tâtons mon téléphone sur ma table de nuit en renversant une bouteille d'eau, heureusement vide. Elle tombe avec fracas sur le plancher. Le bruit me fait grimacer. Je soulève un coin de l'oreiller pour jeter un coup d'œil à l'écran de mon téléphone et regarder l'heure. Je soulève un peu plus l'oreiller quand je vois que j'ai un tas d'appels manqués et de textos reçus hier soir. En les parcourant rapidement, je remarque que les textos d'Haddie deviennent de plus en plus angoissés à mesure que le temps passe. Il y en a plusieurs de Dane et, en passant sur l'écran suivant, la dernière alerte me montre qu'il y a un message venant d'un numéro inconnu. Il a été envoyé après mon retour à la maison hier soir, pendant ma discussion avec Haddie. Je l'ouvre et un sourire éclaire mon visage. Le texto vient de Colton :

Ryles, merci pour ce pique-nique
surprise. Puisque vous semblez plus
à l'aise pour me dire vos pensées
au travers de la musique, je vais faire
la même chose. Luke Bryan,
« I Don't Want This Night To End ».
Vous en faites ce que vous voulez.
Ace

Je souris en constatant qu'il a entendu les paroles de la chanson que j'ai chantée hier dans la voiture. Je ne connais pas celle dont il parle, alors je me précipite, oubliant ma gueule de bois, pour attraper mon MacBook Pro sur ma commode et je retourne dans mon lit en attendant impatiemment qu'il charge. Je vais immédiatement regarder sur Google et je suis étonnée de découvrir que c'est de la country. Colton ne m'a pas semblé être du genre à écouter de la country, j'aurais plutôt pensé à du hard rock, ou un truc avec une rythmique plus agressive. Je clique sur le lien et en quelques secondes je trouve la chanson.

Je me rallonge sur mon lit, les yeux fermés, et j'écoute les paroles. Un sourire passe sur mes lèvres tandis que la chanson se déverse sur moi. Ma première intrusion dans la tête de Colton – bien sûr il me dit clairement qu'il me veut, mais le sens global des paroles est qu'il a apprécié le temps passé avec moi hier soir. Qu'il aurait voulu que la soirée ne finisse pas. Cela fait du bien à mon ego et j'ai un petit flottement dans l'estomac à l'idée que Colton voudrait *s'enivrer de mes baisers*.

Ne te réjouis pas trop vite. Je me mets en garde moi-même. C'est le même homme qui m'a prévenue contre lui. Qui me dit que je dois prendre des renseignements sur mes rencards pour savoir qui est dangereux et qui va me faire souffrir quand je m'y attendrai le moins.

Je me redresse et j'attrape mon ordi. Je repasse aussitôt la chanson et j'ouvre une autre fenêtre pour chercher « Colton Donavan » sur Google. La recherche me propose immédiatement un maximum de liens : des sites de course automobile, des chaînes de télé spécialisées, des sites de fans et ainsi de suite.

Je réduis la recherche en tapant « Colton Donavan Entreprise ». Je clique sur le site de la société. La page d'accueil affiche une photo de ce que je suppose être la voiture de course de Colton à côté d'une autre de leurs bureaux. Je clique sur le menu et je vois défiler la profession de foi de la société, son historique, ses produits, ses médias et des renseignements sur l'écurie de course. Tout ça est très impressionnant, mais je clique sur l'onglet « pilotes » et le visage de Colton vient occuper tout l'écran. C'est un cliché en gros plan de lui dans sa combinaison de pilote. Il regarde quelque chose hors champ, une expression intriguée dans ses yeux verts. Il a un demi-sourire, comme s'il se rappelait un moment agréable, qui creuse la fossette dans sa joue droite. Ses cheveux ont besoin d'une coupe et bouclent sur le col de sa combi.

J'avale ma salive. Bon sang, ce mec est le sexe personnifié.

J'enregistre la photo dans ma liste de favoris pour faire bonne mesure avant de m'obliger à changer de page et d'aller sur Google Images. Je tape son nom avec hésitation, j'ai un peu peur de ce que je vais trouver. La nouvelle page s'ouvre et des dizaines de photos de lui apparaissent sur l'écran. La majeure partie d'entre elles le montrent avec une femme sublime pendue à son bras, ou qui le regarde avec un air d'adoration évident. Je sais que je n'ai aucune raison d'être jalouse – ces photos sont anciennes –, mais je fais rouler mes épaules en arrière pour calmer ma nervosité. Je sais que je devrais fermer la page, mais je fais tout le contraire et je clique sur chaque photo. Je scrute. Je compare. Aucune des légendes qui mentionnent ces femmes ne parle de petite amie, juste des rencards ou des connaissances.

Je remarque que la plupart de ses *compagnes* sont des grandes blondes aux jambes interminables, minces comme des fils, avec au moins une ou deux retouches cosmétiques. Et toutes sont hyper canon. À mon grand dam, je trouve qu'elles ressemblent beaucoup à Haddie, *sauf qu'elle n'est pas refaite, elle*. Ironiquement, leurs cheveux pâles à côté de ses traits sombres le font paraître encore plus distant et plus crispé, d'une certaine façon.

Je vois que chacune de ces filles semble n'être passée dans sa vie que pour une courte période, sauf une. Je me demande pourquoi. Est-ce une « escorte » ? Celle qu'il prend quand les autres *blondes interchangeables* n'ont pas donné satisfaction et qu'il a besoin d'être accompagné ? Ou bien est-elle celle vers laquelle il revient toujours parce qu'il y a vraiment quelque chose entre eux ? Après avoir cliqué sur plusieurs photos où on les voit ensemble, je finis par trouver une légende qui mentionne son nom. *Tawny Taylor*. Celle qui l'a appelé sur son portable hier. Qu'est-elle pour Colton ? Je sais que je suis capable de ressasser cette question pendant des heures, alors je m'oblige à la mettre de côté pour y repenser plus tard, même si j'ai bien peur de connaître la réponse.

Je ne ressemble à aucune de ces femmes. Je suis grande, mais je suis loin d'être aussi menue qu'elles. Je suis mince, mais j'ai des rondeurs là où il faut, pas comme ces planches à pain. Je suis fière de mon physique athlétique – je me donne du mal pour le garder – alors qu'elles ont l'air de n'avoir pas même besoin d'y penser. J'ai des cheveux épais et bouclés, d'une chaude nuance châtain, qui m'arrivent au milieu du dos. Ils sont indisciplinés et impossibles à coiffer, mais ça ne me dérange pas. Je continue les comparaisons jusqu'au moment où je me dis qu'il faut que je quitte cette page avant de déprimer. Que ma haine pour elles n'a rien à voir avec elles en particulier.

Je retourne sur Google et je tape « Colton Donavan enfance ». Les premières pages donnent les adresses d'associations pour l'enfance dans lesquelles il est impliqué. Je regarde rapidement les liens, à la recherche d'un titre en rapport avec son enfance. Je finis par tomber sur un article qui date de cinq ans. C'est une interview au sujet d'une œuvre de charité à laquelle il a apporté son soutien et qui promouvait de nouvelles dispositions pour accélérer les formalités d'adoption.

Q : Il est de notoriété publique que vous avez été adopté vous-même, Colton. Quel âge aviez-vous ?

CD : Huit ans.

Q : Comment cela s'est-il passé pour vous ? Qu'est-ce que ces nouvelles dispositions que votre fondation soutient auraient changé pour vous ?

CD : J'ai eu de la chance. Mon père m'a littéralement trouvé devant sa porte et il m'a fait entrer, si je puis dire. J'ai été adopté peu de temps après. Je n'ai pas eu à subir les formalités interminables qui sont la norme aujourd'hui. Un processus qui oblige ces enfants, qui manquent désespérément d'un foyer et de la notion même d'appartenir à une famille, à attendre pendant des mois pour savoir si leur demande va aboutir. Le système doit cesser de considérer ces enfants comme des cas, comme des dossiers sur lesquels il faut apposer un tampon après des mois de tracasserie administrative, et commencer à voir en eux des enfants fragiles qui ont besoin de faire partie d'une structure. D'une famille.

Q : Quelle était votre situation, avant d'être adopté ?

CD : Si on parlait moins de moi et plus de l'adoption de ces nouvelles mesures ?

Est-ce qu'il souhaite ne pas détourner l'attention de l'œuvre de charité ou bien c'était si terrible qu'il préfère ne pas en parler ? Je parcours le reste de l'article, mais il n'y a rien d'autre sur son enfance. Donc, il avait huit ans. C'est assez long pour être sérieusement abîmé, conditionné comme il dit, par ce qu'il a vécu.

Je fixe l'écran un moment en pensant à un tas de choses, en particulier à l'évolution des enfants dont je me suis occupée, et je frémis.

Je décide de me renseigner sur ses parents, Andy et Dorothea Westin. Les pages fourmillent de détails sur les films d'Andy, ses nominations et récompenses aux Oscars, et ceux qui ont fait beaucoup d'entrées, entre autres. Sa vie de famille est mentionnée ici et là. Il a rencontré Dorothea alors qu'elle avait un petit rôle dans un de ses films. À cette époque, elle s'appelait Dorothea Donavan. Une autre pièce du puzzle se met alors en place. Je me demande pourquoi il a pris le nom de sa mère et pas celui de son père. En poursuivant ma lecture, j'en découvre davantage sur le monde du nabab hollywoodien de base, leurs histoires dont les tabloïds sont friands, et leurs incontournables séjours en désintox pourtant non mentionnés ici, sur le site. Il y a quelques références à ses enfants, un fils et une fille, mais rien qui me donne les réponses que je cherche.

Je retourne à la page d'accueil et je parcours les différents liens qui mentionnent le nom de Colton. Il y a des trucs à propos d'une bagarre dans un club, d'altercations avec des acteurs de la nouvelle génération de sales gosses, de donations généreuses, et des commentaires dithyrambiques d'autres pilotes de F1 sur ses talents et le charisme qu'il apporte à ce sport qui avait pâti de la scission entre CART et IRL il y a des années.

Je pousse un profond soupir, j'ai la tête farcie d'une masse d'informations inutiles. Au bout d'une heure de recherche, je n'en sais pas beaucoup plus sur Colton. Je ne vois rien qui justifie les mises en garde qu'il ne cesse de me prodiguer. Incapable de résister, je retourne sur la page de CDE et je clique sur sa photo. Je la regarde avec attention, étudiant chaque angle et chaque nuance de son visage. Je lève les yeux de mon ordi et la tristesse pèse sur mon cœur quand mon regard tombe sur la photo de Max sur ma commode. Son sourire franc et ses yeux bleus irradient dans le cadre. Je soupire en pressant une main sur ma poitrine, où la douleur demeure intacte.

– Oh, Max. Tu me manqueras toujours. Je t'aimerai toujours. Mais le temps est venu que j'essaie de me retrouver.

Je regarde sa photo fixement, je me souviens du jour où elle a été prise, de l'amour que j'éprouvais à ce moment-là. Plusieurs minutes s'écoulent avant que je retourne à mon écran d'ordinateur.

Je ferme les yeux et je respire profondément, renforçant ma détermination, tandis que la chanson sur mon ordi, la chanson de Colton, se répète pour la énième fois. *Le moment est venu.* Haddie a peut-être raison. Il n'est pas impossible que Colton soit la personne idéale pour m'aider à me retrouver. Ça durera ce que ça durera.

Je regarde mon téléphone, réprimant l'envie impérieuse de répondre à son SMS. D'entrer en contact avec lui. Si je dois faire ça, autant m'assurer que ce sera selon mes propres termes, pour deux ou trois choses du moins.

Et lui courir après ne va certainement pas me permettre d'y parvenir.

CHAPITRE 11

J'ai du mal à me reconnaître dans la fille qui me regarde dans le miroir. Une fois de plus, Haddie s'est surpassée pour me préparer à aller à la soirée de lancement organisée par la société de relations publiques pour laquelle elle travaille. Elle a passé près d'une heure à me faire un brushing, si bien que maintenant mes cheveux tombent dans mon dos comme un épais rideau raide. Je n'arrive pas à détacher mon regard de mon reflet, essayant de m'habituer à cette nouvelle personne. L'ombre sur mes paupières leur donne une nuance opalescente qui rappelle le violet de mes iris. Le trait de crayon et le gloss qui soulignent mes lèvres font ressortir la discrète touche de blush sur mes pommettes.

Elle m'a convaincue de porter une petite robe noire qui montre plus de peau que je ne voudrais. Le haut de la robe forme un V profond, découvrant juste ce qu'il faut de mon décolleté généreux, mis en valeur par mon push up. Les bretelles rejoignent de fines chaînes dorées qui pendent sur mon dos nu et vont s'attacher sur mes reins. Je tire sur l'ourlet qui m'arrive à mi-cuisse, une longueur à laquelle je ne suis pas vraiment habituée.

Je me regarde de nouveau dans la glace. Ce n'est pas moi, cette fille. Je pousse un soupir hésitant en ajoutant des boucles d'oreilles pendantes pour compléter le look. Ce n'est peut-être pas moi, mais c'est la fille sûre d'elle-même que je veux redevenir. La nouvelle moi, qui va sortir ce soir, qui va se détendre et s'amuser. La fille qui a décidé de passer une soirée de rigolade et de regagner un peu de confiance en elle, avant d'affronter tout ce que représente Colton et l'ambiguïté de sa poursuite ponctuée de mises en garde.

– Putain !

Haddie pousse un sifflement en entrant dans ma salle de bains.

– Mais tu es hyper sexy ! Je veux dire… Je suis soufflée, là. Je ne crois pas t'avoir déjà vue aussi sexy, Ry.

Son compliment me tire un large sourire.

– Ils vont tous faire la queue pour toi, ce soir, ma puce. Bon Dieu, ça va être marrant de voir ça.

Je ris de sa réaction qui booste mon ego.

– Merci. Tu n'es pas mal non plus.

Elle porte une robe rouge pétard qui révèle le meilleur de ses attributs. J'enfile mes hauts talons en grimaçant et je souris quand je repense à la dernière fois où je les ai portés.

– Je suis prête dans une seconde.

J'attrape ma pochette et j'y fourre mon permis, de la monnaie et mes clés. En prenant mon téléphone je me rends compte que j'ai oublié de demander à Haddie de quoi elle parlait dans son message que j'ai écouté tout à l'heure.

– Had ? J'ai oublié de te demander ce qu'il y avait de si excitant à propos de la soirée. Quelle vedette sexy vous avez réussi à faire venir ?

Elle sourit de façon énigmatique.

– Oh, c'est tombé à l'eau, finalement.

Malgré son ton détaché, j'ai la nette impression qu'elle me baratine. Je penche la tête, mais elle se détourne.

– Allons-y !

***

L'entrée de ce club à la mode, en centre-ville, est un spectacle en soi. Les faisceaux des projecteurs qui s'entrecroisent, les cordes de velours et le tapis rouge qui n'attend que les people, et en toile de fond une immense publicité pour le rhum Merit, le nouveau produit lancé ce soir.

Nous nous garons sur un des emplacements réservés pour Haddie et les autres employés de PRX dans le parking de l'hôtel haut de gamme qui possède le club mitoyen. Haddie montre son accréditation, ce qui nous permet de passer devant tout le monde et en un clin d'œil nous sommes à l'intérieur du club bondé. Le rythme lancinant de la musique me transmet ses vibrations dans tout le corps.

Il y a des années que je ne suis pas allée dans un club comme celui-ci, et il me faut un moment pour m'habituer à la pénombre et à la musique forte et pour ne plus me sentir intimidée. Je pense qu'Haddie s'aperçoit que je suis à cran et que ma confiance en moi diminue à vue d'œil malgré mon look sexy. Elle me pousse dans la foule jusqu'au bar. Ignorant les nombreuses bouteilles de Merit alignées sur le comptoir rutilant, elle commande pour chacune deux shots de tequila.

– Un pour la chance !

Elle me sourit.

– Et un pour le courage !

Je termine la phrase rituelle par laquelle nous portions des toasts quand nous étions étudiantes. Nous trinquons avant de vider nos verres cul sec. L'alcool me brûle la gorge. Cela fait un temps fou que je n'ai pas bu un shot de tequila. Je fais la grimace en portant la main à ma bouche pour tenter d'en apaiser la brûlure.

– Allez, Rylee, crie Haddie que l'alcool ne perturbe pas le moins du monde. Il nous en reste un à boire !

Je lève mon verre, un sourire intrépide sur les lèvres, je trinque avec elle et cul sec de nouveau. La brûlure du second shot n'est pas aussi vive et la chaleur du liquide se répand dans mon corps, mais son goût est toujours aussi dégueu.

Haddie me lance un regard entendu et commence à rigoler.

– On va s'éclater ce soir !

Elle passe un bras autour de moi et me serre.

– Enfin je retrouve ma vieille complice, après tout ce temps !

Je lui souris en m'imprégnant de l'ambiance du club. La pièce spacieuse est entourée de boxes recouverts de velours pourpre. Un bar rutilant occupe tout un mur et un grand miroir placé derrière crée l'illusion que l'espace est encore plus grand. Au milieu se trouve une immense piste de danse, et des projecteurs mobiles produisent une myriade étourdissante de couleurs. Un escalier mène à une zone VIP située en hauteur où des boxes bleus sont divisés par des poteaux recouverts de velours. Dans une section de la zone VIP, une cloison de Plexiglas permet à tous de voir le DJ qui balance la musique résonnant dans tout le club. Des serveuses au physique de mannequins, vêtues de minishorts et de débardeurs ajustés, avec des fleurs pourpres dans les cheveux, virevoltent entre les boxes. C'est un club huppé avec une pointe de sophistication, malgré les pubs pour le rhum Merit qui décorent la pièce.

Il est près de onze heures, mais la foule ne diminue pas et je sens la pulsation d'énergie qui en émane. Dans la zone VIP, un groupe de personnes est rassemblé dans un coin et je me demande quelle célébrité en vogue l'équipe d'Haddie a réussi à faire venir pour assurer la promo de leur dernier produit. Je l'ai accompagnée à suffisamment d'événements de ce genre pour connaître l'exercice. Des people très en vue s'affichant avec le produit sont aussi rentables qu'une campagne de presse, non seulement pour le produit mais aussi pour la boîte d'Haddie.

Je prends le verre qu'Haddie me tend, un Tom Collins comme d'habitude, et je bois à la paille tout en montrant du doigt la zone surélevée. Je lève des yeux interrogateurs plutôt que d'essayer de couvrir de la voix la musique dont le volume augmente à mesure que le club se remplit. Si cela continue comme ça, dans moins d'une demi-heure les décibels rendront toute communication verbale impossible.

Elle se penche vers moi pour me parler à l'oreille.

– Je ne sais pas. Plusieurs personnes ont confirmé leur venue.

Elle hausse les épaules.

– On pourrait aussi avoir des surprises.

Je la regarde en plissant les yeux, me demandant pourquoi elle reste si évasive. Elle se contente de me sourire et me tire par la main. Nous naviguons à travers la foule, serrées l'une contre l'autre. Sous l'effet de l'alcool, je commence à me réchauffer, ma tension se relâche et ma nervosité diminue. Pour la première fois depuis le plus loin que je me souvienne, je me sens sexy. Je me sens belle et sensuelle et à l'aise avec ces sensations.

Je serre la main d'Haddie qui se fraie un chemin jusqu'à un box violet réservé au staff de PRX.

Elle tourne la tête et me sourit sincèrement en s'apercevant que je commence à me détendre. Quand nous parvenons enfin au box, nous y trouvons deux de ses collègues. Je leur souris en lançant un bref salut, je les ai déjà rencontrés dans des soirées. Je remercie celui qui me complimente sur mon look. Au moment où nous nous asseyons, une clameur nous parvient depuis l'autre côté de la pièce où le groupe était rassemblé au premier étage. Je lève les yeux pour savoir ce qui se passe et je ne vois qu'un groupe de femmes très déshabillées qui font tout leur possible pour se faire remarquer de la vedette invitée par PRX.

Je lève les yeux au ciel, dégoûtée.

– Une bande d'écervelées attirées par la notoriété.

J'ai parlé à voix basse à Haddie qui éclate de rire.

Je finis mon cocktail tandis que le rythme entraînant d'une chanson des Black Eyed Peas emplit le club. Je commence à bouger les hanches sur le tempo et, sans réfléchir, je saisis la main d'Haddie et l'entraîne à travers la foule jusqu'au dancefloor. Son air surpris me fait rire et je ferme les yeux en me laissant emporter par la musique. Nous chantons les paroles ensemble « *I gotta feeling, that tonight's gonna be a good night* » en nous laissant aller sur la piste de danse.

Il y a si longtemps que je ne me suis pas sentie aussi libre que je voudrais que ce moment dure toujours. Je veux le graver dans ma mémoire pour que ce sentiment puisse m'aider à me raccrocher à la lumière la prochaine fois que je broierai du noir.

Haddie et moi bougeons sur la musique, au fil de plusieurs chansons, et à chacune d'entre elles je gagne en assurance et en fluidité sur la piste. Certains de ses collègues, Grant, Tamara et Jacob, viennent nous rejoindre au moment où « Too Close », une des chansons que je préfère, même si elle est vieille, démarre. Je danse avec Grant en flirtant sans malice, tout en mimant la chanson avec lui. Nous rions en nous frottant l'un contre l'autre sans arrière-pensée.

Je lève les bras au-dessus de ma tête, en croisant les poignets, et je me déhanche en rythme, désinhibée par l'alcool qui se diffuse dans mon corps. Je ferme les yeux et je me laisse pénétrer par l'atmosphère qui m'entoure. Une sensation de picotements le long de ma colonne vertébrale me fait ouvrir les yeux brusquement.

Je lève les yeux et, malgré le mouvement synchronisé de la masse de danseurs sur la piste, je m'arrête, figée sur place. Colton. Il est debout sur un des escaliers qui descend de la zone VIP. Il tient un verre dans une main et son autre bras est posé négligemment sur les épaules d'une blonde sculpturale. Elle est appuyée contre lui et passe doucement la main dans le haut de sa chemise déboutonnée. Son visage est tourné vers lui et, même à distance, je peux voir avec quelle adoration elle le regarde. Lui l'ignore et rit avec un homme vulgaire debout à sa gauche. Un autre homme, à la carrure imposante, se tient derrière lui, scrutant la foule des yeux. Sa protection rapprochée, peut-être ?

Colton adresse à son acolyte un sourire naturel et sans retenue qui me permet d'apprécier en passant sa beauté absolument dévastatrice. La blonde dit quelque chose et Colton reporte son attention sur elle. Elle déplace la main de sa poitrine vers sa joue et relève la tête pour aller poser sur ses lèvres un long baiser séducteur et possessif.

Mon estomac se serre et ma vision se brouille tellement que je ne vois pas si Colton l'encourage en lui rendant son baiser ou s'il le tolère simplement. Soudain, j'ai la bouche sèche et je suis paralysée en le voyant avec elle. Comme engourdie. Nous ne sortons pas ensemble et mes refus successifs confirment que je ne tiens pas à ce qu'il en soit autrement. Et bien que je sois profondément blessée en ce moment, même si ce n'est en rien justifié, tout ce que je désire, c'est que ce soit moi qu'il tienne contre lui. *Moi* qu'il embrasse. Pendant que ces pensées s'agitent dans ma tête, ma douleur se transforme en colère. Comment ai-je pu être assez stupide pour croire qu'un type comme lui pouvait réellement vouloir d'une fille comme moi, quand il pouvait l'avoir, elle ?

Du coin de l'œil, je remarque qu'Haddie a vu la même chose que moi. Au moment où je vais tourner la tête pour lui parler, Colton écarte son visage de celui de sa jolie compagne et, en levant les yeux, croise mon regard. Mon cœur s'arrête de battre et vient se loger dans ma gorge. Malgré la distance qui nous sépare, je lis de la surprise dans ses yeux.

Un danseur me bouscule, mais je ne détourne pas les yeux. Je me rends bien compte que je devrais quitter la piste avant que mes émotions ne prennent le dessus et que les larmes qui me montent aux yeux ne commencent à couler, mais je suis clouée sur place, incapable de me soustraire à l'attirance extraordinaire qu'il exerce sur moi. Immédiatement, il lâche l'épaule de la blonde et la repousse sans ménagement. Sans un regard, il tend son verre à son compagnon et descend l'escalier à grandes enjambées. Ses yeux vert émeraude brûlent les miens sans jamais rompre notre connexion.

Quand il arrive sur le dancefloor, la musique laisse la place à une pulsation profonde qui enveloppe la voix hypnotique de Trent Reznor. Sans un mot ni un regard, la foule des danseurs semble s'écarter pour le laisser s'avancer vers moi sur la piste. Son expression est insondable, un muscle tressaille sur sa mâchoire, l'ombre des projecteurs joue sur son visage anguleux. Il parcourt la distance rapidement. Un grand nombre de personnes tournent la tête sur son passage en le reconnaissant, mais l'intensité de son regard les maintient à distance. Malgré le volume de la musique, je sens qu'Haddie retient son souffle quand il arrive à ma hauteur.

Toutes les choses que j'ai envie de hurler, toute la rancœur que je voudrais lui jeter au visage, tout s'évanouit quand il vient vers moi et me saisit par les hanches sans préambule pour me plaquer de force contre lui. Il me tient ferme, pressée contre lui, et son corps se met en mouvement, ses hanches se frottant contre les miennes en suivant le tempo de la chanson. Je n'ai pas d'autre choix que d'accorder mon mouvement au sien et de répondre au rythme animal de son corps. Je glisse les mains sur les siennes, sur mes hanches, et j'entremêle mes doigts avec les siens pour m'accrocher à lui.

M'accrocher pour la course qui ne va pas manquer de suivre.

Nos regard rivés l'un à l'autre, je penche la tête en arrière pour mieux le voir. Ses lèvres s'entrouvrent légèrement et j'entends sa respiration s'accélérer quand mes hanches répondent aux siennes. Ses yeux s'assombrissent, brûlants de désir et d'un besoin prédateur. La pointe de mes seins durcit et tout mon corps n'est plus qu'une boule de désir en fusion dans l'anticipation de ses caresses. *De ce moment, annoncé avec certitude, où il me possèdera.*

Je me mords la lèvre inférieure quand il déplace nos mains enlacées de mes hanches derrière mon dos, pétrissant le bas de mon dos à travers ma robe, me tenant comme avec des menottes. Nous continuons notre mouvement synchronisé en suivant la musique, et je sens ses cuisses fermes et bien dessinées se presser contre les miennes.

Son érection se frotte sur le bas de mon ventre. Il baisse la tête et nos visages ne sont plus qu'à quelques centimètres l'un de l'autre. Je sens l'alcool dans son haleine quand il soupire.

C'est de loin l'un des moments les plus sensuels et érotiques de ma vie. Le reste du monde a disparu. Les effets enivrants qu'il produit sur mon corps éliminent la foule qui nous entoure, les danseurs qui regardent tous dans notre direction, qui me remarquent grâce à l'homme qui est avec moi. Il n'y a plus que lui et moi. Bougeant. Réagissant. S'excitant. Anticipant.

La chanson se termine, mais nous restons envoûtés, sous le charme l'un de l'autre. J'ai l'impression de recommencer à respirer pour la première fois depuis que nous nous sommes touchés, une longue respiration saccadée. Je n'entends même pas que la musique s'est arrêtée et que le maître de cérémonie parle dans le micro pour vanter les mérites du produit vedette de la soirée. Et que, mis à part le petit groupe de personnes qui nous entourent, l'attention de la foule est maintenant concentrée sur la scène.

Colton et moi restons sur place, immobiles, avec la sensation d'être à bout de souffle, bien que nos poitrines se soulèvent, absorbés l'un par l'autre et par les étincelles de tension sexuelle qui s'allument entre nous.

– Colton, hé Colton !

Une voix qui vient rompre notre connexion me sort brutalement de cet état second. Colton tourne la tête et s'aperçoit que c'est un employé de PRX qui l'appelle.

– C'est l'heure. On a besoin de vous sur la scène. Tout de suite.

Il fait un petit signe de tête avant de me regarder, les yeux brûlant d'un besoin impérieux qui me fait frémir d'excitation. Il démêle ses doigts des miens et me lâche la main en s'écartant légèrement de moi. Immédiatement, la chaleur de son corps disparaît mais laisse le mien encore vibrant de son contact, souffrant déjà du manque. Il m'adresse un lent sourire suggestif et secoue lentement la tête. À mon intention ? À ses propres pensées ? Je n'ai aucune certitude.

Il tend la main et me tire les cheveux, haussant les sourcils comme pour me demander pourquoi j'ai changé de coiffure. Je hausse les épaules timidement, incapable de trouver les mots. On l'appelle encore une fois. Il se retourne pour y aller, mais j'ai le temps d'observer la transition sur son visage, du Colton Donavan que je connais au personnage public. Distant et insaisissable. Sexy et indomptable.

Nous n'avons pas prononcé un seul mot, mais j'ai l'impression que nous nous sommes dit tant de choses.

Je regarde ses larges épaules tandis qu'il se dirige vers la scène en traversant la foule. Son garde du corps marche à côté de lui en écartant la foule. Je regarde le spectacle en souriant intérieurement parce que, moi, j'ai vu le vrai Colton. Du moins, j'espère que c'est le cas.

Je n'ai pas le temps de le voir arriver sur la scène fabriquée pour l'occasion que déjà Haddie m'attrape par le bras et me fait sortir de la piste de danse. Toute tentative de lui résister serait inutile quand elle me traîne dans le couloir, devant les files de personnes qui attendent pour aller aux lavabos, vers une petite alcôve près de la sortie. Elle pivote sur elle-même pour me faire face, l'air totalement éberluée.

-Hé, tu me fais mal !

Je dégage mon bras brusquement. Je n'apprécie pas vraiment qu'elle m'empêche de regarder Colton.

– C'était quoi ça, bordel ?

Elle détache tous les mots en un staccato. Je ne sais même pas quoi lui répondre. Je suis sans doute encore sous le charme.

– Bon Dieu, Rylee ! Vous étiez pratiquement en train de baiser avec les yeux. Je veux dire, j'étais hyper mal à l'aise en vous regardant. Un peu comme si je regardais par le trou de la serrure de votre chambre, et tu me connais, je ne suis *jamais* mal à l'aise.

Elle s'adosse contre le mur et lève la tête vers le plafond, l'air totalement incrédule.

Je la regarde fixement. Je ne sais pas quoi lui dire, alors elle continue à déblatérer.

– Je savais que vous vous étiez pelotés tous les deux (elle continue malgré le petit rire enfantin qui s'échappe de ma bouche), mais tu ne m'as jamais dit qu'il y avait… cette étincelle… cette alchimie…

cette intensité… Seigneur ! Je veux dire, j'espérais que quand tu le verrais comme ça…

– Quoi ?

Sa dernière phrase remet mon cerveau en marche.

– Que veux-tu dire, *tu espérais* ?

Elle sourit d'un air penaud.

– Eh bien…

C'est quoi ce bordel ?

– Arrête de louvoyer, Montgomery !

– Tu vois, je t'appelais hier soir pour te dire que nous avions réussi à l'avoir comme invité… Merit est l'un de ses nouveaux sponsors. En fait, je t'appelais parce que j'étais trop excitée. Je me disais que nous pourrions passer la soirée à baver devant lui – je n'avais pas la moindre idée de ce qui s'était passé entre vous. J'ai eu Dane au téléphone et c'est comme ça que j'ai découvert que tu étais sortie avec lui.

Ses mots se bousculent maintenant. Je lui fais signe de continuer, les yeux plissés, les lèvres retroussées.

– Et puis tu es rentrée, et de fil en aiguille…

– Oui, quoi ? Tu as décidé de ne rien me dire parce que…

– Eh bien… Après que tu m'as tout raconté, je ne me rendais pas compte que vous… votre connexion… c'est tellement magnétique. Tellement captivant. Je pensais que peut-être si tu le voyais ici, je pourrais t'aider… faire avancer les choses. T'aider à t'éclater un peu.

Je pousse un profond soupir en la regardant fixement, sans rien dire. Je sais qu'elle croit bien faire, mais en même temps je ne suis plus une enfant, je n'ai pas besoin qu'on me tienne la main. Je suis furieuse. Contre elle. Contre Colton qui est venu ici avec cette bimbo, et qui déboule jusqu'à moi et prend possession de moi comme si je lui appartenais. Furieuse parce qu'il provoque chez moi un désir qui est comme un feu qui me dévore.

Le silence s'installe entre nous.

– Ne m'en veux pas, Ry. Je suis désolée. Je pensais bien faire.

Elle se mord la lèvre en me faisant une petite moue. Elle sait que je ne peux pas rester en colère contre elle très longtemps. Je lui souris doucement, elle est pardonnée.

Je me laisse aller contre le mur et je ferme les yeux en entendant les acclamations de la foule à quelque chose que le MC a dit. La question qui me taraude revient à la surface.

– C'est qui la fille avec lui ?

Cette blonde fait-elle partie de *sa réserve de rencards qui savent qu'il n'y a aucun espoir de relation sérieuse ?* Une fille qu'il a draguée dans le club ? Pourquoi l'embrasse-t-il alors qu'il me dit que c'est moi qu'il veut ? Est-ce que ce n'est pas parce que je ne suis pas *assez* – pas assez jolie, pas assez sexy, pas assez glamour – qu'il ne m'a pas demandé de paraître à son bras en public ?

– Qu'est-ce que ça peut faire ? Je veux dire, bon sang, Rylee, vous êtes…

– Qui c'est ?

– Je ne sais pas. Son staff a juste demandé de réserver pour dix. Aucun nom n'a été cité.

Je lâche une bordée de jurons qui n'ont aucun sens, c'est juste quelque chose que je fais quand je suis en colère. Haddie me regarde d'un air inquiet.

– Parle-moi, Rylee. Qu'est-ce qui se passe dans cette petite tête ?

– Tu crois que je me mens à moi-même ?

Elle me regarde sans comprendre.

– Je veux dire, tu crois que je me fais des idées ? Sur l'alchimie ? Colton ?

– Tu es dingue ?

Elle m'attrape par l'épaule et me secoue.

– J'ai bien cru que vous alliez vous consumer spontanément là-bas ! Comment peux-tu en douter ?

Les cris de la foule repartent de plus belle et résonnent dans le hall. J'entends la voix rocailleuse de Colton dans le micro. Cette voix me transporte. La foule applaudit encore une fois à quelque chose qu'il a dit et j'attends que le bruit diminue pour pouvoir continuer.

– Si je lui plais tant que ça, si cette alchimie dont tu parles existe entre nous… alors qu'est-ce qu'il fait avec cette blonde ? Pourquoi il l'embrasse ? Pourquoi il ne m'a pas invitée, moi ? À moins que je ne sois que la fille qu'il garde en réserve pour baiser sans que ça se sache ?

Il y a de la perplexité et de l'humiliation dans ma voix.

Haddie tord les lèvres en réfléchissant.

– Je ne peux pas te répondre, Rylee. Il y a tant de scénarios possibles.

Je hausse les sourcils, incrédule.

– Il sortait peut-être déjà avec elle avant de te rencontrer. Ou alors, il se pourrait que ce soit toi qu'il veut réellement et qu'elle ne soit qu'une pièce de rechange jusqu'à ce que tu dises oui.

– Non, mais tu l'as vue ?

– Et toi, tu t'es vue ? Regarde-toi dans une glace, Ry. Tu es déjà superbe en temps normal, mais ce soir tu es incroyablement belle ! Je commence à en avoir marre de te le répéter. Quand est-ce que tu vas te décider à le croire ?

Je lève les yeux au ciel comme une gamine. Elle n'en tient pas compte.

– C'est peut-être un de ses *arrangements* ? Où une groupie qu'il a rencontrée ici ? À moins que ce ne soit une amie.

– C'est quand la dernière fois que tu as embrassé un ami comme ça ?

Elle se contente de me regarder, les bras croisés sur la poitrine.

– Qu'est-ce que je suis censée faire ?

– Je dirais, continue à faire ce que tu fais. Il est clair que tu lui plais, toi, ton côté têtu et ta grande gueule.

– Mais je fais quoi ? Comment ?

– Rylee, si tu es furieuse contre lui, sois furieuse contre lui. Tu ne t'es pas gênée pour lui dire ce que tu pensais, déjà, et il te veut toujours. Le fait que tu aies décidé de coucher avec lui ne…

– Comment tu sais que j'ai décidé ça ?

– Oh, chérie, c'est écrit en toutes lettres sur ton visage, et sur ton corps en l'occurrence. De plus, quiconque vous a vus tout à l'heure pense que c'est déjà fait.

Elle rigole avec compassion quand j'écarquille les yeux.

– Écoute, Ry, toutes les filles présentes dans ce club se précipiteraient s'il claquait des doigts. Toutes sauf toi, bien sûr. C'est lui qui te court après. Combien de femmes lui ont dit non, à ton avis ? Combien l'ont laissé en plan ? Peut-être qu'il aime ça. Et si c'est le cas, ne change rien simplement parce que tu as décidé de passer à l'acte avec lui.

Elle remue les sourcils.

– Mais c'est justement ça le problème. Est-ce que je représente un challenge pour lui ou bien est-ce qu'il veut sincèrement de moi ? Si on le fait, le défi sera relevé, et alors il en aura fini avec moi.

– Sérieusement, qu'est-ce qu'on en a à faire ? Tu gamberges trop, comme toujours, Ry. Oublie ta tête pour une fois, ne tiens pas compte de ses mises en garde, aussi raisonnables soient-elles, et fais ce que ton corps te dicte. Fais comme Colton, bon sang !

Je pousse un petit soupir haché, sensible à ses arguments.

– Sois toi-même, Rylee. C'est ce qui lui plaît depuis le début.

Je hoche la tête plusieurs fois en la regardant. Un sourire timide se forme sur mon visage.

– Tu as peut-être raison.

– Alléluia ! Enfin, tu m'écoutes.

Elle me prend par la main et entreprend de me traîner au bout du hall.

– On va te rafraîchir un peu, booster ton courage avec encore un peu de liquide, et voir où cette soirée et Monsieur Sexy Colton te mèneront.

***

Ça fait bien une heure qu'Haddie m'a prodigué ses encouragements, et mon assurance, gonflée par mon absorption régulière d'alcool, est de retour en force. Après avoir dansé et bavardé avec ses collègues, nous restons assises dans le box violet pour souffler un peu avant de retourner sur le dancefloor. Je fais tout ce que je peux pour ne pas chercher Colton des yeux. Pour ne pas penser qu'il est probablement en train de l'embrasser, *elle,* quelque part dans un coin. Mais je me surprends à regarder de plus près dès que je vois un groupe s'agglutiner quelque part. Je remarque aussi qu'Haddie m'observe, alors j'essaie de le faire discrètement. Elle m'assure qu'il est probablement occupé avec les patrons du rhum

Merit. Je lui sais gré de cette explication et de ses efforts pour m'aider à me sentir mieux, alors je pense à autre chose. Du moins j'essaie, avec l'aide de Tom Collins.

Les verres d'Haddie ont disparu beaucoup moins vite que les miens parce que, techniquement, elle « bosse » et veut garder la tête froide. Moi, je suis un peu partie, mais je ne suis pas ivre. Je déteste la perte de contrôle qu'entraîne un abus d'alcool. Elle se moque de moi quand je lui demande pour la troisième fois de m'expliquer le problème qu'elle a eu à régler avec une star prétentieuse en début de semaine.

– Rylee, ma puce, tu es…

– Pardon, Mesdames, verriez-vous un inconvénient à ce que nous nous joignions à vous ?

Je me tourne et je vois deux séduisants messieurs derrière moi.

Haddie me regarde en haussant les sourcils d'un air interrogateur. Puis elle regarde le plus grand des deux, celui qui a parlé.

– Mais faites donc, Messieurs.

Un large sourire sexy s'affiche sur son visage.

– Je m'appelle Haddie, et voici mon amie, Rylee.

Elle me désigne de la tête tandis qu'ils se glissent dans le box avec nous. Le grand brun s'assied à côté d'Haddie et l'autre, un blond au look de surfeur, s'assied à côté de moi dans le box ouvert des deux côtés. Il boit une longue gorgée avec un gentil sourire nerveux.

– Salut Rylee, moi c'est Sam.

Il me tend la main et je la serre en lui adressant un sourire timide. Je jette un coup d'œil vers Haddie et je vois qu'elle est déjà en pleine conversation avec le copain, avec qui elle flirte en rigolant.

– Je… heu… je vous aurais bien offert un verre, mais je vois que le vôtre est déjà plein.

– Merci.

Je baisse les yeux et je lève mon verre pour boire une gorgée timide à la paille.

– Il y a un monde fou, ce soir.

– C'est sûr.

J'ai dû crier pour couvrir le bruit. Je ne saisis pas ce qu'il me dit ensuite à cause des acclamations qui montent du box voisin. Je porte la main à mon oreille pour lui signifier que je ne l'entends pas. Il se rapproche de moi en posant le bras derrière mes épaules sur le dossier de la banquette et se penche en avant.

– Je disais que vous aviez l'air de vous éclater, je vous ai remarquée un peu plus tôt et je suis content que…

– *Cette dame est avec moi.*

Je reste bouche bée en entendant la voix métallique de Colton. On y perçoit clairement un ton de menace. Je tourne la tête brusquement et, quand mon regard croise celui d'Haddie, j'y vois un éclair de jubilation juste avant qu'elle me fasse des yeux rassurants. Mon cœur se met à battre la chamade, ma peau se couvre de chair de poule et tout ça parce que je réagis au quart de tour dès que son corps s'approche du mien.

Je me tourne lentement pour lui faire face, mais dans ce mouvement, mon dos se presse contre la poitrine de Sam, son bras posé sur le dossier de la banquette frôle mon épaule. Je lève les yeux pour croiser le regard de Colton en essayant de ne pas tenir compte de l'accès de désir qui va droit à la jonction de mes cuisses. Ses cheveux sont en bataille, ses manches de chemise remontées sur ses avant-bras, ce muscle si sexy tressaille sur sa mâchoire, et ses yeux étincellent d'agacement. J'ai bu juste ce qu'il faut d'alcool pour me sentir d'humeur à le provoquer, pour voir à quel point il est vraiment énervé.

– *Moi ? Je suis avec vous ?*

Le sarcasme est perceptible dans ma voix. Je sens que Sam se tend dans mon dos et s'agite avec nervosité, ignorant tout de la partie d'échecs dans laquelle il n'est qu'un pion, tandis que Colton me regarde en plissant les yeux.

– Vraiment ? Pourtant, je pensais que vous étiez avec elle…

Je me penche sur le côté pour la chercher des yeux derrière lui. Je hausse les sourcils.

– Vous savez, la blonde de tout à l'heure ?

– Ça va, Rylee.

Ses yeux se déplacent vers ceux de Sam. Le message est clair : « *Bas les pattes !* »

Ça fait une heure et demie qu'il se balade dans le club, faisant je ne sais quoi avec la blonde, et il croit qu'il peut débouler comme ça et revendiquer des droits sur moi ? C'est ce qu'on va voir. Je tends le bras derrière moi et pose la main sur le genou de Sam, que je serre légèrement.

– Ne vous inquiétez pas Sam, je ne suis pas avec lui.

Les yeux d'Haddie s'arrondissent et un grognement sourd émane de Colton. Sam s'agite contre moi. Je fais de nouveau face à Colton, avec un sourire provocateur, en le défiant du regard.

– Ne me poussez pas, Rylee. Je ne suis pas partageur.

Il serre et desserre les poings.

– Vous êtes à moi.

Je fronce les sourcils, mon insolence est à son comble.

– Comment ça, Ace ?

Je remarque qu'il a les yeux fixés sur la main que j'ai laissée sur le genou de Sam.

– Hier soir vous étiez avec moi, et ce soir vous êtes avec elle.

Je hausse les épaules d'un air dégagé mais au fond de moi, je suis tout sauf ça – mon cœur bat à se rompre et ma respiration s'accélère.

– Moi, il me semble que c'est *elle* qui est à vous.

Je reprends ses paroles de façon puérile.

Colton se passe une main dans les cheveux et pousse un soupir exaspéré en parcourant du regard les autres personnes dans le box. Il est clair qu'il s'efforce de dominer sa frustration de devoir tenir cette conversation devant un auditoire.

– Rylee…

Il soupire encore une fois.

– Vous… vous…

Il regarde autour de lui, dans la foule, puis ses yeux reviennent sur moi.

– Vous me mettez à l'épreuve sur tous les plans. Vous me repoussez.

Il grogne en se rendant compte qu'il a prononcé ces paroles à voix haute.

– Je ne sais plus ce que je dois penser.

Je le regarde de la tête aux pieds, la bouche pincée par la réflexion. Ce n'est pas déplaisant de le faire marcher, d'obliger cet homme si sûr de lui, si habitué à avoir tout ce qu'il veut, de l'obliger à se rendre compte que tout ne lui est pas dû.

– *Je ne sais pas encore si je veux de vous.*

Haddie retient sa respiration en entendant mon impertinence, et les glaçons cliquettent dans le verre de Sam quand il le vide nerveusement.

– Il n'est pas interdit de changer d'avis.

Je le défie du regard en penchant la tête.

– Nous les femmes, nous sommes connues pour ça.

– Entre autres choses.

Il boit en m'observant par-dessus le bord de son verre.

– On peut être deux à jouer ce petit jeu, Ryles, et il me semble que j'ai beaucoup plus d'expérience que vous dans ce domaine.

L'avertissement que je lis dans ses yeux entame ma détermination. Je retire la main du genou de Sam et je me rapproche du bord de mon siège, sans le quitter des yeux. Nous restons comme ça un moment.

– Vous vous la jouez, Ryles.

Je jette un coup d'œil en direction d'Haddie, son visage est impénétrable, mais ses yeux me disent qu'elle n'en revient pas de ce qui se passe. Je me lève pour affronter Colton, en redressant les épaules et en levant le menton avec défi.

– Et alors ?

Il hoche la tête et avance d'un pas.

– J'espère que vous vous amusez bien parce que vous vous donnez en spectacle, là.

Il pose un doigt sous mon menton et le soulève pour que je le regarde dans les yeux.

– Je ne joue pas à ces petits jeux, Rylee. Et je ne tolère pas qu'on y joue à mes dépens.

Il parle à voix assez basse pour que je sois la seule à l'entendre. La tension sexuelle irradie entre nous, alourdissant l'atmosphère qui nous entoure.

Je prends une inspiration avec une lenteur calculée pour me donner le temps de trouver une réplique intelligente, mais sa proximité embrume mon esprit en même temps qu'elle affole mes sens.

– Eh bien, merci pour cette mise au point.

Je claque une main sur sa poitrine et je me penche un peu plus près, mes lèvres sont contre son oreille.

– Je vais vous révéler un petit truc moi aussi, Ace. Je n'aime pas être traitée comme une doublure sans valeur qui passe après toute votre bande de bombasses blondes.

Je recule d'un pas, m'obligeant à sourire avec assurance.

– Ça devient une habitude chez vous d'avoir envie de moi juste après que je découvre que vous avez été avec une autre. Il va falloir que ça change si ne voulez pas qu'on s'en tienne là. En supposant, bien sûr, que j'aie envie que ce soit le cas.

Il pince les lèvres.

Bon Dieu, il est superbe ! Même quand il fulmine de rage, il émane de lui une sensualité brute que mon corps ne peut pas ignorer. Au moment où je me tourne vers Haddie pour chercher un encouragement, j'entends une voix cajoleuse qui l'appelle.

– Colt, mon bébé ?

Ces mots me donnent envie de vomir.

Je me retourne vers lui quand je vois une main parfaitement manucurée se glisser entre son bras et son torse, pour venir se déployer sur sa poitrine. Je vois bien qu'il se tend à ce contact. Sur ses gardes, il avale d'un trait le reste de son verre, en faisant la grimace, les dents serrées. Je continue à regarder la blonde de tout à l'heure qui s'insinue contre lui en me regardant de la tête aux pieds d'un air apitoyé et en essayant de faire valoir ses droits. Je vois l'étincelle qui s'allume dans son regard quand elle me reconnaît comme celle pour laquelle il l'a abandonnée sur les marches. Si ses yeux pouvaient tuer, je serais morte. Mais, indifférent à cet échange, Colton garde les yeux résolument rivés aux miens.

J'ai la nausée en voyant ses mains sur lui et à l'idée qu'il puisse lui prêter la moindre attention. Je secoue la tête avec réprobation en faisant claquer ma langue.

– Qu'est-ce que je disais !

Je me tourne vers Haddie et les deux hommes assis avec nous.

– Si vous voulez bien m'excuser.

Haddie ramasse son sac, l'air inquiet, mais je lui fais un petit signe de la tête pour lui dire de rester.

Je me retourne pour regarder Colton une dernière fois, en espérant que le message que je lui envoie est lisible dans mes yeux. *C'est elle ou moi.* À vous de choisir. Immédiatement. C'est votre dernière chance.

Je baisse les yeux, brisant notre connexion. Il reste immobile avec la blonde accrochée à son bras comme une veste bon marché. Je suppose qu'il a pris sa décision. J'essaie de garder mon calme en sortant du box. Pour essayer de fuir le chemin qu'il va immanquablement me faire prendre.

Une fois hors de sa vue, je me fraie un chemin dans la foule sans regarder autour de moi. L'humiliation bouillonne en moi. Je me dis que je ne serai jamais capable de rivaliser avec une femme comme celle-là. Jamais. J'essaie de retenir la douleur qui m'accable en traversant la foule en direction du bar. J'ai besoin d'annihiler les sentiments que j'ai cru pouvoir m'autoriser à ressentir. Je les croyais réciproques. Je croyais qu'ils étaient possibles de nouveau.

Et merde ! Je ravale mes larmes et je réussis à m'immiscer entre les personnes qui s'agglutinent devant le bar où, comme par miracle, le barman est juste en face de moi.

– Qu'est-ce que je vous sers ?

Je le regarde un instant en réfléchissant. Mon choix se porte sur un anesthésiant rapide.

– Un shot de tequila, s'il vous plaît.

Cela me vaut l'attention de l'homme debout à côté de moi. Je sens qu'il me regarde de la tête aux pieds et je roule les épaules, agacée par cet intérêt importun.

Le barman fait glisser un shot de tequila vers moi et je regarde mon verre un instant en portant silencieusement notre toast rituel. Pour l'instant, c'est surtout le côté courage dont j'ai besoin. *Même si c'est un courage factice.* Je vide mon verre d'un trait sans la moindre hésitation et la brûlure me fait grimacer. Je ferme les yeux quand la chaleur de l'alcool se répand dans ma gorge et s'installe dans mon estomac. Je pousse un profond soupir avant de les rouvrir, sans répondre à la proposition de mon voisin de m'offrir un autre verre.

Je prends mon téléphone dans mon sac et j'envoie un texto à Haddie lui disant que je rentre, que tout va bien et qu'elle peut s'amuser. Je sais que si elle n'était pas ici pour son boulot, elle se précipiterait pour me raccompagner.

Je cherche le barman des yeux. Il me faut un autre shot. Un truc pour anesthésier le sentiment de rejet qui m'accable. C'est alors que je vois Colton s'avancer vers moi d'un pas décidé.

– Putain !

En faisant taire l'espoir qui surgit en moi, je jette quelques pièces de monnaie sur le bar avant de tourner les talons et de me diriger vers la sortie la plus proche. En poussant la porte, je me retrouve dans un couloir sombre et désert, soulagée quand elle se referme derrière moi en étouffant la musique assourdissante. Mais ce moment de répit est de courte durée. Quelques instants après, la porte s'ouvre brutalement. Colton apparaît. Nos regards se croisent, je vois la colère qui obscurcit le sien et j'espère qu'il voit dans le mien à quel point je suis blessée. Je tourne les talons et je m'éloigne rapidement.

Un petit cri de frustration m'échappe quand Colton me rattrape et saisit mon bras pour me faire pivoter, face à lui. On n'entend que notre respiration saccadée tandis que nous échangeons des regards furieux.

– Qu'est-ce que vous faites, bordel ?

Il me tient fermement par le bras.

– Pardon ?

– C'est très agaçant, cette manie de toujours me fuir, Rylee.

– Qu'est-ce que ça peut vous faire, Monsieur-J'envoie-Des-Signaux-Contradictoires ?

Je dégage mon bras d'un geste brusque.

– Vous pouvez parler, chérie ! Ce mec, c'est vraiment ce que vous voulez, *Rylee* ?

Il prononce mon nom comme un juron.

– Un petit coup rapide avec Joe le Surfeur ? Vous voulez baiser avec lui plutôt qu'avec *moi* ?

J'entends la tension dans sa voix. La menace. Dans ce couloir sombre, ses traits dissimulés par l'obscurité, ses yeux brillants, il a tout du bad boy inquiétant que les tabloïds décrivent.

– Parce que ce n'est pas ce que vous, vous attendez de moi, Colton ? Une partie de jambes en l'air, vite fait, pour booster votre ego fragile ? J'ai l'impression que vous passez un max de temps à essayer de satisfaire cette faiblesse en vous. De plus, qu'est-ce que ça peut vous faire ce que je fais ? Si je me souviens bien, vous étiez plutôt occupé avec la blonde qui vous accompagne.

Il me fusille du regard en serrant les mâchoires, et hoche la tête d'avant en arrière avant de me répondre.

– *Raquel ? Elle ne compte pas*.

Il dit ça comme si ça allait de soi.

Il y a plusieurs façons de prendre cette réponse et toutes montrent la piètre opinion qu'il a des femmes. Je me plante devant lui en redressant les épaules.

– *Elle ne compte pas ?* C'est ce que vous diriez de moi après m'avoir baisée ? *Elle ne compte pas ?*

Il me regarde, furieux. Contre moi ? À cause de ma réaction ? Il fait un pas en avant et je bats en retraite, le dos appuyé contre le mur derrière moi. Je ne peux pas m'échapper. Il tend la main et la reprend en un geste indécis, le muscle de sa mâchoire se crispe, son pouls bat sur sa gorge. Il penche la tête sur le côté, ferme les yeux, jurant silencieusement. Quand il me regarde de nouveau, la frustration, la colère, le désir et beaucoup d'autres choses brûlent au fond de ses prunelles. Leur intensité est déroutante, comme s'il me demandait la permission. Je hoche légèrement la tête, pour la lui donner. Cette fois quand il tend la main, toute hésitation a disparu.

En un rien de temps, ses lèvres sont sur les miennes. Toute la frustration, l'irritation et l'antagonisme accumulés durant cette soirée explosent quand nos lèvres se rencontrent, nos poings se serrent et nos âmes s'embrasent. Il n'y a aucune douceur dans notre union. Une avidité rapace m'enflamme quand une de ses mains s'insinue le long de mon dos pour venir serrer ma nuque et qu'il me serre contre lui pour que sa bouche puisse s'emparer de la mienne. Son autre main se glisse entre le mur et mon dos arc-bouté, dans un geste possessif. Les gestes délicats et les tendres caresses d'hier sont loin.

Ses lèvres s'écartent sur les miennes et sa langue pénètre ma bouche, enlaçant la mienne, l'excitant et la tourmentant. Ses mains glissent sur les miennes qui empoignent sa chemise. Il me saisit les poignets et les soulève au-dessus de ma tête, les appuie contre le mur et les enserre dans une main. Il interrompt notre baiser et pose sa main libre sur ma joue. Il recule la tête et son regard, assombri et vibrant de désir, bloque le mien.

– *Vous n'êtes pas sans importance*, Rylee. Vous ne pourrez jamais l'être.

Il secoue la tête, sa voix vibrante résonne en moi. Il pose son front contre le mien, le bout de son nez frôle le mien.

– Non – vous et moi – ensemble, cela voudrait dire que vous seriez *à moi*.

Ses mots passent dans un souffle sur mon visage, pénètrent mon âme et s'y installent.

– *À moi*, répète-t-il pour s'assurer que je comprends ses intentions.

Je ferme les yeux pour savourer ses paroles. Pour me délecter de l'idée que Colton veut que je sois *à lui*. Nos fronts continuent de se toucher tandis que je me laisse aller à ce moment, à ce sentiment, et que mes doutes s'apaisent. Il s'écarte de moi et libère doucement mes mains qu'il tenait toujours au-dessus de ma tête. Nos regards restent connectés et je vois briller dans le sien ce que je pense être un fugace éclair de crainte.

Je m'approche timidement de lui et je frôle ses hanches en passant les mains sous sa chemise pour pouvoir toucher sa peau. Afin de sentir cet homme vibrant, viril, sous mes doigts. Jusqu'ici, cela a toujours été *ses* mains sur *ma* peau. Toujours sur son initiative. Je n'ai encore jamais eu l'occasion d'apprécier la sensation de sa peau sous mes mains.

Je trouve mon chemin, caressant du bout des doigts la chaude fermeté de ses muscles bien dessinés qui se contractent à ce contact. Je remonte lentement le long de son torse, sensible à chaque contour, à chaque respiration qu'il prend en réaction à ma caresse. C'est une sensation grisante d'entendre sa réaction, de voir ses pupilles dilatées par le désir quand je glisse les mains sur ses pectoraux, par-dessus ses côtes et sous ses bras, pour aller érafler de mes ongles les muscles de son dos.

Dans un moment de ravissement, il ferme les yeux, appréciant visiblement cette lente excitation de ses sens. Je monte sur la pointe des pieds pour m'appuyer avec hésitation contre lui et effleurer ses lèvres des miennes. J'appuie sur ses épaules pour l'attirer contre moi et j'entrouvre les lèvres pour passer le bout de ma langue sur sa lèvre inférieure.

Du bout des doigts, il me caresse doucement les joues, ses paumes encadrent mon visage tandis qu'il augmente tendrement la pression de ce baiser. Sa langue s'insère doucement entre mes lèvres et vient se mêler à la mienne. Ce geste affectueux me touche au plus profond de moi-même, me dénouant lentement pour me réduire à une boule de désir. Chacune de ses caresses me coupe le souffle. Je soupire en plantant mes doigts dans ses épaules, seul signe de mon impatience grandissante. J'en veux plus. J'ai *besoin* de plus.

Je sens que Colton lutte pour contrôler son désir, son corps se tend sous mes mains, son érection impressionnante se presse contre mon ventre. Il maintient son tendre et implacable assaut sur mes sens en se concentrant uniquement sur ma bouche. En s'emparant de mes lèvres. Son souffle est mon souffle. Son action ma réaction.

Brusquement, il s'arrête, pose les deux mains sur le mur de part et d'autre de mes épaules et se redresse, laisse tomber son front sur mon épaule et enfouit son nez et sa bouche dans mon cou. Je sens sa poitrine se soulever pour reprendre son souffle, comme moi, et je suis soulagée de voir qu'il a l'air aussi affecté que moi. Ses actions me rendent un peu perplexe mais je profite de cette accalmie pour permettre aux battements de mon cœur de se calmer. Inconsciemment je serre les genoux pour essayer de calmer aussi la pression continuelle qui s'exerce sur le delta entre mes cuisses.

Je sens la chaleur de son souffle haletant dans mon cou, je sens qu'il lutte pour reprendre le contrôle.

– Doux Jésus, Rylee.

Il secoue la tête contre mon épaule avant de poser une kyrielle de petits baisers innocents le long de ma clavicule.

– Il faut qu'on sorte d'ici avant que tu ne me fasses perdre la tête dans ce couloir.

Il relève la tête et me regarde, je me fige. Il est indéniable que c'est ce que je veux. Qu'il est celui que je veux. Mais je ne peux pas nier non plus que je suis nerveuse. J'ai le trac. J'ai peur de le décevoir par mon manque d'expérience dans ce domaine.

– Viens.

Sans me laisser le temps de protester, il me prend la main, passe son bras autour de mes épaules, me serre contre lui et s'enfonce dans le couloir.

– J'ai une chambre à mon nom ici pour la nuit.

Il me soutient avec fermeté et me conduit vers ma pomme du jardin d'Éden.

Je le suis avec docilité, m'efforçant de calmer le doute et la voix dans ma tête qui se déchaîne maintenant que sa bouche n'est plus sur la mienne, étouffant ma capacité à me raisonner.

Nous trouvons rapidement l'ascenseur au bout du couloir et nous montons dedans. Colton sort une carte de sa poche et l'insère dans le panneau, ce qui a pour effet de débloquer l'accès au dernier étage. Le penthouse.

Tandis que l'ascenseur gravit les étages, il se rapproche de moi et pose la main au creux de mes reins. Le silence qui s'installe entre nous est assourdissant et ne fait qu'amplifier le nœud qui me serre l'estomac.

– Pourquoi ce changement ?

Colton tire sur mes cheveux lissés en essayant de faire diversion.

– C'était juste pour essayer de me fondre dans le moule.

Je fais référence aux nombreuses photos trouvées sur Internet où on le voit en compagnie de femmes aux cheveux raides. Il fronce les sourcils, essayant visiblement de comprendre ce que je veux dire.

– Parfois, ça a du bon de changer.

De sa main posée dans mon dos, il me force à me tourner vers lui. Il baisse la tête pour que nos yeux soient au même niveau.

– J'aime tes boucles. Elles te vont bien.

Mon ego est flatté de ce compliment. Il lève la main pour repousser de mon visage une mèche rebelle. Puis il pose le bout de ses doigts sur le côté de ma mâchoire et me tient comme ça, scrutant mon regard. L'ascenseur s'arrête à son étage.

– C'est ta dernière chance de t'enfuir.

Le son rauque de sa voix anéantit totalement ma volonté. Mon cœur s'affole. Je hoche la tête en signe d'acceptation, sans grande conviction, incapable de trouver les mots pour lui répondre.

Sans tenir compte de la porte de l'ascenseur qui s'ouvre derrière lui, il continue à me regarder droit dans les yeux avec intensité.

– Moi, je ne serai pas capable de partir, Rylee.

Il fronce les sourcils comme s'il lui était douloureux de l'admettre. Avec un profond soupir, il me lâche et se passe la main dans les cheveux. Il me tourne le dos, tend le bras pour appuyer sur le bouton qui maintient l'ouverture de la porte et pose la main sur la paroi de l'ascenseur. Ses larges épaules occupent tout l'espace. Il baisse la tête en réfléchissant à ce qu'il va dire.

– Je veux prendre mon temps avec toi, Rylee. Je veux te faire monter gentiment, lentement et doucement comme tu en as besoin. Te pousser pour te faire dépasser tes limites. Et ensuite je veux te baiser comme tu le mérites. Vite et fort jusqu'à ce que tu cries mon nom. Comme j'en ai envie depuis que tu es entrée dans ma vie en tombant de ce cagibi.

Je dois me mordre les lèvres pour réprimer un gémissement. Je lutte contre la tentation de me laisser glisser le long du mur pour trouver une forme de soulagement.

– Une fois que nous serons sortis de cet ascenseur, je ne pense pas que j'aurai assez de maîtrise de moi pour arrêter… pour m'éloigner de toi, Rylee. Je ne peux pas te résister.

Sa voix est douloureuse, calme et débordante de conviction. Il se tourne vers moi, les yeux pleins d'émotion. Des yeux qui révèlent un homme au bord de la perte de contrôle.

– À toi de décider, Rylee. *Oui ou non ?*

CHAPITRE 12

Je le regarde à travers mes cils, ma lèvre inférieure coincée entre mes dents, et j'acquiesce d'un petit signe de tête. Comme il continue à me regarder, je retrouve ma voix et je m'efforce d'en évacuer toute trace de nervosité.

– Oui, Colton.

Instantanément, sa bouche s'écrase sur la mienne et son désir est palpable tandis qu'il me traîne hors de l'ascenseur vers le penthouse. Je ris de bon cœur quand il essaie de mettre sa clé dans la serrure tout en gardant ses lèvres sur les miennes. Il finit par y arriver, la porte s'ouvre et nous faisons une entrée maladroite, nos bouches toujours soudées l'une à l'autre. Il referme la porte avec le pied et me plaque contre elle, ses mains coincées entre mon derrière et la porte. Il agrippe ma chair avec ferveur et me presse contre sa musculature imposante.

Je m'abandonne à ses caresses, à sa chaleur et aux compliments qu'il chuchote tout en déversant une pluie de baisers sur mes lèvres, sur mon cou et sur ma peau dénudée par le profond décolleté en V de ma robe. Je profite de ce moment en retrouvant la sensation d'éprouver de nouveau des sentiments. Et du désir.

J'entreprends maladroitement de déboutonner sa chemise, j'ai besoin de sentir sa peau contre la mienne, mais je suis gênée par le mouvement constant de ses bras alors qu'il essaie frénétiquement de caresser chaque centimètre carré de la mienne du bout des doigts. Ses lèvres trouvent mon point sensible juste au-dessous de ma mâchoire, j'oublie totalement les boutons de sa chemise et mes mains se crispent quand la sensation me submerge. Me consume. Un cri étranglé s'échappe de ma bouche et une série de petites explosions se propagent depuis mon cou directement au creux de mon ventre.

Colton attrape de nouveau mes fesses dans ses mains et je passe mes jambes autour de ses hanches en même temps qu'il me soulève. D'une main, il me soutient le dos, l'autre plonge sous le tissu de ma robe pour prendre mon sein dans sa paume. Je me plaque contre lui quand il en frotte la pointe dressée entre son pouce et son index. Le choc électrique de son contact propage la chaleur vers mon sexe et met le feu à mes sens.

Colton commence à bouger tout en me tenant, ses lèvres se repaissent de la ligne hyper sensible de mon épaule, son érection se presse entre mes cuisses. À chaque mouvement il se frotte contre moi, provoquant une friction fabuleuse contre mon clitoris. Je me presse contre lui, la tension monte, dépasse toute autre sensation et se dirige vers le point culminant de mon désir.

Nous pénétrons dans la chambre de la suite, et malgré la multitude de sensations qui se bousculent en moi, je suis toujours nerveuse. Il s'arrête au bord du lit et j'abaisse mes jambes, reposant les pieds sur le sol. Je reprends ma tentative de le débarrasser de sa chemise et, cette fois, je réussis. Il me lâche momentanément, le temps de sortir les bras des manches, et il laisse tomber la chemise sur le sol.

C'est la première fois que je le vois torse nu, il est absolument magnifique. Sa peau dorée met en valeur les muscles parfaitement dessinés de son abdomen. Ses épaules larges contrastent avec une taille étroite qui surmonte ce V sexy qui plonge sous la ceinture de son pantalon. Sur son côté gauche se trouve un tatouage que je ne parviens pas à déchiffrer. Un léger duvet couvre sa poitrine et sous son nombril, au milieu de ses abdos contractés, on voit une petite trainée sexy de poils qui va se perdre sous sa taille. Si mes hormones n'étaient pas déjà en ébullition, cette vision aurait suffi à mettre tout mon organisme en surchauffe.

Avec difficulté, mon regard remonte le long de son torse pour venir croiser le sien. Ses yeux brûlent de désir et se troublent en me regardant. Un sourire sexy s'affiche sur ses lèvres tandis qu'il enlève ses chaussures et ses chaussettes avant de revenir vers moi. Il lève les mains pour encadrer mon visage et pose sa bouche sur la mienne pour un lent baiser, un vrai supplice qui me pousse à me coller contre lui. Ses mains délaissent mon visage pour descendre sur mes épaules et, lentement, le long de mon torse jusqu'à l'endroit où le tissu laisse place à la peau nue de mes cuisses.

– Bon Dieu, Rylee, je veux sentir ta peau sur la mienne.

Ses doigts jouent un instant avec l'ourlet de ma robe avant de s'en saisir pour la soulever lentement.

– Sentir ton corps sous le mien.

Ses mots sont une invitation hypnotique.

– Ma queue en toi.

Il murmure contre mes lèvres avant de se pencher en arrière une fraction de seconde, les yeux toujours rivés sur les miens, pour passer ma robe par-dessus ma tête.

Je m'apprête à retirer mes hauts talons, mais Colton m'arrête.

– Tss tss… garde-les.

Je retiens ma respiration, mes angoisses refaisant surface tandis que je me tiens devant lui avec pour tout vêtement un soutien-gorge, un chiffon de dentelle en guise de culotte et mes stilettos.

– Je pense…

– Chuuut. Ne pense pas, Rylee. Ce n'est plus le moment de penser.

Il nous entraîne un pas en arrière, le creux de mes genoux heurte le bord du lit et il m'allonge lentement en continuant à me picorer de baisers.

– Contente-toi de te laisser aller à tes sensations.

Une de ses mains sous ma nuque, l'autre passe lentement sur la dentelle noire de mon soutien-gorge et sur mes côtes avant de reprendre le chemin en sens inverse. Un gémissement s'échappe de mes lèvres. Sa caresse m'est aussi nécessaire que ma respiration suivante.

Il s'appuie sur un coude.

– Laisse-moi te regarder. Bon Dieu, ce que tu es belle !

Je me fige. Je voudrais dissimuler les cicatrices qui défigurent mon abdomen. Je voudrais me retourner pour qu'il ne pose pas de questions, pour ne pas me souvenir. Je n'en fais rien, cependant. À la place, je me force à respirer de nouveau tandis qu'il parcourt mon corps du regard. Je sais à quel moment il les voit. Le choc passe brièvement sur son visage avant que ses yeux ne reviennent sur les miens, la sollicitude plissant son front.

– Rylee ? Qu'est-ce que…

– Pas maintenant.

Je tends le bras et l'attrape par le cou, l'attirant brutalement vers moi pour un baiser exigeant qui annihile tout sens du contrôle. Qui fait taire les questions avant qu'elles ne soient posées. Une passion charnelle m'embrase quand je m'empare de lui – en l'embrassant, le caressant, plantant mes ongles dans sa peau burinée. Il pousse un grognement sauvage venu des profondeurs de son être tandis que sa langue se fraie un chemin le long de mon cou. Il prend un de mes seins dans la paume de sa main, glisse un doigt sous la dentelle de mon soutien-gorge et le dégage de son bonnet. Il me mordille du bout des lèvres en descendant avant de refermer les lèvres sur le bouton serré de mon téton.

Je pousse un petit cri de plaisir quand il dévore mon sein, qu'il l'aspire dans sa bouche brûlante et avide. De la main, il s'empare de mon autre sein en roulant mon téton entre son pouce et son index – brouillant la frontière entre plaisir et douleur. L'attention soutenue qu'il accorde à mes bourgeons sensibles canalise le feu vers mon sexe qui se contracte, palpite et s'humecte, le suppliant silencieusement d'aller plus loin, de me pousser au-delà de mes limites. Je me déplace sous lui pour essayer de soulager la tension qui monte en moi, mais les volutes de mon désir sont si intenses que je perds le contrôle de mon souffle.

J'emmêle mes doigts dans ses cheveux tandis qu'il s'éloigne de ma poitrine et descend le long de mon ventre en léchant, embrassant, mordillant. Mes doigts se crispent dans sa chevelure et j'inspire avec difficulté quand il pose délibérément une suite de baisers le long de la plus affreuse de mes cicatrices.

– Si belle, répète-t-il en poursuivant sa descente inexorable.

Il s'immobilise au bord de ma culotte et je sens le sourire qui se forme sur sa bouche plaquée sur ma peau.

Il lève les yeux vers moi, un sourire espiègle éclairant son visage.

– J'espère que tu n'y es pas démesurément attachée.

Sans me laisser le temps de réagir, il la déchire d'un coup sec. Un long ronronnement de satisfaction sort du fond de sa gorge quand il passe un doigt sur l'étroite bande bouclée en dessous du tissu.

– Ça, ça me plaît.

Avec un grognement sourd, il passe le doigt au-dessous de cette bande à l'endroit où il n'y a pas de poils.

– Et ça encore plus.

Il glisse un doigt entre mes plis et me caresse en un lent mouvement de haut en bas qui me coupe le souffle.

– Oh, mon Dieu.

Je gémis en m'accrochant aux draps du lit, des étincelles de plaisir forment des éclairs blancs sous mes paupières closes.

Colton retient sa respiration en glissant extrêmement lentement un doigt dans ma fente.

– Rylee…

Sa voix se brise en disant mon nom, trahissant une perte de contrôle imminente.

– Vois comme tu es trempée pour moi, bébé. Tu sens comme tu es serrée pour m'agripper ?

Je m'arc-boute, mes épaules s'enfoncent dans le matelas tandis que son doigt fait des petits cercles en moi en prenant son temps, frôlant ce point sensible tout au fond de moi avant de se retirer pour reprendre tout ce processus exquis depuis le début.

– Tu n'imagines pas toutes les choses que je veux faire à cette petite chatte étroite.

Son murmure accompagne le mouvement de son autre main qui m'écarte les jambes. Son langage cru m'excite. Éveille des sensations que je n'imaginais pas. Je me tortille sous lui quand l'air frais de la chambre passe sur les plis gonflés de mon sexe.

– Regarde moi, Rylee. Ouvre les yeux pour que je voie ton regard quand ma bouche te prendra.

Je dois faire un effort pour sortir du semi-coma où le plaisir m'a plongée et ouvrir les yeux. La tête entre mes cuisses, il lève vers moi ses yeux aux paupières lourdes.

– C'est ça, bébé.

Sa tête replonge jusqu'à ce que je sente la douce chaleur de sa bouche qui s'empare de mon bouton gonflé de terminaisons nerveuses, en même temps qu'il glisse deux doigts en moi.

Je jette la tête en arrière en poussant un cri tandis qu'un feu infernal embrase le centre de mon corps – prenant, possédant, s'étalant.

– Regarde-moi !

Il grogne encore une fois. J'ouvre les yeux, la charge érotique de le voir me regarder pendant qu'il me donne du plaisir dépasse tout ce que j'ai connu jusque-là.

Sa langue me lèche paresseusement d'avant en arrière, au-dessus et autour, et ses doigts poursuivent leur délicieux massage interne. Il les sort et les enfonce de nouveau en moi, frottant à loisir mes parois intérieures. Je pousse mes hanches contre lui, le suppliant de me donner plus de pression, au bord de perdre la raison.

– Ah, Rylee, tu es si réactive. Tellement sexy, putain !

Quand il remplace la chaleur de sa bouche par la douceur de son pouce, le tempo et la friction de sa peau sur la mienne comblent mes attentes. Il glisse sur mon corps sans arrêter le supplice merveilleux que ses doigts infligent à mon sexe, en m'embrassant, me léchant, me mordillant jusqu'à ce qu'il atteigne mon visage. Me plongeant dans un état de désir comme je n'en ai jamais connu auparavant.

– Lâche-toi, Rylee.

Je sens avec délice son érection qui se presse contre moi.

– Laisse-toi aller à tes sensations, chérie.

Je l'attrape par les épaules en marquant de mes ongles sa peau trempée de sueur. La boule de tension monte en moi, suppliant d'être soulagée. Je presse brutalement mes hanches contre lui quand ses doigts accélèrent leur cadence, me frottent, me pénètrent, me menant directement au ravissement de l'oubli.

– Jouis pour moi, Rylee.

Il gronde et j'atteins mon point culminant en criant de soulagement quand mon orgasme explose en moi, se fracasse autour de moi et se transmet à tout mon corps par chacun de mes nerfs et de mes tendons. Mes muscles se contractent sur ses doigts et la sensation lui arrache un gémissement.

– C'est ça, bébé, c'est ça, murmure-t-il en m'aidant à surfer sur les ondulations de mon extase.

J'ouvre les yeux en sentant le lit s'abaisser quand il se lève. Il me regarde l'air satisfait et les yeux emplis de désir en déboutonnant son pantalon. Je le regarde en luttant pour reprendre mon souffle.

– Tu es incroyablement belle. Je n'arrive pas à décider ce qui est le plus sexy, Rylee, te regarder jouir ou te faire jouir.

Ses yeux étincellent de pensées égrillardes.

– Je suppose que je vais devoir recommencer pour le savoir.

Il m'adresse un sourire coquin et plein de défi. Ses simples mots suffisent pour que mes muscles intimes se contractent. Et je suis étonnée de constater qu'il m'a tellement excitée que tout mon corps réclame de jouir de nouveau. Je me mords les lèvres quand il descend son pantalon et son boxer d'un seul geste, libérant ainsi une érection impressionnante.

Putain !

Il me sourit avec ironie comme s'il pouvait lire dans mes pensées et s'agenouille sur le lit. Il saisit un des mes pieds par le talon de ma chaussure et dépose une série de baisers le long de mon mollet puis fait une pause à mon genou pour en caresser le creux sensible avant de reprendre l'ascension enivrante de sa bouche le long de l'intérieur de ma cuisse. Il s'arrête pour poser un léger baiser sur mon apex, promène son doigt doucement sur mon sexe, et l'excite par des chatouilles, testant mes réactions.

Je plonge les doigts dans ses cheveux.

– Colton.

Ma respiration est haletante, ce simple contact sur ma peau sensibilisée est à la limite du supportable.

Il lève les yeux vers moi en posant un nouveau baiser sur ma bande de poils.

– Je veux juste m'assurer que tu es prête, bébé.

Il ressort un doigt humide.

– Je ne veux pas te faire mal.

Des pensées multiples me traversent l'esprit quand je le vois glisser son doigt dans sa bouche avant de me décocher un sourire sardonique et de pousser un murmure approbateur. Il recouvre tout le reste de mon corps en un mouvement prédateur, sans jamais détourner ses yeux des miens, et pose sa bouche sur la mienne, la paume de ses mains enveloppant mes seins dressés, sa queue se pressant dans le V entre mes cuisses.

Les sentiments tourbillonnent en moi quand le plaisir grisant jaillit de nouveau. De ses genoux, il sépare mes jambes et s'écarte de moi pour s'asseoir entre mes cuisses. Il se penche par-dessus le bord du lit et sort un sachet en aluminium. Mon cerveau se met en route. J'ai été préoccupée par tellement de choses la semaine passée que je ne me suis même pas posé la question de la protection. Et même s'il ignore tout de mon incapacité à tomber enceinte, je suis heureuse qu'il soit assez raisonnable pour y avoir pensé.

Je me dresse sur mes coudes alors qu'il déchire le paquet et je le regarde dérouler le préservatif sur son membre dur comme de l'acier. Il me lance un regard étincelant, de désir, de concupiscence et de beaucoup plus encore.

– Dis-moi ce que tu veux, Rylee.

J'écarquille les yeux et mon regard est attiré par ses doigts qui courent sur mon delta et m'écartent progressivement. Je retiens ma respiration.

– Dis-le moi, Rylee. Demande-moi de te baiser. Je veux t'entendre le dire.

Je me mords la lèvre inférieure, l'observant poser sa longueur contre ma fente. Il s'immobilise et je lève les yeux pour rencontrer les siens. Je vois qu'il s'efforce de se contrôler, la veine sur son cou se gonfle tandis qu'il me regarde fixement en attendant que je le dise.

– Baise-moi, Colton.

Il presse lentement le bout de sa queue à l'entrée de mon passage. Je me contracte à l'idée de le laisser me pénétrer, j'ai l'impression qu'il va m'étirer au maximum, et je me réjouis de la légère douleur que je vais ressentir et qui me dira que je suis vivante, que je suis ici, à cet instant avec cet homme sublime.

– Bon Dieu, Rylee. Tu es si bonne. Si étroite, putain !

Du bout des doigts, il masse doucement, de haut en bas, l'intérieur de mes cuisses.

– Détends-toi pour moi, bébé. Laisse-moi entrer, chérie.

Je ferme les yeux un instant tandis que la brûlure initiale laisse petit à petit place à la plénitude de la sensation. Il me pénètre plus profondément, lentement, délibérément, jusqu'à ce que sa bite disparaisse entièrement, de la racine à la pointe, dans mon fourreau aux parois de velours. Il reste immobile pour permettre à mon corps de s'adapter à lui, sans cesser de m'observer. Il serre les mâchoires en essayant de toutes ses forces de rester maître de lui, et je trouve cela rassurant de savoir que je suis capable de le pousser au-delà de ses limites.

Je contracte mes muscles autour de son sexe et je m'accroche à lui en me redressant pour voir le point où nos corps sont maintenant réunis pour n'en faire plus qu'un.

– Bonté divine, Rylee, si tu refais ça, je vais jouir immédiatement.

Je lui fais un sourire suggestif et il commence à bouger. Il se retire presque entièrement, jusqu'à la pointe, puis lentement, il me pénètre de nouveau de toute sa longueur délicieuse. La sensation est exquise et je me laisse retomber sur le lit, pour en profiter pleinement. J'enveloppe ses hanches de mes cuisses quand il commence à prendre le rythme. Ses muscles ondulent sous sa peau halée tandis qu'il bouge avec moi. Ses yeux observent alternativement les miens et notre union.

Une sensation de chaleur commence à se répandre dans mon corps qui se contracte sous l'effet de la friction de son membre sur mes terminaisons nerveuses internes. Mes parois pèsent sur lui en se contractant et en pressant sa queue tandis qu'il accélère le rythme.

Il se penche au-dessus de moi, équilibrant son poids sur ses avant-bras de chaque côté de ma tête, et s'empare de ma bouche en un baiser charnel et sans entraves. Nos dents mordillent, nos lèvres sucent, nos langues se mêlent. Je croise les bras sous ses épaules et je resserre la prise de mes jambes autour de ses hanches, en nouant mes chevilles. Je ressens le besoin d'être le plus près possible de lui. J'ai besoin qu'il soit aussi profondément que possible en moi. J'ai besoin de sentir sa peau luisante de sueur se frotter sur la mienne.

La pression en moi monte à un point tel que je ne peux plus l'embrasser parce que je suis entièrement concentrée sur la vague insurmontable qui va s'écraser tout autour de moi. Il perçoit ma tension, le point culminant qui s'approche, mais ne ralentit pas son rythme inexorable. Il descend un bras et passe la main sous mes fesses, pressant davantage son pelvis contre le mien, se frottant contre moi, provoquant sur mon clitoris cette légère friction que je désire. En un instant, le monde s'embrase autour de moi.

Je m'arc-boute sur le lit, avec des mouvements incontrôlés de mes hanches sous l'effet de l'orgasme le plus voluptueux que j'aie jamais connu. Je suis comme jetée du haut d'une falaise dans une chute libre sans fin. Le plaisir est si intense, à la limite de la douleur, que je plante les dents dans son épaule pour essayer de le contenir d'une certaine façon. La vague se brise autour de moi quand Colton donne encore plusieurs coups de boutoir avant de crier mon nom. Il se tend, sa queue palpite en moi par saccades et il atteint l'orgasme à son tour. Ses muscles bandés tressaillent quand le plaisir se répand en lui, puis se détendent lentement. Alors il enfouit sa tête dans le creux de mon cou, haletant comme moi, les sourds battements de son cœur répondant aux miens.

Mon orgasme se prolonge, mes muscles palpitent autour de son érection qui diminue en moi. À chaque secousse, je le sens qui se crispe et j'entends le gémissement guttural qui remonte du fond de sa gorge. Le poids de son corps sur moi est réconfortant, rassurant, et j'oublie quelle sensation apaisante cela peut être.

Je n'ai jamais connu le sexe comme ça. Aussi stupéfiant. Le plaisir si hédoniste. Aussi incroyable.

Nous restons allongés un moment, redescendant silencieusement. Il se blottit dans mon cou, posant des baisers encore et encore, toujours au même endroit, son corps assouvi incapable du moindre mouvement. Je ferme les yeux, stupéfaite de me trouver là. Et que cet homme magnifique s'y trouve avec moi.

Du bout des ongles je lui gratte le dos paresseusement, en respirant son odeur terreuse de mâle. Quand il pousse un petit grognement et se retire lentement, je grimace, dépitée de cette soudaine sensation de vide. Il noue le préservatif et le jette par terre à côté du lit avant de revenir à côté de moi. Allongé sur le côté, la tête appuyée sur une main, il me regarde en passant nonchalamment un doigt sur ma poitrine, ce qui me fait pousser un petit soupir mesuré.

Je lui jette un coup d'œil et nos yeux se croisent un instant tandis que nous réfléchissons en silence à l'expérience que nous venons de partager. Je n'arrive pas à déchiffrer l'expression de son regard. Il est trop sur la réserve. Je détourne les yeux vers le plafond tandis que la panique commence à s'installer. Que se passe-t-il ? Coton a obtenu ce qu'il voulait de moi et, maintenant, il n'y a plus de défi à relever. *Merde.* Je n'avais jamais eu de relations sexuelles qu'avec Max. Nous étions ensemble. Nous faisions l'amour. Ce n'était pas une chose banale. Et bien que ce qui vient de se passer représente peut-être beaucoup plus pour moi que pour Colton, qu'est-ce que je suis censée faire maintenant ? Avec Max, je n'avais pas besoin de me demander si je devais partir après. Ou quelle était la conduite à tenir si je restais. Est-ce que Colton veut que je reste ? Qu'est-ce que je suis censée faire, putain ? Alors, c'est ça une histoire sans lendemain ? *Et merde.*

– Arrête de gamberger, Ryles, murmure Colton.

Je sens ses yeux sur moi. Je me fige instantanément, surprise qu'il puisse être si en phase avec moi alors qu'il ne me connaît que depuis très peu de temps. Comment le sait-il ?

– Tout ton corps se tend quand tu gamberges, répond-il à ma question silencieuse. Débranche un peu, sinon je vais être forcé de t'y contraindre.

Il m'attrape par la hanche et m'attire contre lui. J'entends le sourire dans sa voix et je me mets à rire.

– Ah oui ? Vraiment ?

– Je peux être très persuasif.

Il promène sa main libre le long de mes côtes, faisant une pause pour prendre mon sein dans la paume de sa main et balader son pouce sur mon téton dressé.

– Tu ne penses pas ?

– Ne viens-tu pas de me dire que je *ne suis pas autorisée à penser* ?

Je pousse un petit gémissement en levant le menton quand il se penche sur moi pour déposer des baisers à différents endroits de mon corps.

– Ça me plaît bien, une femme qui obéit.

Je le sens redevenir dur contre moi. Sans me laisser le temps d'analyser sa capacité à récupérer aussi rapidement, Colton nous fait rouler sur nous-mêmes pour intervertir nos positions et je me retrouve assise sur lui.

Je le chevauche en le regardant fixement, lui et son sourire insolent. Il me rend mon regard et balade les yeux de haut en bas de mon buste. Je sens son membre qui continue à durcir contre la fente entre mes fesses.

– Bon Dieu, Rylee, tu as ce qu'il faut pour rendre un mec complètement dingue.

Il se redresse et passe les mains dans mon dos pour dégrafer mon soutien-gorge, libérant mes seins, lourds et gonflés par le désir. Colton pousse un grognement appréciateur avant de se soulever pour en sucer un, et mes cuisses réagissent en se contractant autour de lui.

Je lève la tête et creuse le dos pour qu'il puisse profiter pleinement de ma poitrine. Les pensées qui m'ont traversé l'esprit il y a quelques instants sont repoussées au loin par un assaut nourri de baisers. Il m'entoure de ses bras et il farfouille derrière moi avant que j'entende le bruit révélateur de l'alu qu'on déchire. Il finit de se couvrir tout en poursuivant son chemin de baisers jusqu'à mes lèvres. Il entrouvre les lèvres pour aspirer les miennes en petites succions frénétiques tout en saisissant mes cheveux dans son poing. Il murmure des gentils compliments entre chaque baiser, qui excitent mon désir insatiable.

– Soulève-toi pour moi.

Il porte une main à ma hanche pour m'aider à me soulever et de l'autre il positionne sous moi sa queue dressée.

Je me mords les lèvres d'avance, ses yeux rivés aux miens, et je me pose doucement sur la pointe de son sexe. Je reste momentanément en suspens pour laisser mon humidité le recouvrir afin de lui faciliter l'entrée. C'est grisant d'observer le désir embrumer les yeux de Colton alors que je descends progressivement sur lui jusqu'à ce qu'il soit entièrement recouvert. Je gémis doucement tandis qu'il m'étire vers le plus incroyable des sentiments de plénitude. Je suis forcée de rester immobile quelques instants, pour m'ajuster à sa taille dans sa totalité. Colton ferme les yeux et rejette la tête en arrière, ses lèvres s'entrouvrent légèrement pour laisser échapper un grognement sourd venu du fond de sa gorge.

Il pose les mains sur mes hanches et je commence à me balancer sur lui. Je me soulève, remonte jusqu'à la pointe de son sexe puis je redescends en glissant, en me penchant en arrière pour qu'il frotte sur les terminaisons nerveuses à l'intérieur de mes parois.

– Putain ! Tu vas me faire perdre la tête, Rylee.

Il pousse un gémissement, prenant possession de ma bouche avant de se laisser retomber sur le lit. Il commence à bouger régulièrement les hanches à l'unisson de mes mouvements, et très vite nous nous balançons sur un tempo frénétique. Chacun de nous veut encore plus de l'autre. Chacun mène, pousse, attire l'autre vers le précipice. Je baisse les yeux vers Colton, les tendons de son cou saillent, le bout de sa langue pointe entre ses dents, ses yeux sont voilés par le désir – il est hyper sexy. Il agrippe mes hanches, ses muscles se bandent quand il me tient, me soulève et me pénètre. Je monte, étourdie par le plaisir qui m'inonde. Je m'accroche à une main de Colton posée sur ma hanche, nos doigts s'emmêlent. Il déplace son autre main vers notre point de jonction, du pouce il caresse mon clitoris et le manipule avec expertise.

Mon corps s'affole, mes muscles se contractent autour de Colton et une fois encore je suis projetée dans un oubli stupéfiant. Je crie son nom au moment où une chaleur extatique me submerge, m'enveloppe et me fait disparaître dans son brouillard qui absorbe tout.

– Bon Dieu, Rylee.

Il jure en s'asseyant, sans ralentir son tempo dévorant, reprenant le contrôle pour me permettre de me perdre pleinement dans mon orgasme. Il m'entoure de ses bras, ses biceps costauds me tenant serrée contre lui, et il pose ses lèvres sur les miennes pour un baiser dévorant. Les sensations qui m'assaillent, bombardées par la moindre terminaison nerveuse dans mon corps, sont si fracassantes que tout ce que je sais, c'est que je me noie en Colton Donavan.

Je sens son corps qui se tend, ses hanches poussent plus violemment et ses bras resserrent leur étreinte en étalant largement ses mains sur mon dos. Colton enfouit son visage dans mon cou avant de hurler mon nom, une bénédiction sur les lèvres, franchissant la barrière de ses limites. Je le sens palpiter avec frénésie en moi quand il prend son pied.

Nous restons dans cette position, moi à cheval sur lui, dans les bras l'un de l'autre, nos têtes serrées l'une contre l'autre, sans parler. Je déborde d'émotion.

Et merde ! Comment est-ce que j'ai pu être assez stupide pour croire que je pouvais vraiment faire ça, le sexe pour le sexe ! Des sentiments bouillonnent en moi, des sentiments dont je sais pertinemment qu'ils ne seront jamais partagés, et je bataille pour ne rien laisser paraître. Je me dis que je ne dois pas craquer, que j'aurai tout le temps de m'effondrer une fois que je serai seule.

Colton déplace ses jambes et se penche en arrière pour prendre ma tête entre ses mains. Il me transperce de son regard enivrant.

– Ça va ?

Je hoche la tête en essayant de dissimuler mon inquiétude.

Il se penche vers moi pour m'embrasser. Un baiser si tendre et si affectueux que les larmes me montent aux yeux parce que sa tendresse me désarme et me va droit au cœur. Quand il rouvre les yeux, il me regarde fixement, l'espace d'un moment. Quelque chose passe brièvement dans son regard, quelque chose que je n'arrive pas à déchiffrer.

Il secoue la tête et me soulève avant de se glisser hors du lit sans un mot. Il se lève à la hâte en évitant mon regard interrogateur et se passe une main dans les cheveux.

– Bordel.

Je suis des yeux ses larges épaules halées et son cul sexy tandis qu'il se dirige vers la salle de bains. J'entends le bruit de l'eau qui coule et un deuxième juron étouffé.

Je m'enveloppe dans le drap, tout à coup je me sens seule et mal à l'aise. Au bout d'un moment, Colton ressort de la salle de bains, vêtu d'un boxer noir. Il s'arrête dans l'embrasure de la porte et me regarde. Toute trace de l'émotion et de la chaleur qui étaient dans ses yeux quelques minutes plus tôt a disparu, remplacée par une appréciation distante et froide quand il me regarde dans son lit. Il n'est plus détendu. La tension autour de ses yeux et la crispation de sa mâchoire sont visibles.

– J'ai besoin d'un verre. Tu veux quelque chose ?

Je fais non de la tête, craignant, si je parle, que la tristesse que je ressens en le voyant si détaché ne fasse qu'empirer les choses. Il tourne les talons et va dans la pièce principale de la suite. Je suppose que j'ai ma réponse. Je n'étais qu'un challenge pour lui.

Le défi relevé, maintenant je n'ai plus d'utilité.

Je porte la main à mon sternum pour tenter de dissiper la douleur logée dans ma poitrine. De diminuer le sentiment d'avoir été utilisée. Je pense à Max et à la façon dont il me traitait après que nous avions fait l'amour. Comme si j'étais si fragile que je risquais de me briser. Il me caressait et me tenait dans ses bras en me faisant rire. Avec lui, je me sentais aimée. *Mon beau Max, idéalisé*. Qu'est-ce que je lui ai fait, à lui et à notre souvenir, en couchant avec quelqu'un d'autre, alors que techniquement nous sommes toujours fiancés ?

Les hurlements de sa mère résonnent à mes oreilles, elle me dit que c'est de ma faute s'il a perdu la vie – que je l'ai tué ainsi que tous les espoirs et les rêves que nous avions ensemble. La culpabilité, la honte et l'humiliation m'inondent. Il faut que je sorte d'ici. Ces pensées plein la tête, je repousse les couvertures et je ramasse mes vêtements épars avant de me précipiter dans la salle de bains.

Le poids sur ma poitrine est insupportable et j'essaie désespérément de retenir mes larmes en essayant maladroitement d'agrafer mon soutien-gorge. J'enfile ma robe en bataillant pour passer les bras dans les bretelles. Je n'ai pas de culotte. Elle est déchirée et se balade quelque part sur le sol, et ne vaut pas la peine que je me tracasse à la retrouver. J'ai perdu une boucle d'oreille, mais je m'en fiche. Je retire brusquement l'autre en regardant mon reflet dans le miroir. La tristesse et le regret alourdissent mon regard. Mon eye-liner a coulé, je l'essuie avec un mouchoir en papier et je m'arme de courage pour quitter les lieux. Après un effort pour dissimuler mes sentiments et rassembler mes idées, je suis prête.

J'ouvre la porte de la salle de bains et je jette un coup d'œil à l'extérieur, tout à la fois soulagée et attristée que Colton ne soit pas assis là à m'attendre. Mais une fois de plus, à quoi pouvais-je m'attendre après la façon dont il vient de se comporter ?

À le trouver assis sur le lit, attendant pour me jurer son amour éternel ?

« On les baise et on les jette » je murmure en passant de la chambre à la pièce principale.

Colton se tient debout dans la kitchenette, les mains appuyées sur le bar, la tête baissée. Je m'arrête un instant pour admirer les contours de son corps athlétique et je regrette tout ce qu'il ne peut pas me donner. Colton boit une longue rasade du liquide ambré qui se trouve dans son verre, qu'il repose violemment en faisant cliqueter les glaçons avant de se retourner. Il sursaute en me voyant habillée, prête à partir.

– Qu'est-ce que tu…

– Écoute Colton…

J'essaie de prendre la situation en main avant d'être humiliée davantage.

– Je suis une grande fille. J'ai compris.

Je hausse les épaules, m'efforçant d'empêcher ma voix de se briser. Il me regarde et je vois les rouages tourner dans sa tête alors qu'il essaie de comprendre pourquoi je semble prête à m'en aller.

– Regardons les choses en face. Tu n'es pas du genre à passer la nuit et moi je ne suis pas du genre à me contenter d'une histoire sans lendemain.

– Rylee…

Il s'avance vers moi, mais je lève la main pour l'arrêter. Il me regarde fixement en secouant légèrement la tête, essayant d'intégrer ce que je viens de dire.

– Arrête, ce n'était probablement rien de plus pour toi… tu as l'habitude.

J'avance de quelques pas, fière de ma fausse bravade.

– Alors je vais m'épargner l'humiliation de t'entendre me demander de partir et je vais sortir la tête basse tout de suite plutôt que demain matin.

Colton ne me quitte pas des yeux, les mâchoires serrées, en proie à une émotion inavouée. Il ferme les yeux une fraction de seconde.

– Rylee, je t'en prie, écoute-moi. Ne t'en va pas. C'est juste que…

Il se passe la main sur la nuque, la confusion et le doute creusant son visage magnifique, visiblement incapable de trouver les mots pour aller au bout de son mensonge.

Mon cœur voudrait le croire quand il me dit de rester, mais ma raison est plus lucide. Ma dignité, c'est tout ce qui me reste étant donné que mon esprit a été littéralement détruit, explosé , abandonné sur le lit.

– Écoute, Colton. Nous savons toi et moi que tu ne le penses pas. Tu ne veux pas que je reste. Tu as réservé une chambre ici ce soir dans l'espoir de baiser. Tu pensais probablement que ce serait avec Raquel. Une chouette petite suite, sans histoires et sans complications – un endroit que tu pourrais quitter au matin sans un regard pour celle qui serait toujours endormie dans le lit. Bon, je suis entrée de mon plein gré.

Je l'admets en me rapprochant de lui, ses yeux toujours rivés sur les miens quand je pose la main sur sa poitrine nue.

– C'était super, Ace, mais cette fille-là (je fais un geste qui me désigne et ensuite je montre la chambre) cette fille, ce n'est pas moi.

Il me regarde avec une telle intensité que je baisse les yeux.

– Tu as raison, ce n'est pas toi.

Il lève son verre et le vide, son regard émeraude toujours posé sur moi, par-dessus le bord de son verre. Quand il a fini, il passe la langue sur ses lèvres en inclinant la tête comme s'il pensait à quelque chose.

– Je prends mes clés et je te ramène chez toi.

– Ce n'est pas la peine.

Je secoue la tête, en dansant d'un pied sur l'autre, tout en me demandant comment sauver la face alors que l'humiliation se répand en moi.

– Je vais prendre un taxi, ce sera mieux comme ça, pour toi comme pour moi.

Cela me demande un effort considérable de me mettre sur la pointe des pieds pour l'embrasser naturellement sur la joue. Quand je croise son regard, je feins l'indifférence.

– Ne t'en fais pas, Colton, tu as franchi la ligne d'arrivée et remporté le drapeau à damier de la victoire. Je prends juste mes précautions pour ne pas risquer le drapeau noir.

Je me dirige vers la sortie, la tête haute malgré le tremblement de ma lèvre inférieure. Je sors et je monte dans l'ascenseur. Quand je me retourne pour appuyer sur le bouton du rez-de-chaussée, Colton se tient dans l'embrasure de la porte du penthouse. La bouche pincée, il me regarde froidement, le visage dur.

Je ne le quitte pas des yeux quand la porte commence à se refermer, une larme roule sur ma joue, le seul signe de ma tristesse et de mon humiliation que mon corps trahisse. Je me retrouve enfin seule. Je me laisse aller contre la paroi, laissant mes émotions m'envahir, mais continuant à lutter pour retenir mes larmes. Il me reste encore à trouver le moyen de rentrer chez moi.

***

La course en taxi est rapide mais douloureuse. Mes sanglots silencieux à l'arrière de la voiture ne font rien pour adoucir la brutale réalité de ce qui vient de se passer. Quand nous nous arrêtons devant la maison, un peu après trois heures du matin, je suis contente de voir qu'Haddie est rentrée mais qu'elle dort, comme ça je n'aurai pas à subir ses questions tout de suite.

Je me glisse dans ma chambre et je règle les haut-parleurs de mon Ipod sur un volume à peine audible, je fais dérouler la liste pour trouver « Unwell » et j'appuie sur le bouton « répétition ».

En entendant les paroles familières de Rob Thomas, je me débarrasse de mes vêtements et j'entre dans la douche. L'odeur de Colton et de sexe flotte sur moi et je me frictionne de manière obsessionnelle pour m'en débarrasser. Mais ça ne sert à rien. Quoi que je fasse, je continue à sentir son odeur, son goût, son toucher. Je laisse l'eau emporter mon torrent de larmes en noyant mes sanglots dans le bruit de la douche.

Quand je suis détrempée et que mes larmes se sont taries, je sors et je vais dans ma chambre. J'enfile un caraco et une culotte avant de m'écrouler dans la chaleur réconfortante de mon lit, et je plonge dans le sommeil.

CHAPITRE 13

À l'odeur d'essence et de terre s'ajoute quelque chose de piquant et métallique qui emplit mes narines et me monte à la tête avant que la douleur ne se fasse sentir. Pendant ce bref moment de répit, avant que mes autres sens ne soient assaillis par la scène de destruction qui m'entoure, je me sens en paix. Je me sens tranquille et entière. Pour une raison que j'ignore, je sais confusément que je repenserai à ce moment en regrettant qu'il se soit enfui. En regrettant de ne pouvoir me rappeler comment c'était *avant*.

C'est la douleur qui vient en premier. Avant même que, dans ma tête, le brouillard se dissipe suffisamment pour que je puisse ouvrir les yeux, la douleur arrive. Il n'y a pas de mots pour décrire cette souffrance, comme si un millier de poignards me pénétraient pour m'ouvrir en morceaux, juste pour se retirer et recommencer tout depuis le début. Encore et encore. Indéfiniment.

Dans ce moment entre inconscience et conscience, je ressens une douleur inconnue. J'ouvre brusquement les yeux et j'essaie frénétiquement d'absorber de l'air. Chaque respiration est douloureuse, brûlante, laborieuse. Mes yeux parcourent la dévastation qui m'entoure, mais mon cerveau n'enregistre pas le verre brisé, le moteur qui fume et le métal fracassé. Mon esprit ne comprend pas pourquoi mon bras, plié bizarrement en maints endroits, refuse de bouger pour détacher ma ceinture. Pourquoi il ne réussit pas à me libérer.

J'ai l'impression que tout tourne au ralenti. Je vois des particules de poussière voltiger silencieusement dans l'air. Je sens les gouttes de sang qui coulent extrêmement lentement le long de mon cou. Je sens que mes jambes deviennent progressivement insensibles. Je sens le désespoir s'insinuer dans mon être, s'emparer de mon âme et planter ses doigts malveillants dans chacune de mes fibres.

Je l'entends. J'entends le gargouillis que fait Max en respirant, et même en état de choc, je suis furieuse de ne pas m'être inquiétée de lui plus tôt. Je tourne la tête sur la gauche et il est assis là. Ses beaux cheveux blonds et bouclés sont teintés de rouge, il a une plaie bizarre ouverte dans la tête. Je voudrais lui demander ce qui s'est passé, mais ma bouche refuse de fonctionner. Elle n'arrive pas à former les mots. La panique et la peur emplissent ses yeux et la douleur marque son visage bronzé aux traits parfaits. Une petite rigole de sang coule de son oreille et je me dis que ce n'est pas bon signe, sans que je sache vraiment pourquoi. Il tousse. Cela fait un drôle de bruit et des petites taches rouges apparaissent sur les débris du pare-brise devant nous. Sa main traverse l'habitacle de la voiture, maniant maladroitement tout ce qui se trouve entre nous comme s'il avait besoin de toucher pour guider son mouvement, jusqu'à ce qu'il trouve ma main. Je ne sens pas ses doigts agripper les miens.

– Ry, dit-il dans un souffle. Ry, regarde-moi.

Je dois faire un immense effort de concentration pour lever la tête et regarder Max dans les yeux. Je sens la chaleur d'une larme qui roule sur ma joue, son goût salé sur mes lèvres, mais je ne me rappelle pas avoir pleuré.

– Ry, je ne me sens pas très bien.

Je le regarde essayer vainement de prendre une inspiration profonde mais mon attention est détournée par ce que je crois être les pleurs d'un bébé. Je tourne la tête pour voir – mais il n'y a rien d'autres que des sapins. Ce mouvement brusque me provoque un étourdissement.

– Rylee ! J'ai besoin que tu te concentres. Que tu me regardes.

Il a le souffle court. Je tourne la tête vers lui. C'est Colton. Qu'est-ce qu'il fait là ? Pourquoi est-il couvert de sang ? Pourquoi est-il dans le siège de Max ? Avec les vêtements de Max ? À la place de Max ?

– Rylee. Je t'en supplie, aide moi. Sauve-moi.

Il respire difficilement, par à-coups, ses doigts se relâchent dans les miens. Sa voix n'est plus qu'un murmure.

– Rylee, il n'y a que toi qui puisses me sauver. Je vais mourir. Il faut que tu me sauves.

Sa tête ballotte lentement sur le côté, ses lèvres s'entrouvrent et le sang au coin de sa bouche s'épaissit, ses beaux yeux vert émeraude deviennent vitreux.

J'entends un hurlement. Fort, perçant et déchirant. Il se prolonge, encore et encore.

– Rylee ! Rylee !

Je me débats contre les mains qui me saisissent. Me secouent. M'éloignent de Colton quand il a tellement besoin de moi.

– Bon sang, Rylee, réveille-toi !

C'est la voix d'Haddie. Comment est-elle descendue dans ce ravin ? Est-elle venue pour nous sauver ?

– Rylee !

On me secoue violemment.

– Rylee, réveille-toi !

Je m'assieds brusquement dans mon lit, les bras d'Haddie autour de mes épaules. J'ai la gorge sèche, douloureuse d'avoir crié et mes cheveux sont collés sur mon cou trempé de sueur. Je cherche ma respiration, mon souffle saccadé se mélange à celui d'Haddie, essoufflée par l'effort qu'elle vient de fournir. Mes mains sont plaquées sur mon buste, comme pour me protéger, et mes bras sont douloureux d'avoir serré si fort.

Haddie passe les mains sur mes joues, son visage est à quelques centimètres du mien.

– Ça va, Ry ? Respire profondément, ma puce. Respire.

Elle me parle sur un ton apaisant, me caresse continuellement, pour me rassurer, pour me faire savoir que je suis ici, maintenant.

Je pousse un soupir hésitant et je me prends la tête dans les mains un moment, avant de me frotter le visage. Haddie s'assied à côté de moi et me passe un bras autour des épaules.

– C'était toujours le même ?

Elle fait allusion au cauchemar récurrent qui m'a poursuivie pendant plus d'un an après l'accident.

– Oui et non…

Je secoue la tête. Elle ne me demande pas plus de détails. Au contraire, elle me laisse du temps pour mettre le cauchemar à distance.

– C'était le même, sauf que quand je me suis retournée après avoir entendu les pleurs du bébé, c'était Colton, pas Max, qui mourait.

Elle sursaute en fronçant les sourcils.

– Il y a un temps fou que tu n'avais pas fait de cauchemar. Tu vas bien, Ry ? Tu veux en parler ?

Elle tend le cou pour entendre la musique qui sort en sourdine des haut-parleurs que j'ai oublié d'éteindre avant de m'endormir. Elle plisse les yeux en reconnaissant la chanson.

– Qu'est-ce qu'il t'a fait ?

Elle s'écarte pour pouvoir s'asseoir en tailleur en face de moi. La colère étincelle dans ses yeux.

– Je suis larguée. C'est seulement qu'il y avait si longtemps. C'est comme si j'avais oublié le visage de Max, et pourtant je le vois si clairement dans mon rêve… et alors je suffoque, je panique à l'idée d'être prisonnière de cette voiture. Peut-être que je suis juste dépassée par toutes ces émotions.

Je tripote ma couverture en évitant son regard inquisiteur.

– Ça faisait si longtemps que je n'avais rien *ressenti* vraiment, que cette soirée m'a peut-être fait basculer… que j'ai été submergée par…

– Par quoi, Rylee ?

– La culpabilité.

Le mot prononcé à mi-voix, je le laisse en suspens entre nous. Haddie me prend la main et la serre doucement pour me rassurer.

– Je me sens si coupable. Blessée, utilisée, tout ça.

– Utilisée ? Qu'est-ce qui s'est passé, putain, Rylee ? Est-ce que je dois aller botter le cul de ce salaud arrogant, là tout de suite ? Parce que je peux changer d'avis à son sujet. Je veux dire, j'étais favorablement impressionnée quand il a téléphoné tout à l'heure pour savoir si tu étais bien rentrée et si…

– Il a fait quoi ?

– Il a appelé, il devait être 3h30… environ. J'ai décroché. Je ne savais même pas que tu étais rentrée. En tout cas, je suis venue vérifier et je lui ai dit que tu dormais. Il a demandé que tu le rappelles. Il a dit qu'il devait s'expliquer… que tu avais mal pris quelque chose.

– Humm.

C'est tout ce que je trouve à répondre en réfléchissant à ce qu'elle vient de me dire. *Il a vraiment appelé ?*

– Qu'est-ce qui s'est passé, Rylee ?

Elle répète la question et je sais que cette fois, elle ne va pas me laisser me dérober aussi facilement.

Je lui raconte ma soirée en détail, depuis le moment où je l'ai quittée jusqu'à ce qu'elle me réveille en train de crier. Je ne passe pas sous silence mes sentiments quand j'ai comparé « l'après » avec Max et avec lui. Et combien je me suis sentie blessée et rejetée.

– Je suppose que je me sens coupable à cause de toute mon histoire avec Max. J'aimais Max. Je l'aimais de tout mon être. Mais le sexe avec lui – faire l'amour avec lui – c'était sans comparaison avec ce que j'ai ressenti avec Colton. Je veux dire, je connais à peine Colton et il a allumé tous mes récepteurs et appuyé sur tous les boutons, aussi bien physiques qu'émotionnels et…

Je suis à court de mots, totalement submergée.

– Je ne sais pas… je suppose que j'ai l'impression que le sexe aurait dû être comme ça avec le mec que j'aimais tellement que j'allais l'épouser, plutôt qu'avec quelqu'un qui n'en a rien à faire de moi. Quelqu'un qui ne voit en moi qu'un nom à ajouter à la liste de ses conquêtes.

– Eh bien, je ne vais pas te reprocher d'avoir des sentiments, Rylee. Si Colton t'a permis de te sentir *vivante* après tout ce temps, je ne vois pas où est le mal.

Elle serre ma main encore une fois. Elle le pense sincèrement, cela se voit dans ses yeux.

– Max ne reviendra pas, Rylee. Tu crois qu'il voudrait que tu n'éprouves plus jamais aucun sentiment pour personne ?

– Non, je le sais bien. C'est vrai. Mais le fait que je sois toujours là quand lui n'y est plus ne supprime pas ma culpabilité.

– Je sais, Ry, je sais.

Nous restons silencieuses un moment.

– Bien sûr, je n'étais pas là, mais peut-être que tu as mal interprété l'attitude de Colton. Je veux dire certaines choses qu'il t'a dites…

– Comment ce serait possible, Had ? Il jurait à voix basse comme s'il venait de faire la plus grande erreur de sa vie. Un moment, il m'embrasse tendrement en me regardant dans les yeux et juste après il pousse un juron et me laisse en plan.

– Il a peut-être eu la trouille.

– Quoi ?

Je la regarde comme si elle était folle.

– Monsieur Je-N'ai-Pas-De-Petites-Amies a peur de quoi ? Il s'imagine que je vais m'attacher à lui après une simple partie de jambes en l'air ?

– Une *fabuleuse* partie de jambes en l'air, tu veux dire !

Elle me fait rire et je rougis en y repensant.

– Écoute, tu ne sais pas cacher tes émotions. Il est clair que *les plans cul*, ce n'est pas ton truc.

– Ah oui ? Je peux peut-être prendre des cours au YMCA ? Je veux dire, je ne sais peut-être pas cacher mes sentiments, mais je ne suis pas amoureuse de lui ou je ne sais quoi.

Je me défends avec véhémence bien que je sache pertinemment que ce que j'ai senti passer entre nous ce soir était plus qu'une simple attirance sexuelle. Les derniers instants que nous avons partagés dans le lit, quand il me tenait contre lui en me regardant droit dans les yeux, m'ont vraiment touchée. M'ont fait espérer. Peut-être qu'il l'a vu et qu'il a préféré tout bousiller avant que cela aille trop loin.

Haddie me fait un sourire entendu.

– Non bien sûr, tu ne l'es pas. Mais ce n'est pas de ça que je parle. Peut-être, je dis bien peut-être, que Monsieur Je-N'ai-Pas-De-Petites-Amies… peut-être que tu l'as touché. Peut-être qu'il a eu la trouille de ce qu'il ressentait quand il était avec toi ?

– Mais bien sûr ! On n'est pas dans une comédie romantique hollywoodienne, Haddie. La fille bien n'arrive pas à faire changer le mauvais garçon qui tombe fou amoureux d'elle.

Je me laisse retomber sur mon oreiller en poussant un profond soupir.

Dans ma tête, je me repasse les paroles de Colton. *Je suis à lui*. Je ne pourrais jamais être *sans importance* pour lui. Il ne se contrôle plus quand il est avec moi. Quand je pense à ça, je me dis qu'Haddie a peut-être raison. Dans un certain sens, je lui fais peut-être peur. C'est peut-être parce que je suis du genre qu'on épouse, comme on me l'a déjà dit, et que ce n'est pas ce qu'il recherche, tout simplement.

– Tu as raison. Mais ça ne veut pas dire que tu n'as pas le droit de décompresser en t'envoyant en l'air avec lui.

Elle se laisse tomber sur l'oreiller à côté de moi, et nous éclatons de rire.

– Cela peut avoir des avantages. Rien de tel qu'un bon bad boy pour te faire lâcher prise. Tu te souviens de Dylan ?

– Je ne risque pas de l'oublier.

Je me rappelle le coup de cœur qu'elle a eu l'été dernier pour le grossier mais superbe Dylan après avoir mis un terme à une relation d'un an et demi.

– Un coup d'enfer !

– C'est tout à fait ça !

– Colton est peut-être ton Dylan. Celui qui te permettra de te remettre de ce qui est arrivé avec Max.

– Peut-être… oh Seigneur… qu'est-ce que je vais faire maintenant ?

– Eh bien, vu qu'il est… (elle lève la tête pour regarder mon réveil)… cinq heures du matin, le mieux serait de te rendormir. Laisse passer un jour et rappelle-le. Tu verras bien ce qu'il a à dire, et à partir de là tu prendras ta décision. Rappelle-toi notre devise. Écoute la séductrice qui est en toi – fais des folies avec lui en essayant de ne pas penser au lendemain. Avec lui, contente-toi de penser au seul moment présent.

– Ouais, peut-être.

Nous nous taisons pendant quelques instants. Est-ce que je ne suis qu'une pauvre hystérique qui interprète les choses ? Je ne crois pas, mais au fond de moi, j'essaie de trouver une justification à ses actes. Je sais que je recommencerais si j'en avais l'occasion, et pour ma santé mentale, j'ai besoin de tout rationaliser pour que le monde tourne sur son axe. Les sentiments et les sensations qu'il a éveillés en moi étaient beaucoup trop intenses. Beaucoup trop *tout.* C'était peut-être tout simplement parce que j'avais dessoûlé, tout me semblait décalé. C'est ce qui a fait qu'il m'a semblé comme détaché. Je m'engueule moi-même. Je sais que ce n'est pas le cas, mais j'essaie désespérément de m'adresser à la séductrice qui est en moi.

Je suis loin de jouer dans ma cour, là. J'espère seulement que je vais trouver comment jouer à ce jeu sans me brûler à la fin.

– Tu veux que je reste avec toi cette nuit ?

Haddie dormait dans mon lit quand j'avais des nuits vraiment difficiles, pour m'aider à ne pas faire de cauchemars.

– Non, je pense que ça va aller. Mais merci… pour tout.

Elle se penche vers moi et m'embrasse sur le front avant de se diriger vers la porte.

– Les amis, c'est fait pour ça. Dors bien, Ry.

– Bonne nuit, Had.

Quand elle referme la porte, je pousse un profond soupir. Les yeux collés au plafond, je laisse les pensées tournoyer dans ma tête jusqu'à ce que le sommeil ait raison de moi.

CHAPITRE 14

Je suis tellement épuisée que je réussis à dormir au-delà de six heures et demie, l'heure à laquelle je me réveille habituellement. Il est neuf heures quand je descends en tenue de jogging.

Haddie est assise à la petite table dans la cuisine, ses pieds nus aux ongles vernis de rose vif posés sur la chaise en face d'elle.

– Bonjour.

– Salut. Je vais courir.

Je fixe mon MP3 sur mon bras.

– J'avais compris. Tu fais la gueule parce que ça t'amuse… ou parce que tu te forces à aller courir après avoir trop bu hier et t'être envoyée grave en l'air avec un Adonis ? Je suis étonnée que tu arrives même à marcher, aujourd'hui.

– Tu ne serais pas un peu jalouse ?

Elle rit.

– Et comment ! J'ai plus de toiles d'araignée que toi maintenant.

Je ris aussi, ma mauvaise humeur commence à disparaître.

– Non, sérieusement… ça va ?

Je soupire.

– Ouais. Je vais suivre ton conseil. Essayer de vivre le moment présent… et tout ça.

Je hausse les épaules. Elle hoche la tête.

– Ce n'est pas la peine d'essayer d'avoir l'air si convaincue !

Elle se lève, sachant que je dois réfléchir toute seule à mon problème.

– Je suis là si tu as besoin de moi. Cours bien.

– Merci.

***

L'air frais, le bitume sous mes pieds, la musique à fond dans mes oreilles et le travail de mes muscles, tout me paraît douloureusement cathartique quand j'entame mon huitième et dernier kilomètre. J'avais besoin de ça. Besoin de sortir, de m'éclaircir les idées et de prendre le temps de penser. Mes muscles, courbatus après la danse et le super sexe d'hier soir, se sont assouplis et fonctionnent en pilotage automatique. Même si je me dis que je devrais faire un kilomètre de plus, mon corps me fait savoir que j'ai été stupide de sauter le petit déjeuner et que je ne vais pas pouvoir continuer comme ça très longtemps. Pitbull à fond dans les oreilles, le tempo régulier de la chanson règle mon pas et me ramène à mes pensées de la veille.

Oh, Colton ! J'en suis encore à essayer de comprendre ce qui s'est passé. Il m'offre l'opportunité que je cherchais. D'être insouciante. De vivre le moment présent. D'être *vivante*, et pas simplement *en vie*. Je décide que je peux coucher avec Colton en éprouvant des émotions. Ces émotions peuvent bien être simplement attisées par l'excitation, l'anticipation et le plaisir immédiat plutôt que par l'amour, la dévotion et l'espoir « d'aller plus loin. » Il suffit que je continue à être la femme spirituelle et impertinente que je suis depuis le début, sinon, dès qu'il pensera que je veux aller plus loin, il tournera les talons. Et c'en sera fini de lui, de moi, de nous.

Je réfléchis à ça pendant les derniers cinq cents mètres, en repensant à ce qu'il m'a fait ressentir physiquement hier soir. Je suppose qu'il faut savoir apprécier les mérites d'avoir de multiples expériences, parce que je peux attester que cet homme est un véritable expert en matière de sexualité. Je rougis, mais cela renforce ma décision d'être avec Colton sans tomber amoureuse de lui. *J'espère.* J'espère que je vais apprécier chaque seconde avec lui, parce que je sais qu'il n'est pas *du genre à rester*.

« Closer » par Tegan et Sara m'emplit les oreilles quand je tourne dans ma rue, et je manque m'étaler en voyant une Range Rover blanche garée dans mon allée. Le choc de le voir là me fait instantanément perdre le rythme. Colton est appuyé sur le pare-chocs avant de la voiture, sa silhouette sombre se détache sur le blanc de la carrosserie. Le torse moulé dans un t-shirt bleu marine qui laisse deviner ses muscles puissants au-dessous. Des muscles que je sens encore sous le bout de mes doigts. Un bermuda imprimé porté bas sur les hanches et ses longues jambes minces croisées négligemment sur les chevilles. Et des tongs. Cette tenue décontractée lui va très bien. Elle allège l'intensité qui émane de lui naturellement. La tête penchée, il est absorbé par le téléphone qu'il tient dans les mains. Ses cheveux rebelles sont maintenus en épis par du gel en un désordre parfaitement étudié. La poussée de désir qui secoue mon corps est si forte, si irrésistible, que je dois presque porter la main à ma poitrine pour le repousser. Je m'oblige à respirer et à me remettre en mouvement.

Pour rentrer chez moi. Pour aller vers Colton.

Merde. *J'ai un problème, grave.* Je l'admire de loin, il est si incroyablement attirant que je me rends compte que tout ce que j'ai échafaudé en courant – toutes les hypothèses, toutes les rationalisations, toutes les justifications selon lesquelles c'est bien de coucher avec lui – plus rien de tout cela n'a d'importance. En le voyant là, tout de suite, je sais que je ferai n'importe quoi, quelles qu'en soient les conséquences, pour être avec lui encore une fois. Pour éprouver de nouveau ce qu'il m'a fait ressentir hier soir.

Comme s'il l'avait senti, Colton relève la tête et me regarde droit dans les yeux. Un lent sourire satisfait éclaire son visage alors que je cours mes derniers mètres et que je tourne dans l'allée. Je retire lentement mes écouteurs en rigolant intérieurement parce que « Your Body » par Christina Aguilera joue à fond. Je sens ses yeux se balader sur mon corps, notant au passage mon legging moulant, mon débardeur assorti et le V de transpiration sur le devant de mon buste.

– Salut !

Je suis hors d'haleine après l'effort.

– Bonjour, Rylee.

Sa voix rauque prononçant mon nom est un aphrodisiaque qui fait courir des frissons dans mon dos et provoque des fourmillements dans mon ventre.

– Qu'est-ce que tu fais là ?

Je le regarde avec perplexité, dissimulant la joie que je ressens intérieurement et la stupéfaction de le voir là, devant moi.

Il s'écarte de la voiture quand je passe devant lui. Il émane de lui une assurance que beaucoup de gens seraient prêts à tuer pour éprouver.

– Eh bien… D'après toi, j'ai remporté le drapeau à damier hier soir, Rylee…

Il m'adresse un sourire provocateur.

– … mais on dirait que j'ai négligé de venir chercher mon trophée.

– *Ton trophée ?*

Les yeux pétillants d'humour, toujours rivés sur les miens, il me prend la main et m'attire de force contre sa poitrine.

– Oui. Toi.

Oh, putain ! Les pensées les plus chaotiques se bousculent dans ma tête. Comment je réagis à ça ? À lui ? Quand je n'arrive pas à penser à autre chose qu'au contact de son corps chaud et ferme contre le mien et au fait qu'il soit *encore* là pour moi, alors que je me suis enfuie hier soir ? Je me force à respirer, sa présence me rend totalement incapable d'effectuer normalement les fonctions les plus basiques. J'essaie de me reprendre rapidement en me disant que je dois diriger notre échange à ma façon – revenir à mon naturel sarcastique – afin de m'assurer que je peux garder mes esprits.

J'entends la voix d'Haddie dans ma tête me disant de laisser libre cours à la séductrice en moi. D'y aller franco.

Je prends une grande inspiration avant de lever les yeux pour relever le défi que je devine dans les siens. Son odeur de mâle – le savon mélangé à son eau de toilette – me brouille l'esprit.

– Eh bien, Ace, je crois que tu as posé les yeux sur le mauvais lot.

Je retire ma main de la sienne et la pose sur sa poitrine en le repoussant pour le taquiner, pour mettre de la distance entre son corps et le mien. J'ai besoin de cet espace pour garder les idées claires.

– Si tout ce que tu cherches, c'est un trophée, alors tu as le choix parmi toute la bande de beautés qui t'entourent. Je suis sûre qu'une d'entre elles serait tout à fait d'accord pour être un *trophée* à ton bras.

Je vais vers la porte en le contournant. Je me retourne pour lui faire face avec un petit sourire. Et je hausse les épaules en reculant d'un pas.

– Tu pourrais commencer par appeler… Raquel, c'est ça ? Je suis sûre qu'elle te pardonnera pour hier soir. Je veux dire, tu as été, disons…

Puis je lui tourne le dos et me dirige vers la porte, en faisant semblant de chercher le mot juste avant de hausser les épaules.

– … *pas mal.* Pour elle c'est probablement le top, *pas mal.*

Je regrette de ne pas voir sa tête parce que le petit hoquet que j'entends me dit que j'ai fait mouche. Je n'ai pas longtemps à attendre pour le savoir parce qu'en un rien de temps, Colton m'attrape par le bras et me fait pivoter pour me serrer contre lui.

– *Pas mal,* hein ?

Ses yeux vrillent les miens. J'y vois de la colère, de l'humour, du défi, mélangés à du désir. Son souffle me passe sur le visage, ses lèvres sont à quelques centimètres des miennes – si près que je serre les poings pour résister à la tentation de l'embrasser.

Je dois faire un effort terrible pour garder mon masque de nonchalance. Pour lui cacher à quel point il m'excite, embrase tout mon être et ébranle mon self-control simplement par le son de sa voix, le contact de sa main et la suggestion de sa nature dominatrice.

Je me mords la lèvre inférieure avec ostentation et le regarde pensivement.

– Bon, disons… un poil au-dessus de la moyenne.

Je le regarde avec un sourire ironique en lui assénant ce mensonge.

– Il va peut-être falloir que je te fasse une nouvelle démonstration. Je peux t'assurer que *pas mal* constitue une grave erreur d'appréciation.

Il respire bruyamment et je le repousse avant de remonter l'allée en roulant des hanches avec provocation.

– Je dois faire mes étirements. Tu viens ?

Mon ton innocent est démenti par un sourire victorieux qu'il ne peut pas voir.

– Si tu continues à tortiller du cul comme ça, sans hésitation.

Il me suit dans la maison en marmonnant dans sa barbe.

Je le précède dans le salon en espérant qu'Haddie n'y est pas et je lui désigne le canapé avant de m'asseoir par terre en face de lui pour m'étirer. J'écarte les jambes au maximum et je baisse le buste vers le sol, les bras tendus devant moi. Quand ma poitrine, comprimée jusque-là dans mon soutien-gorge de sport, s'appuie sur le sol, mon décolleté remonte et sort du haut de mon débardeur. Le regard de Colton se balade sur mon corps, il s'arrête sur ma poitrine et évalue ma souplesse. Sa respiration est sifflante de désir et je le vois déglutir avec difficulté.

– Alors Colton…

Je m'étire en allongeant le buste sur une jambe, en tournant la tête pour le regarder. Je réprime un sourire en voyant le désir qui voile son regard.

– Qu'est-ce que je peux faire pour toi ?

– Putain, Rylee !

Il se passe une main dans les cheveux, ses yeux s'attardent sur mon décolleté avant de remonter pour croiser les miens. Instinctivement il se passe la langue sur les lèvres.

– Quoi ?

Je lui lance un regard innocent comme si je n'avais pas la moindre idée de ce qui le perturbe. Je n'ai jamais joué les femmes fatales – je n'en ai jamais eu le courage –, mais quelque chose chez lui m'incite à la témérité et à me lancer franco. C'est très grisant de le voir réagir ainsi.

– Il faut qu'on parle d'hier soir.

Il plisse les yeux tandis que je change de position. Étendue sur le dos, je lève la jambe droite et je la presse sur ma poitrine, mon tibia à quelques centimètres de mon nez. Je lève la tête et le regarde entre mes jambes pour l'encourager à poursuivre. Il s'éclaircit la gorge bruyamment et prend une minute pour retrouver le fil de sa pensée.

– Pourquoi tu es partie, tu t'es enfuie ? *Une fois de plus.*

Je change de jambe, en prenant tout mon temps pour lever l'autre jambe, l'étirer par-dessus ma tête en poussant un grognement parce que c'est tellement bon d' étirer mes muscles noués.

– Colton…

– Est-ce que tu pourrais arrêter, s'il te plaît ?

Il s'agite nerveusement sur le canapé en ajustant le renflement qui apparaît et appuie sur la couture de son short.

– Bon Dieu !

Je roule sur moi-même et me retrouve à quatre pattes, le derrière juste à la hauteur de ses yeux.

– Avec ton collant de yoga, à te plier en deux pour faire tes assouplissements, tu m'empêches de me concentrer.

Je lui jette un regard innocent par-dessus mon épaule en battant des cils :

– Hummm ?

Je feins de ne pas l'avoir entendu.

Colton pousse un soupir exaspéré.

– Si tu continues comme ça, je vais oublier mes excuses et te prendre là sur le sol. Sans ménagements, je te préviens.

– Oh !

C'est tout ce que je trouve à dire. Cette promesse déguisée en menace se répand comme une onde de choc à travers mon corps plus que désireux de sentir à nouveau ses caresses expertes. Mes lèvres s'écartent pour rappeler à mes poumons de respirer. Le bout de mes seins se durcit rien qu'en y pensant.

Je me rassieds, les jambes croisées, et je rajuste mon débardeur pour essayer de dissimuler mon excitation.

– En réalité, c'est moi qui devrais te présenter mes excuses, Colton.

Il ne relève pas, mais ses yeux, toujours rivés sur les miens, expriment des sentiments contradictoires.

– Pourquoi es-tu partie, Rylee ?

Au ton autoritaire de sa voix, mon assurance faiblit et je déglutis rapidement. Je hausse les épaules.

– Pour différentes raisons, Colton. Je te l'ai dit, je ne suis pas *ce* genre de fille. Les plans cul, ce n'est pas mon truc.

– Qui a dit que c'était un plan cul ?

Un éclair d'espoir jaillit en moi, mais je m'empresse de l'éteindre. Ce n'était pas un plan cul ? C'était quoi alors ? Et ça, c'est quoi ? J'essaie de comprendre ce qu'il cherche. Ce qui se passe entre nous, selon lui. Je regarde ses yeux pour tenter d'y trouver une réponse, mais son expression ne révèle rien.

– Quoi ?

La perplexité se lit sur mon visage.

– Je ne te suis pas. Je pensais que l'engagement, ce n'était pas *ton* truc.

– En effet.

Il hausse les épaules.

– Je ne te crois pas.

Il croise les bras sur sa poitrine, ses biceps étirant les manches de son t-shirt, et s'enfonce dans le canapé. Il lève les sourcils et me regarde en attendant ma réponse.

– Quoi ?

Je ne le suis plus du tout.

– La soi-disant raison pour laquelle tu t'es sauvée hier soir. Je n'y crois pas. Pourquoi es-tu partie, Rylee ?

Je suppose qu'il est inutile de revenir sur le fait qu'il ne veut pas de petite amie. *Mais alors, que penser de son commentaire sur le fait que ce n'était pas un plan cul ?* Quant à sa question, comment lui expliquer ce que j'ai ressenti hier soir quand il s'est levé du lit ? Que je me suis sentie utilisée et honteuse. Comment lui dire qu'il m'a fait souffrir sans lui laisser entendre que j'ai des sentiments pour lui ? Les sentiments, c'est synonyme d'embrouilles, et il m'a fait comprendre qu'il ne voulait pas de ça dans sa vie.

– J'ai juste…

Je pousse un profond soupir, je détache mes cheveux que je laisse retomber dans mon dos en essayant de trouver les mots justes. Je le regarde droit dans les yeux, la sincérité est probablement la voie la plus simple.

– Tu m'as clairement fait comprendre que tu en avais assez de moi. De nous…

Je sens le rouge me monter aux joues. Je suis gênée à l'idée d'apparaître comme une nana frustrée et pleurnicharde.

– Tu as poussé un juron implacable pour bien montrer que ma présence n'était plus souhaitée.

Il me regarde d'un air méfiant et cligne des yeux plusieurs fois en réfléchissant à ce que je viens de dire. Je m'efforce de ne pas laisser paraître ce que je ressens et, pourtant, toute une palette d'émotions traversent son visage tandis qu'il lutte pour ne pas perdre pied.

– Bon Dieu, Rylee !

Il ferme les yeux, en ouvrant et fermant la bouche comme s'il voulait ajouter quelque chose. Finalement, il rouvre les yeux pour me regarder.

– Tu n'as pas idée… tu m'as fait…

Il s'arrête au milieu de sa phrase et se lève brusquement pour aller jusqu'à la fenêtre. Je pâlis en l'entendant jurer à mi-voix.

– Je veux seulement te protéger contre…

Il s'interrompt de nouveau et soupire. Il se passe la main sur la nuque et se masse en roulant la tête. Il reste là un moment à regarder par la fenêtre, et nous laissons le silence s'installer.

Je lui ai fait quoi ? Me protéger contre quoi ? *Finis tes phrases.*

Je l'implore silencieusement en observant son corps tendu dans le halo de lumière de cette fin de matinée. Tout ce que je demande, c'est un minimum de franchise de sa part. Un signe que ce qui s'est passé était plus qu'une coucherie d'un soir. Je donnerais n'importe quoi pour voir son visage en ce moment précis. Pour pouvoir déchiffrer les sentiments qu'il me cache.

Quand il se retourne, toute trace d'émotion a disparu de son visage.

– Je t'ai demandé de rester.

Comme si ça pouvait justifier ses actes !

– C'est tout ce que je peux t'offrir pour l'instant, Rylee. Tout ce dont je suis capable.

Sa voix enrouée est chargée de ce qui me semble être du regret. J'ai l'impression qu'il essaie de m'en dire davantage, mais je ne sais pas quoi. Ses paroles restent en suspens un moment, ses mâchoires serrées, son regard intense.

Je respire bruyamment, gênée par le silence, en essayant de ne pas surinterpréter ce qu'il vient de dire.

– Arrête Colton, tu sais aussi bien que moi que tu ne le pensais pas.

Je me relève et j'attache mes cheveux en un chignon rapide.

Il fait deux pas vers moi en tordant les lèvres comme si cela suffisait à lui éviter d'en dire plus. Nous nous tenons à quelques mètres l'un de l'autre, en nous regardant fixement, chacun attendant que l'autre fasse le premier pas. Je hausse les épaules avant de baisser les yeux en faisant tourner ma bague autour de mon doigt. Je le regarde de nouveau, espérant que mon explication empêchera les questions qu'il se pose sur la façon de gérer mes attentes quant à un avenir possible. Les valises sont synonymes d'histoires pour lui et il m'a déjà avoué qu'il avait horreur des histoires.

– Disons seulement que je suis partie hier soir pour des raisons que tu n'as pas envie de connaître.

Il ne me quitte pas des yeux, attendant la suite. Je soupire lourdement.

– Je trimbale un tas de valises, Ace.

J'attends le soupir – l'expression impassible qui va recouvrir son visage, celle de l'homme qui prend ses distances face aux complications –, mais ni l'un ni l'autre ne se produit. Au lieu de cela, sa bouche s'élargit en un sourire insolent et un éclat d'humour brille dans ses yeux verts, venant adoucir son attitude sévère.

– Oh Rylee, je sais ce que c'est que de trimbaler des valises, chérie. J'en ai assez pour remplir au moins un 747.

Malgré son sourire de façade, je vois une ombre passer rapidement dans ses yeux, révélant quelque pensée déplaisante qui colle à ses souvenirs.

Bon sang. Qu'est-ce que je peux répondre à ça ? Comment réagir quand il vient de faire allusion à un passé sombre et sordide ? Qu'est-ce qui lui est arrivé, putain ? Je le regarde fixement, les yeux écarquillés, en me mordillant la lèvre inférieure. Est-ce pour cela qu'il ne veut pas de petite amie ? Pour le coup, c'est ce qui s'appelle passer sans transition du badinage léger à une conversation sérieuse. Il semblerait que ce soit une habitude chez nous, je me demande pourquoi.

Parce que cela compte pour nous. Parce qu'il compte pour moi. Cette idée me passe par la tête et je la repousse, de peur d'y croire.

Il fait un pas de plus vers moi et je baisse les yeux vers le pouls qui bat visiblement à la base de sa mâchoire. Mes mains ont envie de le toucher. De le consoler. De sentir la chaleur de sa peau sous mes paumes. Je soupire doucement en le regardant, un sourire suggestif relève les coins de sa bouche.

– Ça pourrait être intéressant.

Il tend la main pour jouer avec une boucle folle sur le côté de mon visage. Ses doigts remontent jusqu'à mon chignon de fortune pour le dénouer, libérant ainsi ma chevelure qui retombe dans mon dos en une cascade de boucles. Il passe la main dedans et l'arrête sur ma nuque dans mes cheveux humides de sueur. Je me contracte en y pensant, mais cela ne semble pas le déranger puisqu'il les prend dans son poing en serrant pour que je ne puisse pas détourner la tête.

– Comment ça ?

La façon possessive dont il me tient provoque en moi une décharge électrique qui me secoue et m'excite. Il m'hypnotise – ses yeux, les traits de son visage, sa bouche sensuelle, le muscle qui tressaute sur sa mâchoire quand il est confronté à un conflit.

– Eh bien, on dirait que tes valises te donnent tellement peur d'éprouver des sentiments que tu t'éloignes tout le temps. Que tu me fuis.

Sa voix est rauque tandis qu'il caresse paresseusement, du bout des doigts, mon épaule nue. Je lutte vainement pour empêcher mon corps de se soumettre de lui-même à ce contact addictif. Il penche la tête sur le côté, attentif à ma réaction.

– Alors que les miennes… mes valises à moi… elles me poussent à désirer follement la surcharge sensorielle de contact physique – le plaisir stimulant de la peau sur la peau. De te sentir sous moi.

Et c'est bien le problème – quand il s'agit de moi, il parle de sentiments et d'émotions et quand il s'agit de lui, il parle de contact physique. J'essaie de débrancher mon cerveau, de me dire que le contact physique, c'est aussi ce que je veux, moi. La seule chose que je puisse attendre de lui. Admettre que c'est la seule part de lui-même qu'il acceptera de partager avec moi.

C'est facile de m'en souvenir quand Colton se penche vers moi et passe les lèvres tendrement sur les miennes. À ce contact, toutes mes pensées conflictuelles s'envolent. Pour un baiser doux comme un soupir dans lequel nous nous abîmons. Sa langue se glisse entre mes lèvres que j'entrouvre pour lui, caresse doucement la mienne en se mélangeant à elle. De lentes caresses paresseuses de la langue et du bout des doigts qu'il balade sur mes épaules nues et le long de mon cou. Je pourrais l'embrasser comme ça éternellement, dans un état second de désir. Son odeur brute m'enveloppe, ce goût enivrant me consume et son contact électrique m'embrase. Il grogne en m'embrassant, et ce grognement me pénètre et vibre en moi.

Une sensation chaude et apaisante s'infiltre dans ma poitrine et se répand dans tout le reste de mon corps. Je débranche mon cerveau et je m'autorise à simplement ressentir. À jouir des sensations qu'il provoque en moi. Il est mon feu en une nuit froide, le soleil qui réchauffe ma peau en un frais matin de printemps, le vent qui caresse mon visage en un jour d'automne – il est tout ce qui me fait me sentir vivante, entière et belle.

Et désirée.

Je glisse les mains sous son t-shirt et je les déploie largement sur ses reins. Sa peau tendue se réchauffe à mon contact. J'ai besoin de cette connexion avec lui autant que de la lumière du jour. Quand nous nous touchons comme ça, quand je le sens comme ça, mes doutes s'envolent. Je peux le faire. Je peux être celle dont il a besoin pour aussi longtemps qu'il le permettra. Parce que la possibilité d'être avec lui, de rester sous son charme, implique que je mette mes propres besoins de côté et les enfouisse profondément afin d'être celle qu'il veut.

Colton prend mon visage entre ses mains, notre baiser s'adoucit, marque une pause, avec un frôlement de lèvres si doux qu'il me fait courir des frissons dans le dos. Je pousse un petit soupir tandis qu'il me prend dans ses bras, m'attirant de ses muscles puissants dans le confort de sa chaleur. Je pose la tête sur sa poitrine pour respirer son odeur de propre et de savon frais. J'entends les battements de son cœur, réguliers contre mon oreille. Je ferme les yeux, je voudrais que ce moment dure éternellement.

Il pose le menton sur ma tête. Je l'entends prendre une inspiration hésitante avant de parler.

– Tu ne peux pas imaginer à quel point j'ai envie de toi, Rylee.

Il resserre son étreinte.

– À quel point tu m'attires.

Je recule lentement, avec un petit sourire, en entendant cet aveu. Il n'est pas impossible que je lui fasse vraiment de l'effet. Je préfère ne pas m'attarder sur cette idée, je ne tiens pas à compliquer, à trop analyser, à trop réfléchir et à gâcher la simplicité et la douceur de ce moment entre nous.

– Rylee ?

– Humm ?

– Sors avec moi – un vrai rendez-vous.

Je sens son corps se crisper contre moi, comme si cela lui faisait mal de me le demander. D'admettre qu'il en a envie.

– Sors avec moi, non pas parce que j'ai payé pour un rendez-vous mais parce que tu en as envie.

Un sentiment d'exaltation me transporte à l'idée de le revoir, ou de passer encore du temps avec lui.

– Dis oui, Ryles.

Un désespoir silencieux perce dans sa voix et il pose un baiser sur le sommet de mon crâne.

– Tu n’imagines pas à quel point je veux que tu dises oui.

Je me penche en arrière, étonnée par la soudaine vulnérabilité de sa voix, qui se sent aussi dans son corps. Qu’est-ce qui lui fait craindre que je dise non quand n’importe qui dirait oui ? Je lève les yeux vers lui pour essayer de déchiffrer les émotions dans son regard. J’y vois de la passion et de l’humour, du désir et du défi, une promesse et de la peur. Pourquoi cet homme magnifique et tourmenté voudrait-il passer du temps avec une personne aussi banale que moi ? Je n’ai pas la réponse, mais à ce moment, en le regardant, je sais que je vois beaucoup plus de choses dans ses yeux qu’il ne le voudrait, à mon avis. Et ce que je vois m’effraie tellement que je préfère l’oublier pour l’instant, j’y repenserai plus tard, quand je serai seule. À ce moment-là, je pourrai me rejouer la scène pour l’analyser.

Je pourrai *espérer*, à ce moment-là.

Je passe la main sur sa barbe naissante. J’aime cette rugosité sous mes doigts. Cette sensation me dit que ce moment est bien réel. Qu’il est vraiment là avec moi. Je me hisse sur la pointe des pieds et je pose un baiser chaste sur ses lèvres bien dessinées.

– Oui.

En lui donnant cette réponse, et indépendamment de tout le fatras psychologique derrière lequel je me barricade, je sais que Colton Donavan vient de créer la première fissure dans le mur de protection qui entoure mon cœur.

Il hoche la tête légèrement avec un sourire timide, sans dire un mot. Il m'attire contre lui une fois de plus.

– Ce soir ?

Je me fige en passant mentalement en revue mon agenda. Je sais que je n'ai aucun projet mais je ne veux pas avoir l'air trop empressée.

– Je viendrai te chercher à six heures.

Il décide pour moi sans me laisser le temps de répondre. Il me lâche et me regarde droit dans les yeux pour s'assurer que j'ai entendu. Toute trace de vulnérabilité a disparu, subitement remplacée par son assurance habituelle.

J'acquiesce d'un hochement de tête en me mordant la lèvre inférieure, soudain intimidée. Il prend mon menton dans sa main en passant le gras de son pouce sur ma lèvre.

– À tout à l'heure, chérie.

– À toute.

Il me manque déjà. Il se dirige vers la porte, l'ouvre et se retourne vers moi.

– Au fait, Ryles ?

– Mmm-mmm.

– Pas question de te sauver, cette fois.

Il me fait un petit sourire avant de refermer la porte derrière lui. Une fois qu'il est parti, je peux respirer de nouveau. Sa présence est si intense, si dominatrice, qu'elle occupe tout l'espace. En infiltrant tous mes sens. Une fois qu'il n'est plus là, je peux analyser ce qui vient de se produire. Et respirer, enfin.

Debout face à la porte, je ferme les yeux, le temps de digérer les derniers événements. Rien n'est réglé. Aucune de mes questions n'a obtenu de réponse. Pourquoi il refuse d'avoir une petite amie. Qu'y a-t-il entre nous si ce n'est pas un plan cul ? Qu'allait-il dire quand il a dit que *je le faisais*… sans jamais finir sa phrase ? Contre quoi essaie-t-il de me protéger ? Quelle sorte de valises remplissent son 747 ?

Je pousse un profond soupir. Tant de choses sont restées sans réponse et, pourtant, j'ai l'impression que tant de choses ont été exprimées sans avoir été dites. Je m'assieds sur le divan, la tête pleine de tout ce qui s'est passé cette semaine.

– Il est parti ?

La voix étouffée d'Haddie me parvient depuis l'autre côté du mur.

– Oui, espèce de curieuse. Sors de là et viens payer ta place !

Je rigole. Elle accourt en criant et se laisse tomber sur le divan à côté de moi.

– Nom de Dieu ! Super rencard sexy ce soir !

Elle agite les bras au-dessus de sa tête.

– Hou, j'ai besoin d'une douche froide après ça.

– Tu regardais ?

Je rougis, gênée à l'idée d'avoir eu un public.

– Non, non, ce n'est pas ce que tu crois. J'étais dans la cuisine quand vous êtes arrivés, tous les deux. Je ne pouvais pas sortir sans me montrer et, pour rien au monde, je n'aurais voulu interrompre ton petit show sur le tapis. (Elle fait allusion à ma séance d'étirements.) Je vous ai entendus, c'est tout.

Je rougis en pensant qu'elle a entendu notre conversation, en même temps cela m'arrange qu'elle ait écouté. Comme ça, je vais pouvoir avoir une opinion neutre sur notre échange.

– *Ace ?* Il sait à quoi cela fait référence?

– Non !

Je souris.

– *Putain, Ry*… Ce mec en pince vraiment pour toi.

J'hésite, interloquée. Je mordille la cuticule sur le côté d'un de mes ongles en m'efforçant de ne pas conclure trop vite.

– Non, ce n'est rien que de l'attirance sexuelle, pure et simple.

– Ce n'est pas mon impression. *Amoureux*, c'est le mot qui me vient à l'esprit.

– Qu'est-ce que tu racontes ?

– Oh, arrête Rylee ! Sans ménagement ?

Je hausse les épaules.

– Il ne s'agit que de sexe. Pas d'engagement.

– On ne peut imaginer à quel point il a envie de toi ?

– Encore le sexe.

– Inimaginable à quel point il voulait que tu dises oui pour ce soir ?

– Parce qu'il pense que cela va déboucher sur du sexe.

Je souris.

– Et quand il a dit que ce n'était pas un plan cul ?

Ses yeux rigolent. Sa bouche en forme de cœur se fend en un sourire parce qu'elle pense qu'elle a eu le dernier mot cette fois.

– De la sémantique. Peut-être qu'il veut d'un plan cul qui dure ? Il a dit que ce n'était pas un plan cul *d'un soir*, rien d'autre.

– Tu es incorrigible.

Elle rigole en me pressant le genou doucement.

– Mais au moins, ça fera un certain laps de temps de sexe génial, Rylee !

Elle est au comble de l'excitation pour moi.

– Tu sors avec lui ce soir ! Pour un vrai rencard !

– Je sais.

En soupirant, je secoue la tête à l'idée de passer un peu plus de temps avec Colton.

– Alors, on aura peut-être un sujet de conversation ce soir, avant de se coucher.

Je plaisante, mais mon côté rationnel sait à quoi s'en tenir.

Haddie éclate de rire.

– Oh Rylee, mon amie raisonnable… je n'ai pas fini de m'amuser à te voir faire ton expérience.

Je hoche la tête, débordant d'amitié pour elle et de perplexité en ce qui concerne Colton. Je soupire profondément, la tête appuyée sur le dossier du canapé confortable, et je la regarde.

– Est-ce que tu trouves que j'ai bien géré cette situation, Haddie ? Je fais tout ce que je peux pour correspondre à ce qu'il attend…

– Tu es ce qu'il recherche, Rylee, sinon il ne t'aurait pas pistée jusqu'à la maison.

Elle est exaspérée de devoir m'expliquer ça. Une fois de plus.

– Arrête Ry, ce que tu as fait était génial ! Tu le plaques après avoir fait l'amour hier soir et, dès ce matin, il se pointe à notre porte. Je veux dire…

Elle secoue la tête en souriant d'un air entendu.

– Ce n'est pas que pour le sexe, Ry. Ce mec en pince pour toi, je te dis.

Je sens les mots s'installer, mais j'ai peur d'y croire. Peur d'espérer qu'il y ait une chance que ça marche avec Colton. Ma raison essaie de repousser tout espoir de mon cœur, mais échoue misérablement. La romantique impénitente en moi s'autorise un moment de rêverie. Pour espérer. Je ferme les yeux en me laissant bercer par la lueur d'une possibilité.

– Et merde !

Je me passe les mains sur le visage tandis que la panique s'immisce dans mes pensées.

– Quoi ?

Haddie ouvre les yeux et les plisse en me regardant.

– Et si je n'y arrive pas ?

– De quoi parles-tu ? Si c'est de sexe, il est un peu tard, poulette.

– *Très drôle*. Je voulais dire : et si je n'arrive pas à mettre mes sentiments de côté. *Et si je tombe amoureuse de lui, Had ?*

En me redressant, je me passe les doigts dans les cheveux. Je revois Colton le faire un peu plus tôt.

– Je veux dire, il est arrogant et imbu de sa personne et il m'a même mise en garde contre lui mais, d'autre part, il me dit que je l'attire, et il est téméraire et passionné, et gravement sexy et… un tas d'autres trucs.

Je me frotte les yeux en restant assise comme ça une minute, Haddie me laisse le temps de digérer tout ça.

– Je suis bien consciente que ça peut se produire. Alors qu'est-ce qui se passera ensuite ?

– J'ai l'impression qu'il n'est pas le seul à être amoureux.

Je la fusille du regard. Elle se rapproche de moi et pose la tête sur mon épaule.

– On ne peut pas t'en vouloir d'avoir peur, Rylee, mais vivre, c'est prendre des risques. Profiter, ce n'est pas toujours sans danger. Il est téméraire, et alors ? Le fait qu'il te fasse peur n'est pas nécessairement une mauvaise chose. La vraie vie commence au-delà de la limite de ta zone de confort.

Elle s'enfonce dans le canapé et hausse les sourcils.

– Vas-y. Prends ton pied avec lui. À l'évidence, tu lui plais. Qui sait, cela débouchera peut-être sur autre chose ? Ou peut-être pas. Mais au moins tu auras saisi ta chance.

CHAPITRE 15

La vraie vie commence au-delà de ta zone de confort. Je repense au conseil d'Haddie en me préparant pour mon rencard avec Colton. La chanson en arrière-plan me fait sourire. C'est celle à laquelle son dernier texto faisait référence :

Tenue décontractée. Et comme
tu sembles continuer à vouloir me
fuir plutôt que de me parler, je vais
adopter ton mode de communication
pour faire passer mon message.
Taio Cruz, « Fast Car ».
On se voit à six heures.

Quand je lui ai montré le SMS, Haddie a souri d'un air entendu et s'est empressée de chercher la chanson sur son iPad. On a rigolé en écoutant les paroles. « J'ai envie de te piloter comme une voiture rapide. » Tout à fait approprié, venant de Colton.

Alors on a cherché une chanson que je pouvais lui envoyer à mon tour.

– Quelque chose qui lui fasse penser à toi pendant tout le reste de la journée et qui l'impressionne vraiment.

Haddie a déroulé tout le menu de sa très riche playlist. Au bout de quelques minutes, elle a fini par hurler :

– J'ai exactement ce qu'il te faut, Rylee !

– Qu'est-ce que c'est ?

– Écoute, tu vas comprendre.

En écoutant les premiers accords j'ai éclaté de rire, je connaissais la chanson et j'aime beaucoup son côté sexy. Sans nous concerter, nous nous sommes mises à danser autour du salon en chantant à tue-tête. Cette chanson était parfaite ! Sexy, suggestive et confiante – tout ce que je ressentais mais j'étais trop timide pour le lui montrer, face à lui. Alors, avant de me dégonfler, j'ai attrapé mon smartphone et j'ai envoyé le texto à Colton.

Sympa la chanson, Ace. Elle te
correspond parfaitement. Maintenant,
j'en ai une pour toi qui me correspond.
Mýa, « My Love Is Like... Wo » !
Je t'attends à dix-huit heures.

Quelques secondes plus tard, je recevais sa réponse.

C'est malin ! Maintenant je bande.
Dix-huit heures.

Je souris en repensant à cet échange, cela m'excite de savoir que je lui fais autant d'effet. Je regarde dans le miroir tous les détails de ma tenue, en tenant compte du conseil de Colton de m'habiller décontracté. Je porte mon jean True Religion préféré avec un pull en cachemire violet à manches raglan et col en V très échancré, sexy mais de bon goût. J'ai laissé tomber le relooking d'Haddie ce soir, optant plutôt pour ma touche personnelle, question coiffure et maquillage. Celui-ci est léger et naturel : un peu de blush, une touche de gloss, un trait d'eye-liner discret et un mascara épais pour rehausser l'éclat de mes yeux. J'ai fait différents essais de coiffure, mais j'ai finalement décidé de lâcher mes cheveux, laissant mes boucles libres dans mon dos. J'ajoute de simples puces d'oreilles en diamant et quelques bracelets en or à mon poignet.

Je n'arrête pas de tourner ma bague autour de mon doigt, me demandant si je devrais l'enlever ou non. Je l'enlève pour la regarder – trois anneaux en diamant, fins, ondulés, entrelacés. *Le passé, le présent et l'avenir.* Je l'entends encore murmurer à mon oreille tandis que nous l'admirions à mon doigt le soir où il m'a fait sa demande. Je ferme les yeux et souris en y repensant, tout étonnée que les larmes qui menacent d'habitude ne viennent pas. Je joue avec la bague un moment avant de la ranger avec hésitation dans mon coffret à bijoux. Je la ressors aussitôt, des émotions contradictoires font rage en moi.

Un nouveau départ.

En prenant une profonde inspiration pour me stabiliser, je la repose dans le coffret. Cela fait trois ans que je porte cette bague tous les jours. Je me sens toute nue sans elle, au sens propre comme au figuré. Je remue les doigts et je regarde la fine bande de peau plus claire à l'endroit où elle était. Je me sens à la fois libérée d'un poids et triste à l'idée qu'il est temps de tourner la page. Je pose les lèvres sur mon doigt et j'adresse un silencieux *Je t'aime* à Max, en prenant le temps de réfléchir à l'importance de ce moment, avant de me retourner pour donner la dernière touche à ma tenue dans le miroir.

Je suis en train d'enfiler mes bottines noires à talons quand on sonne à la porte. Je pose la main sur mon ventre, cela me semble bizarre d'être aussi nerveuse. Ce mec m'a vue nue, et pourtant j'ai toujours le trac. Haddie me crie qu'elle va ouvrir. J'attrape mon blouson de cuir noir et mon sac à main, jette un dernier coup d'œil dans le miroir avant de me diriger vers l'entrée. Je me passe nerveusement les mains sur les hanches, lissant mon pull, le bruit de mes talons étouffé par le tapis qui couvre le parquet. J'entends Colton rire aux éclats quand je tourne le coin du salon.

Il me tourne le dos quand j'entre dans la pièce. J'arrête de respirer en le voyant. Un jean bleu foncé à taille basse lui moule les fesses et les cuisses. *Ce mec porte bien le denim*, ça ne fait aucun doute. Ses larges épaules et son dos puissant étirent le coton de son t-shirt blanc tout simple. Ses cheveux bouclent sur sa nuque et les doigts me démangent de les passer dedans. Il transpire le sex-appeal, bouillonne de rébellion et irradie d'assurance. Un regard sur lui et je meurs d'envie, de désir et de trouille, tout à la fois. *Et il est tout à moi pour la soirée.*

Avant qu'Haddie ne remarque ma présence, Colton s'arrête au milieu de sa phrase. Tout mon corps se tend en apnée, et la sensation de manque qu'il a éveillée en moi augmente quand il regarde par-dessus son épaule, prenant conscience de ma présence. Je jure que je sens l'air se charger d'électricité quand nos regards se croisent et que nos corps se mettent à vibrer.

– Rylee.

Il prononce mon nom dans un souffle, ce simple mot lourd de promesses pour ce soir.

– Salut, Ace.

Impossible de dissimuler mon plaisir de le revoir. Je souris en espérant qu'il voie à quel point j'ai envie de passer du temps avec lui, tout en craignant qu'il puisse lire les sentiments qui couvent sous mon excitation apparente.

Nous avançons l'un vers l'autre et il me décoche son sourire fabuleux. Je joue nerveusement avec la lanière de mon sac tandis qu'il me regarde fixement. J'ai l'impression que tout l'air de la pièce a été aspiré. Il finit par murmurer :

– Superbe, comme d'habitude.

Il tend le bras et passe sa main de haut en bas sur mon bras nu en une caresse banale mais électrique.

– T’es prête ?

Deux mots simples en réalité mais qui, dans la bouche de Colton, se chargent de séduction. Je hoche la tête.

– Mmm-mmm.

Je suis prise de court quand il se penche vers moi et m’embrasse sur le bout du nez. Un geste simple mais inattendu de la part de quelqu’un comme lui.

– Allons-y, alors.

Je jette un coup d’œil derrière moi et j’adresse un sourire à Haddie, mon au revoir silencieux. Avant de partir, j’ai le temps d’apercevoir un rapide geste d’approbation avec le pouce.

Colton pose la main sur mes reins tandis que nous allons vers la Range Rover, un geste qui suffit à calmer ma nervosité. Avant de tendre le bras vers la poignée de la portière côté passager, il enlève la main de mes reins et la pose sur mon ventre pour m’attirer contre lui. Je retiens ma respiration, ce contact inattendu avec lui réveille le feu qui couve en moi depuis qu’il l’a allumé. Il passe son autre bras autour de mes épaules et baisse la tête pour enfouir son visage dans le creux de mon cou. La chaleur de son souffle, le frottement de sa barbe de trois jours, l’intimité suggérée de ce contact et ce rare aperçu du côté affectueux de Colton me font fermer les yeux un instant afin de me stabiliser et de calmer les sensations qui se déchaînent en moi.

– Merci d’avoir accepté, Ryles, murmure-t-il avant de poser un baiser dans le creux situé juste au-dessous de mon oreille. Maintenant, laisse-moi te montrer ce que c'est que de passer un bon moment.

Je penche la tête contre sa joue et, les yeux fermés, je profite de la chaleur de son corps contre le mien. Mais, trop vite à mon goût, il relâche son étreinte et ouvre la portière de la voiture pour moi.

Le temps qu'il arrive du côté conducteur, il est retombé dans son silence soucieux. Il attache sa ceinture et me jette un coup d'œil. Malgré l'appréhension que je vois passer dans ses yeux, il pose une main sur mon genou et le serre pour me rassurer.

Un silence confortable s'installe entre nous tandis que je regarde défiler les rues bordées d'arbres de mon quartier. La pleine lune éclaire le ciel de cette douce nuit de janvier. Je jette un coup d'œil à Colton, l'éclairage du tableau de bord se reflète sur son visage. Une mèche de ses cheveux noirs tombe sur son front et j'observe ses yeux, bordés de cils épais, qui scrutent la route devant nous. Il a un profil magnifique avec son nez imparfait, son ossature puissante et ses lèvres au dessin sensuel. Je poursuis mon exploration par ses bras forts et ses mains expertes sur le volant. La combinaison de ses cheveux noirs, de ses yeux translucides et de sa peau halée, ajoutée au pouvoir de son attitude indifférente – une attitude qui vous donne envie d'être celle qui compte et celle qui peut pénétrer la rude carapace –, cette combinaison devrait être interdite. Elle est vraiment à couper le souffle.

Quand mes yeux reviennent sur son visage, Colton me jette un coup d'œil et soutient mon regard avant de regarder la route de nouveau. Un sourire timide se forme sur ses lèvres, il sait que je l'observe en silence. Le moteur rugit et la voiture bondit sur l'autoroute. Je me mets à rire.

– Quoi ?

Il joue les innocents en me serrant le genou.

– Tu aimes aller vite, hein, Ace ?

Au moment où je le dis, je me rends compte du sous-entendu.

Il tourne les yeux vers moi, un sourire coquin sur les lèvres, et répond en détachant les syllabes :

– Tu n'as pas idée à quel point.

– En fait, je crois que si.

Il éclate de rire en rejetant la tête en arrière.

– Non, sérieusement, qu'est-ce qui t'attire tant dans la vitesse ?

Il réfléchit un moment avant de répondre.

– Essayer d'apprivoiser…

Il s'arrête pour revoir sa réponse.

– Non, plutôt, essayer de *contrôler l'incontrôlable*, je suppose.

– C'est la métaphore qui convient, je dois le reconnaître.

Mais je ne peux m'empêcher de me demander s'il fait référence à quelque chose de plus profond.

– Qu'est-ce que tu veux dire ?

Il continue à jouer les innocents.

– Un jour, quelqu'un m'a dit que je devrais prendre des renseignements sur mes rencards.

Je lui jette un coup d'œil, il hausse les sourcils.

– Tu es plutôt ingérable, non ?

Colton me décoche son sourire cent mille volts, plus brillant que le soleil.

– Personne n'a jamais prétendu que j'étais ennuyeux ou prévisible. De plus, le fait de dominer ses démons peut vous rendre comme ça.

Sans me laisser le temps de digérer ce qu'il vient de dire, il change habilement de sujet.

– On va dîner ou on s'amuse d'abord ?

Je voudrais poser des questions, comprendre ce qu'il a voulu dire, mais je me retiens.

– On s'amuse. Sans hésitation, on s'amuse !

– Bon choix.

Il marmonne un juron quand son mobile se met à sonner sur le haut-parleur de la voiture.

– Désolé.

Il appuie sur un bouton sur le volant. L'écran sur le tableau de bord indique *Tawny,* et je me hérisse en le voyant. Mes recherches sur mon rencard m'ont appris plus de choses que les simples ennuis avec lesquels il a eu maille à partir. Je sais maintenant à quoi Tawny ressemble, je sais qu'elle l'a accompagné dans de nombreuses manifestations depuis des années, et, sur les trois fois où je me suis trouvée avec Colton, c'est la deuxième fois qu'elle l'appelle. Ma soudaine jalousie m'étonne, mais elle ne fait que croître quand j'entends avec quelle familiarité il s'adresse à elle.

– Salut, Tawn. Tu es sur haut-parleur.

– Ah !

Je ne peux m'empêcher de me réjouir quand j'entends la surprise dans sa voix.

– Je croyais que tu avais largué Raq…

– C'est le cas. Pourquoi tu m'appelles, Tawny ?

Il ne cache pas son agacement. Quelle garce ! Et si ça avait été Raquel dans la voiture ? Je vois qu'elle marque son territoire. Le silence s'installe sur la ligne.

– Oh, heu… j'appelais juste pour te dire que les lettres pour le sponsoring sont parties.

Comme il ne répond pas, elle poursuit.

– C'est tout.

Quoi ? Elle travaille pour lui ? Avec lui ? Tous les jours ?

J'ai bien besoin de ça, juste au moment où la jalousie pointe sa tête immonde. *Sympa, putain !*

– Super. Merci.

Sur ce, il pousse un bouton et la ligne est déconnectée brusquement. Il soupire bruyamment et, au fond de moi, je me réjouis de cette impatience.

– Désolé.

Je suis sûre qu'il parle du fait que Tawny a mentionné Raquel.

Alors, ils étaient ensemble. Ce n'était pas qu'une nana qu'il avait draguée au club. Mon côté peste se délecte du fait que c'est avec moi qu'il est parti ce soir-là. Mon côté compassionnel fait la grimace parce que je sais que Colton n'est pas quelqu'un qu'on oublie facilement.

– Pas de problème.

Je hausse les épaules tout en remarquant où nous sommes. Nous nous dirigeons vers le centre-ville, totalement à l'opposé d'où je pensais que nous irions.

Nous restons silencieux un moment quand Colton tourne à un coin de rue et que les lumières d'une grande roue éclairent le ciel. Je le regarde en biais et j'ai le cœur qui flanche quand je vois le sourire enfantin sur son visage. Il passe les grilles ornées de drapeaux et engage la voiture sur la route de terre cahoteuse.

J'écarquille les yeux à la vue du spectacle qui s'offre à moi. Le champ de foire est recouvert de tout ce qu'on peut imaginer en matière de manèges, avec en plus un panneau qui clignote, annonçant une section centrale où l'on peut jouer à des jeux impossibles à gagner et des panneaux publicitaires vantant des produits affreusement nourrissants. Je trouve ça terriblement excitant.

Il gare la voiture et se tourne vers moi.

– Ça te va ?

Je jurerais entendre une certaine nervosité dans sa voix, mais je sais que c'est impossible. Pas chez Colton Donavan, toujours ultra sûr de lui. À moins que… ?

J'acquiesce d'un signe de tête, en me mordant la lèvre du bas tandis qu'il descend de voiture et vient ouvrir ma portière.

– C'est très excitant.

Il me prend la main et m'aide à descendre. En refermant la portière, il se tourne vers moi, appuyée contre la voiture. Il me regarde, les yeux brûlants de désir, pose les mains de part et d'autre de mon cou et passe les pouces sur mes joues.

Je vois les muscles de ses mâchoires qui se serrent tandis qu'il secoue la tête doucement, sans rien dire, réagissant à quelque conflit intérieur qui provoque un semblant de sourire sur ses lèvres.

– Chérie, j'ai envie de faire ça depuis que je suis parti de chez toi, ce matin.

Il se penche vers moi, les yeux toujours rivés sur les miens.

– Depuis que j'ai reçu ton texto.

Il hausse les sourcils.

– Tu m'enivres, Rylee.

Ses mots résonnent dans mon âme alors qu'il se rapproche de moi.

Sa bouche capture la mienne pour un baiser étourdissant, qui m'attire par sa saveur addictive, et je dois faire un effort pour retrouver mon équilibre. Ses lèvres possèdent les miennes avec une exigence muette et, pourtant, ce baiser est si plein de tendresse, si chargé d'émotions passées sous silence que je voudrais qu'il ne prenne jamais fin.

Et pourtant il s'arrête et je dois me raccrocher à ses bras musclés pour ne pas tomber. Il m'embrasse sur le nez doucement.

– T'es prête à prendre un peu de bon temps ?

Je ne sais pas s'il attend une réponse, étant donné qu'il m'a coupé le souffle, mais au bout d'un moment, je réussis à dire :

– Absolument !

Il me lâche pour aller ouvrir la portière arrière. Il sort une casquette de base-ball noire, usée, complètement râpée au bout de la visière. Le logo est un écusson cousu représentant un pneu avec des ailes, et il rebique sur les côtés.

Colton s'enfonce la casquette sur la tête, ajustant le bord des deux mains avant de se retourner, un sourire gêné sur le visage.

– Désolé, mais c'est plus facile si je m'arrange pour être incognito dès le départ.

– Pas de problème. Elle me plaît bien !

– Vraiment ?

Il me prend par la main et nous passons entre les voitures garées en direction de l'entrée.

– Oui, j'ai un faible pour les joueurs de base-ball.

Je le regarde en coin en gardant mon sérieux.

– Et pas pour les pilotes de F1 ?

Il me tire par la main.

– Pas spécialement, non.

– Je suppose que je vais avoir encore du boulot pour te convaincre, alors.

– Je pourrais être difficile à convaincre.

Je lui souris avec espièglerie. Ses yeux sont cachés par l'ombre de la visière de sa casquette. Je balance nos mains d'avant en arrière.

– Est-ce que tu te sens d'attaque pour relever le défi, Ace ?

– Oh, Rylee… quelle question ! Je te l'ai dit, je peux être extrêmement persuasif. Tu ne te rappelles pas la dernière fois où tu m'as défié ?

Il me tire contre lui et passe son bras autour de mes épaules. Comment pourrais-je oublier ? C'est justement à cause de ce pseudo-défi que je suis là.

Nous approchons du guichet et Colton achète les billets et un bracelet qui nous donne accès à tous les manèges et tous les stands de la fête foraine. Nous passons les barrières, Colton tirant sur la visière de sa casquette pour se couvrir les yeux avant de poser la main sur mes reins. L'odeur de terre, d'huile de friture et de barbecue me remplit les narines, et je jette un regard sur toutes les lumières scintillantes. J'entends le bruit des wagonnets des montagnes russes à notre droite ainsi que les cris de leurs passagers quand ils plongent en avant. Des gamins se baladent autour de nous avec des yeux émerveillés, leurs petites mains serrant la ficelle des ballons, agrippant la main de leur parent de l'autre. Des ados se tiennent par la main, trouvant trop cool d'être là sans les parents. Je ne peux pas me retenir de sourire parce que, malgré mon âge, je suis aussi excitée qu'eux – je ne suis pas allée dans une fête foraine depuis que j'avais leur âge.

– On va où, en premier ? demande Colton alors que nous déambulons main dans la main le long de l'allée centrale en souriant et en déclinant poliment les appels des vendeurs dans les stands.

– Les manèges, sans hésitation. Mais je ne sais pas encore lequel.

– Une fille selon mon cœur !

De sa main libre, il se frappe la poitrine en me souriant.

– Espèce d'accro à l'adrénaline !

Je lui donne un coup de hanche dans la cuisse.

– Bien vu !

Il rit tandis que nous approchons de ce qui semble être le point central de « L'allée des manèges » si l'on en croit le panneau au-dessus de nous.

– Alors, lequel, Ryles ?

Je jette un coup d'œil autour de nous et je remarque plusieurs femmes qui nous regardent fixement. Tout d'abord, je crains qu'elles n'aient reconnu Colton, mais ensuite je me dis qu'elles sont probablement simplement intéressées par le mec sexy à côté de moi.

– Hum.

Je passe en revue tous les manèges et je choisis celui que j'ai toujours préféré. Je montre du doigt celui qui se trouve le plus près de nous.

– J'adorais ça quand j'étais enfant.

– Ce bon vieux Tilt-A-Whirl.

Colton se met à rire et me tire par la main.

– Viens, allons-y.

Son enthousiasme est touchant. Un homme qui tourne à des centaines de kilomètres à l'heure autour d'un circuit, qui côtoie les plus grandes stars d'Hollywood et qui pourrait passer la soirée dans un endroit huppé, complètement excité à l'idée de faire un simple tour de manège dans une fête foraine. *Avec moi*. Je dois me pincer pour me prouver que je ne rêve pas.

Nous faisons la queue en attendant notre tour. Il me donne un petit coup d'épaule.

– Alors, parle-moi de toi, Rylee.

– C'est un entretien d'embauche qui fait partie du rencard ? Que veux-tu savoir ?

– Ton histoire. D'où tu viens. Comment est ta famille. Quels sont tes vices.

Il prend ma main et la porte à ses lèvres. Ce simple geste d'affection ébranle le mur de protection qui entoure mon cœur.

– Tous les détails croustillants, c'est ça ?

– Ouais !

Un sourire éclaire son visage et il m'attire vers lui pour pouvoir poser la main sur mon épaule.

– Dis-moi tout.

– Eh bien, j'ai grandi dans une famille typique de la classe moyenne de San Diego. Ma mère possède un cabinet d'architecture d'intérieur et mon père restaure des meubles et des accessoires vintage.

– C'est cool. Comment sont-ils ?

Je pose la main sur la sienne, sur mon épaule.

– Mes parents ?

Il hoche la tête. Sa question me surprend parce qu'elle n'est pas anodine. C'est comme s'il voulait vraiment me connaître.

– Mon père, c'est l'hyperactif typique, avec lui tout doit être carré, alors que ma mère est très créative. Un esprit libre. Les opposés s'attirent, je suppose. Nous sommes très proches. Ça les a tués quand j'ai décidé de rester à Los Angeles après la fac. Ils sont super mais s'inquiètent trop. Tu sais, les parents typiques, quoi.

Nous avançons dans la file quand les gens qui étaient dans le manège libèrent leurs sièges et que les suivants prennent leurs places.

– J'ai beaucoup de chance de les avoir.

En disant cela, une petite pointe de nostalgie m'assaille. Je ne les ai pas vus depuis au moins deux semaines.

– Des frères et sœurs ?

Colton joue avec mes doigts en me tenant la main.

– J'ai un frère aîné. Tanner.

Je souris en pensant à lui. Au ton de ma voix, Colton perçoit l'admiration que je porte à mon frère quand je parle de lui, et il me sourit gentiment.

– Il voyage beaucoup. Je ne sais jamais où il sera d'une semaine sur l'autre. Il est correspondant pour Associated Press au Moyen-Orient.

Mon front plissé ne lui échappe pas.

– Ce n'est pas exactement sans danger à notre époque. J'ai l'impression que tu t'inquiètes pour lui.

Je me colle contre lui.

– C'est vrai, mais il fait ce qu'il aime.

– C'est quelque chose que je peux comprendre.

Nous avançons de nouveau.

– Tu crois que ça va être notre tour, cette fois ?

Je passe devant lui et me hisse sur la pointe des pieds pour évaluer la longueur de la file d'attente. Un petit frisson me traverse quand il pose les mains de chaque côté de ma taille. Je prends un peu plus de temps que nécessaire, histoire de garder ses mains sur moi.

– Humm, je pense que la prochaine fois ce sera à nous.

Je repose mes talons sur le sol. Colton ne retire pas ses mains, mais passe ses bras autour de moi et pose son menton sur mon épaule. Je me laisse aller contre lui, ma douceur contre son corps ferme, et je ferme les yeux un instant pour mieux apprécier la sensation.

– Alors, tu peux continuer à me parler de toi, me murmure-t-il à l'oreille, et je sens le frottement de sa barbe naissante dans le creux de mon cou quand il parle.

– Il n'y a pas grand-chose à dire de plus, en fait.

Je hausse légèrement les épaules, ne voulant pas qu'il bouge.

– J'ai fait beaucoup de sport au lycée. Je suis allée à UCLA. C'est là que j'ai rencontré Haddie, c'était ma coloc en première année. Quatre ans plus tard, j'ai passé ma licence de psycho, avec un certificat en travail social. J'ai trouvé du boulot et j'y suis toujours à l'heure actuelle. Rien de très folichon, en fait.

– Normal, ça ne veut pas dire ennuyeux. *Ce qui est normal est désirable.*

Je m'apprête à lui demander ce qu'il veut dire quand nous avançons dans la file et qu'on nous dirige sur la surface inégale du manège. Nous nous glissons dans une voiture, abaissons la barre de sécurité et attendons que le manège se remplisse. Colton glisse le bras autour de moi.

– Et pour les vices ? *De quoi ne peux-tu te passer* ?

À part toi ? Je me retiens juste à temps de le dire. Je le regarde en plissant les yeux, tout en réfléchissant.

– Ne rigole pas.

Il éclate de rire.

– Tu aiguises ma curiosité.

– Bon, outre les trucs de fille habituels, le vin, les cookies, la glace aux pépites de chocolat à la menthe…

Je fais une pause pour réfléchir en souriant.

– Je dirais la musique. Cela n'a rien de scandaleux, je sais.

Il hausse les sourcils.

– Quel genre de musique ?

Je hausse les épaules.

– Toutes les musiques en fait. Cela dépend de mon humeur.

– Quand tu en ressens vraiment le besoin, quel genre de musique écoutes-tu ?

– J'ai un peu honte de l'admettre…

Je me couvre les yeux de la main en faisant semblant d'être gênée.

– … le Top 40, de la pop sentimentale en particulier.

– Oh non !

Il hurle en prenant l'air horrifié.

– S'il te plaît, ne me dis pas que tu aimes les *boys bands*.

Quand je le regarde avec un sourire hautain, il se met à rire.

– Tu vas très bien t'entendre avec ma sœur. J'ai dû me farcir cette merde pendant toute mon enfance.

Il envisage de me présenter sa sœur ? J'efface vivement la surprise de mon visage avant de continuer.

– Alors c'est qu'elle a très bon goût en matière de musique. Je rigole. Hé, je vis dans une maison pleine d'ados, j'entends tous les tubes du Top 40, toute la journée.

– Bien essayé, mais rien ne justifie qu'on aime les boys bands, Rylee.

– Ça, c'est typique des mecs !

– Tu préférerais que je sois autrement ?

Il me tapote le bout du nez et je me mets à rire en faisant non de la tête. Il se penche en avant et regarde autour pour voir si le manège va démarrer.

– C'est parti.

Il ne m'a pas échappé que notre conversation n'a porté que sur moi. Je commence à y penser quand le manège se met à tourner et à pivoter sur lui-même violemment. Je suis projetée contre Colton et il resserre l'étreinte de son bras autour de moi en me collant contre lui. Il part d'un rire hystérique quand le manège accélère, et je lui dis de fermer les yeux parce que cela amplifie les sensations. Je suis sûre que je l'entends me dire qu'il va me montrer cela plus tard, mais je n'ai pas le temps de m'en assurer parce que le tour est à peine commencé que c'est déjà fini.

Après ça, nous faisons un tour dans les Tasses, les balançoires, nous nous donnons un petit baiser dans La Maison des Amoureux, nous levons les bras en plongeant en avant sur les montagnes russes et nous nous balançons d'avant en arrière sur le bateau fantôme. Nous quittons la tour de chute libre avec l'impression que nos estomacs nous sont remontés dans la bouche et Colton déclare qu'il a besoin d'un verre.

Nous nous baladons jusqu'à une baraque de restauration où il achète deux boissons et une gigantesque barbe à papa. – Une fête foraine n'est pas complète si on ne se rend pas malade en mangeant de la barbe à papa.

Il me regarde avec un sourire malicieux de gamin qui fait fondre mon cœur. Je me mets à rire tandis que nous nous dirigeons vers un banc, pas loin.

– Excusez-moi ?

Nous nous retournons tous les deux en même temps. Une femme d'âge mûr se tient derrière nous.

– Oui ?

C'est moi qui ai parlé, mais il est évident que ce n'est pas moi qui l'intéresse. Elle ne quitte pas Colton des yeux.

– Excusez-moi de vous interrompre, mais mes amis et moi avons fait un pari… vous n'êtes pas Colton Donavan ?

Je sens la main de Colton se crisper dans la mienne, mais son visage demeure impassible. Un sourire s'affiche lentement sur son visage quand ses yeux se portent sur moi et retournent vers la femme en face de nous.

– Vous me flattez, M'dame, mais je suis désolé de vous décevoir. Ça arrive souvent. Mais merci du compliment. Je m'appelle Ace Thomas.

La combinaison du surnom que je lui donne et de mon nom de famille me fait sourire à l'idée qu'il nous associe tous les deux. Qu'à ses yeux nous sommes connectés.

Il tend la main pour serrer celle de la femme, visiblement déçue. Elle la serre de mauvaise grâce en marmonnant un « enchantée » gêné, avant de s'éloigner rapidement pour rejoindre ses amis.

– Enchanté moi aussi, M'dame.

La raideur dans ses épaules se dissipe petit à petit tandis que nous poursuivons notre chemin vers le banc. Il pousse un soupir.

– Je déteste faire ça. Mentir comme ça. Mais il suffit qu'une personne me reconnaisse pour que ça n'en finisse plus. C'est les photos prises avec les mobiles, postées sur Facebook, et avant de dire ouf, on est entourés de paparazzi et j'ai passé la soirée à m'occuper d'inconnus et pas de toi.

Son argument me prend par surprise, je suis flattée qu'il l'ait présenté ainsi.

– C'est ma vie, la plupart du temps. J'ai grandi par hasard dans une famille célèbre, mais c'est moi qui ai choisi d'être un personnage public. J'accepte le fait d'être suivi, photographié et traqué pour des autographes. Cela ne me dérange pas en réalité. Je veux dire, je ne vais pas me plaindre. En général, je suis très accommodant, surtout avec les gamins. Mais parfois, comme ce soir, je n'ai juste…

Il enfonce un peu plus sa casquette.

– Je n'ai juste pas envie d'être embêté.

Il se penche en avant, penchant la tête pour que le bord de sa casquette touche mon front.

– Je veux juste qu'on soit toi et moi.

Il effleure mes lèvres des siennes en un baiser bref mais tendre, pour appuyer ses paroles. Je recule et je lui fais un sourire hésitant en levant la main pour jouer paresseusement avec les boucles qui dépassent de sa casquette sur sa nuque. Nous nous regardons fixement un moment en échangeant des mots non prononcés : désir, plaisir, amusement et compatibilité. Mon sourire s'élargit.

– Ace Thomas, hein ?

Il me sourit aussi en plissant le coin de ses yeux.

– C'est la première chose qui m'est venue à l'esprit. Si j'avais hésité, elle aurait su que je mentais.

– C'est vrai.

Je prends une pincée de la barbe à papa que Colton me tend.

– Bon Dieu, ce truc est super sucré !

– Je sais. Cent pour cent sucre.

Il rigole en me faisant de grands yeux.

– C'est pour ça que c'est si bon !

Il regarde les manèges.

– Bon sang, quand j'étais enfant, après…

Il marque une pause.

– Après que j'ai rencontré mes parents, ils me gâtaient en m'emmenant à des matchs de base-ball. Je me rendais malade à tous les coups en mangeant cette merde.

Les coins de sa bouche se relèvent en un petit sourire songeur. Et je ne peux pas m'empêcher de me demander à quoi ressemblait sa vie avant de rencontrer ses parents.

Nous retombons dans un silence sans gêne et nous regardons les manèges et les gens autour de nous tout en mangeant des petits bouts de barbe à papa. Je m'amuse vraiment. Il est attentionné et sympa et il semble réellement s'intéresser à moi, en tant que personne. Je suppose que je m'attendais à quelques questions pour la forme, c'est agréable de voir que je me suis trompée.

Colton pose sa main sur mon genou et le serre en me montrant la seule attraction que nous n'ayons pas faite.

– Tu es prête pour le Zipper, Ryles ?

Je pâlis à la simple évocation de cette petite cage fermée qui tombe dans le vide. Être secouée et bousculée d'avant en arrière tout en étant enfermée dans un espace confiné. Je déglutis bruyamment.

– Pas vraiment.

Je secoue la tête.

– Allez, sois sympa.

Je sens déjà la crise de claustrophobie qui m'attend, et je secoue les épaules pour faire disparaître cette sensation.

– Je suis désolée. Je ne peux pas.

Le rouge de la honte me monte au visage.

– Je souffre de claustrophobie.

Je repousse les cheveux de mon visage.

– J'avais cru comprendre, dit-il avec ironie.

Je hausse un sourcil interrogateur.

– Tu te souviens ? Le placard ? Dans les coulisses.

Un sourire suggestif s'affiche sur son visage.

– Oh, oui.

J'ai les joues en feu, mortifiée par mon comportement de ce soir-là.

– Je ne risque pas d'oublier.

– Tu as toujours été comme ça ou bien ton frère t 'a-t-il enfermée et oubliée dans un placard quand tu étais petite ?

Il rit en imaginant la scène.

– Non, non.

Je secoue la tête et je détourne vivement le regard en espérant qu'il ne verra pas les larmes qui me montent aux yeux en évoquant ce souvenir. Ça fait deux ans, mais quand les vieux démons remontent à la surface, c'est aussi douloureux que si c'était hier. Je fais le geste de tourner ma bague autour de mon doigt, mais l'emplacement est vide. Je pousse un soupir hésitant en fermant les yeux un instant pour contrôler mes émotions. Je m'en veux de réagir si violemment à la simple suggestion d'un tour de manège.

Son rire s'arrête instantanément quand il remarque mon agitation. Il passe un bras autour de mes épaules et m'attire contre lui.

– Hé, je suis désolé, Rylee. Je ne voulais pas…

Je m'écarte de lui, pour échapper à sa chaleur, gênée par ma réaction.

– Non, ce n'est rien. Tu n'as pas à t'excuser. C'est plutôt moi qui devrais être désolée.

Il hoche la tête, m'implorant du regard d'en dire plus.

– Je… heu… j'ai eu un très grave accident de voiture il y a deux ans… je suis restée coincée dans la voiture pendant un temps assez long.

Je secoue la tête pour éloigner les souvenirs trop précis qui m'assaillent.

– Depuis ce jour-là, je ne peux plus supporter de me trouver enfermée dans des endroits exigus. Je me sens prisonnière.

Il me passe la main dans le dos de haut en bas en un geste réconfortant.

– Les cicatrices ?

– Oui.

– Mais tes blessures sont guéries maintenant.

En percevant la sincérité de l'inquiétude qui perce dans sa voix, je me tourne vers lui en souriant.

– Physiquement, oui.

Je me penche en arrière, en m'appuyant partiellement sur son torse rassurant. Instinctivement, il me prend dans ses bras.

– Émotionnellement…

Je soupire.

– … j'ai des hauts et des bas. Je te l'ai dit, Colton, un excédent de valises.

Il pose un baiser sur le côté de ma tête et garde les lèvres appuyées là. Je sens les questions qu'il voudrait me poser planer dans le silence. Que s'est-il passé ? Était-ce très grave ? Quel genre de valises un accident laisse-t-il qui me poussent à le fuir ?

Je n'ai pas envie de plomber la soirée avec ma tristesse, alors je déchire un ruban de barbe à papa et je me retourne vers lui, mon genou posé contre sa cuisse. J'agite le fragment de barbe à papa devant son visage.

– Tu l'aimes sucrée, Ace ?

Je me lèche les lèvres et je les entrouvre pour y déposer le flocon de sucre d'un air provocant. Il se penche vers moi, les yeux assombris par le désir, un sourire suggestif flottant sur ses lèvres.

– Oh, chérie, tu es bien assez sucrée sans cela.

Il mord la barbe à papa qui pend entre mes lèvres, pinçant délibérément ma lèvre inférieure au passage. La morsure est rapidement remplacée par une caresse de sa langue. Le gémissement de plaisir qui émerge du fond de sa gorge m'excite. Me donne envie de l'absorber entièrement. Ici et maintenant.

– Il n'y a pas de doute, j'aime vraiment ce goût. On devrait peut-être l'envelopper et la garder pour plus tard.

Il passe ses lèvres lentement sur les miennes.

– Au cas où tu aurais besoin d'une petite sucrerie après que je t'ai fait subir les derniers outrages.

Je sens ses lèvres s'incurver en un sourire sur les miennes. Ses paroles suggestives envoient une impulsion électrique tout au fond de mon ventre. À la promesse que nous n'allons pas en rester là, mon sexe devient moite et le désir qui couvait en moi se transforme en une brûlure incandescente.

Je soupire contre ses lèvres, totalement ensorcelée et sous le charme. J'appuie mon front contre le sien pour me donner le temps de reprendre pied. Colton s'écarte et m'embrasse doucement sur le front.

– Donc, il nous reste deux choses à faire avant de quitter cet endroit.

Il se met debout, coince le sachet de barbe à papa sous son bras avec un sourire amusé et me prend la main pour me faire lever.

– Ah oui ? Et qu'est-ce que c'est ?

– Premièrement, nous devons faire un tour dans la grande roue, dit-il en me donnant une petite tape sur les fesses. Et ensuite, je *dois* gagner une peluche pour toi.

J'éclate de rire et nous nous dirigeons vers la grande roue. La file d'attente est courte et nous bavardons, étonnés d'avoir tant de choses en commun bien que nous soyons issus de milieux si différents. De voir que nos goûts sont semblables. Que nous aimons les mêmes films et les mêmes programmes de télé.

On nous fait entrer dans la balancelle en nous maintenant en place par la barre de sécurité sur nos genoux. Nous commençons à bouger lentement, Colton passe le bras autour de mes épaules.

– Tu n'as pas fini de me parler de toi.

– C'est quoi, ça ? Ne t'imagine pas que je n'ai pas remarqué que toi, tu n'as toujours pas été mis sur la sellette.

– Ce sera mon tour, après, promis.

Il m'embrasse la tempe et je me pelotonne dans la chaleur et la sécurité de ses bras tandis que nous montons de plus en plus haut. Il me montre du doigt un type en bas qui jongle avec des balles.

– Dis-moi, Rylee, comment vois-tu ton avenir ? Un gentil mari, deux enfants et une barrière peinte en blanc ?

– Hum, pourquoi pas ? Un jour. Mais le mari a intérêt à être *gentil et sexy*.

J'éclate de rire.

– Mais pas d'enfants, en fait.

Je sens que son corps se tend, dans un silence assourdissant.

– Ça m'étonne. Tu adores les enfants. Tu travailles avec eux. Tu n'as pas envie d'en avoir à toi ?

J'entends la perplexité dans sa voix et je sens sa mâchoire bouger sur le sommet de mon crâne.

– On verra bien ce que le sort me réserve.

J'espère qu'il va se satisfaire de cette réponse et ne va pas essayer d'en savoir plus.

– Regarde !

Je montre du doigt l'horizon où la partie supérieure de la lune se lève au-dessus des collines, heureuse de pouvoir changer de sujet.

– Qu'est-ce que c'est beau !

– Hmm-hmmm…

Assis immobiles, suspendus dans le ciel, nous regardons la lune continuer son ascension.

– Tu connais la règle quand la grande roue arrive en haut, bien sûr ?

– Non, c'est quoi ?

Je m'écarte pour le regarder en face.

– Ça.

Il ferme sa bouche sur la mienne en emmêlant ses doigts dans mes cheveux. L'avidité de son baiser est si évidente que je m'abandonne à lui et au moment présent. Sa langue passe sur mes lèvres pour me séduire. Je sens la douce vibration du manège, la chaleur de ses doigts qui frôlent ma joue, le goût du sucre sur sa langue, le murmure de mon nom sur ses lèvres. L'amorce de la descente nous écarte l'un de l'autre et nous tire des profondeurs du feu qui fait rage entre nous.

– Nom de Dieu, marmonne Colton, amusé, en ajustant sa position dans le siège de façon à pouvoir déplacer la couture de son jean qui appuie sur son érection. Je réagis comme un putain d'ado quand je suis avec toi !

Il secoue la tête, visiblement gêné.

– Allez, Ace, tu me dois une peluche.

Trente minutes et plusieurs jeux remportés plus tard, j'ai mal aux côtes à force de rire des bêtises de Colton, mais je suis l'heureuse propriétaire d'un chien en peluche énorme à l'air vraiment rigolo. Je m'adosse contre le coin d'un des bâtiments en dur de l'esplanade, une jambe repliée et le pied posé contre le mur, ma nouvelle récompense perchée sur ma hanche. Je regarde Colton qui joue une dernière partie et prend le jouet qu'il a gagné pour le tendre au petit garçon debout à côté de lui devant le stand. Il passe la main dans les cheveux de l'enfant et sourit à sa mère avant de revenir tranquillement vers moi. Ses muscles étirent son t-shirt quand il bouge et tout son corps hurle qu'il est fait pour le péché. Il m'est impossible de détacher mon regard de lui. D'ailleurs, je ne suis pas la seule, la mère suit Colton des yeux quand il s'en va, appréciant visiblement ce qu'elle voit.

– Tu t'amuses ?

Il s'approche de moi et tire l'oreille du chien en peluche. Je lui souris bêtement. Comme s'il avait besoin de le demander. *Je suis avec lui, non ?*

Il tend le bras et me caresse la joue du bout des doigts.

– J'adore ton sourire, Rylee. Celui que tu as en ce moment.

Il me prend par le cou et passe son pouce sur ma lèvre inférieure. Ses yeux transparents plongent dans les miens et fouillent en moi.

– Tu as l'air si insouciante et légère. Si belle.

Je penche la tête, entrouvre les lèvres sous la caresse de son pouce.

– Contrairement à toi ?

Il lève un sourcil interrogateur.

– Quand tu souris, on voit poindre l'espièglerie et les ennuis.

Et le *cœur brisé.* Je secoue la tête quand le sourire exact dont je parle s'affiche sur ses lèvres. Je passe ma main libre sur le plat de sa poitrine en me réjouissant du sifflement de son souffle en réaction à mon contact et aussi de la flamme qui s'allume dans son regard.

– Et on peut lire « *je suis le stéréotype du bad boy* » écrit en toutes lettres dessus.

Son sourire s'élargit.

– *Bad boy*, hein ?

À ce moment précis, il m'est absolument impossible de lui résister avec ses cheveux ébouriffés, ses yeux vert émeraude, et surtout *ce* sourire.

Je le regarde à travers mes cils, en me mordant la lèvre inférieure.

– Tu fais partie de ces filles qui aiment les bad boys, Rylee ?

Sa voix est enrouée par le désir, ses lèvres sont à quelques centimètres des miennes, dans ses yeux brille une lueur de défi.

– Jamais de la vie.

J'ai à peine la force de parler.

– Sais-tu ce que les bad boys aiment faire ?

Il pose la main sur mes reins et me presse contre lui. Des étincelles de plaisir explosent à tous les points de contact entre nos deux corps.

Oh là là ! Son contact. Son corps tendu pressé contre le mien me fait désirer des choses inavouables. Surtout de sa part. Mais je n'ai pas la force de lutter plus longtemps. Je prends une respiration saccadée, ma voix me manque.

– Non.

C'est tout ce que je parviens à dire. Avant que j'aie repris mon souffle, Colton écrase ses lèvres sur les miennes en un baiser enfiévré porteur d'un désir violent. Il m'embrasse comme si nous étions dans l'intimité de sa chambre à coucher. Ses mains courent le long de mon buste, passent sur mon cou et viennent encadrer mon visage tandis qu'il diminue lentement l'intensité de son baiser.

Il pose un baiser sur le bout de mon nez, ce qui semble être devenu un rituel, avant de s'écarter de moi, un regard démoniaque subsiste au fond de ses yeux.

– Nous, les bad boys ?

Je n'ai pas encore repris mes esprits.

– Ce qui nous plaît…

Il se penche contre mon oreille et la chaleur de son souffle chatouille ma peau. Il s'arrête et je m'attends à ce qu'il me dise quelque chose d'érotique, quelque chose de coquin qu'il veut que je lui fasse, l'attente qui s'étire fait travailler mon imagination.

– … c'est d'aller dîner.

Je rejette la tête en arrière et j'éclate de rire en posant les mains sur sa poitrine pour le repousser. Il rit avec moi en me prenant le chien en peluche des bras.

– Je t'ai bien eue !

Il me prend par la main et nous disons au revoir à la fête foraine.

Nous retournons à la voiture et bavardons naturellement en sortant du parking. Colton met la radio et je chantonne en même temps tandis que nous roulons.

– Tu aimes vraiment la musique, hein ?

Je lui souris sans arrêter de chanter.

– Tu connais toutes les paroles des chansons qui passent.

– C'est un peu une forme de thérapie pour moi.

J'arrange ma ceinture pour pouvoir me tourner vers lui.

– Ce rencard est si nul que tu as déjà besoin d'une thérapie ?

– Arrête ! Je suis sérieuse. C'est thérapeutique.

– Comment ça ?

Son visage est concentré sur la circulation.

– La musique, les paroles, les sentiments qu'elles expriment, ce qui n'est pas dit.

Je hausse les épaules.

– Je ne sais pas. Quelquefois, je pense que la musique exprime les choses mieux que je ne pourrais le faire. Alors peut-être que par procuration, quand je chante, tout ce que je n'ose pas dire à quelqu'un, la chanson peut le faire pour moi. C'est la meilleure explication, je suppose.

Le rouge me monte aux joues et je me sens stupide de ne pas trouver mieux.

– Ne sois pas gênée. Je comprends ce que tu veux dire.

Je tire des fils imaginaires sur mon jean, un geste automatique que je fais quand je suis mal à l'aise.

– Après l'accident…

Je déglutis avec difficulté, étonnée de me sentir suffisamment à l'aise avec lui pour en parler sans qu'il me le demande. Pour dévoiler des aspects de moi dont je parle rarement.

– Après l'accident, cela m'a beaucoup aidée. Quand je suis rentrée à la maison en sortant de l'hôpital, cette pauvre Haddie n'en pouvait plus d'entendre les mêmes chansons que je passais en boucle, elle m'a menacée de mettre mon iPod à la poubelle.

Je souris en me rappelant à quel point elle en avait marre d'entendre Matchbox Twenty.

– Encore maintenant, je m'en sers avec les gamins. Quand ils viennent d'arriver chez nous ou qu'ils ont du mal à gérer leur situation, s'ils n'arrivent pas à verbaliser ce qu'ils ressentent, nous nous servons de la musique pour les aider.

Je hausse les épaules.

– Je sais que ça a l'air nul comme ça, mais ça marche.

Colton me jette un coup d'œil sincère.

– Tu les aimes vraiment, hein ?

Je réponds sans hésiter.

– De tout mon cœur.

– Ils ont beaucoup de chance d'avoir quelqu'un qui se bat pour eux. Cette vie n'est pas tendre pour un gamin. Elle peut facilement le démolir.

Il hoche la tête en redevenant silencieux. Je sens la tristesse qui émane de lui. Je prends sa main posée sur ma jambe et j'emmêle mes doigts avec les siens pour lui donner une petite pression rassurante. Qu'est-il arrivé à cet homme magnifique qui, de sexy et léger, peut devenir d'une minute à l'autre silencieux et pensif ? Qu'y-a-t-il à l'origine de ce regard hanté dans ces yeux verts perçants ? Qu'est-ce qui lui a donné cette volonté inébranlable de n'en faire qu'à sa tête et de réussir à tout prix ?

– Tu veux en parler ?

Je parle doucement. Sans vouloir être indiscrète, j'aimerais qu'il partage ce secret qui le ronge.

Son profond soupir brise le silence qui emplit la voiture. En lui lançant un coup d'œil rapide, je vois le stress qui creuse les coins de sa bouche. Les phares des voitures qui nous croisent projettent des ombres sur son visage, le faisant paraître encore plus inaccessible. Je regrette d'avoir posé la question, craignant de l'avoir replongé encore plus profondément dans ses souvenirs.

Colton écarte sa main de la mienne, enlève sa casquette de base-ball, la lance sur le siège arrière et se passe la main dans les cheveux. Il serre et desserre les dents, perdu dans ses pensées.

– Bon sang, Rylee.

Le silence retombe entre nous et je pense que je n'obtiendrai rien de plus de lui. Pourtant, au bout d'un moment, il continue.

– Je ne…

Il s'arrête en sortant de l'autoroute, les mains crispées sur le volant.

– Je n'ai pas envie de te prendre la tête avec mes démons, Ry. De déverser sur toi toute cette merde qui ferait le régal de n'importe quel psy. De te donner des armes à analyser et à me renvoyer à la figure au moindre de mes gestes ou de mes paroles quand j'aurai tout gâché entre nous.

Immédiatement j'entends le *quand* et non pas le *si* dans ce qu'il vient de dire. Les sentiments bruts que révèlent ces mots me touchent plus que son manque de sensibilité. Des années d'expérience me disent qu'il souffre toujours – qu'il est toujours en proie à ce qui lui est arrivé il y a des années.

Nous nous arrêtons à un feu rouge et Colton se passe les deux mains sur le visage.

– Écoute, je suis désolé. Je…

Je lui serre le bras.

– Tu n'as pas besoin de t'excuser, Colton. Je t'assure.

Il ferme les yeux et baisse la tête un instant avant de la relever pour me jeter un coup d'œil avec un sourire réservé, le regard triste.

– Merci.

Il reporte les yeux sur la route et appuie sur l'accélérateur quand le feu passe au vert.

CHAPITRE 16

Notre souper est si bon que c'en est presque un péché. Colton m'emmène dans un petit restaurant de bord de mer, du côté de Santa Monica. Malgré la foule du samedi soir, quand la patronne le voit, elle le salue par son nom et nous entraîne en douce vers une table située dans un coin tranquille sur la terrasse qui domine la mer. Le bruit des vagues en guise de musique de fond pendant toute la soirée.

– Tu viens souvent ici ? Ou alors la patronne est amoureuse de toi et tu en profites pour obtenir la meilleure table ?

Il me décoche un sourire désarmant.

– Rachel est une chic fille. Le restaurant appartient à son père. Il a une échelle privée qui mène au rooftop. J'y monte parfois avec lui pour boire quelques bières. Pour bavarder, échapper à la folie du monde.

Il se penche vers moi et me tapote le bout du nez.

– J'espère que ça te plaît ?

– Absolument ! J'aime les endroits décontractés.

Son sourire s'élargit et ses yeux prennent une teinte plus sombre. Je le regarde, perplexe.

– Quoi ?

Il boit une gorgée de bière à la bouteille, le regard amusé.

– J'aime quand tu te décontractes, toi aussi, mais peut-être dans un environnement plus intime.

Sa remarque me fait frissonner. Je glousse et lui donne une petite tape pour rire. Il attrape ma main au vol et la porte naturellement à ses lèvres avant de la poser sur sa cuisse en la gardant dans la sienne.

– Non, sérieusement, c'est beaucoup plus mon style que la sophistication et le glamour qui entourent le mode de vie de mes parents. Ma sœur est beaucoup mieux intégrée que moi dans ce genre de vie.

Il lève les yeux au ciel, mais son visage revêt une expression d'adoration totale quand il parle d'elle.

– Quel âge a-t-elle ?

– Quinlan ? Elle a vingt-six ans et c'est une véritable emmerdeuse !

Il rigole.

– Elle est en licence à l'USC en ce moment. Elle est casse-pieds, autoritaire, protectrice et…

– Et elle t'adore.

Un sourire enfantin illumine son visage quand il acquiesce.

– Oui, c'est vrai.

Il réfléchit un instant.

– Et ce sentiment est totalement partagé.

Cette capacité à admettre son amour pour sa sœur est touchant chez un homme habituellement si peu enclin à exprimer ses sentiments.

La serveuse arrive et interrompt notre conversation. Elle s'adresse à moi pour prendre la commande, mais elle dévore Colton des yeux. J'ai envie de lui dire que je comprends, que je suis sous le charme moi aussi. Je ne sais pas quoi choisir, alors je regarde Colton.

– Je prendrai la même chose que toi.

Il lève les yeux vers moi, surpris.

– Ils font les meilleurs burgers du monde. Ça te va ?

– C'est parfait.

– Une fille selon mon cœur, dit-il en serrant ma main. Nous prendrons deux burgers avec des frites. Et comme boissons, pouvez-vous nous resservir la même chose, s'il vous plaît ?

En rendant la carte à la serveuse, je vois à quel point elle est troublée quand Colton s'adresse à elle.

– Allez, parle-moi de tes parents.

– Oh oh ! C'est au tour de Colton de raconter sa vie, c'est ça ?

– Tu as tout compris, Ace. Allez, accouche.

Je bois une gorgée de vin.

Il hausse les épaules.

– Mon père est fabuleux dans tout ce qu'il fait. *Absolument tout*. Il me soutient, il est toujours positif et c'est un véritable ami pour moi maintenant. Ma mère, elle, est plus réservée. C'est le roc de notre famille. Mais on peut dire qu'elle a son caractère et elle n'hésite pas à faire son cinéma quand ça lui semble nécessaire.

– Quinlan a été adoptée, elle aussi ?

Il secoue la tête en finissant sa bière.

– Non. C'est leur fille biologique. Ma mère et mon père avaient décidé qu'un seul enfant leur suffisait, avec leur agenda chargé et tous leurs déplacements pour les tournages.

Il lève les sourcils.

– Et c'est alors que mon père m'a trouvé.

La simplicité de cette déclaration, comme la brutalité de la réalité qu'elle recouvre, est saisissante.

– Ça a été dur ? Le fait qu'elle soit leur enfant biologique et que tu sois adopté ?

Il réfléchit à la question et tourne la tête pour parcourir le restaurant du regard.

– Parfois, je pense que j'ai profité de la situation. Mais quand on y réfléchit, j'ai compris que mon père n'était pas obligé de me ramener chez lui ce jour-là.

Il joue avec l'étiquette de sa bouteille de bière vide.

– Il aurait pu me confier aux services sociaux, et Dieu sait ce qu'il serait advenu étant donné qu'ils ne sont pas toujours d'une efficacité exemplaire. Mais il ne l'a pas fait.

Il hausse les épaules.

– Avec le temps, j'ai fini par comprendre qu'ils m'aimaient vraiment, qu'ils voulaient vraiment de moi, parce qu'ils m'ont gardé. Ils ont fait de moi un membre à part entière de leur famille.

Je suis un peu déconcertée par sa franchise, je m'attendais à ce qu'il élude mes questions. Mon cœur se brise quand je pense aux difficultés qu'il a rencontrées quand il était petit. Je sais qu'il passe sous silence les tourments qu'il a dû éprouver en entrant dans une famille déjà constituée.

– C'était comment de grandir avec des parents célèbres ?

– J'ai l'impression que c'est vraiment mon tour de subir l'inquisition.

Il tend le bras pour poser la main sur le dos de ma chaise et entoure nonchalamment une boucle de mes cheveux autour de son doigt en parlant.

– Ils ont fait de leur mieux pour nous préserver, Quin et moi. À cette époque-là, les médias n'étaient pas comme aujourd'hui. Nous avions des règles strictes et les dîners du samedi soir en famille étaient obligatoires quand mon père n'était pas en tournage à l'extérieur. Pour nous, les vedettes de cinéma qui venaient pour des barbecues n'étaient ni plus ni moins que Tom et Russel, comme n'importe quelle personne qu'on invite pour une fête de famille. Nous ne connaissions rien d'autre.

Il fait un large sourire.

– Bon sang, on était gâtés pourris, quand même. Ils étaient tellement désireux de compenser ce qui m'avait manqué dans ma petite enfance.

Il cesse de parler quand on nous apporte nos plats. Nous remercions la serveuse et nous assaisonnons nos burgers de condiments, perdus dans nos pensées. Je suis étonnée quand Colton reprend le fil de son récit.

– Bon Dieu, je dois admettre que j'étais terrible. Toujours à créer des problèmes qu'ils devaient régler. Rebelle. Je me révoltais, contre eux – contre tout, en fait – dès que j'en avais l'occasion.

Je prends une bouchée de mon hamburger, gémissant de plaisir tellement il est bon. Il me décoche un sourire.

– Je t'avais dit que c'était les meilleurs.

– Délicieux ! Trooop bon !

J'essuie le coin de mes lèvres avec ma serviette et je poursuis mon enquête sur Colton.

– Et pourquoi Donavan ? Pourquoi pas Westin ?

Il contre-attaque avec un sourire bagarreur.

– Et pourquoi Ace, au fait ? Pourquoi pas *beau gosse* ou *tombeur* ?

J'ai un mal fou à retenir un éclat de rire. Mais je penche la tête, les yeux rieurs, et je le fixe en faisant la moue. Je me demandais combien de temps il mettrait à me poser cette question.

– Beau gosse, ça sonne complètement faux venant de toi.

Je finis par rire, les coudes sur la table et la tête dans les mains.

– *Est-ce que, par hasard, tu chercherais à éluder ma question, Ace ?*

Il se penche en arrière, sans me quitter des yeux.

– Pas du tout. Je répondrai à ta question quand tu répondras à la mienne.

Je hausse un sourcil.

– Ah ! c'est comme ça que tu le prends ? *Montre-moi la tienne, je te montrerai la mienne ?*

Une lueur de défi amusé brille dans les yeux de Colton.

– *Bébé, j'ai déjà vu la tienne.*

Il me lance un sourire éclair avant de se rapprocher et d'effleurer mes lèvres d'un baiser, mais recule aussitôt sans me laisser la possibilité de le prolonger. Mon corps proteste, frustré et excité.

– Mais je serais absolument ravi de revoir tout l'ensemble.

Mon esprit s'embrume et les muscles de mes cuisses se tendent à cette pensée. La tension sexuelle monte entre nous. Quand je pense pouvoir parler sans que ma voix trahisse l'effet qu'il produit sur moi, je reprends.

– C'était quoi la question, déjà ?

Je le fais marcher en battant des cils. Il hausse les épaules en passant la pointe de sa langue sur sa lèvre inférieure.

– Ace ? Pourquoi tu m'appelles comme ça.

– C'est juste un truc que nous avons inventé Haddie et moi, il y a longtemps, quand nous étions à la fac.

Colton hausse les sourcils pour m'inciter silencieusement à continuer, mais je me contente de sourire timidement.

– Alors, cela signifie quelque chose ? Et ça ne me désigne pas moi, en particulier ?

Il serre la mâchoire, pensif, en attendant une réponse que je ne vais pas lui donner.

– Mais tu n'as pas l'intention de me dire *quoi*, c'est ça ?

– Non.

Je souris avant de boire une gorgée, j'observe son front qui se plisse tandis qu'il se torture les méninges.

– Hum, Aussi Charmant qu'Émouvant ?

Il sourit, visiblement fier d'avoir trouvé ce qu'il croit être la signification de l'acronyme.

– *Non.*

Son sourire s'élargit un peu plus. Il lève sa bière vers moi en fronçant le nez de manière adorable.

– J'ai trouvé : Avec Colton pour l'Éternité !

En voyant son sourire et son regard charmant, j'éclate de rire. Je tends le bras et pose la main sur la sienne que je serre doucement.

– Tu en es loin, *Ace.* Maintenant, c'est à ton tour de répondre à ma question.

– Tu ne vas pas me le dire ? Je n'y crois pas !

– Non, non. Maintenant, cesse d'éviter ma question. Pourquoi Donavan et pas Westin ?

Il me regarde fixement un moment, semblant réfléchir aux différentes options possibles.

– Je finirai bien par te soutirer la réponse, Thomas, d'une façon ou d'une autre !

– *Je n'en doute pas un instant.*

Ça et un tas d'autres choses, probablement.

Il garde les yeux rivés sur moi, des émotions variées défilent dans le vert émeraude de ses iris, puis il hausse les épaules avec nonchalance et tourne le regard vers l'océan, m'interdisant ainsi toute possibilité de les déchiffrer.

– Au début, mes parents utilisaient Donavan comme un moyen de me protéger quand j'étais petit. Quand on voyageait ou qu'on avait besoin d'un pseudo, on prenait ce nom-là. Mais quand j'ai grandi… (il boit une gorgée de bière)… et que j'ai commencé la F1, je n'ai pas voulu passer pour un de ces fils à papa gâtés d'Hollywood qui profitent du nom et de l'argent de leur père pour réussir.

Il lève les yeux vers moi en piquant une frite dans mon assiette alors qu'il en a une montagne dans la sienne.

– Je voulais réussir par moi-même. Faire vraiment mes preuves. Maintenant, ce n'est plus aussi important. Je me fiche royalement de ce qu'on écrit à mon sujet ou de ce qu'on pense de moi. Mais à l'époque, ce n'était pas le cas.

Le silence s'installe entre nous. J'ai du mal à faire coïncider l'image du fauteur de trouble arrogant et sexy véhiculée par les médias avec l'homme que j'ai devant moi. Un homme bien dans sa peau – même si, quelque part, j'ai l'impression qu'il lutte encore pour trouver sa place dans ce monde. Pour prouver qu'il mérite tout ce qu'il a vécu de bien et de moins bien dans sa vie. J'ai le sentiment que le vrai Colton tient à la fois de *l'ange et du démon*.

– Dis-moi, Colton, comment as-tu déniché cet endroit ?

Je prends mon verre par le pied et fais tourner le vin dans le ballon avant de prendre une gorgée.

– Sur le chemin du retour après avoir fait du surf, un jour quand j'étais à la fac.

Il fait une grimace quand une femme à l'intérieur du restaurant pousse un cri aigu en le reconnaissant et l'appelle par son nom.

Je poursuis, indifférente aux badauds qui se rassemblent à l'intérieur pour l'apercevoir.

– Je ne te vois pas à la fac, Ace.

Il termine la bouchée qu'il est en train de mâcher avant de répondre.

– En fait, moi non plus je ne m'y voyais pas.

Il boit une autre gorgée de bière en riant.

– Je crois que j'ai brisé le cœur de mes parents quand j'ai laissé tomber au bout de deux ans à Pepperdine, *sans*[5] diplôme.

– Pourquoi tu n'es pas allé jusqu'au bout ?

Je sursaute quand le flash d'un appareil photo troue l'obscurité de la nuit.

Il déplace sa chaise en un mouvement naturel qui est clairement le fruit d'une longue expérience. Maintenant, il tourne le dos à l'intérieur du restaurant de telle façon qu'on le voie moins. Cela ne me

5. En français dans le texte. (NdT)

dérange pas. Il est plus près de moi et tous deux, nous faisons face à l'océan éclairé par la lune.

– Je pourrais te raconter des conneries du genre, j'étais un esprit libre, etc., etc.

Il agite la main d'un air indifférent.

– En réalité, ce n'était tout simplement pas mon truc.

Il hausse les épaules.

– Le sérieux, les formats prédéterminés, les deadlines, la structure…

Il frissonne d'horreur à ce dernier mot.

Je souris en secouant la tête et je m'appuie sur le dossier de ma chaise où les doigts de Colton se baladent négligemment entre mes omoplates.

– Ouais… je peux effectivement t'imaginer en train de te tourner les pouces en classe.

– Putain, mes parents étaient furax, je ne te raconte pas !

Il pousse un profond soupir en y repensant.

– Ils avaient dépensé des fortunes en cours particuliers pour essayer de me remettre à niveau après m'avoir adopté… (il secoue la tête en souriant), et moi je fichais tout par terre en abandonnant mes études.

Je croque dans une frite.

– Tu avais quel âge quand… je veux dire, comment les as-tu rencontrés ?

Une ombre passe sur son visage et je me donne des coups de pied mentalement pour avoir posé la question.

– Désolée, je ne voulais pas être indiscrète.

Il garde un moment les yeux fixés sur l'océan, pensif, avant de répondre.

– Ça va, mais il n'y a pas grand-chose à raconter.

Il s'essuie les mains sur la serviette posée sur ses genoux.

– J'étais… j'ai rencontré mon père devant sa caravane, sur le parking d'Universal.

– Sur le plateau de *Tinder* ?

C'est le film pour lequel son père a eu un Oscar, d'après ce que j'ai lu au cours de mes recherches sur Google.

Colton hausse les sourcils en arrêtant son verre à mi-chemin de ses lèvres.

– On dirait que tu as bien fait tes devoirs, dis donc.

Je ne sais pas s'il est contrarié ou amusé. Je lui fais un petit sourire gêné.

– Quelqu'un m'a dit une fois qu'il n'était pas prudent de sortir avec une personne sans s'être auparavant renseigné sur elle.

– Ah oui ?

Il se renfonce dans son siège et croise les bras sur sa poitrine, sans lâcher sa bière, ses biceps étirent le bord de ses manches.

– Oui, oui. Mais encore une fois, je ne pense pas que ça change quelque chose quand il s'agit de toi.

– Et pourquoi ça ?

Il porte sa bière à ses lèvres et je ne peux décoller mon regard de ses lèvres retroussées sur le goulot de la bouteille. Il sort la pointe de sa langue pour lécher la mousse après avoir bu. Je dois faire un effort terrible pour ne pas imaginer ces lèvres sur moi. Sa langue sur moi. Qui me lèche. Me déguste.

– Je ne pense pas que ce que j'ai appris sur toi change quelque chose.

Je me penche vers lui pour que ma bouche frôle son oreille et je murmure :

– Je continue à penser que tu es dangereux.

Pour moi, j'ajoute silencieusement.

Il s'écarte de moi et ses yeux se mêlent aux miens quand il se penche pour effleurer mes lèvres d'un baiser, avant d'appuyer son front contre le mien.

– *Tu n'as pas idée à quel point.*

Son murmure provoque une onde de confusion dans tout mon corps. Une minute, léger et malicieux, l'instant d'après, sur la défensive. C'est un euphémisme de dire qu'il est changeant.

Nous finissons notre repas en continuant à bavarder agréablement, interrompus une seule fois par une fan qui demande une photo avec un autographe, que Colton lui donne. Rachel réussit à maintenir les autres fans à distance en prétextant que la terrasse est fermée pour une soirée privée.

Je vois bien pourquoi les femmes sont tellement attirées par lui. Pourquoi elles essaient de faire valoir des droits sur lui, comme Tawny le faisait sûrement avant. Il s'appuie sur le dossier de sa chaise en s'étirant, avant d'absorber le reste de sa bière. Il me lance un coup d'œil et sourit, alors je parcours du regard son torse et ses biceps avant de remonter jusqu'à son visage. Mon ventre se serre quand je le regarde en me rappelant son corps pressant le mien sur le matelas.

– Tu vois quelque chose qui te plaît ?

Il fait exprès de soulever le bord de son t-shirt pour gratter une démangeaison imaginaire sur ses abdos en tablette de chocolat, juste au-dessus de la ceinture de son jean. Je respire difficilement quand ses doigts descendent négligemment en suivant son « sentier du bonheur », vers l'endroit où il disparaît sous les boutons de sa braguette. *Bon sang !*

Je relève les yeux pour voir son regard où l'amusement se mêle au désir. *Il n'est pas le seul à pouvoir jouer à ce petit jeu.* Je repense à Haddie et à son conseil. *Laisse parler la séductrice qui est en toi.* Je me le répète comme un mantra. Pour essayer de convoquer la sexualité qui mijote en moi afin de rivaliser avec le sex-appeal de Colton.

Je change de position sur ma chaise, je plie une jambe sous moi et m'assieds sur mon pied. Je m'appuie en avant en posant mes coudes sur la table, si bien que mon décolleté est bien visible quand je me penche vers lui. Je vois les yeux de Colton passer sur mes lèvres, descendre le long de mon cou pour aller directement sur la courbe de mes seins. Concentré, il entrouvre les lèvres et sa langue pointe pour venir les humecter. Je me pousse un peu plus en avant jusqu'à ce que mes lèvres soient à quelques centimètres des siennes.

– *Quelque chose qui me plaît ?*

Je répète, le souffle court, en regardant sa bouche puis de nouveau ses yeux.

– Humm…

Je fais semblant de réfléchir.

– Je suis toujours en train de tester la marchandise pour voir si elle est à la hauteur.

Mes lèvres sont à un millimètre des siennes et quand il les avance pour m'embrasser, je change de nouveau de position au bon moment, lui refusant le contact.

Un éclair d'impatience passe fugitivement dans ses yeux, mais très vite les coins de sa bouche se relèvent et il secoue la tête.

– Ah, c'est comme ça que tu veux le jouer, Rylee ?

Sa question, bien que légère, est posée avec une nuance d'avertissement. L'intensité de son regard ne laisse pas mon corps indifférent – mon pouls et ma respiration s'accélèrent et mes terminaisons nerveuses sont à vif.

– Tu veux jouer les difficiles, chérie ?

Il sort son portefeuille de sa poche arrière et en retire une quantité généreuse de billets qu'il pose sur la table.

Il se met à rire. Le son profond de sa voix résonne en moi alors que je continue de l'observer sans rien dire, avec un sourire faussement timide même si je m'aperçois qu'avec Colton je suis complètement dépassée quand il s'agit de jouer. Il tend le bras et prend mon visage dans sa main, caressant ma lèvre inférieure du gras de son pouce. Le désir qui se concentre dans mon ventre me pousse à vouloir qu'il me caresse partout.

Il se penche vers moi, le regard déterminé. Il approche sa bouche de mon oreille. Je sens la chaleur de son souffle et des fourmillements courent sur ma peau, anticipant ses caresses.

– Tu vois, chérie, si tu as envie de jouer à ce petit jeu-là, tu n'as pas choisi le bon adversaire.

Il prend le lobe de mon oreille entre ses lèvres et le suce, provoquant une sensation qui descend tout droit jusqu'à mon sexe. Mon corps se cambre instinctivement, même si je me rends bien compte que dans notre dos se trouve un restaurant bondé de clients.

– Ta maman ne t'a jamais dit que jouer les difficiles était le moyen le plus sûr de conquérir l'homme que tu désires ?

Sa voix est séductrice, hypnotique et hyper sexy. Il continue de balader un doigt le long de mon épaule, puis de mon bras jusqu'à ma hanche. Il passe la paume de sa main sur ma cuisse et la fait glisser lentement jusqu'en haut. Son pouce frôle ma fente, appuyant habilement la couture de mon jean sur mon clitoris palpitant. Je prends une inspiration.

– Tu veux jouer les dures, chérie ? Bienvenue dans la cour des grands.

Je relâche mon souffle, ses mots sont autant d'aiguillons qui excitent ma libido déjà exacerbée.

Il se penche et effleure mes lèvres d'un baiser tentateur. Il s'écarte de moi avec un regard triomphant. En haussant les sourcils, il jette un coup d'œil vers ma poitrine.

– De plus, tes tétons te trahissent et démentent ta tentative de jouer les difficiles.

Quoi ? Je baisse les yeux et je vois que les bouts dressés de mes seins pointent sous mon pull, révélant clairement mon excitation. *Bon sang !*

Colton se lève brusquement en souriant effrontément avant de me tendre la main.

– Viens.

Je ne pense qu'à une chose : que ça recommence très vite. Tout mon corps est tendu, dans la perspective de nouvelles caresses.

Rachel nous dirige vers une porte située à l'arrière du restaurant pour que nous puissions sortir en évitant les paparazzi qui attendent devant. Nous retournons à sa voiture sans encombre et Colton rejoint rapidement l'autoroute 1. Nous roulons en silence, l'air à l'intérieur de la voiture crépite de tension sexuelle inassouvie.

Je ne sais pas où il m'emmène, mais il est clair que nous voulons la même chose. Sans avoir besoin de le dire. Je le vois à la façon dont les mains de Colton sont crispées sur le volant. Dans les ondes invisibles d'anticipation et de désir qui émanent de lui.

Finalement, nous quittons l'autoroute en approchant de Pacific Palisades et nous tournons dans une rue, à deux pâtés de maisons de la plage. Colton se gare devant une maison de style toscan et sort de la voiture sans dire un mot. On est chez lui, peut-être ? À la lumière du réverbère, je vois une façade en stuc avec des motifs en fer forgé et une cour intérieure entourée d'une barrière rustique. C'est charmant et confortable, mais cela ne correspond pas du tout à l'idée que je me faisais de l'endroit où vit Colton. Je l'imaginais plutôt porté sur l'architecture moderne, les lignes pures et les décors monochromes. Il ouvre la portière arrière et rassemble nos affaires avant d'ouvrir la mienne pour m'aider à sortir de la voiture. Il me prend par la main et me précède sur l'allée pavée sans dire un mot ni me regarder.

Je me demande si c'est mon intuition, mais soudain je me sens mal à l'aise. Pourquoi ce brusque changement d'attitude ? Est-ce que quelque chose m'a échappé ? La nervosité me gagne quand je m'aperçois qu'en passant la porte, ce que je prévoyais a changé. Basculé, pour une raison que j'ignore. Je m'arrête derrière Colton dans la coquette cour intérieure où une petite balancelle trône parmi les hortensias et les frangipaniers.

J'entends un bruit de clés et un juron quand Colton se trompe de clé, enfin il ouvre la porte d'entrée en la poussant, avant de poser la main sur ma taille pour m'inviter à entrer. Il tape le code de l'alarme, mais elle continue à sonner et ce n'est qu'au bout de deux autres tentatives qu'elle se tait.

L'intérieur est peint dans des tons de brun et de beige avec quelques taches de couleurs vives, des coussins ou des vases. Quelques détails ici et là, une touche féminine me font penser qu'il a dû employer une femme pour la déco à un moment ou un autre. À moins qu'une femme vive avec lui. J'entre dans la pièce principale d'un pas hésitant, les mains nouées devant moi, ne sachant pas trop quoi dire ou faire. Pour la première fois ce soir, je me sens mal à l'aise en compagnie de Colton. J'entends la porte se refermer puis ses bottes sur le parquet quand il passe derrière moi pour aller dans le coin cuisine.

La légèreté de tout à l'heure a disparu sans laisser de traces, cachée sous son masque de façade. Je le vois ouvrir un placard à la recherche de quelque chose qu'il ne trouve pas, il jure, puis il en ouvre deux autres et pousse un soupir.

– C'est quoi ce bordel ?

C'est exactement ce que je me dis. Je vois la tension dans ses épaules. Dans les traits tirés autour de sa bouche. Le doute et l'angoisse montent en moi au moment où j'avance vers lui.

– C'est joli chez toi.

Le ton suraigu de ma voix trahit ma nervosité.

Colton lève vivement les yeux, croise mon regard, me jauge.

– Ça dépend.

Je le regarde, perplexe. Il referme le placard et fait le tour du bar pour venir vers moi.

Ses yeux sont indéchiffrables. Prudents. Il secoue la tête, l'air désolé.

– Je suis venu sans réfléchir… J'ai été stupide de t'amener ici…

Ces mots, ce rejet soudain me font l'effet d'une gifle. Humiliée, je baisse les yeux et j'entoure mon buste de mes bras, un geste de protection bien dérisoire. Je sens les larmes qui montent au fond de ma gorge. C'est la deuxième fois qu'il m'entraîne vers des sommets pour me lâcher soudain sans un mot d'explication. Il n'a d'yeux que pour moi et, soudain, c'est comme si ma vue lui était insupportable. Je danse d'un pied sur l'autre, m'interdisant de pleurer devant lui. De lui donner la satisfaction de voir l'emprise qu'il a déjà sur moi bien que nous ne nous connaissions que depuis peu de temps.

Avec un profond soupir, je me prépare à me rendre à l'évidence et à partir puisque je ne suis brusquement plus la bienvenue ici. Quand je pense pouvoir le faire, je lève les yeux pour découvrir Colton en train d'enlever son t-shirt. Il le passe par-dessus sa tête et le jette sur le canapé sans regarder où il tombe. Ses yeux sont complètement concentrés sur moi, les mâchoires serrées, les mains fébriles comme si elles le démangeaient de se poser sur moi. L'intensité de son regard me coupe le souffle.

Maintenant, c'est à mon tour de me dire *c'est quoi ce bordel* ? Je suis complètement larguée. Dr Jekyll se métamorphose en Mister Hyde et renouvelle la performance. Un moment, je crois qu'il s'excuse de m'avoir emmenée chez lui parce qu'il veut faire marche arrière et, l'instant d'après, il est délicieusement torse nu à me regarder comme s'il allait me dévorer sur place.

Je détourne les yeux pour parcourir son corps du regard. Son torse musclé, son jean bas sur les hanches, le V de ses muscles qui plonge profondément en dessous de sa ceinture. Je meurs d'envie de poser mes lèvres là, et de les promener le long des muscles saillants qui descendent vers le sommet de ce triangle inversé. D'envie de le prendre dans ma bouche, de l'exciter avec ma langue et de lui faire perdre tout contrôle. Cette envie, à la limite de la douleur, jaillit en moi, bat et exige d'être satisfaite.

– Est-ce que tu as la moindre idée de l'effet que tu me fais ?

Je détache les yeux de son corps pour croiser son regard. Les sentiments non exprimés que j'y vois me surprennent, m'enveloppent et me font peur.

– Apparemment non, je me trompe ?

Je fais non de la tête en mordillant ma lèvre inférieure. Tout ce que je sais, c'est l'effet qu'il produit sur moi. Le pouvoir qu'il a de me permettre de ressentir quelque chose de nouveau. De me faire oublier. Le fait que son simple contact apaise les doutes dans ma tête.

Il avance lentement vers moi.

– Tu es là, avec ce regard innocent dans tes fantastiques yeux violets, avec tes cheveux qui tombent en cascade comme si tu étais une fée. Et ces lèvres… hmmm… Seigneur… ces lèvres sexy qui enflent et deviennent tellement douces quand on les a embrassées. Elles peuplent mes rêves.

Ses mots chantent à mes oreilles, comme une lente mélopée séductrice. Il s'approche encore et prend ma main dans la sienne.

– Ta vulnérabilité se voit sur ton visage, Rylee, mais ton corps ? Tes courbes ? Ils appellent au péché. Ils me mettent l'eau à la bouche. Ils évoquent en moi des idées qui te feraient rougir, j'en suis sûr.

Il se passe la langue sur la lèvre inférieure.

– Toutes les choses que je voudrais faire avec ce corps, chérie !

Je retiens ma respiration, la franchise brutale que recouvrent ces mots me met à nu. En transe. M'enhardit. Ouvrant une nouvelle fissure dans l'armure qui protège mon cœur.

– Tu crées un *besoin* chez moi, Rylee.

Il murmure d'une voix rauque en continuant à avancer vers moi. La chair de poule court sur mes bras quand il balade son autre main sur mon buste, s'arrêtant négligemment pour que son pouce puisse frôler le dessous de mes seins. La réaction est immédiate, mes tétons durcissent d'excitation. Il se penche sur moi, son visage est si proche du mien que je vois les petits points plus foncés qui flottent dans le vert de ses iris, et que m'apparaît clairement tout le sens des mots non dits : « *Et je n'ai jamais besoin de rien ni de personne.* »

Son aveu est comme une allumette lancée dans mon réservoir. Ses mots incendiaires flattent cette petite partie de moi, bien cachée tout au fond, qui espère qu'il pourrait y avoir plus que ça entre nous. Je cherche dans ses yeux, repensant aux paroles prononcées de-ci, de-là au cours des moments passés ensemble et j'ose croire que quelque chose est possible.

Il m'a attendrie, mise à genoux et reconstruite, tout ça en une seule fois.

– Colton ?

Ma voix hésite, chargée d'émotion.

– Je… Colton…

Sans me laisser le temps d'aller au bout de ma pensée, il me colle contre lui et écrase ses lèvres sur les miennes. Tout le flirt léger de la soirée explose entre nous en un ouragan de lèvres chercheuses et de mains insatiables. L'urgence est palpable. Notre besoin mutuel de sentir nos peaux l'une contre l'autre est primordial. Colton relâche son emprise sur mes hanches pour attraper le bas de mon pull et me le retirer en n'interrompant notre baiser que le temps de le faire passer devant mon visage. Il le jette au sol tandis que sa bouche revient s'écraser sur la mienne.

La faim. C'est à cela que son baiser ressemble. C'est ce que je ressens dans ses mains sur mon corps. Ce que je ressens à l'intérieur de moi. Je veux sentir chaque centimètre de sa peau et même plus.

Je voudrais me perdre en lui, me perdre dans cette sensation et être submergée par son seul contact.

– Bon Dieu, Rylee…

Il s'écarte de moi, nos poitrines se soulèvent rapidement l'une contre l'autre, nos cœurs battent tous les deux à un rythme effréné. Quand il prend mon visage entre ses mains, le regard noir qu'il pose sur moi me dit qu'il comprend. Il ressent cette faim, lui aussi.

– Tu m'as mis à nu, Rylee. Tu m'as excité toute la soirée. *Je. Ne. Me. Contrôle. Absolument. Plus*, dit-il en détachant les syllabes.

Il ferme les yeux, je sens sa queue palpiter contre mon ventre.

– Je ne crois pas pouvoir être doux, Rylee…

– Alors, ne le sois pas.

Je me surprends moi-même en disant ça, mais je n'ai plus envie d'être traitée comme une poupée de porcelaine. Comme Max me traitait. J'ai envie de sentir sa passion se répandre sur moi quand il me prendra sans retenir sa fougue incontrôlée. Je veux qu'il me domine jusqu'à ce que je jaillisse et m'écrase au sol sans retenue.

Il écarquille les yeux, un son guttural s'échappe de sa gorge et il se jette sur moi, prêt à me dévorer. Le désespoir vibre entre nous. Il me pousse en arrière, nos jambes s'entrelacent, nos mains explorent brutalement chaque centimètre de peau découverte. Le bas de mon dos cogne contre le bord en granite de l'îlot central de la cuisine tandis que

Colton se bat avec la fermeture de mon jean. Il le baisse sur mes hanches et me soulève sans difficulté pour me jucher sur le plan de travail.

Le froid de la surface du granite mord ma peau nue enfiévrée, ajoutant une dimension nouvelle aux sensations aiguisées de mon sexe.

Coton descend mon jean et ma culotte sur mes pieds, puis il écarte mes genoux. Il avance entre mes jambes en s'appuyant sur mes cuisses tout en collant sa bouche sur la mienne. Ses mains courent fébrilement sur ma poitrine, prennent mes seins un instant à travers la fine dentelle de mon soutien-gorge avant de continuer leur descente vers le triangle, au creux de mes cuisses. Il effleure ma fente d'un doigt avant de le glisser entre ses plis et me trouver trempée de désir.

– Oh, Rylee…

Sa respiration devient sifflante quand il fait glisser son doigt d'avant en arrière pour m'enduire de ma propre moiteur et me donner du plaisir par la même occasion. De l'autre main, il se bagarre avec les boutons de la braguette de son jean. Il baisse les yeux pour observer les tourments excitants qu'il prodigue à mon sexe avant de poser ses lèvres sur les miennes.

– J'ai envie de te sentir sur ma peau, Rylee. Sans latex entre nous.

Ses mots rendent plus profonde la douleur dans laquelle je me noie.

– Tu me fais confiance si je te dis que j'ai fait le test ? Que j'utilise toujours des préservatifs ? Que je n'ai jamais eu de relations sexuelles non protégées ? Que je suis clean ?

Il m'embrasse à nouveau, sa langue se glisse entre mes lèvres, lèche, goûte, tente.

– Bon Dieu, j'ai tellement envie de te sentir.

– Oui. Moi aussi. S'il te plaît…

J'ai le souffle coupé quand il glisse encore un doigt en moi, mon cerveau n'est plus capable de formuler une phrase cohérente.

– … la pilule… oui… oui, j'ai confiance.

Je halète, son doigt dessine des cercles en moi.

– Allonge-toi.

Il se libère de son jean, saisit mes jambes juste sous mes genoux pliés, et les relève.

Je me cambre sur la pierre froide, au moment précis où il m'écarte et me pénètre d'une poussée si rapide et si violente que la surprise m'arrache un cri. Il s'immobilise, enfoncé entièrement en moi, pour permettre au plaisir mêlé de douleur que je ressens de se dissiper, le temps que mon corps s'étire et s'ajuste à lui.

– *Putain*, Rylee.

Sa voix est rauque, je sens qu'il perd le contrôle. Son regard brûlant balaie mon corps et remonte jusqu'à mes yeux. Je vois la tension des muscles de son torse, ses mâchoires qui se serrent et ses yeux voilés par le désir tandis qu'il essaie de se retenir.

– Tu es si bonne autour de moi. Comme du velours qui m'agrippe.

Je retiens mon souffle. Il palpite en moi, ayant perdu tout contrôle.

– Oui, Colton, oui !

Je crie quand il se retire et rentre violemment en moi de nouveau. Le plaisir me traverse en vagues successives quand il m'attrape par les hanches et m'attire vers lui de telle façon que mon cul repose en déséquilibre sur le bord du bar. Il impose un rythme infernal en se poussant en moi encore et encore. Sans rompre le tempo, il penche son torse au-dessus de moi et, en enlaçant ses mains dans les miennes, il les fait passer au-dessus de ma tête. Il les immobilise d'une main tandis que l'autre redescend pour presser un de mes seins. Il en fait rouler la pointe entre ses doigts et il avale le gémissement qu'il a obtenu de moi en reprenant ma bouche dans la sienne.

Il n'y a aucun autre bruit dans la maison que le son de nos corps luisants qui frappent l'un contre l'autre, nos halètements, nos injonctions passionnées et nos cris d'extase. Je sens la pression monter, mon sexe se resserre autour de lui qui va et vient en moi, chaque centimètre de son corps dur comme de l'acier tape sur chacune de mes terminaisons nerveuses. Mais je vois aussi un homme au bord de la perte de contrôle et qui approche de la libération de sa tension au moment où il me lâche les mains et, appuyé sur ses coudes, se penche au-dessus de moi. Une dernière poussée, et il crie mon nom avant de se retirer brutalement.

Mon corps se contracte sur ce vide inattendu, alors que Colton enfouit sa tête contre ma poitrine. Son corps convulse quand il jouit. Dans sa main ? Je suis pleine de confusion. Le plaisir violent qui se transmet dans tout son corps lui arrache un grognement. Je sens sa tension se dissiper en même temps que la chaude caresse de ses lèvres sur ma peau nue. Je me tortille à son contact, mais j'ai les nerfs à fleur de peau, frustrée de l'orgasme que je sentais venir.

Je le sens sourire contre mon ventre et comme s'il lisait dans mes pensées, il murmure :

– Je veux que tu jouisses pour moi, Rylee. Je veux goûter comme tu es douce.

Oh ! Je comprends peu à peu la raison de son retrait brutal. Sa bouche. Sur moi.

– Colton…

– Chuuut…

Quand il murmure dans mon oreille, ses lèvres effleurent le point sensible situé juste au-dessous de mon lobe. Je penche la tête en arrière en griffant son dos de mes ongles. Il inspire en sifflant à ce contact et pose une rangée de baisers autour de mon cou et jusqu'à mon autre oreille.

– Tu m'as excité toute la soirée, Rylee. (Sa voix est rauque, enrouée par le désir.) Maintenant, à mon tour de te rendre la pareille.

Un frisson court dans mon dos qui n'a rien à voir avec le froid du granite sur lequel je suis allongée. Colton est allongé sur moi, mais je le sens tendre la main et j'entends le froissement d'un sac derrière ma tête. Je tourne la tête en arrière pour voir ce qu'il fait, mais son autre main me tient fermement par le menton.

– Non, non. Ne bouge pas la tête. Je ne voudrais pas que tu gâches la surprise.

– Colton ?

Je fronce les sourcils, curieuse de savoir de quoi il parle, tout mon corps est en alerte après ce qu'il vient de dire. Je ne suis pas trop fan des surprises, surtout quand je suis nue et vulnérable.

Il part d'un rire profond et sexy.

– Ça va être dur pour toi, tu ne crois pas ?

Comme je ne réagis pas, il se soulève sur un coude et me regarde un instant.

– Je crois qu'il serait temps que tu arrêtes de gamberger, Rylee. Que tu arrêtes d'imaginer ce qui va se passer alors que nous venons juste de commencer.

Il pose un baiser chaste sur mes lèvres.

– Reste là. Ne bouge pas. Tu m'entends ?

Le ton autoritaire de sa voix m'excite. Ses remarques me perturbent. Il se lève et j'entends le bruit de ses pieds nus qui sortent de la cuisine. Un tiroir s'ouvre et se referme. L'appréhension me gagne. Pour la fille insouciante en moi qui meurt d'impatience de se libérer, cette attente est excitante. Pour la maniaque du contrôle que je suis, l'inquiétude est dérangeante. Est-ce que je peux lui faire confiance ? Oui, *sans l'ombre d'un doute.* Pourquoi ? Je ne sais pas trop, et cela me flanque une trouille terrible.

Je l'entends revenir dans la cuisine, il se penche sur moi, un sourire lascif retrousse le coin de ses lèvres.

– Est-ce que tu sais à quel point tu es superbe en ce moment ?

Je ne réponds pas, mais je me mords la lèvre quand ses doigts se posent soudain sur ma fente. Ils m'écartent et passent lentement de haut en bas. Je me cambre pour amplifier sa caresse. Aussitôt il retire sa main.

– Colton…

– Non, non, Rylee. C'est moi qui contrôle. Ici et maintenant.

Je bats des paupières en levant les yeux pour rencontrer son regard. Mon cœur tambourine dans ma poitrine. Mes tétons durcissent. La peur se profile sur les bords du brouillard dans lequel m'a plongée Colton. Laisser le contrôle à quelqu'un d'autre est une idée déconcertante. Se soumettre sans réfléchir l'est encore plus.

– Arrête de réfléchir, bébé.

En murmurant, il tire mes mains au-dessus de ma tête.

– Je veux te retirer le contrôle afin que ton cerveau ne puisse rien faire d'autre que se laisser aller à ses sensations. Tu ne seras plus en mesure d'anticiper quand tu ne seras plus celle qui prend les initiatives, tu vois ?

Oh, putain ! Qu'est-ce qu'il…

Mes pensées sont interrompues pour de bon quand il appuie sa bouche sur la mienne. Je me tortille pour bouger les mains, il se met à rire et nous nous embrassons.

– Désolé, chérie, tu vas avoir l'occasion d'apprendre que, parfois, ne pas être dans le contrôle est extrêmement libérateur.

Il passe quelque chose autour de mes poignets et l'attache au robinet, à l'autre bout de l'îlot central. Quand je me rends compte de ce qu'il a fait, quand je commence à comprendre à quel point ce geste n'était pas nouveau pour lui et combien de fois il a dû le faire auparavant, quand le monde autour de moi s'obscurcit parce qu'il me passe un bandeau sur les yeux, je bloque ma respiration.

– Le temps est venu de suivre tes propres conseils, Rylee.

Quoi ? Quand est-ce que je t'ai demandé de m'attacher pour abuser de moi ?

– Sur le Tilt-A-Whirl, tu m'as dit de fermer les yeux. Tu as dit que cela décuplait les sensations.

Du pouce, il dessine les contours de mes lèvres.

Et merde ! Moi et ma grande gueule.

Quelque chose de doux, mais en même temps de légèrement rugueux, se balade sur mon ventre et remonte le long de mon buste pour venir faire des cercles autour de mes tétons. Je retiens mon souffle quand ce truc qu'il tient descend en une caresse légère le long de mes jambes puis remonte le long de l'intérieur de ma cuisse pour redescendre sur l'autre. Mon sexe se crispe sous cette caresse, désirant désespérément que quelque chose vienne apaiser le feu qui l'embrase. Rien d'autre que ce machin ne touche mon corps. Le seul son que j'entends, c'est ma propre respiration. L'attente qui monte en moi est intense tandis qu'il fait subir à mes sens ce lent supplice de Tantale.

Jamais de ma vie je n'ai autant désiré la caresse d'un homme qu'en ce moment. Je ne pense qu'à l'endroit où il va me toucher ensuite. Il n'y a rien d'autre à faire que de me concentrer sur mes sensations. Mes nerfs sont à vif dans l'attente de son contact. Il a réussi à me faire oublier l'étape suivante pour savourer pleinement celle à laquelle je me trouve. J'ai perdu le sens de ce qui m'entoure. Rien n'existe plus en ce moment que lui, mon envie désespérée qu'il me touche et mon besoin irrépressible d'assouvissement.

Colton est totalement silencieux, mais j'entends quand même le soupir imperceptible qui s'échappe de ses lèvres en voyant la réaction de mon corps aux tourments délicieux que me cause cette privation de capteur sensoriel.

Colton marque une pause sur mon sein droit et, sans me laisser le temps de localiser la sensation, il me touche pour la première fois en prenant mon téton dans sa bouche. Je hausse violemment les hanches en sentant la chaleur de sa bouche sur ce point si sensible.

– Colton !

Je crie en tirant sur les liens qui m'immobilisent les mains, j'ai envie de le toucher. J'ai envie d'emmêler mes doigts dans ses cheveux et de le tenir contre moi.

Des dents, il tire doucement sur le bout de mon sein puis, soudain, la chaleur de sa bouche s'éloigne puis se rapproche de mon autre sein. Je sens de nouveau le truc inconnu qui dessine des cercles autour de sa pointe avant que ses lèvres ne se referment dessus. Il grogne doucement.

– Savoureux.

Je comprends soudain qu'il me torture avec un bâton de barbe à papa. J'ouvre la bouche pour parler mais il la referme de la sienne, et je sens le goût du sucre sur sa langue. C'est un baiser doux et tendre. Un laisser-aller progressif de nos lèvres et de nos langues, dépourvu d'urgence et pourtant totalement désespéré. Ses lèvres descendent le long de mon cou offert et remontent pour mordiller le lobe de mon oreille. Une lente torture que j'accueille avec plaisir et qui m'emplit, plus que jamais, de désir.

Je sens la barbe à papa descendre le long de mon buste jusqu'à mon sexe. La confiserie s'éloigne de ma peau pour faire place à ses doigts qui se baladent sur moi, effleurant mes plis et attisant l'addiction de mon corps à ses caresses. Mon souffle se coupe quand nous nous embrassons, et Colton absorbe mon gémissement vorace. De ses doigts experts, il m'excite avec habileté, je pousse mon pelvis contre sa main pour en avoir plus. J'ai une envie folle que ce frottement me rapproche encore plus de mes limites. Une respiration sifflante m'échappe quand il m'écarte et glisse un doigt, très lentement, au cœur de mon intimité. Des éclairs de chaleur crépitent en moi, mes muscles se resserrent autour de lui et se contractent tandis que le feu coule dans mes veines. Il me prend dans sa paume, bascule calmement la main, son pouce trouve le nœud de mes terminaisons nerveuses et le stimule. Il ressort son doigt et, lentement, en replonge deux. Il les incurve en frottant mon point sensible interne. Ses doigts et sa langue se répondent alors qu'il intensifie le rythme. Je serre mes poings entravés, mes ongles se plantent dans mes paumes quand il accélère encore.

Je suis merveilleusement près de perdre toute notion de lieu et de temps, mais soudain tout s'arrête. Colton s'est écarté de moi. Frustrée, je crie son nom. Désespérée, je l'entends répondre par un ricanement.

– Un peu de patience, chérie. Les revirements font partie du jeu. Je veux te rendre aussi folle que tu le fais avec moi.

Quelque chose de doux me chatouille les lèvres et j'ouvre la bouche pour prendre sur ma langue la bouchée sucrée de barbe à papa.

– Je veux t'amener à ton point culminant, Rylee. Au bord du précipice, afin que ta seule pensée soit pour moi. Que tu cries mon nom quand ton corps explosera en un million d'étincelles de plaisir.

Sa parole hypnotique me met en transe. Me captive. Et sans me prévenir, la bouche de Colton se referme sur mon clitoris en même temps qu'il glisse deux doigts en moi. Je crie des mots dépourvus de sens quand une vague de plaisir exquis se déverse sur moi. Il m'excite en suçotant doucement jusqu'à ce que mes jambes se contractent avec impatience. Ses doigts appuient lentement à l'intérieur et à l'extérieur de mon sexe, frottent, excitent et me poussent à vouloir plus. Je lève les hanches vers lui, je savoure sa caresse, mais j'en veux toujours plus. Mon désir haletant fait place à un gémissement d'extase quand je sens le début de mon orgasme. Je vais jouir. À deux micro-secondes de la plénitude de mon orgasme, Colton retire sa bouche brusquement. Ses doigts restent en place, mais immobiles en moi.

Nom de Dieu ! J'ai besoin d'air. Ma poitrine se soulève, mais mon corps est toujours tendu comme un ressort qui attend le signal pour démarrer.

– Espèce de gourmande !

Sa voix me parvient comme un murmure qui glisse sur mon corps luisant de sueur.

– Il va falloir que je m'occupe de ça.

Avant même de finir sa phrase, il ressort ses doigts et me pénètre violemment, en s'enfonçant jusqu'à la garde dans mes profondeurs chauffées à blanc.

– Bon Dieu, Colton !

Comblée par cette plénitude soudaine, ce frottement inespéré, je me tortille sur la plaque de granite.

Colton sort de moi doucement, lentement, avant de me pénétrer de nouveau. Il continue ce va-et-vient, un lent retrait suivi d'une pénétration avide, en installant un rythme délirant qui me fait monter vers les sommets.

– Jouis pour moi, Rylee, grogne-t-il.

Ces paroles me font lâcher prise. Ma respiration s'accélère. Mon pouls s'affole. Mes muscles se tendent. Mes hanches se frottent contre lui, rehaussant la pression qui me brûle jusqu'à ce que je bascule dans l'abîme. J'explose comme un feu d'artifice. Une chaleur torride me traverse. Tout disparaît autour de moi tandis que la première vague de mon orgasme explose. Je pousse des cris incohérents en palpitant autour de lui. Il s'immobilise pour me permettre d'absorber l'intensité de mon plaisir. Je relâche le souffle que je retenais, mes muscles tendus se détendent lentement quand une autre vague de plaisir déferle sur moi.

Celle-ci est plus forte que ce que je peux supporter. Ma réaction provoque son orgasme. Il recule et s'enfonce en moi plusieurs fois encore, mon corps toujours agrippé à lui. Il hurle mon nom quand son plaisir le déchire et que ses hanches tressautent contre moi jusqu'à ce que je sente l'éruption de sa chaleur en moi.

Il s'écroule sur moi, enfouissant son visage dans le creux de mon cou. Nos poitrines se soulèvent à l'unisson et je sens un sourire se former sur ses lèvres. J'exhale un souffle saccadé, les battements frénétiques de mon cœur commençant à ralentir. *C'était... waouh !*

Je veux détacher mon bandeau quand je me rappelle que mes mains sont toujours entravées.

Je me tortille sous lui. Il se met à rire dans mon cou, envoyant des vibrations dans ma poitrine.

– J'ai comme l'impression que tu veux récupérer l'usage de tes mains ?

– Hmmm-hmmm.

Je n'essaie même pas de parler. Mon corps se remet tout juste de ce qui vient de se passer.

Il se soulève et je sens ses mains tirer sur mes liens. Quand une de mes mains est libre, je descends mon bandeau, mes yeux s'adaptent sans difficulté à la lumière tamisée de la cuisine. Le visage de Colton est au-dessus de moi, marqué par la concentration, pendant qu'il détache mon autre main. Ses traits se détendent, il la libère de ce qui s'avère être une corde de velours tressé.

Je passe les mains sur ses joues et quand il baisse les yeux vers moi, une mèche de cheveux tombe sur son front. Un petit sourire éclaire son visage. Je lève la tête et j'effleure ses lèvres d'un doux baiser, la seule façon pour moi d'exprimer ce que je ressens, ce que tout cela représente pour moi, sans risquer de le faire fuir.

Je repose la tête, mais les yeux de Colton restent clos, un sourire flotte toujours sur ses lèvres. Il secoue légèrement la tête avant d'ouvrir les yeux et de se relever.

– Allez, viens, dit-il en me tirant par les bras. Tu ne dois pas être très confortable comme ça.

D'un bond, je descends du bar soudain gênée par ma nudité. Je cherche mes vêtements du regard tandis que Colton remonte son jean sur ses hanches. En passant les bras dans les bretelles de mon soutien-gorge, je le regarde refermer les quatre premiers boutons de sa braguette en laissant le haut ouvert. Je réprime un soupir en passant un regard appréciateur sur son torse nu.

J'agrafe mon soutien-gorge et enfile mon t-shirt. Je commence à passer mes doigts dans mes cheveux emmêlés, mais je m'arrête en apercevant les tatouages qui ornent son torse. Je n'avais jamais eu la possibilité de les voir en entier, alors je prends le temps de les regarder. Quatre symboles courent verticalement sur son flanc. Ils sont tous dans le même style. Les trois premiers dessins sont compacts, complètement encrés, alors que le quatrième n'est qu'un contour. Je penche la tête, essayant de comprendre ce qu'ils représentent quand Colton lève les yeux et voit mon regard interrogateur.

CHAPITRE 17

– Qu'est-ce qu'ils représentent, tes tatouages ?

Il se tourne et lève le bras pour que je les voie mieux.

– Ce sont des nœuds celtiques.

– Qu'est-ce qu'il signifient ?

– Rien, en fait.

Son ton est grognon, il s'affaire à ouvrir le réfrigérateur, qui est pratiquement vide, et prend une bière.

Je me demande pourquoi tout à coup il élude la question alors qu'il s'est montré si ouvert toute la soirée. Il me tend une bière que je refuse d'un signe de tête.

– Oh, arrête, tu ne sembles pas être le genre de type à se marquer à vie sans raison.

Je m'appuie sur le bar, en t-shirt et culotte, et il boit une longue gorgée de bière en me regardant dans les yeux par-dessus la bouteille. Il balade son regard sur mes jambes nues avant de remonter sur mes yeux.

– Les nœuds ont différentes significations.

Il relève le bras pour me les montrer quand je m'approche de lui. Il désigne le premier qui est juste sous son aisselle.

– Celui-ci, c'est pour surmonter l'adversité.

Il passe au suivant.

– Celui-ci symbolise l'acceptation, celui-là, c'est la guérison, et celui du bas représente la vengeance.

Il lève la tête lentement, ses yeux sombres fixés sur les miens, guettant ma réaction. Attendant que je lui demande pourquoi il a besoin d'acceptation, de guérison et de vengeance. Nous restons silencieux jusqu'à ce qu'il soupire, en secouant la tête, étonné lui-même d'en avoir tant dit.

Je fais un pas vers lui, tends la main avec hésitation et passe les doigts sur les quatre symboles. Leur signification résonne en moi, d'une certaine façon ils sont un marqueur de son passé et indiquent où il en est dans sa manière de le gérer. Il frissonne à mon contact.

– Ils te vont bien.

J'essaie de lui faire sentir que je comprends.

– Tu les as fait faire tous les quatre en même temps ? Pourquoi trois d'entre eux sont-ils coloriés et pas le quatrième ?

Il hausse les épaules en s'éloignant de moi, et boit une nouvelle gorgée de bière.

– Non.

Il n'en dit pas plus et je comprends au ton de sa voix que le sujet est clos.

– Tu es irlandais, alors ?

– C'est ce que dit mon père.

Le roi de la communication. Je suppose qu'il ne parlera plus de lui ce soir. L'interrupteur virtuel a été fermé et je me retrouve une fois de plus à essayer de le suivre dans ses sautes d'humeur. Qu'est-ce qu'on fait maintenant ? Il me raccompagne chez moi ? Je passe la nuit avec lui ? J'appelle un taxi ?

Déconcertée, je ramasse mon pantalon et l'enfile, en essayant de garder ma dignité quand je m'emmêle les pieds dans les revers. Sans avoir besoin de lever les yeux, je sens la chaleur de son regard posé sur moi.

– Au fait, Colton…

Je lève les yeux en finissant de boutonner mon jean et je vois que j'avais raison, il m'observe avec un regard amusé. Il a peut-être une grande expérience de ce qui se fait dans ce genre de situation, hélas ce n'est pas mon cas. En rougissant, je cherche un sujet de conversation qui pourrait faire diminuer mon angoisse jusqu'à ce qu'il me donne une indication sur ce que je suis censée faire.

– Les gamins sont vraiment très impatients de venir sur le circuit pour les essais.

Il grogne en hochant la tête, avant d'étouffer un rire.

– Quoi ?

Sa réaction me déconcerte.

– On parle business, maintenant, c'est ça ?

Je l'observe avec attention quand il vient vers moi, me défiant du regard de prédateur que je lis dans ses yeux.

– Comment ça se fait qu'il y a dix minutes à peine tu étais sous moi, nue et docile, et que maintenant tu es nerveuse et mal à l'aise de te trouver dans le même espace que moi ?

Probablement parce que tu domines tout l'espace.

Il tend la main et tire sur une de mes boucles. Ses yeux émeraude s'assombrissent en se posant sur moi.

– Je suis si effrayant que ça, Rylee ?

Merde. Il faut vraiment que je travaille à ne pas montrer mes sentiments aussi ouvertement.

– Je ne suis pas nerveuse.

Le ton emphatique de ma réponse est le signe patent que je mens.

– Oh Rylee, ce n'est pas très poli de mentir alors qu'une partie de moi se trouve toujours à l'intérieur de toi.

Je rougis encore plus. Évidemment, s'il présente les choses comme ça…

– Je ne mens pas. Je voulais juste… heu… que tu me donnes les dates pour que je puisse le dire aux gamins.

Il lève un sourcil et me sourit d'un air entendu. Je mens très très mal et je sais qu'il m'a percée à jour.

– C'est indéniablement le bon moment pour parler de ça.

Il sourit d'un air moqueur.

– Eh bien…

Il tend le bras, m'attrape par le cou et pose un tendre baiser sur mes lèvres.

– … mon agenda est resté chez moi. Je t'enverrai les dates par SMS.

J'ouvre les yeux tout en digérant cette nouvelle information. *Quoi ?* Je sens son corps se tendre quand il se rend compte de ce qu'il vient de dire. Est-ce que j'ai manqué quelque chose ? Je relève brusquement les yeux et il s'écarte prudemment de moi. L'expression de son visage est indéchiffrable.

– Ce n'est pas chez toi, ici ? (Je secoue la tête.) Il y a un truc qui m'échappe, là.

Colton se passe la main dans les cheveux en soufflant bruyamment.

– C'est chez moi. Je n'y suis pas souvent, c'est tout.

Il a l'air sur ses gardes, sa tension se lit dans les rides qui se forment autour de sa bouche. Sa gêne me perturbe.

– Oh, je vois. Tu as une autre…

Et soudain, je comprends tout. La mauvaise clé pour la porte. La maladresse avec l'alarme. L'incapacité à trouver quelque chose dans les placards de la cuisine. Le réfrigérateur vide. Colton disant qu'il n'aurait pas dû m'amener ici. Comment est-ce que j'ai pu être aussi naïve ? Je le regarde dans les yeux et il sait que je sais. L'expression sur son visage est révélatrice. J'essaie d'avaler le nœud qui me serre la gorge.

– Alors c'est chez toi, *mais pas exactement l'endroit où tu vis.*

Je détache tous les mots.

– C'est ici que tu amènes toutes tes conquêtes, tes escort girls, quel que soit le nom que tu leur donnes, *pour baiser*. (Je m'étouffe sur ce dernier mot.) C'est ça ?

– Ce n'est pas ça, pas cette fois.

Sa voix est réticente, contrite.

Je m'insurge devant cette réponse.

– Alors c'est quoi, putain, Colton ? Je pense que j'ai droit à une explication claire si, comme tu me l'as si gentiment fait remarquer, j'ai encore *un peu de toi en moi*. Est-ce que tu parles de la maison ou de toi et moi ?

Il se contente de me fixer, ses yeux verts luisent comme ceux d'un petit chien blessé.

– De toi et moi.

Je sors de la cuisine en faisant rouler mes épaules. J'ai besoin de m'éloigner de lui. De cette expression sur son visage. Et merde, pourquoi est-ce moi qui me sens coupable de ce regard quand je n'ai rien fait de mal ? Tout ça, c'est des conneries. Je passe dans le living, je ne veux pas qu'il voie mes larmes d'humiliation. Je les essuie rapidement du revers de la main et me concentre sur le tableau, une aquarelle colorée au-dessus de la cheminée.

– Ce n'est pas ça, cette fois ? Alors dis-moi ce que je suis censée croire. Tu me dis que tu ne veux pas de petites amies, que tu préfères les *relations occasionnelles*. C'est ici que tu les amènes pour un peu de bon temps sans attaches ?

– Rylee.

Mon nom est comme une supplique sur ses lèvres. Et il est juste derrière moi. Je n'ai pas entendu qu'il me suivait, trop préoccupée par mes pensées.

– Je ne fais que merder avec toi.

– Ça, tu peux le dire, putain !

Je me retourne pour le regarder en face.

– Quoi ? Tu me trouves assez bien pour me baiser mais pas assez pour rester avec moi ou pour m'amener *où tu vis vraiment ?* Je n'y crois pas !

Je souffle. Ma confiance en moi n'a jamais atteint un niveau aussi bas. Est-ce qu'il pense vraiment que je vais être d'accord avec ça ? Juste quand je crois que je peux aller de l'avant après Max, il me fait faire un bond en arrière comme si j'avais été mordue par un serpent à sonnette. *Salaud !*

– Tu pourrais peut-être m'en dire un peu plus sur ce qui se passe ici. M'aider à comprendre la merde que tu as dans la tête.

Pourquoi ai-je posé cette question ? Ce n'est pas comme si je voulais vraiment connaître les détails de ses aventures sordides. *Savoir ce qui se passe d'autre sur le bar de cette cuisine.*

– Je veux dire, si c'est tout ce que je représente pour toi, alors la moindre des choses serait que je sache ce qu'on attend de moi. Que tu me donnes *la marche à suivre.*

Mes paroles sont chargées de colère mêlée de sarcasme. Dans un geste dérisoire de protection, je croise les bras sur ma poitrine.

– Ry ? Je… heu…

Je perçois du regret dans ses yeux. Il me scrute en silence pendant un moment, en proie à une lutte intérieure derrière un calme de façade.

– Rylee, ce n'est pas ce que j'avais prévu pour moi. Pour nous.

Il marque une pause, les yeux débordant d'émotion.

– *Toi. Ce que tu représentes. Ce qu'il y a entre nous. Ça me flanque une trouille bleue.*

Waouh ! Quoi ? Les paroles d'Haddie me reviennent soudain. Je suis prête à fondre en entendant ça, en apprenant que je lui fais autant d'effet. Mais une partie de moi a l'impression de se faire manipuler. C'est un peu facile, un bon moyen de se dédouaner. Me dire ce que j'ai envie d'entendre pour me ramener dans son lit, la crise évitée, et me laisser tomber à la première occasion. Il déteste les drames et je viens d'en provoquer un. Je ne vais pas me laisser avoir par ce maître de la manipulation.

– *Moi, je te fais peur* ? Putain, Colton, je t'ai laissé m'attacher, me mettre un bandeau sur les yeux et faire de moi ce que tu voulais sur le plan de travail de la cuisine. Un mec que je ne connais que depuis quinze jours, alors qu'il n'y a eu qu'un seul homme dans ma vie avant ! *Et c'est moi qui te fais peur ?*

Il écarquille les yeux, sonné par ma confession. Je lève les mains, exaspérée. Je n'ai pas envie de m'attarder sur ce détail me concernant.

– L'autre soir sur la plage, tu m'as dit que tu érigeais des règles, que tu écartais toute promesse d'avenir, ou une connerie de ce genre… Dis-moi, Colton, tu le fais avant ou après les avoir amenées ici ?

Je suis en roue libre maintenant, boostée par la colère et l'humiliation. Il se contente de me fixer, les yeux écarquillés, les bras ballants.

– Allez. Puisque tu n'as pas eu la courtoisie de me prévenir avant de ce qui m'attendait, je crois que la moindre des choses serait de me le dire maintenant.

– Rylee, ce n'est pas ça…

– J'attends, Colton.

Je me pose sur le bord du canapé en cuir camel, les bras croisés sur la poitrine. Je me dis qu'il vaut mieux être assise pour entendre ce qu'il a à dire.

– Comment organises-tu tes petits *arrangements mutuels du style* « *je t'offre du sexe et rien d'autre* » ?

Il soupire bruyamment en se passant la main sur le visage avant de me regarder de nouveau. Quand il finit par parler, sa voix est douce et hésitante comme s'il avait peur de me le dire.

– En général, je drague une fille. On se rend compte qu'on se plaît.

Il hausse les épaules comme pour s'excuser.

– Alors, je lui dis que j'apprécie sa compagnie, que j'aimerais passer plus de temps avec elle mais que je ne suis libre que quelques soirs par semaine… qu'on peut se retrouver ici… (il désigne la pièce où nous nous trouvons de la main)… pour prendre un peu de bon temps.

Je ne suis pas certaine d'avoir envie d'entendre ça.

– Continue…

Il penche la tête sur le côté et me regarde intensément. La personne timide que j'avais devant moi il y a quelques secondes à peine est en train de redevenir l'homme sûr de lui que je connais.

– La première fois que nous nous retrouvons ici…

Il me regarde avec précaution. Il a compris ce que je suis en train de penser, que c'est la première fois que je viens ici. Est-ce que c'est ce qu'il avait prévu pour moi après m'avoir baisée sur le plan de travail ? Je retrousse les lèvres en faisant tout mon possible pour garder un visage impassible. Je lui fais signe de continuer, mais la colère se déchaîne dans mon ventre.

– Eh bien, je lui dis de s'asseoir et je lui explique que j'ai envie de passer du temps avec elle, mais que ça n'ira pas plus loin. Jamais. Et que si elle accepte mes conditions et mes exigences, alors j'adorerai la retrouver ici, qu'elle m'accompagne pour des événements si l'occasion se présente, et qu'elle pourra profiter de la notoriété et des avantages que lui apportera le fait d'être avec moi, jusqu'à ce que notre arrangement arrive à son terme.

Waouh. Il me faut un petit moment pour digérer ce qu'il vient de dire. On peut dire que les sentiments n'ont pas leur place ici. Cela ressemblerait plutôt à une transaction commerciale. Il me fixe, pas gêné pour un sou. J'ouvre de grands yeux.

– Et ça marche ? Pourquoi ne pas tout simplement louer les services d'une escort ? Je veux dire, en réalité c'est ce que tu fais.

Ces informations me font tourner la tête et, pourtant, mon côté maso me pousse à demander les détails les plus scabreux. Pour les entendre de sa bouche, afin de tenir compte de son avertissement et de me tirer de là sans dommages.

– Quelqu'un qui fasse bien à ton bras et que tu pourras *utiliser* à ta convenance.

– Permets-moi de ne pas être d'accord. Ce n'est pas ce que tu crois. Je ne paie jamais pour le sexe, Rylee. Jamais. Je te l'ai déjà dit et je ne veux pas avoir à le répéter.

Comme s'il pouvait se permettre d'être furax ! Il vient de me dire qu'il attend de moi que je sois sa petite femme docile, me satisfaisant des miettes qu'il me lancera en passant. Trop de choses défilent dans ma tête pour que je parvienne à formuler une réponse intelligente et cohérente.

– Quelles sont…

Je peine à trouver les termes exacts.

– Tu m'as dit que ces arrangements comportaient des règles. Cela t'ennuierait de me dire lesquelles ?

Je suis curieuse. Je suis horrifiée. Je suis sciée qu'il ait choisi cette voie alors qu'à l'évidence il pourrait avoir toutes les femmes qu'il veut.

Je vois bien qu'il est mal à l'aise, gêné de me répondre, et cela me donne une petite lueur d'espoir. D'espoir de quoi, je ne sais pas trop, en fait.

– Je sais que cela a l'air froidement calculateur, mais j'ai découvert que si je joue cartes sur table avant, cela réduit les complications et diminue leurs attentes sur le long terme. Comme ça, elles savent où elles mettent les pieds quand elles acceptent mes conditions.

– Pas moi ! Tu ne m'as rien dit !

Il s'apprête à me répondre, mais je le fais taire en levant la main. J'ai besoin de réfléchir. Il me faut du temps pour intégrer le sens de ses valeurs de taré. Je baisse la tête en déglutissant bruyamment. Alors c'est ça que je représente pour lui ? Une complication ? *Seigneur, parfois il vaut mieux ne pas trop en savoir.* Perdue dans mes pensées, je me mordille l'intérieur de la joue.

– Pourquoi ne pas les appeler des amies avec avantages, ou des copines de baise, tout simplement ?

Un éclair d'agacement passe dans ses yeux et il s'agite nerveusement en se triturant une mèche de cheveux, tout en ignorant superbement ma remarque.

– Tu veux vraiment savoir ça ? Rylee ? Les conditions ?

Je hoche la tête en me tiraillant la lèvre inférieure avec les dents.

– Je suis curieuse.

Je me dis au fond de moi qu'un psychiatre serait à la fête avec une conversation pareille.

– Je suppose que j'essaie de comprendre. De te comprendre. De comprendre ce que tu *aurais* attendu de moi, exactement.

Quand il hausse les sourcils, je sais qu'il a entendu le message. Ma remarque est au conditionnel. Donc, maintenant, il sait qu'il est hors de question que j'accepte un arrangement aussi égoïste.

Il s'assied en face de moi, les yeux rivés sur les miens.

– Ce que *j'aurais* attendu de toi ?

– Oui, tes *exigences* ?

Je n'essaie pas de dissimuler mon ton sarcastique.

Il pousse un soupir hésitant et je fais un signe de tête pour qu'il poursuive.

– J'exige la monogamie. J'exige la confidentialité, étant donné que ma réputation ainsi que celle de ma famille comptent beaucoup pour moi.

Il marque une pause, en me regardant avec intensité pour voir s'il doit continuer.

– Quoi d'autre ?

– J'exige une hygiène irréprochable, qu'elle soit en bonne santé, qu'elle ne prenne pas de drogue et qu'elle n'ait pas de MST. La contraception va sans dire puisque comme je te l'ai dit, les enfants ne font pas et ne feront jamais partie de mes projets, ni maintenant ni dans l'avenir.

Il s'arrête et je ne sais pas s'il a vraiment fini ou s'il est juste en train de se demander s'il en oublie. Assez ironiquement, je ne trouve pas ses exigences exorbitantes. Bien sûr, ce n'est pas très romantique de sortir ça dès le premier rencard, mais si je devais entamer une relation sérieuse avec quelqu'un, ce sont des choses que je préférerais connaître. Mais encore une fois, pour moi une relation sérieuse implique une possibilité d'avenir et une place pour l'amour.

– Waouh… c'est une sacrée liste d'exigences. Il y en a d'autres ?

– Quelques-unes. Mais il me semble que nous avons épuisé le sujet, tu ne crois pas ?

Au fond de moi je suis d'accord, mais au point où on en est, autant obtenir toutes les réponses que je veux.

– Oh, tu veux sans doute passer sous silence ton quart d'heure *Pretty Woman,* où tu laisses l'argent sur la table de nuit après avoir eu ce que tu voulais.

Son regard revient brusquement sur moi et je sais que j'ai touché le point sensible.

– Je veux dire, c'est toi qui décides de tout. Laisse-moi deviner, tu ne dors pas avec elle parce que c'est trop intime ? Ou tu paies ses vêtements et tu parades avec elle à ton bras entre deux séances de baise, et elle se sert de toi comme tremplin à sa carrière de mannequin ? Qu'est-ce qu'elle a à gagner dans cette histoire, Ace, à part une petite baise avec une tête de nœud certifiée ? Et je ne parle pas de celle qui est dans ton pantalon.

Mon estomac se soulève tout à coup, et je me rends compte que je n'ai pas envie de connaître tous les détails, finalement. Je n'ai pas envie d'entendre les règles et les conditions auxquelles une pauvre pétasse accepte de se soumettre pour pouvoir coucher avec lui et être vue à son bras.

Ça m'énerve. J'en ai par-dessus la tête et je suis bien loin de mon élément ici. Je vois bien qu'avec ses arrangements, ils se servent l'un de l'autre. Je le comprends. Lui, il est accompagné et elle, elle a l'attention des médias, ce qui peut booster sa carrière. Ce qui me fait le plus mal, c'est que moi, je n'ai pas du tout l'intention de me servir de lui. Je ne suis pas mannequin, ni une actrice qui se bagarre pour percer. J'espère que l'argent qu'il a promis à Corporate Care n'est pas une carotte agitée devant mon visage. Ce qui justifierait qu'il m'utilise en pensant que je me sers de lui.

Les larmes me brûlent la gorge. Je suis si furieuse en ce moment et, curieusement, ce n'est pas contre Colton. Je suis furieuse contre moi pour avoir cru – même si je prétendais que je ne voulais pas que les choses aillent plus loin avec lui –, avoir cru au fond de moi que je pouvais encore espérer. À présent, j'en sais plus que je ne le voudrais et assez pour savoir que ce qu'il a à offrir ne me suffit pas.

– Mais pourquoi, Colton ? Pourquoi mettre une limite à ce que tu t'autorises quand tu mérites beaucoup plus ?

Je vois bien que ma franchise ne le laisse pas indifférent. Il se prend la tête dans les mains et remue les épaules en soupirant. Quand il me regarde de nouveau, son visage exprime toute une palette d'émotions.

– Je déteste le côté dramatique de tout ça, Rylee. Le système de points pour savoir qui paie et combien, la jalousie que provoquent mon mode de vie et les médias qui gravitent autour de moi, le calcul de la prochaine étape à franchir. Toutes ces choses.

Il marque une pause, me regarde et poursuit sur un ton indifférent.

– Les histoires d'amour, c'est tout simplement trop compliqué à gérer dans une vie de fou comme la mienne.

En plongeant dans son regard, je perce à jour les mensonges qu'il vient d'essayer de me faire avaler. Il y a autre chose. Pourquoi a-t-il peur d'être trop près de quelqu'un ? Qu'est-ce qui s'est passé pour qu'il en arrive là ?

– C'est des conneries et tu le sais. J'attendais mieux de toi.

Il se rétracte.

– Rylee, je ne suis pas un de tes gamins qui a besoin d'être aidé. Il y a bien trop longtemps que j'ai été bousillé, on ne peut plus rien y faire maintenant, alors ce n'est pas la peine de me regarder comme si tu n'étais pas d'accord. Certains des meilleurs psys de L.A. ont essayé, je doute que tu puisses faire mieux.

Ses mots font mal. La douleur pèse sur ma poitrine tandis qu'il continue à me fixer. Je le vois prendre ses distances. L'expression froide, détachée de son visage me dit qu'il se referme. Qu'il me met à l'écart alors que je veux me battre pour lui. Mais me battre pour quoi ?

Je me lève et je fais les cent pas en essayant d'analyser la situation. Plus je réfléchis, plus je suis en colère.

– Dis-moi un truc, Colton ?

Je pivote sur moi-même. Je suis partagée entre des sentiments contradictoires. J'ai envie de partir et qu'il me laisse tranquille, et pourtant je ne peux détacher mon regard du désastre devant moi. Je ne peux empêcher cette partie de moi-même qui veut l'aider.

– C'est ça que je suis pour toi ? C'est ça le genre de relation – et je prends ce terme au sens large – que tu espérais installer entre toi et moi ?

– Rylee, ce n'est pas ce que je…

Il secoue la tête en se passant les deux mains sur le visage, affichant ouvertement la bataille intérieure qui l'agite.

– Au début, oui, mais depuis la semaine passée – depuis ce soir – je ne sais plus.

– Quoi ? Maintenant, je ne suis plus assez bien pour toi ?

Qu'est-ce que je fous, bon Dieu ? Un moment je suis furieuse parce qu'il me voit comme un arrangement mutuel et tout de suite après, je suis furax qu'il ne le veuille plus. *Ressaisis-toi, Rylee.*

– Nom de Dieu, Rylee !

Il se lève brusquement en enfouissant la main dans ses cheveux et vient vers moi. Il tend le bras pour me toucher mais se ravise quand je rejette mon épaule en arrière.

– Je ne sais pas ce que je veux.

Le muscle de sa mâchoire tressaille et je vois la tension dans son cou. Il serre et desserre les poings en fermant les yeux et pousse un profond soupir avant de les rouvrir pour me regarder. J'entrevois une lueur de crainte et de détermination avant qu'il la réprime.

– Mais quoi que ce soit, *je sais que je veux que ce soit avec toi. Rylee.*

Je dois maîtriser le flot d'émotions qui me submerge quand il dit ça. Il veut que ce soit avec moi. *Que quoi soit avec moi, en fait ?* Il est si près que j'ai envie de le toucher. De calmer cette peur que je vois dans ses yeux. Mais je sais que si je le touche, sa peau contre la mienne, j'accéderai à ses exigences absurdes. Et au fond de moi je sais aussi que j'ai beau avoir très envie de lui, je ne pense pas pouvoir être celle qu'il veut que je sois.

– Ma façon de faire ? Mes *arrangements*, comme tu dis… je ne sais pas faire autrement, Rylee. Je ne sais pas être autrement.

Il tend le bras pour prendre ma main, et je dois faire un effort terrible pour ne pas réagir à son contact.

– C'est tout ce que j'ai à t'offrir pour le moment.

La solennité de son ton me touche profondément et me brise le cœur tout à la fois.

Je me détourne et traverse la pièce, saisis sa bière sans réfléchir et bois une longue gorgée. Je déteste le goût de la bière d'habitude, mais là, je n'y fais même pas attention. Je suis fatiguée. Je suis blessée. Et je n'arrive plus à retenir mes larmes. Elles emplissent mes yeux mais une larme unique roule sur ma joue. Comme je lui tourne le dos, je ne peux pas voir l'expression de son visage quand je dis :

– Je ne sais pas si je peux faire ça, Colton.

Je secoue la tête en poussant un profond soupir.

– Rylee, ne sois pas ridicule.

– Ridicule ? Ce qui est ridicule, c'est que j'aie pu croire une seule seconde que je *pourrais* le faire, Colton.

Je hausse les épaules, triste et résignée.

– Je me suis lancée dans cette histoire – quelle qu'elle soit – en me disant que tout ce que tu voulais, c'était un plan cul sans lendemain.

Je me retourne en parlant et je le vois grimacer quand je dis ça.

– Peut-être une petite amourette… et je pensais pouvoir te donner ça. Te prendre ça. Mais maintenant que tu me le proposes, je ne pense pas pouvoir le faire.

Une autre larme coule de mes yeux et je vois qu'il la remarque.

– Qu'est-ce que tu veux dire, Rylee ? Pourquoi ?

Son masque glisse momentanément et me laisse entrevoir la vulnérabilité et la panique qui passent rapidement sur son visage. Une petite partie de moi se réjouit à l'idée que ma menace peut le faire paniquer, mais rester ne va pas arranger les choses. Je presse mes doigts sur mes yeux. Je dois être affreuse : les cheveux frisottés, l'eye-liner étalé, le rouge à lèvres effacé, mais je m'en fiche complètement. Je suis dix fois plus dévastée à l'intérieur que ce que l'extérieur peut laisser paraître.

– Me dire que c'est tout ce que je représente pour toi – le sexe sans les sentiments ni la possibilité d'un avenir –, c'est une chose.

Sans réfléchir, je succombe à mon addiction. Je ne peux pas résister. Je tends le bras et je lui caresse la joue. Il commence à appuyer sa joue sur ma main mais se reprend aussitôt. Je laisse retomber ma main en sentant ce rejet subtil.

– Mais quand j'entends ces mots dans ta bouche… Quand tu me parles de *tes règles et exigences,* c'est tout autre chose.

Je ferme les yeux un instant pour essayer de maîtriser le léger tremblement dans ma voix.

– *Je refuse d'être une personne sans importance, Colton. Pour toi comme pour quiconque.*

Colton passe la main dans ses cheveux et se frotte les yeux.

– Ce n'est pas ce que tu es pour moi, Rylee.

Je le regarde droit dans les yeux. J'aimerais le croire. Mais je ne peux pas me dévaloriser. Je mérite mieux que ça. Je veux plus que ce qu'il me propose.

– C'est peut-être vrai, Colton, mais ça ne me suffit pas.

Cela me brise le cœur de lui dire ça.

– Rylee, essaie au moins. Essaie de voir les choses comme moi.

– Oh, ça va, Colton ! Je ne suis pas une de tes petites pétasses, prêtes à faire tout ce que tu dis juste parce que c'est toi qui le dis. Je suis sûre que tu en as des dizaines qui ne demandent qu'à être ton jouet. Prends-en une et jette-la quand tu en auras assez. Mais pas moi, Ace. Je ne fonctionne pas comme ça.

Ma colère a refait surface malgré ma fatigue et mon cœur blessé.

Colton se contente de me regarder fixement. Nous sommes à moins de dix centimètres l'un de l'autre, les yeux dans les yeux, et pourtant je me sens très loin de lui. Il est difficile d'imaginer que nous étions si intimes il y a moins d'une heure.

– Rylee…

– Quoi, Colton ?

– La première fois…

Il s'arrête brusquement et me tourne le dos pour aller vers la cuisine.

– Oui, et alors, Colton ?

Je le suis en partie et je m'adosse contre le dossier du canapé.

– J'aurais dû le voir dès ce moment-là. Tu couches avec moi et ensuite tu m'humilies en sautant du lit comme si je t'avais brûlé.

– *Tu l'as vu, Rylee.*

– Quoi ? De quoi est-ce que tu parles, putain ?

– Ce premier soir, après la deuxième fois…

Il souffle bruyamment et continue à regarder ses pieds nus, les hanches adossées sur le bar, les mains enfoncées dans les poches et la gêne émanant de lui par vagues.

– Je t'ai embrassée et je t'ai demandé si tout allait bien.

J'acquiesce d'un signe de tête, je me souviens de ce moment de pure franchise entre nous.

– Je te jure, Rylee… j'ai senti que tu voyais en moi. *Que tu me voyais vraiment tel que je suis.*

Ses yeux débordent d'émotion.

– Et tu étais assise là, tes cheveux noirs tombant sur tes épaules, avec ce drap blanc remonté autour de ta taille… (il secoue la tête avant de continuer)… tes lèvres gonflées, tes yeux si larges et si confiants… et à cet instant précis, je me suis rendu compte que cela signifiait plus pour moi. Que tu signifiais plus pour moi, Rylee, que tout ce que j'avais connu jusque-là. *Dans toute ma vie.*

Je le regarde, interloquée. Une foule de choses me passent par la tête, mais plus que tout, ce sont ses mots qui résonnent dans tous les recoins obscurs de mon être qui meurt d'envie d'être voulu, d'être indispensable, d'être désiré. Au moins, je sais pourquoi il a réagi comme il l'a fait. Pourquoi il s'est pointé ce matin. L'espoir recommence à jaillir en moi. Peut-être que je peux y arriver. Peut-être qu'avec le temps je pourrai lui prouver qu'on peut aller plus loin. Je me tords les mains pour essayer de réprimer mon enthousiasme soudain.

– Tu m'as fichu une trouille bleue, Rylee. *Tu m'as brûlé.*

Il se passe la main dans les cheveux et ses yeux s'assombrissent.

– Et puis j'ai réalisé, comme je le fais maintenant, qu'en fin de compte je vais te détruire.

– Quoi ?

Je relève la tête brusquement, tous mes espoirs se fracassent autour de moi.

Est-ce que j'ai bien entendu ?

– Je ne peux pas te faire ça, Rylee.

Il serre les poings, en lutte contre ses émotions.

– J'ai tenté de te mettre en garde, mais je suis tellement attiré par toi, putain, que je n'arrive pas à garder mes distances.

Je deviens dingue à essayer de suivre ses changements d'humeur.

– Tu me dis que tu ne peux pas me faire ça, mais ensuite tu me dis que tu ne peux pas garder tes distances bien que tu sois celui-là même qui me met en garde. Tu me rejettes pour ensuite te pointer sur mon paillasson et m'offrir cette soirée.

Je m'approche et me plante devant lui.

– Par quel bout faut-il te prendre, Colton ?

Sans un mot, il m'attrape et m'attire contre sa poitrine, me serre dans ses bras et enfouit son nez dans mes cheveux. Je presse mes mains contre son dos et me laisse aller à sa chaleur, surprise par ce soudain élan d'affection. Le besoin qu'il ressent de moi est palpable. Il émane de lui et se fraie un chemin jusqu'à mon âme. Cela me demande un effort considérable pour ne pas lui dire oui. Lui dire que je ferai n'importe quoi pour avoir ne serait-ce qu'une infime partie de lui. Cela montre à quel point il compte pour moi. Mais ma raison l'emporte sur mon cœur. J'aimerais pouvoir la faire taire et me laisser aller à la sensation rassurante de ses bras autour de moi. Et bloquer tout le reste.

– Je vais te faire souffrir, Rylee. Et tu comptes déjà trop pour moi pour que je le fasse.

Je me raidis en entendant ces mots. Mais, malgré tout, il me serre encore plus fort. J'essaie de le repousser, mais il ne me lâche pas. Je cesse de résister et je pose la tête sur sa poitrine, respirant nos odeurs qui se mélangent, sentant la rudesse des poils sur sa poitrine et j'écoute les battements sourds et réguliers de son cœur.

– C'est une première pour moi de tenir à quelqu'un suffisamment pour tout arrêter. Mais, même en toute connaissance de cause, je ne pourrai pas m'en empêcher. Et je ne peux pas te faire ça, Rylee. Et c'est pour ça que je ne peux pas continuer. Pour ça que nous ne pouvons pas…

– Mais pourquoi, Colton ? Pourquoi tu ne peux pas ? Pourquoi ne pouvons-nous pas ?

Maintenant, je suis paniquée. Maintenant que je le veux, c'est lui qui dit non. À moins que ce ne soit justement à cause de ça. Je me raccroche aux branches, maintenant.

– Écoute, que ce soit bien clair entre nous. Je ne suis pas et je n'ai jamais été le bon petit gars qu'on présente à sa maman, Ry. Je suis celui qu'on lui lance à la figure pour la faire râler et pour prouver son indépendance. Ne me fais pas passer pour meilleur que je suis.

Je ne suis toujours pas d'accord. Pourquoi a-t-il une aussi mauvaise image de lui-même ? Il peut bien me répéter ces conneries sur tous les tons, je ne le croirai toujours pas.

– Qui t'a fait ça ?

Nous restons silencieux un moment tandis qu'il réfléchit à mes questions. Finalement, il pousse un soupir.

– Je te l'ai dit, Rylee. J'ai assez de bagages pour remplir un 747.

Je le repousse. J'ai besoin de voir ses yeux. De plonger en eux. Ce que je vois, c'est qu'il souffre lui aussi. Mais il se ferme. Il me met à distance, émotionnellement, pour éviter de souffrir davantage. *Mais, et moi dans tout ça ?* J'ai envie de hurler. Et ma souffrance à moi ? Pourquoi les choses doivent-elles être si compliquées ? Pourquoi est-ce que je ne peux pas me laisser aller et profiter de la balade ? Espérer qu'il verra la vraie Rylee et en tombera amoureux ? Parce que je sais que s'il n'affronte pas le traumatisme qui l'a rendu comme ça, il ne le surmontera jamais. Il ne sera jamais capable d'avoir une relation normale. Il a raison. Son 747 plein de bagages va détruire toute possibilité de relation entre nous.

– Je ne marche pas, Colton.

À peine ai-je dit ça qu'il enlève ses mains de mes bras, mettant de la distance, physiquement cette fois, entre nous.

– C'est tout ce que j'ai à t'offrir, Rylee.

Il baisse les yeux. Quand il les relève, son masque a repris sa place.

– Je suis comme ça.

Mes yeux se remplissent de larmes et ma voix n'est plus qu'un murmure.

– *Et moi, je suis comme ça, Colton.*

En disant cela, je sais. Je suis tombée amoureuse de lui. Avec ses défauts et tout. D'une façon ou d'une autre, en dépit du peu de temps que j'ai passé avec lui, il a réussi à ébranler le mur qui protège mon cœur, et j'ai entamé la lente descente vers l'amour. Et c'est justement pour cette raison que je ne peux pas faire ce qu'il me demande. Je ne peux pas me jeter volontairement dans une histoire qui va me briser le cœur. J'ai été anéantie une première fois. Je ne crois pas que je pourrais survivre à une deuxième. Et je sais, sans l'ombre d'un doute, qu'aimer Colton sans qu'il m'aime en retour me détruirait.

– Nous sommes dans une impasse, apparemment.

Sa voix est rauque et il enfonce les mains dans ses poches, ce qui fait descendre son jean plus bas sur ses hanches. Je dois faire un effort pour m'empêcher de regarder le triangle inversé de muscles qui descend sous sa ceinture. Je n'ai pas besoin d'un rappel de ce qui n'est plus à moi.

– Alors, je suppose qu'il est temps que tu me raccompagnes chez moi.

Je baisse les yeux, incapable d'affronter son regard.

– Rylee…

– Je mérite mieux que ça, Colton. Et toi aussi.

Ses mains agrippent le plan de travail tandis qu'il digère mes paroles, ses jointures blanchissent et son visage se tord d'angoisse.

– Je t'en prie, Rylee. Reste avec moi cette nuit.

J'entends le désespoir dans sa voix, je sais qu'il pense vraiment ce qu'il dit, mais je sais aussi qu'il me le demande pour de fausses raisons. Il le demande parce qu'il veut adoucir le mal qu'il me fait et non pour aller plus loin que l'arrangement qu'il souhaite.

– Nous savons tous les deux que ce n'est pas ce qui va se passer.

Une larme roule sur ma joue.

– Je regrette de ne pas pouvoir être celle que tu veux que je sois. S'il te plaît, ramène-moi à la maison, Colton.

***

Nous roulons en silence. La voix de velours d'Adele, qui sort en sourdine de la radio, parle de « ne jamais retrouver quelqu'un comme toi », et au fond de moi je me dis la même chose. Comment trouver quelqu'un de comparable à Colton ? Je le regarde de temps en temps, observant les ombres et les lumières de la nuit jouer sur son visage. Je sais que je fais ce qu'il faut, je me préserve, mais mon cœur souffre à l'idée de quitter cet homme fascinant.

Quand nous arrivons chez moi, nous n'avons pas échangé plus de dix mots. Curieusement, je ne me sens pas trop mal à l'aise avec Colton, malgré le tourment intérieur qui m'agite.

Il ouvre ma portière et m'accompagne avec un demi-sourire triste. Il pose la main sur mes reins quand nous remontons l'allée. Devant la porte éclairée par une seule lampe, je me tourne vers lui. Tous les deux en même temps nous prononçons nos noms et nous sourions doucement. Nos sourires ne vont pas jusqu'à nos yeux, pourtant. Ils reflètent une tristesse épuisée.

– Toi d'abord.

Il soupire et se contente de me regarder. Je voudrais tellement qu'il puisse exprimer les sentiments que je vois dans ses yeux, mais je sais qu'il n'arrivera jamais à le faire. Il tend le bras et me caresse la joue du dos de la main. Je ferme les yeux à ce contact. Je les rouvre quand il arrête, ils sont pleins de larmes.

– Je suis désolé, dit-il dans un murmure.

Je sais qu'il s'excuse pour une foule de choses. Pour ce qui ne sera jamais. Pour ce qui devrait être. Pour me faire souffrir. Pour n'être pas la personne dont j'ai besoin. Pour n'être pas capable d'affronter son passé.

– Je sais.

Je passe le bout des doigts sur sa joue mal rasée et ses cheveux ondulés. Puis je reviens sur son visage. C'est presque comme si je voulais en apprendre chaque ligne et chaque trait par cœur. Quelque chose à quoi me raccrocher. Car, même si nous sommes amenés à nous revoir pour le travail, je sais que c'est la dernière fois que je m'autorise à le toucher. Le toucher serait trop périlleux pour mon cœur affaibli.

Je monte sur la pointe des pieds et j'effleure ses lèvres des miennes. Immédiatement, Colton me prend dans ses bras et me soulève pour que nos visages soient à la même hauteur. Nos regards se fondent. Il se penche vers moi pour reprendre notre baiser où il en était. Je lui trouve quelque chose de différent. Je me rends compte que c'est un au revoir silencieux. Toute la douleur et les possibilités non dites sont jetées dans la douceur implacable de notre échange. Le désespoir et le désir charnel ont fait place à une résignation bouleversante. Nos lèvres se séparent lentement, Colton me repose délicatement, mon corps glisse sur toute la longueur familière du sien. Quand mes pieds sont sur le sol, il pose son front sur le mien. Nous gardons les yeux fermés en prenant la mesure de ce dernier moment partagé.

Je passe la main entre nous pour la poser sur son cœur, mon front toujours appuyé contre le sien.

– J'aimerais tellement que tu m'expliques pourquoi tu refuses les histoires d'amour, Colton.

Ma voix n'est plus qu'un murmure, l'imminence de mes larmes évidente.

– Je pourrais peut-être mieux te comprendre, comprendre ce qui se passe, si tu le faisais.

– Je sais.

Il change de position et pose son baiser rituel sur le bout de mon nez.

C'est trop. Un torrent de larmes se déverse silencieusement sur mes joues.

– Au revoir.

Il tourne les talons sans un dernier regard et dévale l'allée précipitamment.

Incapable de supporter de le voir partir, je bataille maladroitement avec la serrure avant de pousser brutalement la porte et de la refermer en la claquant. Je m'y appuie et je me laisse glisser sur le sol, mes larmes silencieuses font place à des sanglots incontrôlables. C'est là qu'Haddie me trouve, quelques instants après avoir été réveillée par mon entrée tonitruante.

CHAPITRE 18

J'ai eu une semaine de merde. Les candidats que j'ai auditionnés pour le nouveau poste au foyer ont été nuls. Pas qualifiés. Décevants. Sans intérêt.

Il faut dire que j'ai la tête ailleurs, et ça n'aide pas.

Je suis fatiguée parce que j'ai un sommeil haché, interrompu de cauchemars où Colton et Max se mélangent. Mon subconscient s'en donne à cœur joie avec mes émotions, semble-t-il.

Je suis irascible parce que je mange tout ce qui me tombe sous la main, et pourtant je n'ai pas envie d'aller courir pour éliminer l'excès de calories que je me colle dans le bec dans le but de lutter contre la dépression.

Je suis irritable parce qu'Haddie passe son temps à me surveiller, m'appelle toutes les heures pour savoir comment je vais et éteint Matchbox Twenty chaque fois qu'elle me trouve en train de l'écouter.

Je suis à cran parce que Teddy vient de me transférer un mail de Tawny donnant la liste de tous les événements où CD Entreprise requiert ma présence pour promouvoir notre nouveau partenariat. Ce qui veut dire que je vais devoir me trouver côte à côte avec Colton, l'unique cause de mon état dépressif. Parce que, même au bout de quatre jours, la douleur qui irradie mon cœur et mon âme depuis les derniers instants passés avec lui est toujours aussi vive. J'ai beau me dire que je dois me ressaisir, que nous ne nous sommes connus que très peu de temps, rien n'y fait.

J'ai toujours envie de lui. Je le sens toujours.

Je suis pathétique.

Le seul contact personnel que j'ai eu avec lui c'était par Internet, le lendemain de nos adieux. Il m'a envoyé un message.

« Whataya Want From Me »
par Adam Lambert.

J'ai écouté la chanson, les paroles m'ont laissée perplexe. Il me dit que rien n'est possible entre nous et, pourtant, il m'envoie une chanson qui me demande de ne pas laisser tomber pendant qu'il travaille sur lui-même. Dans un sens, je suis contente qu'il continue à communiquer, mais en même temps ça me rend triste qu'il ne me laisse pas panser mes blessures toute seule. Je n'avais même pas l'intention de répondre avant d'avoir entendu la chanson qui passait sur la radio de Shane. J'ai renvoyé un texto :

« Numb » par Usher.

Je voulais lui dire que, s'il ne se pose pas de questions sur ses vieilles façons de faire, rien ne changera jamais et il ne se débarrassera pas de sa douleur. Je n'ai pas reçu de réponse, et d'ailleurs je n'en attendais pas.

Je soupire profondément, seule au comptoir de la cuisine au foyer. Zander est avec Jackson pour une séance de thérapie et les autres ne sortent pas de l'école avant deux heures. J'attaque ma dernière pile de CV. Une candidate doit se présenter pour un entretien, mais à part elle, je n'en ai pas vu un seul qui présentait les qualifications, loin de là.

La sonnerie étouffée de mon portable me sort de ma transe. Je farfouille frénétiquement pour l'attraper, le cœur battant en espérant entendre Colton, même si nous ne nous sommes pas parlé depuis dimanche soir. Ma raison me dit que ce ne sera pas lui alors que mon cœur continue à espérer le contraire.

Mon écran affiche *appel privé* et je réponds, le souffle court.

– Allô ?

– Rylee ?

Mon cœur se gonfle quand j'entends sa voix rocailleuse. La surprise me fait hésiter avant de répondre. L'orgueil m'oblige à m'assurer que ma voix ne tremble pas quand je finis par parler.

– Ace ?

– *Salut Rylee.*

La chaleur, mêlée de soulagement, qui perce dans sa voix me fait trembler, en proie à un courant sous-jacent de sentiments.

– *Salut Colton*, je réponds sur le même ton que lui.

Il glousse doucement puis le silence occupe la ligne. Il s'éclaircit la voix.

– Je t'appelais juste pour te dire qu'une voiture passera vous chercher au foyer, dimanche à neuf heures et demie.

Sa voix, si chaude un instant plus tôt, est maintenant désincarnée et le ton est des plus officiels.

– Ah, d'accord.

Je m'effondre sur mon siège, déçue qu'il n'appelle que pour confirmer le mail qu'un membre de son personnel a envoyé il y a deux jours. J'entends sa respiration sur la ligne et des voix en arrière-plan.

– Vous êtes toujours dix, c'est bien ça ? Sept enfants et trois accompagnateurs ?

– Oui.

Je prends un ton sec, professionnel. C'est le seul moyen de me protéger.

– Ils sont extrêmement excités.

– Tant mieux.

Le silence flotte dans l'air. Il faut que je trouve quelque chose à dire pour l'empêcher de raccrocher. Malgré la tension qui existe entre nous, le fait de le savoir à l'autre bout du fil, c'est mieux que rien. Je sais bien qu'en arriver à penser ça montre à quel degré de désespoir je me trouve, mais je m'en fiche.

Mon cerveau peine à former une phrase et juste au moment où je dis son nom, Colton dit le mien. Cela nous fait rire.

– Désolée. Vas-y Colton.

J'essaie de me débarrasser de la nervosité qui perce dans ma voix.

– Comment tu vas, Rylee ?

Je suis malheureuse. Tu me manques. Je prends un ton enjoué pour lui répondre, contente qu'il ne soit pas là pour percer mon mensonge à jour.

– Bien. Super. J'ai du boulot. Tu sais.

– Oh, je suis désolé. Je te laisse.

Non, non, pas déjà ! J'essaie désespérément de trouver quelque chose pour le garder en ligne.

– Es-tu… prêt pour dimanche ?

– On y est presque.

J'ai l'impression d'entendre une nuance de soulagement dans sa voix, mais je mets ça sur le compte de mon imagination.

– La voiture a l'air parfaitement au point. On a fait quelques ajustements pour affiner le quotient de sustentation, et ça a l'air de marcher.

L'enthousiasme est perceptible dans sa voix.

– On la fera tourner un peu plus dimanche. Et Beckett, mon chef d'équipe, pense que nous devrions régler le carrossage, et tu m'as demandé pourquoi je ne veux pas de relation stable.

Quoi ? Waouh ! Changement total de direction. Je ne sais pas quoi dire.

– Hmmm-hmmm.

J'ai peur, si j'en dis plus, de lui montrer à quel point je veux savoir, et en même temps j'ai peur de savoir.

Je l'entends soupirer à l'autre bout de la ligne et je l'imagine se passant la main dans les cheveux. Quand il se décide à parler, il le fait à voix basse.

– Disons que dans ma petite enfance… ces années ont été… plus merdiques qu'autre chose.

Je sens l'appréhension dans sa voix.

– Avant d'avoir été adopté ?

Je connais la réponse, mais c'est la seule chose que je trouve à dire qui ne lui fasse pas penser que j'éprouve de la pitié pour lui. Et le silence serait encore pire.

– Oui, avant mon adoption. À cause de ça… je… comment dire… ?

Il cherche à trouver les mots justes. J'entends un nouveau soupir avant qu'il ne continue.

– Je sabote tout ce qui ressemble à une relation. Si les choses se passent trop bien… je détruis tout, soit volontairement, soit inconsciemment, soit c'est un acte manqué, selon le psy à qui tu t'adresses. Je fais tout capoter. Je fais souffrir l'autre.

Cela sort tout d'un coup en un fracas de mots.

– Il suffit de demander à mes pauvres parents. En grandissant, je leur en ai fait baver plus souvent qu'à leur tour.

– Oh… je… Colton…

– Je suis programmé comme ça, Rylee. Je ferais exprès de te faire du mal uniquement pour prouver que j'en suis capable. Pour prouver que tu ne resteras pas avec moi, même si je dois en subir les conséquences. Pour prouver que je peux contrôler la situation. Pour éviter qu'on me fasse souffrir.

Une foule de choses me traversent l'esprit. La plupart tournent autour de ce qu'il ne dit pas. Que son histoire le pousse à tester les limites de la personne avec qui il est pour prouver qu'il n'est pas digne de son amour. Pour prouver qu'elle aussi va le quitter. Mon cœur se serre en pensant à ce qui a bien pu lui arriver dans son enfance et que je ne connais pas. D'un autre côté, il s'est un peu ouvert à moi, répondant partiellement à la question que je lui ai posée devant ma porte.

– Je te l'ai dit, un plein 747 de bagages, chérie.

– Ça ne fait rien, Colton.

– Si, Rylee. Je ne m'engagerai jamais avec personne. C'est juste plus facile pour tout le monde, à long terme.

– Ace, tu n'es pas le premier mec que je rencontre qui a des problèmes d'engagement.

Je plaisante pour alléger le ton de notre conversation. Mais au fond de moi, je sais que son incapacité à s'engager provient de quelque chose de beaucoup plus profond que la simple réticence du mec de base.

Il rit nerveusement.

– Rylee ?

– Oui ?

– Je te respecte, toi et ton besoin d'engagement et de sentiments qui vont de pair avec une relation.

Il marque une pause, et le silence s'étire entre nous tandis qu'il cherche ses mots.

– C'est vrai, je te jure. Mais je ne suis tout simplement pas fait pour ça… alors ne t'en fais pas. Cela n'aurait jamais marché entre nous.

L'espoir qui montait en moi, même si j'essayais de le contrôler, retombe en se fracassant.

– Je ne comprends pas. J'ai juste…

– Quoi ?

Colton parle distraitement à une voix que j'entends derrière lui.

– Sauvé par le gong ! On m'appelle sur la piste. Il faut encore peaufiner les réglages.

Il a l'air soulagé.

– Ah ! D'accord.

Ma déception est grande. Je voudrais pouvoir aller au bout de cette conversation.

– Tu ne m'en veux pas, hein ? On se voit dimanche, sur le circuit ?

Je ferme les yeux un instant, et je réponds d'une voix ferme, faussement nonchalante :

– Non, bien sûr, je ne t'en veux pas. À dimanche.

– À plus, Ryles.

J'entends un clic suivi de la tonalité du téléphone. Je reste assise sans même y faire attention. Est-ce qu'il se rend compte qu'il vient de se servir de son mécanisme de défense, là tout de suite ? Me faire du mal pour me tenir à distance. Me remettre à ma place pour pouvoir avoir tout le contrôle.

Je suis perturbée. Je veux finir cette conversation. Lui dire qu'il n'est pas nécessaire que ça se passe ainsi. Je veux le réconforter. Calmer la panique qui perce dans sa voix. Lui dire qu'il me fait retrouver des sensations endormies depuis si longtemps. Lui avouer que je veux être avec lui même si, au fond de moi, je sais que je cours à ma perte.

Je ramasse mon portable en réfléchissant à ce que je vais dire. À la fin, je ne lui écris que :

Sois prudent sur la piste, Ace !

Sa réponse ne tarde pas.

Toujours. Tu sais que j'ai des mains expertes.

Je souris tristement. Mon cœur veut tant de choses et ma raison sait que je ne les obtiendrai jamais.

CHAPITRE 19

La limousine franchit les portes de l'Auto Club Speedway à Fontana. Les gamins sont en pleine effervescence, les yeux grands ouverts comme des soucoupes devant la taille du complexe. Ils ont mis les t-shirts et passé autour de leur cou tous les badges d'accès que l'équipe de Colton a laissés à leur intention dans le minibus. Leurs sourires et leurs constants *oooh* et *aaah* emplissent l'air et me comblent de joie. Zander saute sur son siège de façon très inattendue, vibrant d'une énergie dont je ne le croyais pas capable. Je regarde Jackson et Dane, mes deux collègues, et je vois qu'ils ont remarqué, eux aussi.

Pour la première fois depuis près d'une semaine, je pense que je vais pouvoir sourire et, comble d'ironie, c'est grâce à Colton. Je lui suis reconnaissante des petits plus qu'il a laissés pour les enfants : une lettre personnalisée, les t-shirts, les badges, et des magazines avec sa voiture en couverture. Des détails qui leur donnent le sentiment de compter. D'être importants.

Notre bus est dirigé vers un tunnel qui passe sous les gradins pour entrer sur la pelouse centrale. Je ne pensais pas que ce genre de chose était possible, mais les gamins se mettent à hurler encore plus fort. Notre véhicule s'arrête et les portes s'ouvrent. Aussitôt, un homme monte d'un bond avec enthousiasme. Il nous fait sortir et nous demande de le suivre jusqu'à une salle de réunion où, dit-il, Colton nous attend.

Je me sens toute petite dans ce grand espace. Au sud, une grande tribune se dresse à des hauteurs vertigineuses et l'ovale incliné de la piste entoure la pelouse sur laquelle nous nous trouvons. J'entends des rugissements de moteurs et je vois des gens aller et venir en courant dans un garage sur ma droite. À chaque pas que je fais, je sens grandir mon anxiété à l'idée de revoir Colton. Comment va-t-il réagir après sa confession téléphonique ? Est-ce que ce sera totalement professionnel ou y aura-t-il encore cette attraction magnétique entre nous ? En dépit de mon angoisse, je suis excitée de le voir à l'action. De l'observer dans son élément.

Nous atteignons un bâtiment en briques et notre accompagnateur, dont j'ai appris en cours de route qu'il s'appelle Davis, nous fait entrer dans une pièce par une porte rouge. Nous suivons son conseil de nous regrouper, dans le bavardage excité des gamins. Ils posent à Davis toutes les questions qui leur passent par la tête, et il leur répond avec patience.

Quand ils se sont un peu calmés, Davis explique à quoi servent les essais.

– Quand nous faisons des essais, nous passons beaucoup de temps à régler la voiture. Des petits ajustements ici et là qui lui permettent d'aller plus vite et de mieux se comporter. Ces modifications sont essentielles pour que les performances de la voiture soient au maximum quand la saison débute, fin mars. En marge de ces séances de réglages, Colton se réunit avec le chef de son équipe, Beckett Daniels, et passe en revue leur travail en cours. C'est ce qu'il est en train de faire, en ce moment, il discute…

– Plus maintenant.

Des frissons me parcourent la colonne vertébrale au son grave de la voix de Colton. Des hourras se font entendre quand les garçons le saluent. Je regarde Zander, et ma gorge se serre quand je vois le large sourire qui éclaire son visage.

– Salut, les gars ! Super content de vous voir ! Vous êtes prêts à vous éclater ?

Les acclamations repartent de plus belle et je prends une profonde inspiration pour me préparer à me retourner et à lui faire face. Mon cœur se serre, alors. Accroupi, les yeux à la hauteur des plus petits du groupe, Colton leur ébouriffe gentiment les cheveux. Il rit sincèrement à un truc que Scooter lui dit, puis il se relève lentement, lève les yeux et les plonge dans les miens.

Ma tête se vide instantanément. Il porte une combinaison rouge dont le haut est ouvert et attaché autour de sa taille, révélant un t-shirt blanc moulant avec un logo déteint sur la poitrine et un petit trou sur l'épaule gauche. Ses cheveux sont en épis désordonnés et une barbe de trois jours assombrit sa mâchoire. Immédiatement je ne pense plus à autre chose qu'à mon envie de passer ma langue sur ses lèvres et d'enfoncer mes poings dans ses cheveux.

Je me mords la lèvre inférieure, la douleur rapide venant me rappeler que ça n'arrivera pas – que nous deux, ça n'arrivera pas –, et pour m'aider à résister à la tentation de croire qu'il pourrait en être autrement. Les yeux de Colton restent rivés aux miens tandis que tous ces garçons que j'aime l'entourent. Un lent sourire s'étire paresseusement sur son visage.

Toute velléité de résistance s'évanouit. Merde ! Je perds complètement les pédales.

– Bonjour Rylee.

Il y a tant de choses contenues dans ces deux mots. Toute la douleur, la confusion et les ressassements de ces derniers jours disparaissent comme par enchantement. Au cas où je ne le saurais pas encore, il est évident que sa présence altère tout à la fois mon jugement et mon sens commun.

– Salut.

Je n'arrive pas à faire mieux que cette réponse brève et nous continuons à nous regarder dans les yeux, comme s'il n'y avait personne d'autre que nous dans la pièce. Je me tords les mains nerveusement en essayant d'ignorer le désir qui monte dans la partie la plus intime de mon corps. Kyle tire Colton par la main et, au bout d'un moment, il détourne les yeux pour s'occuper de nouveau des gamins.

Je relâche mon souffle lentement, je ne m'étais pas rendu compte que j'avais bloqué ma respiration. Dane se faufile près de moi pour me parler à l'oreille.

– Bon Dieu, Rylee ! Qu'est-ce qui se passe ?

Je le regarde d'un air ahuri comme si je ne savais pas de quoi il parle.

– Si je ne savais pas à quoi m'en tenir, je penserais qu'il veut te manger pour son dessert.

J'éclate de rire en lui donnant un coup de coude, ce qui m'évite de répondre. Et de dissimuler le rouge qui me monte aux joues en repensant à la version Colton du dessert-barbe à papa.

– Il est évident que ce mec a envie de toi, ma vieille !

– N'importe quoi ! Lis les tabloïds, Dane. Ce type est un acteur né. Je suis sûre qu'il regarde toutes les femmes comme ça.

Je suis reconnaissante à Zander qui détourne l'attention en venant se mettre à côté de moi, et je pose la main sur son épaule. Cela n'échappe pas à Colton qui lève les yeux du groupe pour croiser le regard de Zander. Il laisse les autres et vient s'accroupir devant nous.

– Hello, Zander. Je suis vraiment content que tu aies pu venir aujourd'hui.

Colton ne bouge pas. Il observe Zander en attendant un signe de sa part pour savoir comment se comporter.

Le souffle coupé, j'entends un son enroué sortir de la bouche de Zander. Un « salut » rauque. Le sourire réservé de Colton se transforme en sourire cent mille volts. Une larme me roule sur la joue, que j'essuie immédiatement, en lançant un coup d'œil à Dane et Jackson, et je vois le soulagement et la fierté sur leurs visages aussi.

Zander a prononcé son premier mot !

Colton s'éclaircit la voix et je me dis que ce moment l'a ému, lui aussi.

– Bon. Je vais avoir besoin de ton aide tout à l'heure, ça te va ?

Quand Zander hoche la tête, Colton tend le bras lentement pour qu'il ne se méprenne pas sur ses intentions, et voyant que celui-ci ne recule pas, il lui ébouriffe gentiment les cheveux.

Colton lève les yeux vers moi en se relevant et les larmes qui brouillent mon regard sont dues aussi bien à la réaction de Zander qu'à cet homme devant moi. À cause de tout ce qui n'est pas possible avec lui. Il me fait un sourire entendu, résigné, avant de reporter son attention sur les six autres gamins.

– Alors les gars, êtes-vous d'accord pour vous diriger vers les stands, vérifier la voiture et vous préparer pour l'essayer ?

Colton fait semblant de tituber en arrière sous le tonnerre d'acclamations des garçons.

– Je pense que ça veut dire oui.

Il se met à rire.

Du coin de l'œil, je remarque une blonde sculpturale qui entre dans la pièce, un bloc-notes dans une main, une vieille casquette de base-ball dans l'autre, et un passe qui semble très officiel autour du cou. Elle s'appuie contre le montant de la porte en regardant Colton et elle doit sentir mon regard sur elle parce qu'elle se retourne et me détaille lentement de la tête aux pieds. Elle finit par me fixer avec un petit sourire hautain et un regard plein d'animosité. Et tout à coup, je comprends qui c'est. C'est Tawny Taylor : escort occasionnelle, employée de CD Entreprise et je ne sais quoi encore pour Colton. Je me hérisse. Ses jambes interminables, son corps aux mensurations de mannequin, ses longs cheveux blonds et son visage parfait me font perdre tous mes moyens. Pourquoi Colton poursuivrait-il quelqu'un comme moi de ses assiduités quand il peut avoir quelqu'un comme elle ?

Il la regarde quand elle l'appelle d'une voix de gorge, interrompant sa réponse à la question de Shane.

– Un instant, les gars.

En s'excusant, il se dirige vers elle.

Elle lui tend la casquette de base-ball cabossée, et il se passe la main dans les cheveux avant de se la mettre sur la tête. Je les entends parler à voix basse et je saisis quelques mots au passage dans le brouhaha des cris de mes gamins. Colton, les mains sur les hanches, ses larges épaules remplissant son t-shirt fané, hoche la tête en écoutant Tawny.

Elle sourit largement d'un air entendu et quand elle pose la main sur le haut du bras de Colton, je la déteste instantanément. Je dresse l'oreille en entendant mon nom. *Quoi ?* Tawny me lance un bref coup d'œil avant de se retourner vers Colton. J'ai l'impression qu'ils sont en train d'organiser les choses, alors je passe le temps en regardant les affiches accrochées au mur. J'entends Colton dire « Merci » avant de repartir vers son public. Tawny se retourne et remarque que je l'observe. Elle me lance un petit sourire faux-jeton en passant la porte. Ce sourire dit tout. Colton est sa chasse gardée et je ne suis qu'une intruse.

Eh bien, à nous deux, chérie !

Maintenant que Tawny n'est plus là et que j'ai repéré au moins une adversaire, je retourne mon attention sur Colton, qui est en train de dire aux garçons ce qu'on attend des essais. Il répond à leurs questions avec patience et en termes simples. Zander ne le lâche pas, absorbé par leur conversation, sans le quitter des yeux. Quand il a fini, Davis regarde sa montre et intervient.

– OK, les gars, je vais vous conduire vers le stand. Vous pourrez vous asseoir sur les gradins au-dessus, comme ça vous verrez tout. On va aussi vous équiper de casques pour que vous puissiez nous entendre communiquer avec Colton.

Il attrape son bloc-notes et se tourne vers la sortie.

– Si vous voulez bien me suivre, on va s'occuper de vous.

Les enfants s'agitent avec animation et suivent Davis à la queue leu leu. Je prends mon sac pour les suivre, angoissée à l'idée de risquer de me retrouver seule avec Colton. Généralement j'ai beaucoup de volonté, mais quand il s'agit de Colton, c'est une autre histoire. Je n'ai pas fait un pas que j'entends sa voix dans mon dos.

– Tu as une seconde, Ry ?

Je ne tiens pas compte du haussement de sourcils de Dane qui s'apprête à sortir à la suite des gamins. Je ne suis pas sûre de ma voix, alors je me dis que le fait de rester sur place constitue une réponse suffisante pour Colton.

– Ça me fait plaisir de te voir.

Sa voix est enrouée.

Je prends une profonde inspiration et ferme les yeux un instant en essayant d'effacer toute émotion de mon visage et de dissimuler mes sentiments. Je me retourne, un sourire faussement calme sur les lèvres, en me rappelant ce qu'il m'a dit l'autre jour. La portée dévastatrice de l'effet qu'il a sur moi me frappe de plein fouet quand nos regards se croisent.

Ça n'aurait jamais marché entre nous.

– À moi aussi, Ace.

Il est assis sur le bord d'une table, un pied posé sur la chaise devant lui, tournant ses lunettes de soleil entre ses doigts. Mon cœur se serre en le voyant, sachant que je peux avoir une partie de lui, mais pas la totalité dont j'ai besoin. Je m'avance vers lui puisqu'aussi bien notre alchimie est indéniable et notre attirance magnétique. Je lui souris timidement en essayant de masquer mes émotions. Je m'arrête devant lui, mes doigts me démangent tellement j'ai envie de le toucher. Il suit ma main des yeux quand je tends le bras pour enlever une peluche imaginaire de son t-shirt.

– Tu fais si officiel !

Je ris avec anxiété en disant la première chose qui me vient à l'esprit.

Il redresse la tête et hausse un sourcil.

– Quoi ? Tu crois que je fais semblant et que tout ça, c'est juste de l'esbroufe ?

Il se lève. Quand il se déplie et me domine de toute sa hauteur, son corps n'est qu'à quelques centimètres du mien. Son odeur m'enveloppe et je recule d'un pas pour me retenir de tendre la main pour le toucher de nouveau. Tout est bon pour tenter de préserver ma dignité.

– Non, ce n'est pas ce que j'ai voulu dire.

Je secoue la tête et je recule encore pour créer un espace entre nous.

– C'est juste que ça rend les choses si réelles d'être ici – le circuit, te voir avec ta combinaison, les tribunes… c'est énorme !

Je hausse les épaules.

– Merci beaucoup, Colton.

En disant cela, je baisse les yeux et je regarde mes mains où je cherche instinctivement à jouer avec ma bague qui n'est plus là. À la place, j'emmêle mes doigts et j'essaie de cacher l'émotion qui doit se lire dans mes yeux.

– De quoi ?

– Tu t'es surpassé. Les trucs dans le bus pour les gamins. Les avoir fait venir ici aujourd'hui. Tout ça.

Je lève vers lui des yeux où montent des larmes de joie avant d'ajouter :

– Le premier mot de Zander.

Une avancée comme celle-ci est une étape très importante dans la guérison des plaies invisibles. Je sais qu'il est mieux placé que quiconque pour le comprendre. Il tend la main et essuie la larme unique qui coule sur ma joue. Ce geste simple de compassion me secoue. Nos regards se croisent et je vois les sentiments qu'il éprouve pour moi. Je regrette seulement que lui ne les voie pas. Il chausse ses lunettes de soleil, me coupant ainsi toute possibilité de continuer à le déchiffrer, puis tend la main vers moi.

– Tu m'accompagnes jusqu'au stand ?

Quand je reste plantée là à le regarder sans comprendre, il prend ma main d'autorité. Nous marchons en silence, perdus dans nos pensées. Il y a tant de questions que je voudrais lui poser, mais ce n'est ni le moment ni le lieu pour ça. Je pose la main sur mon estomac pour calmer mes angoisses.

– Pourquoi as-tu l'air si nerveuse ? C'est moi qui vais me lancer sur la piste à plus de deux cents à l'heure.

Je m'arrête pour le regarder, mais ses verres foncés m'empêchent de voir ses yeux. Vraiment, il ne comprend pas ce que ça me fait de passer du temps avec lui, d'être avec lui alors qu'il ne peut pas être à moi ? Que je marche sur des œufs en pensant à tous les possibles. Je choisis la solution de facilité.

– J'ai peur pour toi. Tu n'as jamais peur de l'accident ?

– Oh, j'en ai eu plein, Ryles.

Il soulève ses lunettes de soleil et me regarde dans les yeux.

– Parfois, il te faut un ou deux accidents pour comprendre tes erreurs, et après, quand la fumée se dissipe, tu t'aperçois que ça peut être bénéfique en fin de compte. Tu as compris la leçon au cas où cela se reproduirait.

Il hausse les épaules et serre ma main en me faisant un petit sourire timide.

– De plus, les bosses et les cicatrices te donnent de la personnalité à la longue. La beauté n'a qu'un temps.

Nos regards restent rivés l'un à l'autre et je sais qu'il ne parle pas que de la course. Je l'implore des yeux, lui posant silencieusement les questions que j'ai peur de formuler, mais il remet ses lunettes en faisant comme s'il n'avait rien vu. Il me tire par la main pour que nous repartions.

J'essaie de trouver quelque chose à dire pour alléger l'atmosphère.

– Tu n'es pas censé faire une tête spéciale avant la course ou quelque chose qui indique que tu es concentré ?

– Quelque chose comme ça.

Il rigole.

– Mais ce n'est pas une course aujourd'hui. En général, je deviens comme ça en allant vers le stand. Cela fait chier ma sœur à un point que tu n'imagines pas.

– Pourquoi ça ?

– Parce que je n'écoute plus rien ni personne.

Un sourire étire ses lèvres magnifiques.

– Typiquement masculin.

Je ris en secouant la tête.

– Merci de me prévenir, Ace.

– Et elle dit que j'ai l'air mauvais ! J'essaie de lui faire comprendre que ça tient à mon boulot, mais elle ne marche pas.

Nous continuons en silence, un sourire flotte sur mes lèvres. J'entends un moteur rugir sur ma gauche et le claquement d'un outil sur le ciment quelque part sur ma droite.

– Je me demandais si tu viendrais aujourd'hui.

Ses mots me surprennent. Il me semble que je réussis à ne pas le montrer.

– Je pensais que tu enverrais peut-être un de tes collègues à ta place.

– Non.

Nous nous arrêtons à l'angle du bâtiment et je lève les yeux vers lui. Est-ce qu'il ne voit pas que même quand il me repousse, je suis toujours attirée par lui ? Que je ne pourrais pas rester loin de lui même si je le voulais ?

– J'avais envie de te voir dans ton élément. Voir les garçons faire cette expérience.

Il m'observe un moment en faisant un signe de tête à quelqu'un qui passe à côté de nous avant de revenir à moi.

– Je suis content que tu sois là.

– Moi aussi.

Je résiste à la tentation de baisser les yeux devant l'intensité de son regard.

– Je m'arrête ici.

Il s'appuie contre le mur en posant un pied derrière lui.

– Ah.

Il passe le pouce sur les jointures de ma main qu'il tient toujours. Un lent sourire espiègle étire ses lèvres.

– J'ai pas droit à un baiser pour me porter chance, Rylee ?

Il me tire par le bras et me fait tomber contre lui. Il étale sa main libre sur mon dos pour me serrer contre lui.

Ses mises en garde, ses signaux contradictoires, le mal qu'il m'a fait, tout disparaît quand mes yeux papillotent pour voir ses lèvres sensuelles à quelques centimètres des miennes. Tous mes muscles au-dessous de la ceinture se contractent de désir. Je ferme les yeux un instant et je me passe la langue sur les lèvres, avant de les rouvrir pour tomber sur le vert transparent de ceux de Colton. *Et pourquoi pas, putain ?* Ce n'est pas comme si l'expression

« la tête sur les épaules » pouvait s'appliquer à moi depuis ces dernières semaines quand il s'agit de lui. Quand je suis près de lui, ma raison m'échappe, comme du sable entre les doigts.

– C'est le moins que je puisse faire.

Il enlève sa casquette. Je perds la raison et toute décence au moment précis où ses lèvres se posent sur les miennes. Je mets toute la douleur, l'émotion et le besoin que j'ai refoulés ces jours derniers dans notre baiser. Et je sais que je vais y trouver la même chose venant de lui. La pression de sa main sur mon dos me stimule, me pousse à passer la main sur sa poitrine, le bout des doigts sur son cou et les emmêler dans les cheveux qui bouclent sur sa nuque. Nos cœurs battent la chamade l'un contre l'autre tandis que nous prenons chacun ce que nous désirons, en oubliant l'impasse dans laquelle nous nous trouvons.

Je reprends petit à petit conscience de l'endroit où nous sommes quand j'entends une voix crier :

– Il y a des hôtels pour ça, Donavan !

Je sens le sourire de Colton sur ses lèvres quand elles quittent les miennes et qu'il tourne la tête vers la droite en riant.

– Va te faire foutre, Tyler ! Tu dis ça parce que tu es jaloux !

J'entends un grand ricanement quand Colton tourne la tête de nouveau vers moi, et je prends son visage entre mes mains.

– Bonne chance, Ace !

Nous continuons à nous regarder un instant puis il baisse la tête et effleure mes lèvres d'un baiser tendre. Un au revoir silencieux. Maintenant, je suis plus déconcertée que jamais.

– Rappelle-moi de t'inviter à ma prochaine course.

– Quoi ? Pourquoi ?

– Parce que si tu m'embrasses comme ça pour me souhaiter bonne chance pour les essais, je meurs d'impatience de voir comment ce sera avant la course elle-même.

Il hausse les sourcils et affiche un large sourire, tout en appuyant les mains sur ma taille. J'éclate de rire.

– Colton ?

Je me retourne pour tomber sur le regard interdit d'une femme ravissante qui se tient à quelques pas sur notre gauche. Elle a cette beauté classique qui me fait penser à Haddie. Ses boucles blondes tombent en cascade sur ses épaules, ses yeux caramel me regardent d'un air pensif, et une moue retrousse ses lèvres rebondies quand elle me découvre. Je reçois comme un coup de poing dans l'estomac. Collée contre Colton, dans la fraction de seconde dont je dispose pour me faire une idée, j'ai le temps de voir la véritable adoration et tout l'amour qu'elle éprouve pour lui. Il y a toutefois quelque chose de différent chez elle, et les sentiments que je lis dans ses yeux sont beaucoup plus intenses que ceux de Tawny ou de Raquel.

Est-ce que ce barrage de femmes amoureuses autour de Colton ne prendra jamais fin ?

– Tu tombes toujours au bon moment, dit Colton les dents serrées, sans même la regarder.

Je lève les yeux sur lui, un peu perdue quand il m'embrasse le bout du nez et s'écarte de moi.

– Rylee, je te présente ma chieuse de petite sœur, Quinlan.

– Ah !

Je comprends mieux maintenant ! Je m'extirpe des bras de Colton, cette interruption ne me laissant pas le temps de m'interroger sur notre échange intime. Je tends la main pour serrer la sienne, le rouge aux joues quand je pense à la première impression qu'elle doit avoir de moi.

– Bonjour, je m'appelle Rylee Thomas.

Quinlan me toise de la tête aux pieds puis pose les yeux sur ma main tendue avant de tourner vers Colton un regard incrédule. Elle hoche la tête d'un air menaçant sans se soucier de ma main le moins du monde. Je la laisse retomber et Colton soupire.

– Quin ?

Elle le regarde comme le ferait une mère qui gronde son enfant. Il lui jette un regard furax.

– Q, ne sois pas impolie. Je serai dans le coin. Je suis un peu occupé, là tout de suite.

Elle rechigne grossièrement en continuant à me jauger avant de tourner les talons et de repartir par où elle est venue.

– Désolé. Elle peut vraiment être peste parfois, malgré son âge.

Et pour une raison que j'ignore, je crois que je la comprends. Elle me prend pour une des bimbos habituelles de Colton. Et elle s'est comportée comme je le ferais probablement moi-même s'il s'agissait de mon frère. Dégoûtée. Ras-le-bol.

– Ce n'est pas grave.

Je m'écarte de lui.

– Il faut que tu y ailles.

– Tu as raison.

Il hoche la tête en se passant les doigts dans les cheveux.

– Sois prudent, Colton. Je te retrouve sur la ligne d'arrivée.

– Pas de problème.

Il me décoche un bref sourire coquin avant de se diriger vers son stand. J'observe sa démarche sexy tandis qu'il tire sur sa casquette de base-ball pour la remettre en place. Il se retourne vers moi, la visière de sa casquette masque son regard, mais je peux voir un petit sourire sur les lèvres. Et aussi le mot *danger* inscrit en toutes lettres sur lui. Une chose est sûre, il est sexy jusqu'au bout des ongles. Je soupire en hochant la tête, je lui souris instinctivement et je continue à le regarder jusqu'à ce qu'il disparaisse.

Par quoi est-ce que je commence si je veux essayer de comprendre ce qui s'est passé ces quinze dernières minutes ?

CHAPITRE 20

– OK, les gars, je crois que le dernier réglage des ailerons est au point. Beau boulot ! Je vais pousser à plein régime pour la fin, à partir du moment où je passe la ligne.

La voix désincarnée de Colton nous parvient dans le casque et nous le regardons passer sur la piste derrière nous.

– Ne la pousse pas à fond, Colt. J'ai encore besoin de faire quelques réglages pour la prochaine sortie. Je n'ai pas envie que tu crames le moteur avant qu'on s'en occupe.

– Détends-toi, Becks. Je vais pas le casser, ton joujou !

J'entends le moteur rugir sur la piste tandis que Colton sort du deuxième virage.

– Davis ? T'es là ?

– Qu'est-ce que tu veux, Wood ?

La voix de Davis dans mes oreilles.

Wood ? C'est quoi ça encore ?

Dans le micro ouvert, j'entends le changement de régime de la voiture quand il négocie le troisième virage.

– Fais venir Zander dans le stand.

Je perçois les vibrations de la voiture dans sa voix quand il accélère.

– Fais-lui agiter le drapeau. Puis fais-le faire aux autres.

– Bien reçu.

Les enfants écoutent tous dans leur casque et ils tournent la tête vers moi avec des grands yeux et un large sourire. Davis grimpe les escaliers vers notre petite tribune au-dessus des stands et fait signe aux garçons de le suivre. Dane descend et Jax se retourne vers moi, l'air de me demander l'autorisation.

– Vas-y, Jax.

Je lui fais signe d'y aller et je reste assise à ma place.

– Je vais rester ici.

Je regarde les enfants se diriger vers les stands, en tournant la tête vers la droite quand Colton sort en trombe du quatrième virage en direction de la ligne d'arrivée. Le grondement du moteur m'emplit les oreilles, transmet ses vibrations dans tout mon corps et se répercute dans ma poitrine quand il passe comme une flèche devant nous. Une fois qu'il a disparu, Davis leur fait traverser la piste et je les perds de vue quand ils vont vers le podium des drapeaux. Un peu plus tard, Davis monte dans le petit box blanc sur la plate-forme, Zander à ses côtés, et ils attendent que Colton réapparaisse. Le bruit aigu du moteur s'accentue quand Colton appuie sur l'accélérateur dans la dernière ligne droite. Avant que j'aie eu le temps de m'en rendre compte, il a fait le tour de circuit de trois kilomètres et demi et il repasse devant moi. Zander a le drapeau à la main et Davis lui tient prudemment les bras pour l'aider à l'agiter quand Colton approche et passe comme une flèche. Je capture son sourire dans mon appareil photo avant qu'il ne redescende pour laisser Aiden prendre son tour.

Nous avons passé une journée formidable. Les enfants ont vécu une expérience unique grâce à Colton et à son équipe. J'ai été interviewée par des reporters du *Los Angeles Times* et du *Orange County Register*, au sujet de la collaboration de CD Entreprise destinée à lever des fonds en faveur de Corporate Cares. Un photographe nous a pris en photo quand nous regardions les essais. Les gamins ont été gavés de sucreries mais aussi d'une nourriture excellente que l'équipe de Colton a apportée spécialement pour nous. On nous a mieux traités que j'aurais jamais pu imaginer, surtout que ce n'était pas une course ni une manifestation officielle.

Je prends un cliché de Shane au moment où il agite le drapeau quand Colton passe devant lui, contente d'avoir pu saisir sur le vif la joie exprimée sur son visage. Quand je lève les yeux de mon appareil, Tawny se tient devant moi, un regard froid et calculateur dans ses yeux d'un bleu glaçant. Je lui fais un petit sourire, méfiant mais courtois.

Quand je vois qu'elle reste plantée là à me fixer, je décide de faire le premier pas. Sa tentative d'intimidation ne marche pas avec moi. Je prie juste pour qu'une fois dans ma vie je trouve les réparties spirituelles qui ne me viennent en général qu'après coup, parce que je vais sûrement en avoir besoin.

– Je peux faire quelque chose pour vous ?

Elle croise les bras sur sa poitrine généreuse et s'appuie sur la rampe sans me quitter des yeux.

– Vous savez que vous n'êtes pas du tout son genre, hein ?

Ah, c'est comme ça que vous le prenez !

Je regarde Colton arriver dans la ligne droite et j'attends que le bruit assourdissant s'éloigne de nous pour retirer mes écouteurs. Je me renfonce sur mon siège sans retenir le sourire entendu qui effleure mes lèvres – celles sur lesquelles Colton a posé les siennes tout à l'heure.

– Et c'est quoi le message ? Que vous, si ?

Je me crispe intérieurement en disant cela, parce que je sais bien qu'effectivement, elle correspond au moule qui a l'approbation de Colton. *Tu parles d'une répartie spirituelle !*

Elle part d'un rire moqueur.

– Oh, ma pauvre petite oie blanche ! Vous n'avez pas la moindre idée de là où vous mettez les pieds, on dirait.

Espèce de garce condescendante !

– Et alors ? Si j'avais autant d'expérience que vous, ce serait le cas ?

Ma voix dégouline de sarcasme.

– Que ce soit bien clair, ce qu'il y a entre Colton et moi ne vous regarde pas. Et je suis assez grande pour savoir ce que je fais, Tawny. Mais merci quand même pour votre sollicitude mal placée.

Elle me regarde entre ses paupières à demi fermées, son visage déformé par l'amusement.

– Oh, Rylee, absolument tout ce que fait Colton me regarde. Je fais ce qu'il faut pour ça.

Je la regarde fixement, stupéfaite d'un tel aplomb, et me demande s'il y a du vrai dans ce qu'elle dit. J'essaie de masquer ma perplexité derrière une façade cynique.

– Je ne savais pas qu'il avait besoin d'une nounou. Il me semble tout à fait capable de prendre ses décisions tout seul.

Je croise les bras sur ma poitrine en l'imitant.

– Vous ne savez rien, c'est ça ?

Elle se met à rire méchamment, son ton paternaliste me tape sur les nerfs.

– Tous les hommes ont besoin d'une femme qui chuchote à leur oreille, pour leur dire ce qui est le mieux pour eux.

Elle me décoche un sourire arrogant.

– Et sachez, ma petite Rylee, que pour Colton cette femme, c'est moi. Je l'ai été… et je continuerai à l'être.

Je remets mes écouteurs en place quand Colton réapparaît sur la piste, contente de ce bref moment de répit pour digérer ses remarques.

– Je suis pratiquement certaine que Colton ne se laisse dicter sa conduite par personne. Bien essayé, quand même.

Si elle rit encore une fois avec cet air insupportable de Madame-Je-Sais-Tout, je l'étrangle. Elle tapote du bout de son faux ongle sur ses dents impeccablement blanches.

– Continuez à croire ça, ma petite, et avant de le savoir, vous penserez que vous l'avez accroché. Et malgré son petit baratin, comme quoi il ne veut pas de petite amie, vous penserez qu'il veut vraiment aller plus loin avec vous. Que vous pouvez le changer et changer ses façons de faire. Vous penserez que vous avez apprivoisé cette rébellion et pris le dessus sur son côté dominateur.

Elle tourne la tête pour le regarder passer à toute vitesse sur l'autre côté de la piste avant de se retourner vers moi et de faire un pas en avant.

– Et quand vous en serez là, il en aura fini avec vous en moins de temps qu'il ne lui faut pour boucler ce tour de circuit. Vous n'avez pas l'étoffe pour le garder. Il se lasse très vite, vous savez.

Elle hausse les sourcils en scrutant mon visage.

– Oh, ce n'est pas vrai !

Elle pousse un petit cri étouffé et met sa main devant sa bouche pour cacher un sourire hypocrite.

– Vous avez déjà baisé avec lui, c'est ça ?

Je me contente de la regarder fixement en essayant de ne rien laisser paraître, sans dire un mot. Je ne veux pas lui montrer qu'elle m'atteint. Que ses saloperies commencent à s'insinuer en moi et à venir alimenter mes angoisses quant aux raisons pour lesquelles Colton m'aime bien.

– Dans ce cas, il n'y en a pas pour longtemps.

– Avant quoi ?

Je me doute déjà de ce qu'elle va dire. Je la vois tourner sa langue dans sa bouche, cherchant la meilleure façon de cracher son venin.

– Ma petite, j'ai vu défiler suffisamment de ses *pétasses* pour pouvoir dire que je vous donne deux mois max. Vous serez sortie de son lit et de sa vie avant la première course de la saison.

Elle plisse les yeux et me fusille du regard en attendant ma réaction, mais je ne lui ferai pas ce plaisir. Elle fait encore un pas.

– Et je peux vous dire que c'est vers moi qu'il se tournera à ce moment-là. C'est moi qui lui dirai qu'il est trop bien pour quelqu'un comme vous. Je vous l'ai dit. *Je suis la voix qui parle à son oreille.*

Je réplique d'une voix sucrée malgré la colère qui bouillonne en moi :

– Laissez-moi deviner, et c'est avec vous qu'il sera heureux et qu'il aura beaucoup d'enfants, c'est bien ça ?

– À la fin, oui. Quand il en aura marre de perdre son temps avec des bimbos comme vous. (Elle glousse en me toisant de la tête aux pieds.) Vous êtes futée, je vous l'accorde. Mais je le connais depuis plus longtemps que n'importe qui, et j'ai donné. Ses parents m'adorent. Je suis la seule personne dont il a besoin. Il ne le sait peut-être pas encore, mais il m'aime…

– *J'ai l'impression que vous allez devoir trouver quelque chose de mieux à faire pour occuper votre temps, ma petite,* je lui dis en me levant pour faire un pas vers elle, fatiguée de sa diatribe égocentrique. Attendre tout ce temps pour se faire coiffer au poteau, ça doit être terriblement frustrant.

Elle lève les mains.

– On est un peu énervée, on dirait ? Faut pas confondre le message et le messager. J'ai seulement pensé que je pourrais vous épargner l'inévitable cœur brisé.

Je réussis à rire.

– Tu parles ! La sincérité sort par tous les pores de votre peau. Vous débordez de compassion.

Elle fait la moue.

– Entre filles, faut bien s'aider.

Cette fois, je ris franchement. Quelle connasse !

– C'est ça ! Je suis sûre que vous êtes derrière moi. *Avec un couteau pointé dans mon dos, oui !* Merci pour les encouragements, mais je suis une grande fille, Tawny. Je me débrouille très bien toute seule.

Elle rejette la tête en arrière et éclate de rire avant de me regarder de la tête aux pieds une fois de plus, l'air dédaigneux.

– Oh, il ne va faire qu'une bouchée de vous, puis il vous recrachera et je vais m'amuser à regarder ça.

Colton termine son dernier tour et rentre la voiture au stand qui se trouve sur notre droite. Dans peu de temps, les garçons vont venir me chercher pour descendre voir la voiture et, franchement, j'en ai ras-le-bol du petit discours « laissez-moi vous remettre à votre place » de Tawny. J'ai essayé de garder de la hauteur, de ne pas me montrer aussi garce qu'elle, mais ça commence à bien faire.

Je m'approche un peu plus d'elle et lui dis dans un murmure méprisant :

– Vous feriez mieux de vous habituer à regarder, Tawny, parce que c'est tout ce que vous allez faire dorénavant. Quand il criera un nom, ce sera le mien, chérie.

Les coins de ma bouche se relèvent, et j'ajoute d'une voix implacable :

– Pas le vôtre.

– *C'est ce qu'elles ont toutes cru !*

J'adorerais lui sauter à la gorge, là, tout de suite, effacer ce sourire sarcastique et lui montrer qu'elle ne sait pas du tout de quoi elle parle. Mais je ne peux pas. En fin de compte, elle a peut-être raison. *Et ça, ça me tue.* Ça me rappelle que je ne dois pas baisser la garde.

Je lui octroie le même regard lent et évaluateur qu'elle a eu pour moi, puis je secoue la tête avec désintérêt.

– Cette conversation a été stimulante, Tawny, mais je vais aller passer du temps avec des gens qui sont dignes d'intérêt.

Je descends les escaliers quatre à quatre pour être sûre d'avoir le dernier mot. Arrivée en bas, je me laisse guider par le bruit de la voiture de Colton. En tournant à l'angle du bâtiment, je vois mes gamins se diriger vers le garage à la suite de Davis. Je presse le pas pour les rattraper en essayant de dissiper la colère et l'agacement que les paroles de Tawny on provoqués chez moi.

Je hausse les épaules, après tout c'est juste une sale petite garce qui essaie de s'accrocher à quelque chose qui ne lui appartient pas. Une sale petite garce sublime, certes, mais une sale petite garce quand même. Le fait qu'elle soit son genre, ajouté à ma crainte que ce qu'elle dit soit fondé, ne fait qu'attiser la colère qui m'anime.

Je rattrape le groupe juste quand nous arrivons au garage où l'équipe de Colton est installée. Le ronronnement du moteur s'arrête et je le vois qui tend le volant détaché à un membre de son équipe avant de s'extirper de son siège. Il passe une jambe par-dessus le côté de la voiture, puis l'autre pour se mettre debout. Il lui faut un moment pour tenir en équilibre sur ses jambes avant de retirer son casque et la cagoule blanche ignifugée qu'il a sur la tête. Il accepte la bouteille de Gatorade que quelqu'un lui tend et boit une longue gorgée avant de passer la main sur son sweat trempé de sueur. Et il fait un large sourire au type qui vient vers lui. Je mets un petit moment à le reconnaître. C'est le fêtard qui était avec lui à la soirée pour le rhum Merit.

Je recule pour me tenir avec les garçons à l'écart de l'agitation qui règne dans le garage. Plusieurs personnes parlent à Colton qui fait des gestes pour illustrer ce qu'il dit. D'autres membres de l'équipe s'occupent de la voiture et prennent des mesures avec des instruments variés. Colton est tout à fait dans son élément. On voit bien son enthousiasme et son respect pour ce sport.

Son sourire est large et franc, et j'ai un pincement au cœur en le voyant. S'il est aussi passionné par un sport qu'à l'évidence il adore, qu'est-ce que ce sera quand il finira par accepter d'aimer une personne ! Mon cœur se serre à la pensée que ce ne sera pas moi. Je la repousse, mais elle s'accroche à mon esprit quand je l'observe.

L'excitation retombe un peu quand plusieurs des personnes à qui Colton parlait reculent pour aller s'occuper du moteur, à l'arrière de la voiture. Maintenant il ne parle plus qu'avec le type de la boîte et je remarque une franche camaraderie entre eux.

Davis fait signe aux garçons d'entrer dans le garage et ils le suivent calmement en file indienne en essayant de ne pas déranger. Je reste où je suis, préférant regarder de loin. Colton les voit et interrompt sa conversation pour leur faire un grand sourire. Il attend qu'ils approchent avant de leur parler.

– Alors, ça vous a plu, les gars ?

Ils crient tous en même temps. Des mots fusent, comme « génial », « trop cool », « super ». Il descend la fermeture éclair de sa combinaison et enlève les manches qui retombent sur les côtés. Son t-shirt est collé par la sueur sur les muscles bien dessinés de son torse. Le voir comme ça, sexy comme ce n'est pas possible, ne laisse pas une seule partie de mon corps indifférente.

– Je suis super content que ça vous ait plu ! Maintenant, regardez cet homme.

Il prend le type de la boîte par les épaules.

– C'est l'une des personnes les plus importantes ici. Plus importante que moi. Rien de tout ça (il montre le garage autour d'eux)… ne marcherait aussi bien s'il n'était pas là. Je vous présente Beckett Daniels, le chef de mon équipe.

Les enfants lui disent bonjour et il leur sourit. Ricky lance une question, et Beckett fait un grand sourire et leur fait signe de venir voir quelque chose dans la voiture. Colton reste sur place à regarder les enfants. Il fait rouler ses épaules et boit longuement avant de parcourir le garage des yeux. Je sens ce soudain crépitement électrique quand nos regards se croisent et que son lent sourire paresseux retrousse le coin de ses lèvres en creusant sa fossette. C'est le sexe en personne : sexy, suant, ébouriffé et irrésistiblement érotique. Il jette un coup d'œil à Beckett pour s'assurer que tout va bien avant de venir me rejoindre d'un pas nonchalant.

– Ça va ?

Je ne peux pas m'empêcher de sourire en lui parlant.

– Alors, tu penses toujours que je fais semblant ?

– Non.

Je me mets à rire quand il s'arrête devant moi.

– Bon, cela prouve au moins que je fais correctement mon boulot.

Il tend la main pour tirer sur une de mes boucles. Je hoche la tête avec un petit sourire avant de prendre une profonde inspiration.

En tout cas, il n'a pas besoin de faire semblant quand il s'agit d'être dans une chambre.

Nous nous regardons fixement au milieu de l'agitation qui continue autour de nous, et nous tombons sous le charme l'un de l'autre.

– Tu avais l'air dans ton élément, là-bas, Ace, je finis par dire pour briser le silence.

Il prend une autre gorgée de sa boisson énergisante.

– Tu n'y connais rien en F1, si ?

Il rit tandis que je fais non de la tête en riant avec lui.

– C'est bien ce qu'il me semblait. Merci quand même pour le compliment.

– Mais ça m'est arrivé de regarder des courses avec mon frère et puis les gamins ont tout regardé sur Google pour être sûrs de ne pas être largués.

Je hausse les épaules en jetant un coup d'œil par-dessus mon épaule pour voir où ils en sont.

– *Wood*[6], carrément ?

Il me fait un sourire gêné.

– Ce n'est pas ce que tu penses. C'est un vieux surnom.

Je hausse les sourcils, amusée.

– Quand j'ai commencé la F1, quelqu'un m'a appelé Hollywood. Le nom m'est resté mais a été raccourci en Wood avec le temps. Ceux qui m'appellent comme ça sont là depuis longtemps.

Il regarde Beckett un instant.

– Et des gens en qui j'ai confiance.

– Ne laisse pas la presse s'en emparer, sinon ils vont se régaler avec ça.

– Ne t'inquiète pas, je sais.

Il rigole.

Nous tournons la tête tous les deux en même temps en entendant le rire de Shane résonner dans tout le garage. Beckett, un bras passé autour de ses épaules, rit avec lui alors que Davis soulève Ricky pour l'asseoir sur le siège de la voiture, le temps d'une photo.

– Mille mercis, Colton. Pour leur avoir permis de se sentir uniques pendant une journée.

Il arrête de regarder les gamins pour se retourner vers moi.

– Pour tout. Je ne sais pas comment te dire ce que cela représente pour eux.

---

6. Jeu de mot, sous-entendu sexuel. Wood = érection. (NdT)

Son visage s'assombrit.

– Ce n'est pas grand-chose.

Il hausse les épaules et tripote des petits bouts d'étiquette sur la bouteille de Gatorade.

– Je comprends ça mieux que n'importe qui.

Il reporte son attention sur les garçons qui s'asseyent dans la voiture chacun à leur tour pour être pris en photo. Nous les observons un moment, Colton retire sa casquette et se passe les mains dans les cheveux. Je l'observe du coin de l'œil quand il regarde sa montre avant de retourner son attention sur les gamins.

Les paroles de Tawny résonnent dans mon oreille. Deux mois max. Et si elle avait raison ? Même si ce qui se passe entre nous dure trois ou quatre mois, je sais que ce ne sera pas assez. Je pense qu'aucune durée limitée ne serait suffisante pour aimer quelqu'un comme Colton. Il fait partie de ces mecs qui vous consument entièrement. Il vous fait vous sentir entière quand vous ne vous étiez jamais aperçue que vous ne l'étiez pas. Vous donne de la force et vous fait vous sentir faible en même temps. Je sais que je suis capable de l'aimer comme cela – comme il le mérite –, mais je sais que je n'en aurai jamais l'occasion. Tawny est peut-être une sale petite garce, mais elle le connaît beaucoup mieux que moi. Entre ce qu'elle m'a dit, les aveux mêmes de Colton, les renseignements que j'ai trouvés sur lui et mon intuition, je sais que je serai détruite à la fin si je m'autorise à tomber amoureuse de lui.

Je ne peux pas laisser ça arriver. Je m'éclaterais probablement à la montée, mais l'étendue des dégâts après la chute me briserait.

Colton interrompt le fil de mes pensées.

– On a une réunion dans dix minutes. Tu peux rester ? Je te raccompagnerai chez toi après.

Je fais tourner la bague que j'ai remise à mon doigt ce matin, c'est une source de réconfort pour moi. J'ai terriblement envie de dire oui.

– Je ne crois pas que ce soit une bonne idée, Colton.

Je secoue la tête en évitant son regard.

– Pour qui ?

Quand il vient plus près de moi, son odeur m'enveloppe – la fraîcheur de son eau de toilette mélangée à l'odeur d'un homme après une dure journée de travail.

Je le considère d'un air méfiant, essayant de le tenir à distance émotionnellement.

– Pour nous deux, Colton. Tu l'as dit toi-même l'autre soir.

Il se rapproche un peu plus et je sens mon pouls accélérer.

– Peut-être que je vois les choses différemment aujourd'hui…

Je soupire profondément en me disant que rien n'a changé depuis samedi soir. Il est comme il est, il ne va pas changer. Au bout de plusieurs jours sans se voir, il est en manque et il veut être soulagé. Ce n'est rien de plus que ça. J'éloigne sa dernière remarque de mon esprit et j'essaie de continuer comme s'il n'avait rien dit.

– En plus, je dois ramener les garçons à la maison. Ils sont sous ma responsabilité.

Il continue à avancer vers moi, mais je pose les mains sur sa poitrine pour l'arrêter. Je ne sais pas si je serais capable de supporter la sensation de son corps pressé contre le mien. Avec mes mains sur les muscles fermes de sa poitrine, c'est déjà bien assez difficile comme ça de lui résister.

Colton me relève le menton d'une main.

– Qu'est-ce qui ne va pas, Ry ?

Ses yeux scrutent les miens, essayant de comprendre mes hésitations. Comment pourrait-il comprendre pourquoi sa vision de la relation est inacceptable pour moi ? Comment lui expliquer que le fait qu'il me rejette à un moment pour m'embrasser fougueusement le moment d'après me conduit à me poser des questions sur ce que je pourrais devoir concéder pour l'avoir dans ma vie ?

– Toi.

– Moi ?

– Tu m'embrouilles les idées à tout bout de champ, Colton.

Je hoche la tête doucement et même si je me dis que le toucher va me rendre les choses encore plus difficiles, je lève la main et passe un doigt le long du col de son t-shirt trempé.

– Un instant, tu me dis que tu ne peux pas rester loin de moi et dans la seconde suivante, tu me dis que tu dois me tenir à distance pour ne pas me faire souffrir. Samedi, tu me dis que ce qu'il y a entre nous ne marchera jamais si je n'accepte pas tes règles et aujourd'hui, tu m'embrasses à me couper le souffle.

Je recule et jette un coup d'œil aux garçons qui font la visite du garage, pour éviter son regard.

– Je ne peux pas te donner ce que tu veux et toi, tu ne peux pas m'apporter ce dont j'ai besoin. C'est tout ce que je sais. Tout ce que je comprends, Colton.

Il s'avance vers moi à nouveau et empoigne ma queue de cheval qu'il tire pour me forcer à lever la tête et à le regarder dans les yeux. Et malgré le bazar qui nous entoure – les rires des garçons, le claquement du métal sur le métal, le bruit d'un compresseur au loin – quand ses yeux s'emparent des miens, tout disparaît. Il n'y a plus que lui et moi. Un mec beaucoup trop irrésistible pour être honnête et une fille dans le pétrin jusqu'au cou.

– J'ai beau me répéter que cette histoire doit être – devrait être – terminée, Rylee, pour notre bien à tous les deux… j'ai toujours envie de toi.

Il pose sa main libre sur le côté de mon visage et passe son pouce sur ma lèvre inférieure.

– Terriblement. Je n'arrête pas de penser à ta peau si douce. À ton corps collé contre le mien. Ou allongé sous le mien. À la façon dont tu te contractes autour de moi quand je suis en toi…

Ses paroles, ajoutées à l'intensité de son regard, me coupent le souffle. Me font vibrer d'un besoin de lui situé au plus profond de moi et dont je me demande s'il pourra un jour être rassasié.

– Bon Dieu, Rylee, ça… tu… me consumes.

Il se penche et pose sur mes lèvres un bref baiser plein de douceur. L'innocence et la vulnérabilité qu'il révèle me subjuguent.

– Et j'ai bien l'intention de t'avoir encore.

J'inspire brusquement. Je m'écarte de lui, en gardant les yeux rivés sur les siens une seconde de plus avant de chercher les garçons du regard. Je remarque que d'autres personnes sont arrivées pendant que nous parlions. Je remarque le regard perplexe qu'échangent Beckett et Quinlan. Je vois Davis rassembler les gamins et je comprends que notre journée ici s'achève.

– Je suis sûre que tu n'y penseras plus dès que tu trouveras quelqu'un qui correspond à tes exigences.

Je fais la maligne, mais je crains que ce ne soit la vérité. Je me retourne vers lui en essayant toujours de me remettre de l'impact de son aveu et, pourtant, je dois lui montrer que j'ai un peu de self-control quand il s'agit de lui.

– Pourquoi perdre ton temps avec moi quand tu peux avoir n'importe quelle autre fille qui ne demande qu'à te donner exactement ce que tu veux ?

– Mais c'est toi que je veux, Rylee. Personne d'autre.

Il sourit d'un air moqueur. Ce mec ne lâche jamais, mais je continue à penser qu'il recherche surtout le challenge avec moi. Je hoche la tête.

– Tu me dis tout le temps ce que tu veux, Ace, sans jamais me demander ce que, moi, je veux.

Colton prend sa casquette de base-ball dans ses mains et me l'enfonce sur la tête, un sourire énigmatique sur les lèvres et un éclat coupable dans les yeux.

– Ah, chérie…

Il émet un rire caverneux en reculant de deux pas.

– … mais je sais exactement ce que tu veux.

Il fait signe à Beckett qu'il arrive. Son sourire s'élargit pour devenir un des plus prédateurs et charnels que j'aie jamais vus. Mon point central se contracte et je me crispe pour réprimer mon désir.

– *Et j'ai précisément ce qu'il faut pour te satisfaire.*

Et sur ces mots d'adieu, il tourne les talons et va rejoindre Beckett, en faisant résonner son rire dans le garage. Beckett le regarde de la tête aux pieds, l'air stupéfait, tandis que Colton dit au revoir aux enfants.

Quand il a fini, il se retourne vers moi et sourit.

– L'Aventure qui vous Consume et vous Embrase.

Mon air ahuri le fait rire.

– *Quoi ?*

– *Ce que ça veut dire.*

Il sourit et je finis par comprendre. Il continue à essayer de deviner ce que Ace veut dire.

– Non, non.

Je lutte contre le sourire qui tire les coins de ma bouche.

Il recule d'un pas en se mordant la lèvre avec concentration. À ses yeux qui s'éclairent et se plissent, je vois immédiatement qu'il en a trouvé une autre.

– L'Aventure avec Colton est Épatante, me lance-t-il, ce qui lui vaut un regard apitoyé de la part de Beckett.

– Oh Seigneur !

Je ris devant son manque d'humilité et j'imite Beckett en levant les yeux au ciel, moi aussi.

– Nan, nan.

Je réprime un rire.

Colton recule encore d'un pas, le visage réjoui, en hochant la tête.

– À plus, Ryles.

– À plus, Ace.

Même si cela m'ennuie, je suis bien forcée d'admettre que Colton a raison. Aussi intelligente que je sois, aussi rationnelle que j'essaie d'être, son emprise sur moi est tout simplement trop forte.

J'enfonce sa casquette sur ma tête en refaisant ma queue de cheval et je le regarde passer, un bras sur les épaules de Beckett, tandis qu'ils descendent le chemin. Je secoue la tête, comblée par les événements de la journée, et je vais rejoindre mes gamins, excités mais épuisés, pour le long trajet du retour.

CHAPITRE 21

– Regarde ça !

Dane jette une épreuve de journal sur ma table en entrant dans mon bureau à Corporate Cares.

– Ton décolleté va être dans le journal et ça va nous faire de la pub.

Je lève la tête brusquement, sans comprendre, avant de regarder le papier devant moi. Dans la partie inférieure en première page de la section sport, on voit le montage de deux photos de notre visite au circuit et l'article qui l'accompagne. La photo de gauche montre la voiture de Colton avec tous les garçons à genoux devant et Colton au milieu. Celle de droite est un gros plan de Zander, Ricky et moi. Je suis entre les deux et malheureusement, à la façon dont mes bras sont positionnés, mon décolleté est mis en évidence dans le V de mon T-shirt moulant.

– Bravo ! Mon Dieu, quelle horreur !

– Arrête Ry, tu es super sexy. Et tes nichons sont très beaux !

Je lui lance mon crayon à la tête en riant.

– Quand est-ce que ça part pour l'imprimerie ? On peut encore lui demander de changer la photo ?

– Certainement pas ! Tu sais qu'ils l'ont choisie justement pour que les mecs qui ouvrent la page des sports lisent l'article et ne le zappent pas.

Je lève les yeux au ciel et le rouge me monte aux joues.

– Dis-toi que tu te sacrifies pour l'équipe…

– Quoi ?

– C'est un très bon article qui va nous faire une bonne publicité.

Il éclate de rire.

– Putain, si je jouais dans ton équipe, je garderais la photo pour la troisième mi-temps !

– Oh, ça va !

Je ne peux me retenir de rire plus longtemps.

– Allez, Ry, lis l'article. Ça va te plaire.

– C'est vrai ?

Je hausse un sourcil en le parcourant des yeux, contente de ce que je vois.

– Sérieux. Il est très bien.

Il s'assied en face de moi.

– Il donne des infos documentées sur le foyer et sur Corporate et les nouvelles installations.

– Quand est-ce que ça sort ?

– Dimanche, et le *OC Register* va très probablement en parler aussi, mais je n'ai pas encore vu les épreuves.

– Hmmmn, c'est pas mal.

Je le pose sur le côté de mon bureau pour le lire plus en profondeur dans la journée.

– Qu'est-ce que ça a donné, ton entretien ?

Il parle de la seule candidate que j'ai retenue pour le nouveau poste d'éducateur. Je l'ai reçue ce matin et j'ai été favorablement impressionnée.

– Elle est très bien, en fait. Presque trop bien pour être vraie, mais ses références tiennent la rampe et je crois que je vais lui faire une offre. Elle devrait plaire aux garçons. Je vais avoir besoin de ton aide pour la former mais…

Je suis interrompue par la sonnerie de mon portable. Je jette un coup d'œil à l'écran pour voir qui c'est.

– C'est Teddy.

Dane se lève et me fait signe qu'il repassera plus tard.

– Allô, Teddy !

– Rylee ! Il paraît qu'on dit du bien de nous dans le *LA Times*. Bien joué !

– Ne te moque pas de moi, Teddy.

On entend des craquements sur la ligne.

– Il faut que je te parle…

On est coupés. J'attends une seconde qu'il me rappelle. Voyant qu'il ne le fait pas, je retourne aux chiffres du budget sur lesquels je travaillais avant d'être interrompue par Dane. Au bout d'un moment, mon portable sonne de nouveau.

– Allô ?

– Je souhaiterais parler à Rylee Thomas, je vous prie.

Une voix masculine monocorde.

– C'est moi.

– Bonjour madame Thomas, c'est Abel Baldwin.

Et merde ! Il s'agit de qui, cette fois ?

– Bonjour, Monsieur le Principal. Qu'est-ce que je peux faire pour vous, aujourd'hui ?

– Eh bien, on dirait qu'Aiden ne peut pas garder ses mains en place, ces temps-ci. Il s'est encore battu au dernier cours, madame Thomas.

Le mépris qu'il ressent à devoir s'occuper de cela une fois de plus est perceptible dans sa voix.

C'est la troisième fois en trois mois qu'Aiden se fait prendre en train de se bagarrer à l'école. Et j'ai l'impression qu'il y en a eu au moins deux autres qui sont passées inaperçues aux yeux de la direction. Oh, Aiden !

– Que s'est-il passé ?

– Ce n'est pas très clair. Il refuse de répondre à mes questions.

Et ça m'étonnerait que cela t'intéresse, d'ailleurs.

– Et l'autre enfant ?

C'est la question que je pose à chaque fois sans obtenir de réponse satisfaisante.

– Ils ont dit que c'était un simple malentendu.

– Ils ont dit ? Ils sont plusieurs ? J'espère qu'ils sont dans votre bureau, eux aussi, monsieur Baldwin.

Il se racle la gorge.

– Pas exactement. Ils sont en classe et…

– Comment ?

Je crie, stupéfaite de ce parti pris évident.

– Et je crois que ce serait mieux si vous veniez chercher Aiden…

– Vous l'avez exclu ?

Je grince des dents.

– Mais non. Si vous vouliez bien me laisser finir, madame Thomas…

Il n'aime pas beaucoup que je le remette en question.

– Il n'est pas exclu, mais vous voulez que je vienne le chercher alors que les autres garçons peuvent rester en classe ?

La colère qui me monte au nez s'entend dans ma voix.

– Vous devez bien vous rendre compte que je n'apprécie pas ce qui me semble être du favoritisme.

Il reste silencieux un moment, pendant lequel je rassemble mes affaires comme je peux d'une seule main pour pouvoir aller le chercher.

– Madame Thomas, cette accusation n'est nullement fondée et hors de propos. Maintenant, j'apprécierais que vous veniez chercher Aiden pour permettre à chacun de se calmer. Cela ne veut pas dire qu'Aiden est désigné comme le coupable dans cette affaire. De plus, Aiden a du sang sur ses vêtements et il est contraire aux règles de l'école qu'il se promène comme ça ici, je pense que c'est dans l'intérêt de l'école de le renvoyer à la maison pour l'après-midi.

Je pousse un profond soupir en me mordant les lèvres pour ne pas dire à cet imbécile de principal ce que je pense de lui.

– J'arrive.

***

Aiden est silencieux pendant tout le trajet. Ma permanence au foyer ne commence que dans trois heures, mais je pense qu'Aiden et moi avons besoin d'un petit moment en tête à tête pour parler de ce qui s'est passé. Je ne l'ai pas poussé à me raconter, mais il faut que je sache. Est-ce qu'il se fait harceler ? Est-ce qu'il cherche à attirer l'attention ? Est-ce que c'est un exutoire pour les frustrations qu'il a subies dans le passé ? Il faut que je le sache pour pouvoir l'aider.

Avant d'entrer dans la maison, je lui fais signe de s'asseoir sous le porche à côté de moi. Il lève les yeux au ciel mais obéit. Il me regarde fixement et j'observe la lèvre enflée et le sang séché au coin de sa bouche, la marque rouge foncé sur sa joue droite et le début d'un coquard sur l'œil gauche. Il rougit violemment.

– Je sais que tu n'as pas envie d'en parler, mais il faut que tu me racontes ce qui est arrivé.

Je lui prends la main et il baisse la tête pour regarder une fourmi qui se déplace lentement sur la marche au-dessous de nous. Nous restons assis sans rien dire et j'attends un moment, mais je finis par lui serrer la main pour lui faire savoir qu'il faut qu'il parle.

– Ils faisaient les imbéciles.

– Qui a commencé, Aiden ?

Comme il ne répond pas, je répète ma question.

– Aiden ? Qui a donné le premier coup de poing ?

– C'est moi.

Sa voix est si douce, si triste et honteuse que mon cœur se serre. Je vois une grosse larme rouler sur sa joue enflée et je sais qu'il y a quelque chose qui cloche.

– Raconte-moi, Aiden. C'était qui et qu'ont-ils fait pour te pousser à les frapper ?

Il essuie vivement la larme sur sa joue du revers de la main en laissant une traînée de saleté au passage.

– Ils m'ont traité de menteur.

Sa lèvre tremble.

– Ashton Smitty et Grant Montgomery.

Les pestes ! Les je-sais-tout, les gamins privilégiés les plus populaires de sa classe dont on ne voit jamais les parents. Je passe le bras autour de ses épaules et le serre contre moi pour l'embrasser sur la tête.

– À propos de quoi ils ont dit que tu mentais ?

Sa voix est à peine audible.

– Ils ont dit que je mentais quand j'ai dit qu'on était allés au circuit dimanche et que ce n'était pas vrai que je connais Colton ou que je l'avais vu…

Mon cœur se serre. Il était si excité d'aller à l'école et de raconter son expérience à tous ses copains. Si excité d'être dans le coup pour une fois et d'avoir quelque chose que les autres n'ont pas. Je soupire bruyamment en le serrant contre moi. J'ai envie de lui dire que ces petits cons l'ont bien mérité et qu'il a bien fait, mais il est clair que ce n'est pas la façon la plus responsable de réagir.

– Oh, Aiden… je suis désolée, mon gars. Désolée qu'ils ne t'aient pas cru. Qu'ils t'aient provoqué… mais tu sais que réagir avec les poings, ce n'est pas la solution. Cela ne fait qu'empirer les choses.

Il hoche la tête à contrecœur.

– Je sais, mais…

– Aiden, il n'y a pas de mais… Tu ne dois pas te servir de tes poings pour régler tes problèmes.

– Je sais, mais j'ai essayé de le dire à madame McAdams quand ils ont commencé à me pousser et à me bousculer, mais elle n'a pas voulu m'écouter.

Je vois une autre larme qui menace de couler de ses cils épais.

– Bon, eh bien, je vais prendre rendez-vous pour en discuter avec elle et Baldwin.

Il relève la tête brusquement et me regarde, les yeux agrandis par la peur.

– Ne t'inquiète pas, je ne vais pas faire d'histoires. Je vais juste leur demander d'être un peu plus attentifs. De faire en sorte que cela ne se reproduise pas. Et je m'arrangerai pour que les autres ne le sachent pas.

Il hoche la tête et pousse un petit grognement neutre.

– Est-ce que je vais être puni ?

Je passe mes deux bras autour de lui et je serre ce petit être qui a déjà subi tant de blessures et d'abandons. Je le tiens contre moi en essayant de le rassurer et de lui faire savoir que tout va bien. Qu'être puni n'implique pas nécessairement d'être battu ou privé de nourriture pendant des jours.

– Tu l'es déjà, mon gars… mais je crois que ce que tu ressens est sans doute la pire punition que tu auras.

Je sens ses épaules se relâcher de soulagement, et une idée se forme dans ma tête.

***

– Je savais bien que tu ne tiendrais pas longtemps loin de moi.

Colton est plus arrogant que jamais à l'autre bout du fil. Sa voix sexy suffit à faire monter ma température, mais je dois faire abstraction de ça le temps de mettre à exécution le plan que j'ai échafaudé pour aider Aiden à reprendre confiance en lui à l'école.

– Ce n'est pas pour moi que je t'appelle, Ace.

– Aaah, j'adore ça quand tu es aussi professionnelle et que tu vas droit au but. C'est très bandant, Ryles.

– N'importe quoi !

Mais je ne peux pas m'empêcher de sourire.

– Non, plus sérieusement, qu'est-ce qui se passe, chérie ?

Pourquoi est-ce que j'adore qu'il m'appelle comme ça ? Pourquoi est-ce que cela me donne l'impression d'être quelqu'un à part pour lui ?

– C'est au sujet d'Aiden.

Je lui raconte en détail ce qui s'est passé et il m'écoute très attentivement malgré les voix que j'entends derrière lui.

– Tu crois que tu pourrais m'envoyer une photo de toi avec un autographe ou quelque chose qu'il pourrait apporter à l'école demain pour prouver qu'il t'a déjà rencontré et qu'il était bien là dimanche ?

Colton éclate de rire et je ne comprends pas sa réaction.

– Cela va juste lui valoir de se faire casser les dents, Rylee. Il n'y a qu'un geek pour faire ça… ces petits cons le dévoreraient tout cru.

– Ah… hum… je ne voyais pas les choses comme ça.

– C'est normal.

Colton ricane et cela me vexe.

– Ça veut dire quoi, ça ?

– Et surtout ne va pas demander un rendez-vous avec le prof ou le principal. Il y aura obligatoirement quelqu'un qui te verra et cela ne fera que rendre les choses encore plus difficiles pour Aiden.

– Je n'avais pas…

– Oh que si !

Il rigole et je suis étonnée qu'il m'ait si bien cernée.

– Je sais juste que tu faisais partie de ces gosses BCBG qui rendaient leurs devoirs avant la date, qui aidaient le prof en classe et qui étaient dans la foule des « in ». Soit dit sans te vexer, Rylee, tu n'as aucune idée de ce que c'est que d'être un marginal prépubère qui se fait casser la figure *juste comme ça*.

Je suis troublée qu'il m'ait si bien déchiffrée, mais plus que ça, ce qu'il a dit à propos des marginaux me renseigne sur son enfance. Comme je ne réagis pas, il se met à rire.

– Tu étais comme ça, je me trompe ?

– C'est possible.

Le rouge me monte aux joues.

– Il n'y a pas de honte à avoir, Rylee… C'est juste que ça se passe autrement pour des gosses comme Aiden.

Et comme tu étais.

– Alors qu'est-ce que tu me conseilles de faire, puisque il est clair que je ne comprends rien ?

J'essaie de ne pas lui montrer que je suis vexée.

– Tu es de permanence demain ?

– Ouais… quel rapport ?

Comme il ne répond pas, j'insiste.

– Colton ?

– Laisse-moi réfléchir une seconde.

Son ton cassant me fait pâlir. J'entends derrière lui quelqu'un qui l'appelle. Bien entendu, c'est une voix de femme.

– À quelle heure vous partez pour l'école le matin ?

– À huit heures pourquoi ?

– Je n’ai pas les mains libres, là tout de suite.

Il a dit ça sans arrière-pensée, mais mon esprit se met à vagabonder vers des cordes de velours tressé et des plans de travail glacés. Je me secoue brutalement en me faisant des reproches.

– OK, je laisserai quelque chose pour lui au foyer avant que vous partiez.

– Qu’est-ce que…

– Détends-toi, espèce de maniaque du contrôle. J’ai une idée en tête, il faut juste que je tire quelques ficelles pour la rendre possible.

– Ah ? Mais…

J’aimerais quand même bien savoir ce qu’il va apporter.

– Rylee, c’est le moment où tu laisses quelqu’un d’autre régler les détails. Tout ce que tu as à faire, c’est dire « Merci, Colton, je te revaudrai ça » et raccrocher.

Je m’arrête un instant, je sais qu’il a raison, mais ça ne m’empêche pas d’avoir envie de savoir.

– Merci, Colton.

– Et ?

Je garde le silence un moment. Je peux presque entendre son sourire moqueur.

– Et je te revaudrai ça.

– Et tu peux me faire confiance, je viendrai réclamer mon dû.

Son rire séducteur se prolonge sur la ligne jusqu’à ce que j’entende la tonalité à l’autre bout du fil.

CHAPITRE 22

Putain ! Je savais que je n'aurais rien dû dire à Aiden. Je n'aurais pas dû lui dire que j'avais un moyen d'arranger ce qui s'est passé hier. Je n'aurais pas dû compter sur quelqu'un comme Colton alors que j'ai tellement l'habitude de ne compter que sur moi-même. Il n'a même pas répondu à mes appels ni à mes textos ce matin.

Je jette un coup d'œil à la pendule, et une autre minute est passée. Il est sept heures cinquante deux et je dois appeler les garçons pour arriver à l'école à l'heure. Mike est déjà parti accompagner Shane et Connor au lycée. Bailey est venue chercher Zander pour l'emmener à sa séance de thérapie et Kyle pour le conduire chez l'ophtalmo avant de l'emmener à l'école. Je reste avec les trois qui vont à l'école primaire et je sais que rien que pour les faire monter en voiture, j'aurais dû m'y prendre il y a déjà dix minutes.

Je regarde la pendule une fois de plus, sept heures cinquante trois. *Merde !*

– Rylee, tu me dis ce que c'est ?

Aiden me supplie les yeux pleins d'espoir.

– Pas encore, Aiden, c'est une surprise.

Maintenant, il faut que je me torture les méninges pour trouver quelque chose qui puisse passer pour une surprise.

Si j'avais Colton sous la main, je l'étranglerais là, maintenant. Qu'est-ce que je pouvais espérer d'un play-boy égocentrique ? Sans doute que s'il n'y a pas une séance de baise à la clé, il ne tient pas les termes du marché. Je tape du poing sur la table en faisant cliqueter l'argenterie posée dessus. Je sais que j'exagère, après tout ce qu'il a fait pour les garçons. Mais en même temps, il nous laisse tomber, un des gamins et moi.

Je commence à fourrer leurs repas dans les sacs à dos qu'Aiden me tend, le visage concentré tandis qu'il essaie de deviner ce que je peux bien avoir pour l'aider.

– Allons-y, les gars. Il est l'heure.

Aiden, mon petit assistant, sort de la cuisine pour aller voir ce que font les autres.

Au bout de quelques minutes, comme je ne les entends pas arriver, je m'énerve et je sors dans le couloir en soupirant.

– Ricky, Scooter… allez, les gars, c'est l'heure de partir !

Je tourne au bout du couloir et je marque un temps d'arrêt en découvrant Colton debout dans l'entrée, la porte ouverte derrière lui. Le soleil l'éclaire de dos, formant un halo autour de son corps et de ses traits sombres. Trois petits garçons se tiennent devant lui en me tournant le dos, mais je vois qu'ils ont tous la tête levée pour le regarder. Il entre dans la pièce en me souriant brièvement avant de se tourner vers Aiden. Il tique en découvrant les contusions sur ce doux petit visage.

– Bon, Aiden, tu es prêt pour l'école, aujourd'hui ?

– Quoi ?

Aiden le regarde, déconcerté, avant de tourner les yeux vers moi, l'air d'attendre quelque chose. Je me tourne vers Colton, curieuse de savoir ce qu'il a prévu de faire pour le sortir de ce mauvais pas.

Colton penche la tête sur le côté, voyant que personne ne comprend ce qu'il fait là.

– C'est moi qui vous emmène à l'école, les gars.

Le silence se fait, et tout à coup les garçons se mettent à pousser des cris de joie et à sauter partout comme des fous. Leur excitation est contagieuse et je sens mon sourire devenir aussi large que celui de Colton qui avance d'un pas et s'accroupit devant Aiden.

– Hé, mon pote, qu'est-ce que tu dirais d'aller montrer à ces brutes qu'ils ont tort et qu'ils peuvent aller se faire voir ?

Aiden écarquille les yeux, avec une petite larme dans le coin, en hochant la tête avec enthousiasme.

– Allez chercher vos sacs, alors, commande Colton en se relevant.

Je le suis des yeux et c'est à ce moment précis – avec ses traits sombres éclairés par la lumière du soleil, alors qu'il est venu pour prendre la défense d'enfants que personne ne se soucie plus de défendre –, c'est là que je ne peux plus douter que je suis vraiment amoureuse de lui. Qu'il a réussi à percer la barrière de protection qui entoure mon cœur et a suscité mon amour. Je porte la main à ma poitrine et j'appuie sur mon sternum pour essayer d'effacer la douleur soudaine que je ressens là. Pour essayer d'éloigner la destruction et la souffrance qu'il m'a annoncées. Pour essayer de me convaincre que je ne peux pas laisser ce sentiment s'épanouir.

Colton me regarde d'un air interrogateur.

– Rylee ?

– Pardon.

Je secoue la tête et lui souris au moment où les trois garçons reviennent en courant dans le couloir et vont à la porte.

– J'ai l'impression qu'ils sont prêts.

Il sort de la maison avec les garçons en riant.

***

Colton fait volontairement rugir le moteur de l'Aston Martin tandis que je lui indique l'entrée du parking de l'école. Je suis assise devant et les trois garçons sont serrés l'un contre l'autre à l'arrière, tout sourires et excités comme des puces. Je regarde Colton du coin de l'œil, il a un petit sourire sur les lèvres comme s'il se remémorait un de ses propres souvenirs d'école primaire. Je m'apprête à lui dire qu'il peut prendre le raccourci vers la zone de dépose rapide devant l'école, mais je me ravise. Je me rends compte qu'il fait un long détour à travers le parking en faisant ronronner le moteur aussi souvent qu'il peut afin d'attirer l'attention de tout le monde autour de nous.

Nous rejoignons finalement la file de dépose des enfants, et Colton double la longue file de voitures en roulant prudemment dans l'étroit passage entre les voitures et le trottoir sans se soucier des regards haineux qu'on lui lance. Je sais qu'il adorerait appuyer sur l'accélérateur à fond et faire une entrée grandiose, mais il se retient. Il se gare juste devant l'entrée de l'école, orientant la voiture de telle façon que la portière passager se trouve en face de la foule des élèves qui attendent devant. Il appuie sur l'accélérateur deux ou trois fois encore, faisant ronfler le moteur dans l'air paisible du matin, avant de se glisser hors du siège du conducteur.

Il déplie ses grandes jambes avec grâce et reste debout un moment à côté de la portière ouverte. Je le vois lever les bras au-dessus de sa tête et s'étirer en grognant, en s'assurant que tous les regards sont sur nous. Je jette un coup d'œil autour de moi et je remarque que les mamans près de nous le regardent ouvertement. Je me mets à rire en les voyant essayer d'arranger leurs cheveux qui portent encore les traces de leur nuit de sommeil.

Colton ferme sa portière et fait lentement le tour de la voiture en passant par l'avant. Il vient ouvrir ma portière et je sors sans manquer de voir au passage la lueur d'amusement dans son regard et le sourire satisfait sur ses lèvres. Il s'accroupit et baisse le siège avant pour que les garçons puissent sortir l'un après l'autre.

L'expression de leur visage est impayable quand ils regardent la foule autour d'eux. Du coin de l'œil, j'observe le principal qui arrive vers nous, je vois son front sévère se froncer en voyant une voiture garée au mauvais endroit dans son parking aux règles strictes. J'entends murmurer le nom de Colton, et mon sourire s'élargit. Colton referme la portière et reste debout devant, Aiden d'un côté, Ricky et Scooter de l'autre. Il se penche et je l'entends dire à Aiden :

– Tu les vois, mon pote ?

Aiden parcourt des yeux la foule des visages et je le vois se raidir quand il les aperçoit. En suivant son regard, tout comme le fait Colton, je découvre les visages stupéfaits d'Ashton et Grant.

– Eh bien, champion, il est temps d'aller montrer que c'est toi qui as raison.

Nous nous dirigeons tous ensemble vers les deux garçons dont les yeux s'élargissent à chaque pas que nous faisons. Je suis curieuse de savoir ce que Colton a l'intention de faire quand nous serons près d'eux. Je lui jette un coup d'œil et je vois que son visage est détendu et qu'il sourit sans agressivité quand nous nous arrêtons devant Ashton et Grant. Je remarque aussi que le principal se précipite vers nous pour étouffer toute confrontation avant qu'elle ne démarre.

– Salut les gars ! lance Colton avec enthousiasme.

J'ai l'impression qu'il va adopter la technique du « je les tue avec gentillesse ».

Les deux gamins restent plantés là, à regarder Colton, la bouche ouverte.

Il se tourne vers Aiden.

– Hé, Aid, c'est bien les gars qui ne t'ont pas cru quand tu leur as dit que tu es mon copain ?

Je regrette de ne pas avoir mon appareil pour prendre en photo la vénération sur le visage d'Aiden quand il lève les yeux vers Colton. Ses yeux débordent d'incrédulité et de fierté.

– Ouais… répond Aiden la gorge serrée.

La foule autour de nous s'est épaissie.

– Ah les mecs, si vous aviez vu Aiden dimanche. Je lui ai dit de venir sur le circuit avec six de ses copains, dont Ricky et Scooter, qui sont là, pour essayer la voiture… (il hoche la tête)… eh bien mon pote, ils m'ont drôlement aidé ! On s'est éclatés !

Je vois Ricky et Scooter se redresser, super fiers eux aussi, et je me demande si Colton se rend bien compte de ce qu'il apporte, non seulement à leur fierté, mais aussi à leur statut au sein de l'école.

Colton secoue la tête.

– C’est bête que vous ne soyez pas potes avec lui, vous aussi. Sinon, vous auriez peut-être pu venir avec eux.

La sonnerie de l’école retentit. Le principal arrive jusqu’à nous, légèrement essoufflé. Il essaie de disperser la foule en poussant tout le monde vers les portes. Il baisse les yeux vers les garçons qui ont toujours les yeux rivés sur Colton avant de leur lancer un regard sévère et de se racler la gorge, ce qui les ramène brusquement à la réalité. Colton fait son sourire ravageur, accompagné d’un clin d’œil.

– Salut les gars ! Et n’oubliez pas de dire bonjour à mon pote Aiden quand vous le verrez en classe !

Ils font juste un petit signe de tête au principal en se forçant à détacher les yeux de Colton pour ne pas rentrer dans le mur.

Une fois leurs enfants en sécurité à l’intérieur, les mères traînent devant l’école sans raison apparente, faisant semblant de relacer leurs chaussures ou de fouiller dans leurs sacs énormes à la recherche de quelque chose qu’elles ne trouveront jamais parce qu’elles ont les yeux rivés sur Colton.

– Vous aussi, les garçons, dit le principal à mes trois gamins.

Colton me lance un regard interrogateur et je fais un petit signe de tête pour lui dire que c’est bien le connard dont je lui ai parlé, qui favorise tous ceux qui cherchent des noises à Aiden. Colton lui décoche le même sourire irrésistible.

– Un instant, s'il vous plaît, Monsieur. Je voudrais juste leur dire au revoir.

Je ne pensais pas que leurs sourires pourraient s'élargir encore plus, mais si. Colton se penche pour leur parler puis il se retourne, semblant réfléchir, pour s'adresser au principal.

– La prochaine fois, Monsieur, vous feriez bien de vous souvenir qu'Aiden ne ment pas. Ce sont les harceleurs qu'il faut renvoyer chez eux, pas les gentils gamins comme Aiden. Il n'est peut-être pas parfait, mais ce n'est pas parce qu'il ne vient pas d'un milieu familial traditionnel qu'il est coupable.

Il soutient son regard puis lui tourne le dos, donnant ainsi congé au principal qui n'en croit pas ses yeux. L'air décontenancé de Baldwin est impayable.

Colton s'agenouille en prenant Ricky, Aiden et Scooter en face de lui. Il hausse les sourcils et leur sourit.

– Je crois qu'ils ne t'embêteront plus maintenant, Aiden.

Il tend la main et lui ébouriffe les cheveux.

– En fait, je crois que personne ne vous embêtera plus, tous les trois. Et si ça arrivait, vous m'appelez, d'accord ?

Ils hochent la tête vigoureusement tous les trois tandis que Colton se relève.

– C'est l'heure d'aller en classe.

La gratitude s'entend dans ma voix. Habituellement, ils ronchonnent quand je dis ça, mais aujourd'hui ils obéissent sans discuter et semblent même pressés d'entrer dans le bâtiment.

Colton et moi restons là côte à côte à les regarder franchir la porte que le principal leur tient ouverte. Des curieux passent rapidement à côté de nous en faisant semblant de ne pas nous regarder. Aiden s'arrête à la porte et se retourne, le visage toujours empreint d'admiration.

– Merci, Colton, dit-il avant de disparaître à l'intérieur.

Quand nous retournons à la voiture, j'aperçois une expression de satisfaction et de fierté sur le visage de Colton. J'ai le sentiment que le mien reflète la même chose.

***

– Pourquoi as-tu accepté de venir ici si tu n'aimes pas le café ?

Contre toute raison, j'ai accepté d'aller prendre un café avec Colton en revenant de l'école. Je suis toujours subjuguée par ce qu'il a fait et j'ai l'impression que je lui dois bien un peu de mon temps pour le remercier. Je revois l'expression sur le visage d'Aiden. Je pense que je ne l'oublierai jamais.

– Je n'aime pas le café, mais on trouve chez Starbucks des gâteaux super bons qui sont super mauvais pour vous.

Je ris et il hoche la tête. *Un peu comme toi, Colton.*

Nous passons la commande sous les regards des autres clients qui ont reconnu Colton. Sans sa casquette de base-ball, il n'est pas là incognito. Nous nous faufilons dans un coin où, par chance nous trouvons une table libre avec un fauteuil confortable de chaque côté. Nous nous asseyons, Colton sort nos muffins du sac en papier et pose le mien devant moi.

– Tu sais qu'après ce que tu as fait aujourd'hui, tu es très probablement devenu une idole pour les garçons.

Il lève les yeux au ciel et prend un petit morceau de muffin qu'il met dans sa bouche. Je l'observe quand il ouvre les lèvres et sort le bout de la langue pour attraper une miette. Un élan fulgurant de désir me traverse. Quand je vois le coin de ses lèvres se retrousser, je me force à regarder ses yeux qui ont remarqué sur quoi mon attention était concentrée. Nous nous regardons fixement et les mots que nous ne prononçons pas font monter la température entre nous.

La serveuse au comptoir crie « Ace », et Colton me sourit d'un air complice avant de se lever pour aller chercher nos boissons. Je le regarde évoluer, ses longues jambes minces recouvertes d'un denim et un t-shirt Henley vert foncé couvrant ses larges épaules et sa taille étroite, les manches longues retroussées sur ses avant-bras puissants. La serveuse rougit en lui tendant nos boissons et ne le lâche pas des yeux quand il se retourne pour préparer son café.

Je le regarde fixement, en proie à une confusion extrême. Nous sommes si bien tous les deux. Si attirés l'un par l'autre. Et pourtant ni l'un ni l'autre ne peut donner à l'autre ce qu'il recherche.

Je suis peut-être égoïste, mais je sais que je ne me contenterai pas des miettes qu'il va consentir à me lancer quand ça lui chantera. Mais je suis d'autant plus perplexe que je ne l'ai jamais vu se comporter comme ça avec moi. Il m'explique comment il envisage ses petits *arrangements* mais se comporte différemment avec moi.

En vaut-il la peine ? Colton s'enfonce dans le fauteuil en face de moi et me sourit tendrement en croisant mon regard. *Oui, incontestablement.* Et alors, cela m'avance à quoi ? Il soupire après avoir bu sa première gorgée de café.

– Maintenant, j'ai les idées claires.

Cela en fait au moins un, parce que pour moi, ce n'est pas du tout le cas.

– Moi je t'ai trouvé très en forme, même avant ton café.

J'avale une bouchée de muffin et il sourit.

– Je me répète, Colton, mais vraiment je te remercie d'être venu et d'avoir fait ça. C'était… tu étais… ce que tu as fait pour Aiden, ça dépassait tout, et je t'en suis très reconnaissante.

– Ce n'était rien, Rylee.

Il voit que je m'apprête à le contredire.

– Mais c'était avec plaisir.

Je hoche la tête et lui souris timidement, heureuse qu'il ait accepté ma gratitude.

– La tête de ces petits merdeux quand tu es allé vers eux, c'était impayable !

Il éclate de rire.

– Oh et surtout celle du principal !

Il secoue la tête en y repensant.

– Peut-être que la prochaine fois il y regardera à deux fois avant de prendre parti.

– Espérons-le.

J'essaie de ne pas me brûler la langue en avalant une gorgée de mon chocolat chaud. *Tu me consumes.* C'est le moment que les paroles de Colton choisissent pour me traverser l'esprit. Je les repousse en buvant mon chocolat. Ce putain de mec encombre mes pensées, subjugue mes sens et trouble mon cœur tout à la fois.

Un silence paisible s'installe entre nous tandis que nous regardons les clients en sirotant nos boissons. Je pose ma tasse de chocolat et plie machinalement les coins de ma serviette en me demandant si je dois lui faire part ou pas de la remarque qui m'est venue à l'esprit. Comme à mon habitude, je craque.

– Colton ?

Il hausse les sourcils en remarquant la gravité dans ma voix.

– Tu es tellement gentil avec les gamins. Je veux dire beaucoup plus que la plupart des gens, et pourtant tu m'as dit que tu n'en aurais jamais. J'aimerais comprendre pourquoi.

– Être gentil avec les enfants et en avoir à soi, ce sont deux choses totalement différentes.

Le muscle de sa mâchoire se contracte tandis que ses yeux observent quelque chose dehors sur le parking.

– Colton, ce que tu as fait aujourd'hui…

Je pose une main sur la sienne, et ce contact ramène ses yeux sur les miens.

– Tu as montré à un petit garçon qu'il avait de la valeur. Suffisamment pour qu'on prenne son parti.

Ma voix tremble d'émotion. Mes yeux essaient de lui dire que je comprends. Qu'il a fait ce qu'on aurait dû faire pour lui quand il était enfant. Même sans connaître les circonstances, je vois assez de choses dans mon boulot pour deviner que, jusqu'à ce qu'il rencontre Andy Westin, personne n'avait jamais pris sa défense ni montré qu'il comptait.

– Ce n'est pas ce que tu fais tous les jours, Rylee ? Prendre leur défense ?

Je réfléchis un moment en finissant ma bouchée de muffin.

– Je suppose que si, mais pas avec autant de panache.

Je souris.

– Je pense que j'œuvre davantage dans l'ombre. Je n'ai pas ton sens de la représentation ni ton assurance.

– Qu'est-ce que je peux dire ?

Il tripote l'étui de protection en carton sur sa tasse de café.

– Je sais ce que c'est que d'être à la place d'Aiden. D'être l'intrus qui n'est pas intégré en raison de circonstances dont il n'est pas responsable. De se faire harceler et moquer *juste comme ça*, sans raisons.

Il serre ma main.

– Tu vois ce que je veux dire.

La compassion me submerge quand j'imagine un petit garçon aux cheveux noirs et aux grands yeux verts. La douleur qu'il a ressentie et les souvenirs qui sont à jamais gravés dans sa mémoire. Et les choses qui lui ont manqué, comme des lèvres consolantes qui expriment un amour inconditionnel, des bras chauds qui serrent et câlinent, et des doigts qui chatouillent et provoquent des éclats de rire à se faire mal au ventre.

Colton retire brusquement sa main de la mienne et se renfonce dans son fauteuil.

– Ne me regarde pas comme ça, Rylee. Je n'ai rien à faire de ta pitié ni de ta compassion.

– J'essaie juste de te comprendre, Colton.

Je n'ai pas d'autre excuse à lui fournir.

– Fouiller dans mon passé sombre et glauque ne te permettra pas de mieux me connaître. Cette merde…

Il agite une main en l'air.

– Je n'ai pas envie de te prendre la tête avec ça.

– Colton…

– Je te l'ai déjà dit, je ne suis pas un de tes gosses. Mon passé merdique ne peut pas être réparé. Il y a beaucoup trop longtemps qu'on m'a fracassé pour que ce miracle puisse avoir lieu.

L'expression dans ses yeux – un mélange de colère, de honte et d'exaspération – me dit que cette conversation est close.

Un silence inconfortable s'installe entre nous et je ne peux pas m'empêcher de m'interroger sur ce qui a bien pu lui arriver dans son enfance. Qu'est-ce qu'il a si peur d'affronter ? Pourquoi pense-t-il être fracassé ?

Sa voix me tire de mes pensées et reporte le sujet de notre conversation de lui sur moi.

– Et toi, Rylee ? Tu traites ces gamins comme s'ils étaient tes propres enfants. Que se passera-t-il le jour où tu rencontreras l'homme de ta vie et que tu auras des enfants à toi ? Comment feras-tu pour maintenir l'équilibre ?

Même après deux années, le coup que je reçois me fait toujours plier les genoux. Je prends mon temps en avalant ma salive lentement, essayant de faire disparaître l'amertume qui me vient à la bouche. Je joue avec les coins de ma serviette que je réduis en charpie à mesure que je réponds.

– Je ne peux pas… Après l'accident, on m'a dit que tomber enceinte… que les chances d'avoir un enfant sont…

Je secoue la tête tristement.

– … minimes. C'est un peu comme d'être sous pilule à vie. Il est plus que probable que cela n'arrivera jamais.

Plus. Je lève les yeux en balançant doucement la tête.

– Donc, c'est une chose à laquelle j'évite de penser.

Je l'entends prendre une profonde inspiration et je sens la pitié qu'il me renvoie. Il n'y a rien de pire qu'être l'objet de *ce regard-là*. Le regard apitoyé.

– Je suis désolé.

– C'est comme ça.

Je hausse les épaules, je n'ai pas envie de m'éterniser sur ce qui ne sera jamais.

– Je me suis fait une raison.

C'est un mensonge et, en vraie émule de Colton Donavan, je change de sujet pour arrêter de parler de moi.

– Tu sais, Ace…

Je remue les sourcils.

– … tu étais vachement sexy dans ta combinaison de pilote !

Il se met à rire.

– Sympa, comme changement de sujet !

– C'est toi qui m'as appris.

Je suce une miette de gâteau sur mon pouce. Quand je lève les yeux, Colton me regarde sortir mon pouce de ma bouche. L'intensité de son désir brille dans les profondeurs de ses yeux qui me scrutent. La tension sexuelle monte entre nous. Notre attirance l'un pour l'autre est indéniable.

– C'est chaud, hein ?

Je penche la tête et fais la moue en le scrutant à mon tour.

– J'ai eu envie…

Je parle bas, d'une voix hésitante. Le petit sourire qui flotte sur les lèvres de Colton me donne l'assurance dont j'ai besoin pour continuer. Le fait de savoir qu'il me désire et qu'il veut aller plus loin avec moi m'enhardit. Il me donne le pouvoir d'aller au bout de ma pensée.

– J'ai eu envie que tu me prennes là sur le capot de ta voiture.

Je le regarde à travers mes cils et une bouffée de chaleur me monte aux joues.

Il prend une inspiration courte, les lèvres entrouvertes, les yeux voilés par le désir.

– Eh bien, mademoiselle Thomas…

Il passe la pointe de sa langue sur sa lèvre inférieure.

– … on devrait peut-être remédier à cette situation.

– Remédier ?

Le désir s'épanouit dans mon ventre à cette pensée. Il se penche sur la table, son visage est à quelques centimètres du mien.

– Cela a toujours été un de mes fantasmes.

Je pense qu'il va se pencher pour m'embrasser. J'ai le menton qui tremble par anticipation, mes neurones ont des ratés alors que j'essaie de garder la tête froide. De ne pas basculer dans cette folie. C'est alors que je reçois une alerte sur mon portable. Nous sursautons et nous écartons l'un de l'autre brusquement.

– Oh, mince ! J'ai une réunion, je dois y aller.

Je commence à ramasser nos ordures pour les mettre dans le sachet de muffin vide.

Colton m'attrape la main et arrête mes mouvements désordonnés. Il attend que je le regarde dans les yeux pour parler.

– Nous n'en avons pas fini, Rylee. Tu n'arrêtes pas de m'envoyer des messages contradictoires qui…

– Quoi ?

Je n'en reviens pas. J'essaie de reprendre ma main, mais il la tient fermement.

– Qu'est-ce que tu dis ? C'est plutôt toi qui m'envoies des messages contradictoires. Tu me murmures des petits mots gentils et juste après tu me repousses.

Est-ce qu'on parle bien de la même chose ? En quoi est-ce que, moi, je brouille les pistes ?

– Je te jure !

Il se parle à lui-même en libérant ma main et se renfonce dans son fauteuil en secouant la tête, l'air amusé. C'est à peine si j'entends ce qu'il dit ensuite.

– On n'a même pas vraiment commencé que tu me mets déjà sens dessus dessous.

Il se passe la main dans les cheveux, l'air exaspéré.

Je le regarde sans vraiment comprendre ce qu'il veut dire, mais je n'ai pas le temps de lui demander de m'expliquer. Je me lève. Colton m'attrape la main de nouveau et m'attire contre lui, ce qui m'oblige à lever la tête pour voir son visage. Il ferme les yeux un instant, comme s'il se résignait à quelque chose, avant de les rouvrir pour plonger dans les miens.

– Je te veux, Rylee. À n'importe quel prix.

La pièce semble se vider de son air et j'ai l'impression de ne plus pouvoir respirer. Nous sommes debout dans un Starbucks plein à craquer, dans le brouhaha des commandes, des gens qui parlent dans leurs portables et des machines à expresso qui crachent leur vapeur pour chauffer le lait, mais je n'entends rien de tout ça. Il n'y a plus que Colton et moi, et ses paroles assourdissantes.

Je déglutis avec difficulté en essayant de les comprendre, incapable de parler. Le temps passe jusqu'à ce qu'enfin je retrouve l'usage de la parole.

– À… à n'importe quel prix ?

Je bafouille, hors d'haleine, les yeux débordant d'optimisme.

– Est-ce que ça veut dire que tu es d'accord pour… pour aller plus loin qu'un simple *arrangement* ? Pour tenter un compromis avec moi ?

Je sens son corps se raidir et en voyant son regard, je réalise que j'ai mal interprété ses paroles. Ma poitrine se dégonfle d'un coup et mes espoirs volent en éclats quand il parle, en évitant d'affronter mon regard.

– Ce n'est pas ce que j'ai voulu dire, Rylee. Je ne connais que cette façon de fonctionner. Selon mes règles. Ce qui correspond à ce désir profond de contrôle sans lequel je suis incapable de fonctionner. Ça n'est possible qu'à mes conditions.

Je sens qu'il se déplace avant de me regarder dans les yeux. Dans les siens, j'entrevois une vulnérabilité inattendue.

– Rylee, c'est tout ce que j'ai à t'offrir. *Pour l'instant…* Veux-tu au moins *essayer* ? *Pour moi.*

Pour l'instant ? Essayer pour moi ? Qu'est-ce que je suis censée comprendre ? Qu'il y a quand même une possibilité d'avenir ? Mieux vaut ne pas tenter d'interpréter cette remarque. La proximité de Colton et les mots qu'il vient de lancer comme des bombes sur ma raison me font bafouiller alors que j'essaie de répondre de façon cohérente.

– Je croyais que tu m'avais dit que ça ne pourrait pas marcher entre nous. Que nos attentes étaient trop différentes. Que tu… je crois que tes mots exacts étaient, que tu allais me *démolir* ?

J'ai l'air forte et déterminée, mais je ne le suis pas du tout.

Il fait une grimace quand je lui renvoie ses propres termes à la figure. Il baisse la tête et me dit d'une voix douce :

– Ouais, je sais. Je ne peux pas éviter l'inévitable. Mais j'aimerais quand même que tu essaies.

Aveuglée par mes sentiments pour lui, je n'entends pas qu'il reconnaît ne pas pouvoir ou ne pas vouloir m'éviter la souffrance qu'il va m'infliger, parce que mon esprit est tout entier occupé par le mot : essayer. Il me demande d'essayer. Est-ce que je suis prête à faire ça ? Pour lui ? Pour nous donner une chance ? Dans l'espoir d'avoir l'occasion de lui montrer qu'il n'y a pas de mal à en vouloir plus. Qu'il mérite plus. Mes pensées déraillent quand les paroles de Tawny me reviennent en tête. *Vous penserez que vous pouvez le changer, lui et ses habitudes. Et juste quand ça arrivera, il en aura fini avec vous en moins de temps qu'il ne lui faut pour boucler ce dernier tour de circuit.*

Je secoue la tête pour écarter ces mots de mes pensées.

– Ne réponds pas tout de suite, Rylee.

Le ton de sa voix est celui de la supplique, il a pris mon mouvement de tête pour un refus.

– Accepte de dîner avec moi avant de me dire non.

Je m'écarte de lui, j'ai besoin de mettre de la distance entre nous, même si je sais déjà que je vais dire oui.

– Je dois passer encore au moins une soirée avec toi. J'en ai besoin.

Ses yeux scrutent les miens pour y chercher une réponse.

– Je viendrai te chercher à quinze heures demain.

Je le regarde fixement.

– Je sais conduire, Colton.

Cela m'exaspère qu'une fois de plus il prenne les décisions à ma place. Si je dois accepter d'essayer pour lui, est-ce qu'il ne pourrais pas essayer pour moi, lui aussi ?

– Non.

Il sourit en me tenant la porte quand nous sortons.

– C'est moi qui conduis. Comme ça tu ne pourras pas t'enfuir.

CHAPITRE 23

« Nous ne sommes pas obligés de nous réparer. Viens chez moi. Nous ne sommes pas obligés de dire pour toujours. Viens chez moi. »

Je fredonne les paroles de la chanson de Kenny Chesney qui sort doucement des haut-parleurs de la Range Rover, tandis que nous roulons le long de la Pacific Coast Highway. La coïncidence me fait sourire. Tout à l'heure, Colton m'a envoyé cette chanson par texto et, maintenant, elle passe à la radio, alors que Sammy, un membre de son équipe de sécurité, me conduit à l'endroit où il m'attend.

J'attrape mon sac posé à côté de moi, et je fouille parmi les vêtements de rechange et les affaires de toilette que j'ai emportés. Je sors mon miroir de poche pour vérifier ma coiffure. J'ai remonté mes cheveux sur le sommet de mon crâne en un amoncellement de boucles, stylé mais naturellement en désordre, avec quelques mèches qui retombent librement autour de mon visage et sur ma nuque. Je repose mon miroir et je vérifie d'une main le nœud sur mon cou où les bretelles de ma robe longue bleue se rejoignent, laissant mon dos nu jusque sous les omoplates. Je remercie silencieusement Haddie qui m'a suggéré de mettre cette robe. *Mignonne, simple et juste assez décolletée pour attirer son regard*, m'a-t-elle dit quand nous buvions notre deuxième verre de vin.

Alors que nous roulons vers le nord, les collines verdoyantes sur ma droite font place à l'océan sur notre gauche. Je pose la main sur mon estomac pour essayer de me détendre. Je ne devrais pas avoir le trac de voir Colton, mais c'est pourtant le cas. J'ai le sentiment que cette soirée va représenter un tournant dans notre relation, qui n'en est pas une. Je penche la tête en arrière pour regarder par la portière la mer infinie en espérant que je pourrai en gérer les répercussions, quoi qu'il se passe. Je ferme les yeux un moment en me demandant comment une femme intelligente comme moi peut en toute connaissance de cause foncer tête baissée vers une destruction prévisible.

On entend « Red » de Taylor Swift en traversant Malibu. J'écoute les paroles et je me sens concernée. « *L'aimer, c'est comme s'engager dans une impasse au volant de la dernière Maserati*. »

Je secoue la tête avec l'impression que le bout de l'impasse va arriver beaucoup plus vite que je ne le voudrais.

Je suis tirée de mes pensées au moment où Sammy tourne dans Broadbeach Road. Sur ma gauche, des villas luxueuses se succèdent en bordure de la plage très recherchée de Malibu. Dans Cape Cod, les styles varient du moderne à l'ancien, avec des jardins paysagés parfaitement entretenus et clôturés de murs.

Au bout d'un moment, nous tournons pour nous retrouver devant un grand portail en bois qui s'ouvre automatiquement devant nous. Nous passons le portail et nous arrêtons au bout d'une allée d'herbe et de pavés. Sammy m'ouvre la portière et je descends de voiture en regardant le bâtiment à un étage qui se dresse devant moi. La façade en pierres de taille semble impénétrable, la partie du haut forme comme un U évasé où une terrasse ouverte relie les deux ailes de la maison. Les murs qui me font face sont aveugles et je présume que, sur le côté opposé de la maison, ils sont entièrement constitués de baies vitrées pour avoir une vue intégrale sur l'océan. Au rez-de-chaussée, sous la terrasse, une porte en bois, cintrée, massive, attire mon regard en s'ouvrant lentement.

Colton apparaît et je me fige sur place quand un lent sourire paresseux soulève un coin de sa bouche. Le seul fait de le voir me fait l'effet d'un coup de poing à l'estomac. J'ai un mal fou à reprendre ma respiration en le dévorant des yeux. Il est plus que sexy avec son jean usé, son t-shirt noir défraîchi et ses pieds nus. Je ne sais pas bien pourquoi la vue de ses pieds nus sortant de ses jambes de pantalon m'attire à ce point, mais elle mériterait qu'on y revienne. Je reprends mes esprits malgré mes nerfs à vif et je me remets en marche sous le regard lascif qu'il balade sur moi. J'arrive à la porte et je m'arrête devant lui en répondant à son sourire.

– Je t'ai dit que j'allais te faire souffrir, et tu es venue quand même.

L'étonnement se lit dans ses yeux verts. Sans me laisser le temps de répondre, il me prend par la main et m'attire contre lui. Ma main atterrit sur sa poitrine, palpant chaque fibre de muscle sous le coton incroyablement doux de son t-shirt.

– Salut, dit-il dans un souffle, un petit sourire sur les lèvres et les yeux plongés dans les miens.

– Salut.

Il ne me laisse pas le temps d'en dire plus, il se penche et pose sur mes lèvres un lent baiser prometteur qui préfigure les possibilités que cette soirée porte en germe. Quand il s'écarte de moi, tous les nerfs dans mon corps se mettent à vibrer.

– Magnifique, comme toujours, Rylee.

Il me prend par la main et me fait entrer.

– Bienvenue chez moi.

Le sens caché de cette phrase ne m'échappe pas. Nous sommes chez lui. Pas dans un lieu destiné à recevoir ses *conquêtes occasionnelles*. Je ne peux pas m'empêcher de me demander s'il veut me prouver quelque chose. Me montrer qu'il fait un effort.

J'arrête d'y penser quand nous pénétrons dans la grande pièce de la maison. Je me trouve face à une vue à 180 degrés sur une superbe terrasse donnant sur l'océan. Des portes vitrées coulissantes ont été poussées sur le côté et laissent entrer une douce brise qui vient de la mer. Je pousse un cri étouffé en passant devant lui sans y avoir été invitée et je sors sur la terrasse pour admirer la vue.

– Qu'est-ce que c'est beau ! Je…

Je me retourne vers lui. Il est appuyé contre le dossier d'un canapé en cuir chocolat, les mains enfoncées négligemment dans les poches, et son regard quand il croise le mien est si intense que je suis intimidée, tout à coup. J'ai l'impression qu'il voit tout ce qui se trouve au fond de moi : mes espoirs, mes craintes et le fait que je sois tombée amoureuse de lui. Mal à l'aise à l'idée que la moindre de mes pensées lui soit accessible, j'essaie d'alléger l'atmosphère.

– Merci de me recevoir chez toi, Colton.

Il s'écarte du canapé et vient lentement vers moi, chaque partie de mon corps vibrant du désir qu'il me touche.

– Je suis heureux que tu sois là. Tu préfères visiter ou prendre un verre sur la terrasse.

– La terrasse.

Je n'hésite pas une seconde, j'ai trop envie de profiter avec lui du soleil et de cette vue grandiose. Je me balade sur la terrasse immense qui se termine par une piscine à débordement, un barbecue intégré et le mobilier d'extérieur le plus confortable que j'aie jamais vu.

– Assieds-toi. Tu veux boire quelque chose ? Du vin, ça te va ?

– Super.

Au lieu de m'asseoir, je vais jusqu'à la balustrade pour admirer la vue intégrale de la plage qui s'étend de gauche à droite à perte de vue. J'imagine ce que ce doit être d'ouvrir les yeux tous les matins sur un paysage aussi spectaculaire. *Aux côtés de Colton, devant un paysage aussi spectaculaire, pour être exacte.*

– Je pourrais rester assis ici toute la journée.

Je sursaute en entendant sa voix dans mon dos.

Il passe à côté de moi et pose un verre de vin sur la balustrade.

– Merci. Je conçois que cela puisse faire oublier tout ce qu'on a à faire.

Colton dépose un petit baiser sur mon épaule nue et ne retire pas ses lèvres.

– Rien ne peut me faire oublier tout le reste comme toi, debout ici en ce moment, avec le vent dans tes cheveux et qui s'engouffre sous ta robe en dévoilant tes jambes hyper sexy.

Sa voix agit comme une décharge électrique sur mon système nerveux en attisant le désir brûlant que j'éprouve pour lui en permanence. Malgré la chaleur qu'il dégage dans mon dos, j'ai la chair de poule.

– Dis donc, Ace, tu n'essaierais pas de me flatter dans l'espoir de baiser ce soir ?

– Si ça marche, alors oui, j'avoue.

Comment pourrais-je lui dire non ?

– Je te l'ai déjà dit, je ne suis pas portée sur les pilotes de F1.

– Ah… oui, c'est vrai.

Il se met à rire et vient à côté de moi en appuyant une hanche contre la balustrade mais en gardant une main dans le creux de mes reins.

– J'oubliais que tu ne t'intéresses qu'aux joueurs de base-ball.

Il boit une longue gorgée de bière à la bouteille tout en m'observant.

– Mais je suis certain que j'arriverai à te persuader.

Je hausse un sourcil en inclinant la tête et j'essaie de dissimuler mon sourire.

– Ça risque de prendre du temps…

Il se déplace rapidement de telle façon que mon dos appuie sur la balustrade maintenant et que ses bras me coincent de chaque côté. Son corps chaud et ferme s'appuie contre le mien et un sourire malicieux flotte sur ses lèvres.

– Tu sais bien que je peux être extrêmement convaincant, Rylee.

En un éclair, ses lèvres sont sur les miennes et sa langue s'introduit entre mes lèvres entrouvertes pour se fondre avec la mienne, en attaquant résolument ma bouche. Je passe les bras sous les siens pour pouvoir poser les mains sur ses épaules. Il augmente la pression de son baiser, en prédateur exigeant qui allume des flammèches de désir au plus profond de mon ventre. Il déploie une main sur mes fesses et me presse contre lui tandis que l'autre couvre mon dos nu de caresses légères comme des plumes. Je gémis doucement, en proie à la multitude de sensations que ce simple contact suffit à éveiller en moi.

Soudain, j'entends un vacarme épouvantable et je pousse un cri aigu en mettant un terme à notre baiser quand je sens quelque chose qui essaie avec insistance de se glisser entre nous. J'éclate de rire en baissant les yeux vers une énorme boule de poils noir, blanc et feu. Un beau chien, de taille respectable, se tortille entre nous, battant de la queue contre la rambarde, nous poussant de son nez froid et humide en reniflant. Je prends sa tête dans mes mains.

– Baxter ! Excuse-moi. Il est ingérable.

Je fais des mamours au gentil géant et quand je commence à le gratter derrière les oreilles, il se roule sur le dos avec complaisance en remuant la queue, il grogne de plaisir.

– Nom de Dieu ! Comment as-tu fait ça ?

– Quoi ?

Je m'accroupis et continue à caresser le chien.

– Il n'est jamais aussi calme avec personne, à part moi.

– Je sais y faire avec les chiens !

Je hausse les épaules comme si cela expliquait tout et je gratte le ventre du chien, ce qui lui fait agiter une patte arrière de plaisir.

– C'est ce que je vois.

Colton se penche pour embrasser le chien sur la tête et le gratte dans le cou. Cela me fait rire de le voir comme ça.

– Tu es censé m'aider à *draguer* les filles, mon gros, pas te mettre entre nous quand nous nous embrassons.

Je ris et Baxter grogne au bon moment.

– Il est beau.

– Ouais, et c'est un bon chien de garde.

Colton me tend la main pour m'aider à me relever.

– Il m'en veut parce que je ne l'ai pas encore promené aujourd'hui.

– On n'a qu'à y aller maintenant.

Colton redresse la tête et plisse le front. Est-ce que j'ai dit quelque chose qu'il ne fallait pas ?

– Quoi ?

– Tu me surprends quelquefois, c'est tout.

– En bien ou en mal ?

Je le regarde par-dessus le bord de mon verre de vin.

– En bien.

Il tend la main pour toucher une boucle dans mon cou.

– Tu es tellement différente des filles que je vois d'habitude.

Ah, c'est vrai ! J'ai oublié de me teindre en blonde avant de venir chez toi.

Je me tortille nerveusement sous son regard.

– On y va ?

Il fait un signe de tête en direction des marches qui mènent à la plage. Je lui souris et il pose une main sur mes reins pour me conduire en bas de l'escalier. Il me tire vivement sur le côté pour éviter Baxter qui dévale les marches en bondissant, tout excité.

Pieds nus, nous marchons côte à côte sur la ligne qui sépare le sable sec du sable mouillé. Colton lance une balle à Baxter tandis que nous bavardons.

– Tu sais, ma sœur a été étonnée de te voir sur le circuit, l'autre jour.

– Ah bon ? Cela ne s'est pas vu. Elle m'a paru si aimable et chaleureuse quand je l'ai rencontrée.

Colton sourit, l'air contrit.

– Je suis désolé. Elle n'est pas comme ça d'habitude.

– Hum.

Mon expression lui montre que j'ai du mal à le croire.

– Mais bon, ce n'est pas grave, moi je l'ai bien prise pour un membre de ta BBB !

– Ma *BBB* ?

– Ta Bande de Beautés Blondes.

Il rit.

– Oh, arrête ! Ce n'est pas à ce point-là.

– Allons Ace, tu es allé te voir sur Google récemment ?

Il hésite à répondre et, pour la première fois depuis que je le connais, il me semble voir de la gêne sur son visage.

– Non, je ne vais jamais me voir sur Google, mais c'est plutôt excitant de savoir que tu me regardes quand tu n'es pas avec moi.

Je détourne la tête et je regarde les maisons sur notre droite, histoire qu'il ne me voie pas rougir.

Nous continuons à marcher, chacun perdu dans ses pensées, jusqu'à ce que je m'arrête pour déterrer un coquillage à moitie enfoui dans le sable avec mon gros orteil. Colton rompt le silence.

– Je t'ai menti l'autre jour.

Mon pied s'arrête brusquement, je suis curieuse de savoir où il veut en venir. Je lui jette un coup d'œil.

– Continue.

– Quand tu m'as demandé si je n'avais jamais peur de me crasher.

Ah c'est ça ? Bon, rien de grave.

– J'y ai repensé l'autre nuit quand j'étais couché. Je veux dire, on a tous peur de l'accident, mais on essaie de ne pas y penser, sinon cela affecterait notre façon de piloter. Je pense que c'est un réflexe de dire que je n'ai pas peur.

– Tu as déjà eu un accident grave ?

Je l'imagine dans une épave, méconnaissable, et je n'aime pas les sentiments que cela évoque en moi.

– J'ai été bien secoué une ou deux fois…

Il s'arrête, les yeux fixés sur Baxter qui essaie de mordre les petites vagues à la surface de l'eau.

– Alors ouais, j'ai la trouille. Il suffit d'une fois. Mais à partir du moment où ça se sentira dans ma façon de piloter… où je lèverai le pied à cause de ça… alors là, ce sera le moment de raccrocher.

– Je comprends.

Je dis ça, mais je ne pourrais même pas envisager de me lancer à une vitesse pareille sur un circuit. Ni comprendre qu'on puisse vouloir éprouver cette épouvantable sensation d'être désorienté et cette poussée vertigineuse, plus d'une fois dans sa vie.

– De surcroît, j'ai eu des peurs bien pires dans ma vie.

Il hausse les épaules sans quitter la mer des yeux.

– Au moins sur la piste, je me mets en danger moi-même… ce n'est personne d'autre. Et mon équipe est derrière moi.

Et tu n'es pas habitué à ça. Pas habitué à dépendre des autres ou à attendre quelque chose de quelqu'un.

J'entends une voix sur notre droite qui nous appelle faiblement.

– Bonjour !

Colton tourne la tête et un immense sourire s'affiche sur son visage en voyant la silhouette qui nous fait signe de la fenêtre du premier étage de la maison en bois devant laquelle nous passons.

– Salut Bette !

Il lui fait un grand signe du bras avant de reprendre ma main.

– C'est Bette Steiner. Son mari était une espèce de magnat de l'informatique. Il est mort l'année dernière, alors elle fait appel à moi de temps en temps, quand elle a besoin d'un coup de main.

Il se baisse pour gratouiller Baxter qui se tortille avant de ramasser la balle et de la relancer dans l'eau.

Alors comme ça, le bad boy rebelle prend soin de ses vieilles voisines. Il est vraiment plein de surprises.

Nous continuons à marcher sans parler, les doigts emmêlés en balançant les bras comme des gosses. Les maisons sont superbes et la combinaison du soleil sur mon visage, de mes pieds dans le sable et de Colton à côté de moi me chauffe le cœur. Nous suivons un virage sur la plage où la falaise commence à s'élever si bien que les maisons sont surélevées plutôt que posées directement sur le sable, et Colton m'attire dans un petit renfoncement. Un rocher de bonne taille, dont le dessus est totalement plat, se trouve au pied d'une petite colline recouverte de différentes strates de verdure qui domine l'océan.

– Je vais te confier un petit secret, me dit-il en m'aidant à monter sur le rocher puis en grimpant d'un bond pour s'asseoir à côté de moi.

– Ah oui ?

– Cet endroit, juste ici, c'est mon petit coin de paradis. C'est là que je viens m'asseoir quand j'ai besoin de faire un break.

Je pose la tête sur son épaule en regardant Baxter sauter dans les vagues, heureuse qu'il m'ait confié quelque chose de lui.

– Ton havre de paix.

Je lève les yeux vers lui. Seigneur, il est renversant avec ses cheveux ébouriffés par le vent et, pourtant, ses lunettes noires lui confèrent un air distant. Il me sourit et m'embrasse doucement sur le front. Au bout d'un moment, il rompt le silence.

– Quand j'étais enfant, j'avais toujours cette image dans la tête, mon *havre de paix,* comme tu dis, où j'irais quand…

Il se tait et je le sens se raidir en repensant à quelque chose. Je pose la main sur son genou, en faisant des petits dessins avec mes ongles. Je sais que je ne devrais pas, mais la « soignante » en moi prend le dessus.

– Quand quoi, Colton ?

Je sens qu'il secoue la tête d'avant en arrière.

– Tu veux en parler ?

– Bébé, c'est du passé.

Il hausse les épaules en me repoussant avant de descendre du rocher d'un bond.

– Je ne suis pas le seul à avoir eu une enfance difficile.

L'émotion enroue sa voix et il s'éloigne de quelques pas. Je commence à dire quelque chose, mais il me coupe la parole.

– Laisse tomber, Rylee.

Il part d'un petit rire amer.

– J'ai été entièrement démonté et remonté par les meilleurs psys. De l'argent fichu en l'air, si tu veux mon avis, vu qu'aucun d'entre eux n'a réussi à rien réparer ni rien effacer.

Ce qu'il dit après est à peine audible, englouti par le bruit des vagues, d'ailleurs je ne suis pas sûre qu'il veuille que j'entende, mais cela me fait frissonner.

– Je suis une marchandise avariée.

J'ai envie de m'approcher de lui. De lui dire que, si c'était le cas, il n'aiderait pas les vieilles dames à faire leurs corvées et ne permettrait pas à des garçons abandonnés de se sentir uniques en prenant leur défense. J'ai envie de lui dire qu'il est digne d'être aimé et d'avoir une vraie relation avec quelqu'un. De lui dire que ce qui lui est arrivé dans son enfance – aussi horrible et inimaginable que ce soit – ne détermine pas qui il est maintenant ni la direction qu'il doit prendre. Mais je me tais. Je me contente de le suivre des yeux en me demandant comment il le prendrait si je tendais la main vers lui.

Je suis tellement accaparée par Colton que je ne vois pas Baxter bondir autour de moi jusqu'à ce qu'il décide de s'ébrouer. Je pousse un cri aigu en sentant la morsure de l'eau froide sur ma peau. Colton se retourne brusquement pour voir ce qui se passe et rejette la tête en arrière en éclatant de rire. Un rire franc et spontané qui éclaire son visage et relâche la tension de ses épaules.

– Baxter !

Je crie tandis que Colton revient vers moi en retirant ses lunettes de soleil qu'il accroche au col de son t-shirt. Je lève les yeux vers lui en faisant la moue.

– Je suis trempée maintenant.

Colton appuie ses cuisses contre les miennes, il se tient debout devant moi qui suis restée assise sur le rocher. De ce fait, nos yeux sont pratiquement à la même hauteur. Un sourire lent et suggestif passe sur ses lèvres et il hausse un sourcil.

– Trempée, hein ?

Il pose la main sur ma hanche et m'attire contre lui, ses hanches entre mes cuisses écartées.

– J'aime bien quand tu es trempée, Ryles.

J'avale ma salive avec difficulté, son regard voilé suggère la passion, le désir et plus encore. Il se penche en avant et pose les mains sur mes épaules, caressant de ses pouces le creux où se rencontrent mes clavicules, avant d'effleurer mes lèvres des siennes. Je lève les mains pour passer mes ongles sur sa poitrine puis autour de son cou avant de jouer avec ses cheveux. Enfin je pousse sa tête vers l'avant pour amplifier notre baiser. Le long gémissement qui vient du fond de sa gorge m'excite et génère de petites flammes de plaisir qui m'embrasent. Malgré l'afflux de sensations que ses lèvres provoquent sur les miennes, il réussit à maintenir notre baiser lent et doux. Par petites touches, par de lents mouvements de sa langue, de légers changements de position entrecoupés de petits mots doux qui s'insinuent dans mon âme et s'enroulent autour de mon cœur. Colton recule en poussant un soupir haletant avant de poser un baiser sur le bout de mon nez.

Oh là là, cet homme sait vraiment embrasser une femme jusqu'à lui faire perdre la tête. Si j'étais debout, je pense que j'aurais besoin qu'on me soutienne tellement mes jambes flageolent.

Il incline ma tête pour me contraindre à le regarder. Je suis intimidée par l'intensité de son regard. Il se contente de sourire doucement et hoche la tête comme s'il y avait quelque chose qu'il n'arrivait pas à croire. Baxter le pousse du museau, jaloux, et Colton se met à rire en lui caressant la tête.

– Tout va bien, Bax, je ne t'abandonne pas.

Il prend la balle dans la gueule de Baxter et se retourne pour la lancer sur la plage.

Je saute en bas du rocher et regarde Baxter filer comme une flèche, en faisant voler le sable autour de lui.

– Il court vite !

Colton me passe la main autour de la taille et m'attire de nouveau contre lui. Il m'entoure de ses bras, mon dos contre sa poitrine, et pose son menton sur mon épaule. Je me détends tout en gardant une conscience aiguë du contact et de la chaleur de son corps pressé contre le mien. Je ferme les yeux un instant, profitant pleinement de l'affection non dissimulée dont Colton fait rarement étalage.

– Hmm, tu sens toujours si bon.

Il blottit son visage dans mon cou et je sens les vibrations de sa voix contre la peau sensible sous mon oreille où il appuie ses lèvres.

– C'est effrayant la facilité avec laquelle je me perds en toi.

Je me fige. J'ai beau désirer plus que tout entendre ces mots, c'est le moment que mon esprit choisit pour laisser l'insécurité et le doute se manifester. Des images me traversent l'esprit. Toutes ces pages de photos sur Google montrant Colton et sa BBB. Il est si à l'aise. Si expérimenté. À combien de femmes a-t-il murmuré ces paroles onctueuses ?

– Que se passe-t-il, Rylee ?

Quoi ? Comment est-ce qu'il sait ?

– J'ai senti ton corps se tendre. Que se passe-t-il dans cette belle tête énigmatique ?

Je secoue la tête, je me sens idiote d'avoir de telles pensées et, pourtant, j'ai peur de connaître les réponses. Quand j'essaie de m'écarter de lui, il resserre son étreinte autour de moi.

– Ce n'est rien, Colton.

Je soupire.

– Dis-moi.

Je prends une profonde inspiration et je m'arme de courage pour prononcer les deux mots qui me tournent dans la tête.

– Pourquoi moi ?

– Pourquoi toi quoi ?

Je le sens perplexe quand il relâche son étreinte.

J'en profite pour m'éloigner d'un pas mais je ne me retourne pas, n'ayant pas le courage d'affronter son regard.

– Pourquoi moi, Colton ? Qu'est-ce que je fais ici ?

Je l'entends prendre une profonde inspiration derrière moi.

– Pourquoi pas une de ces dizaines de femmes avant moi ? Il y en a tant qui sont plus jolies, plus sexy, plus minces… pourquoi est-ce moi qui suis là et pas l'une d'entre elles ?

– Cette question me surprend, venant de quelqu'un d'aussi sûr de soi que toi.

Sa voix est plus proche de moi que j'aurais cru. Nous restons silencieux et comme je ne me retourne pas, il pose les mains sur mes bras et m'oblige à le faire.

– Regarde-moi.

Il me serre les bras jusqu'à ce que j'obéisse. Il secoue la tête, l'air incrédule et, me semble-t-il, légèrement étonné.

– Premièrement, Rylee, tu es une très belle femme, extrêmement sensuelle. Et ce cul…

Il marque une pause et pousse un grognement guttural de pure admiration.

– … c'est quelque chose qui fait fantasmer les hommes. Je pourrais rester assis toute la journée à te contempler.

Il plonge les yeux dans les miens et je vois bien qu'il est sincère. Une partie de moi ne demande qu'à le croire. Qu'à croire que je lui suffis. Il retire ses mains de mes bras pour les descendre le long de mon buste jusqu'à mes hanches, et remonter.

– Quant à ça… Je dois admettre, chérie, que je suis surtout sorti avec des maigrichonnes jusqu'ici, mais putain, Rylee, tes courbes sont incroyablement sexy. Elles m'excitent à un point que tu n'imagines pas. Je bande rien qu'en te regardant marcher devant moi.

Il se penche sur moi, pressant son érection contre moi, et embrasse doucement mes lèvres entrouvertes. Il appuie son front contre le mien, ses doigts jouent négligemment avec le nœud de ma robe dans mon cou.

– Quand à savoir pourquoi elles ne sont plus là ?

Il s'écarte et ses yeux verts brûlent les miens.

– C'est simple. C'était fini entre nous.

Je m'écarte de lui pour essayer d'éclaircir ce dernier point.

– Elles sont parties comme ça, tout simplement ?

J'essaie de ne pas paraître trop insistante, mais j'ai désespérément besoin de savoir ce qui m'attend.

– Je veux dire, pourquoi c'était fini ?

Il me regarde un moment avant de répondre.

– Certaines ont trouvé quelqu'un qui leur apportait plus, d'autres faisaient trop d'histoires à mon goût et d'autres encore voulaient une vie de famille modèle, une petite maison de banlieue et les deux enfants de rigueur, dit-il avec indifférence.

– Et… et… donc, je suppose que c'est toi qui a mis un terme à ces relations ?

Il hoche la tête prudemment, je vois son cerveau carburer à plein régime tandis qu'il essaie de comprendre où je veux en venir.

– Est-ce que tu les as aimées ?

– Bon Dieu, Rylee !

Il se passe la main dans les cheveux.

– C'est quoi ça, bordel ? « Questions pour un champion » ?

Il s'éloigne de quelques pas, l'air exaspéré, mais au point où j'en suis, autant essayer de découvrir ce que je veux vraiment savoir.

Je m'assieds dans le sable, voyant que Baxter n'est pas loin, et je serre mes genoux contre ma poitrine en faisant tourner ma bague autour de mon doigt.

– Non, mais j'ai besoin de savoir dans quoi je m'embarque.

Colton tourne brusquement les yeux vers moi, une expression indéchiffrable sur le visage.

– Dans quoi je suis déjà, en fait.

Je soupire, plus pour moi que pour lui, mais je sais qu'il a entendu parce que je vois son visage se crisper.

– Tu m'as dit que tu sabotais tout ce qui était bon pour toi. J'ai besoin de savoir si tu les as aimées.

Il fait un pas vers moi en se passant la main dans les cheveux. Je dois lever la tête pour croiser son regard.

– Je ne suis pas capable d'aimer, Rylee.

Sa voix n'est qu'un murmure angoissé et il regarde fixement l'océan en enfonçant les mains dans ses poches.

– J'ai appris, il y a très longtemps, que plus tu veux quelqu'un, plus tu désires cette personne, plus tu as besoin d'elle et plus tu l'aimes… rien n'y fait, elle finira par te quitter, dc toute façon.

Il ramasse un coquillage et le lance au loin.

– De plus, on peut te dire qu'on t'aime, mais les mots peuvent mentir et les actions passer pour ce qu'elles ne sont pas.

Un frisson me secoue. Quelle façon horrible et triste de traverser la vie ! De toujours vouloir sans jamais avoir, parce que vous pensez que cela vous sera retiré sans prévenir. D'être si blessé que vous pensez que ce sont les mots et les actes qui blessent et non pas les gens qui sont derrière ces mots et ces actes. Mon cœur se serre en pensant à ce pauvre petit garçon qui a vécu sans connaître l'amour inconditionnel. Il souffre pour l'homme qui est devant moi. Un homme passionné, plein de vie et de possibilités, mais qui se refuse la seule chose qui pourrait l'aider à être entier.

Inconscient du fil de mes pensées et de la pitié qui me submerge envers le garçon solitaire en lui, Colton poursuit :

– Est-ce que j'ai pensé que je pourrais avoir aimé l'une ou l'autre d'entre elles ? Je ne crois pas, Rylee. Je sais combien elles voulaient que j'aie des sentiments. Combien elles voulaient que je le montre et que je réponde à leur amour, mais je te l'ai dit, je n'en suis tout simplement pas capable.

Il hausse les épaules comme si c'était un simple fait. Il se tourne et me regarde avec un semblant de sourire flottant sur ses lèvres.

– Et toi, Rylee ? Tu as déjà été amoureuse ?

Je le regarde un instant avant de reporter les yeux sur les vagues, à la recherche des souvenirs qui sont là mais qui s'effacent lentement. Un sourire mélancolique passe sur mes lèvres en même temps qu'ils me reviennent en mémoire.

– Oui.

– Baxter, viens ici !

Colton me tend la main pour m'aider à me relever.

– Rentrons.

Il garde ma main dans la sienne. Son absence de réaction ne m'a pas échappé. Nous marchons un moment sans parler et je sens qu'il a envie d'en savoir plus mais qu'il ne sait pas comment me le demander. Il pousse un soupir.

– Pourquoi est-ce que ça me dérange ? Pourquoi est-ce que l'idée de te savoir avec quelqu'un d'autre me rend absolument dingue ?

Ça ne me déplaît pas de savoir que ça l'embête.

– Tu ne peux quand même pas croire que j'ai attendu toute ma vie de devenir ton objet sexuel, Ace.

Je rigole pour dissiper le malaise que je ressens à propos de la question qu'il ne va pas manquer de me poser. Je parle rarement de ce qui est arrivé. Je ne parle jamais des effets qui ont suivi. De la perte incommensurable qui ne s'oublie jamais. Des paroles horribles et dures que sa famille a prononcées. De leurs accusations qui continuent de me hanter.

Malgré le temps qui passe, la douleur que j'éprouve lorsque j'en parle est toujours aussi vive. Le temps l'a en partie atténuée dans les deux années qui ont suivi l'accident, mais les images gravées dans ma mémoire ne s'effaceront jamais. Le poids de la culpabilité est si lourd que, par moments, il m'empêche de respirer ou de fonctionner normalement. Par le passé, il m'a empêché de recommencer à vivre. De prendre des risques et de me lancer. De prendre un risque comme celui que je prends avec Colton. J'essaie de cacher le frisson qui me traverse en repensant à tout cela et je me prépare pour savoir combien j'accepte d'en révéler.

Colton m'observe avec un petit sourire sur ses lèvres bien dessinées.

– Accouche, chérie. Que s'est-il passé ?

Je prends une profonde inspiration.

– Il n'y a pas grand-chose à raconter.

Je regarde fixement le sable devant nous tandis que nous marchons tranquillement.

– On sortait ensemble au lycée, on s'est suivis à la fac, on s'est fiancés, on préparait notre mariage…

Je le sens se raidir à ces derniers mots, ses doigts se crispent sur les miens.

– … et il est mort il y a un peu plus de deux ans. Fin de l'histoire.

Je lui lance un coup d'œil et je vois qu'il me regarde. Je suis contente que les larmes ne me montent pas aux yeux, contrairement à ce qui m'arrive habituellement. Ce serait très embarrassant d'être amoureuse d'un homme et de pleurer sur un autre.

Il s'arrête en me tirant par la main pour me faire chanceler. Il cherche mon regard, les yeux pleins de compassion.

– Je suis désolé.

Il me prend dans ses bras et m'attire contre sa poitrine. J'enfouis mon visage dans son cou, trouvant du réconfort dans le battement régulier de son pouls sous mes lèvres. Je l'entoure de mes bras en respirant son odeur délicieuse – si nouvelle et pourtant si rassurante. Il pose un baiser léger sur ma tempe, et sa tendresse est si inattendue que les larmes me brûlent le fond de la gorge.

– Merci.

Je penche la tête en arrière pour le regarder et je souris doucement.

– Tu veux m'en parler ?

Il passe la main sur mon bras et me prend la main pour la porter à ses lèvres et y poser un baiser.

Est-ce que j'ai envie d'en parler ? Pas vraiment, mais il a le droit de savoir. Les grandes lignes en tout cas. Il me tire sur le côté, passe un bras autour de moi, et nous reprenons notre marche.

– Il n'y a pas grand-chose à ajouter, en réalité. Max et moi étions en maths appliquées ensemble. Il était en terminale et moi en première. L'histoire d'amour au lycée, classique. Les matchs de foot, le bal de fin d'année, la première expérience pour tous les deux.

Je hausse les épaules.

– Je l'ai suivi à UCLA, je suis restée avec lui jusqu'au bout, et ensuite on s'est fiancés pendant ma dernière année de fac.

Je regarde Baxter qui mord les vagues, ce qui me procure une diversion bien venue avant d'aborder ce que j'ai à dire maintenant.

– Un week-end, Max a décidé de me faire une surprise, une balade en voiture. Il a dit que c'était ce que les médecins recommandaient avant…

J'hésite en me demandant comment continuer. Colton m'encourage en serrant ma main.

– Avant que la vie ne devienne trop compliquée, un premier boulot, le mariage… tout ça. Nous n'avions pas de destination précise, alors on roulait. Personne ne savait que nous étions partis, donc personne ne nous attendait à la maison. On est allés vers le nord et on a terminé par Mammoth, on a passé la ville et on a pris une petite route à deux voies, pas très loin de June Lake. Heureusement l'hiver avait été sec et donc il n'y avait pas trop de neige au sol. Juste quelques plaques ça et là. C'était le début de l'après-midi et je mourais de faim, alors on a décidé de trouver l'endroit parfait pour pique-niquer. Quelle bêtise ! (Je hoche la tête.) On avait nos portables, mais il n'y avait pas de réseau, on les a éteints pour économiser la batterie.

Je m'arrête, j'ai besoin d'une pause pour me rappeler ces derniers moments d'insouciance avant que la vie ne bascule à jamais. Je lâche la main de Colton et je serre mes bras autour de moi pour réprimer les frissons qui me secouent.

Colton, sensible à mon angoisse, m'entoure de ses bras, son corps enveloppe le mien.

– Vous étiez jeunes, Rylee. Vous n'avez rien fait de mal. Tu n'as pas à te reprocher ce qui est arrivé, dit-il comme s'il savait déjà que la culpabilité me ronge come un cancer jour après jour.

J'entends ses paroles, reconnaissante qu'il les ait prononcées, mais sans y croire.

– On a pris un virage sur cette route sinueuse sur laquelle nous roulions. Il y avait un élan sur la route et Max a donné un coup de volant pour l'éviter.

Je perçois le cri étouffé de Colton qui a deviné la suite.

– On s'est retrouvés sur la voie d'en face et les pneus ont accroché le bord de la route parce que Max avait trop contrebraqué. Je ne sais pas. Tout a été tellement vite.

Je frissonne de nouveau et Colton me serre plus fort, comme si la force de ses bras autour de moi pouvait empêcher l'inévitable de se produire.

– Je me souviens d'avoir vu les premiers arbres quand on est passés par-dessus le bord de la route et qu'on a commencé à dévaler le ravin. Je me souviens que Max a juré, ce qui m'a semblé bizarre parce qu'il jurait rarement.

Mon estomac remonte dans ma gorge en repensant à la sensation de légèreté que j'ai ressentie quand la voiture s'est soulevée et que la force centrifuge me balançait dans tous les sens comme une poupée de chiffon tandis que la voiture dégringolait. Je lève la main pour essuyer la larme qui a glissé au coin de mon œil. Je secoue la tête.

– Je suis sûre que tu n'as pas envie d'entendre la suite, Colton. Je ne voudrais pas plomber notre soirée.

Je le sens secouer la tête, parce qu'il l'a posée sur mon épaule. Ses bras sont enroulés autour de ma poitrine, enveloppant mes épaules, et je me raccroche à lui des deux mains.

– Non, je t'en prie, Rylee, continue. Je suis content que tu te confies à moi. Que tu me permettes de mieux te connaître et te comprendre.

Peut-être que si je m'ouvre à lui, il se sentira assez à l'aise pour m'expliquer son passé, lui aussi. J'y pense quelques secondes et je me rends compte que ce n'est pas ma seule raison de le faire. En effet, ça me soulage de parler de ça, pour la première fois depuis longtemps.

Je prends une inspiration hésitante.

– Après, c'est le trou noir et quand je suis revenue à moi, il commençait à faire nuit. Le soleil passait derrière le sommet des montagnes, donc nous étions dans l'ombre du ravin profond. Les odeurs – oh mon Dieu –, c'est quelque chose que je ne peux pas oublier et qui restera à jamais associé à ce jour-là. Un mélange d'essence, de sang et de destruction. Nous étions au fond d'un ravin, la voiture était en dévers et j'étais en haut alors que Max était en bas. Elle était bousillée, on avait fait tant de tonneaux que le toit était enfoncé, réduisant pratiquement l'habitacle de moitié. J'entendais Max. Les bruits qu'il faisait en essayant de respirer – en essayant de rester en vie – étaient épouvantables.

Je frissonne en repensant à ces bruits qui me poursuivent jusque dans mes rêves.

– Mais le point positif, c'est que c'était la preuve qu'il était toujours en vie. À un moment, dans ces premiers instants, il m'a pris la main pour tenter de me rassurer malgré l'enfer dans lequel on se débattait.

– Tu veux arrêter ?

Il m'embrasse gentiment sur l'épaule. Je fais non de la tête.

– Non, je préfère finir.

– D'accord, prends ton temps.

Nous recommençons à marcher.

– J'ai paniqué. Il fallait que j'aille chercher du secours. C'est seulement quand j'ai voulu détacher ma ceinture que j'ai senti la douleur. Mon bras droit refusait de fonctionner. Visiblement, il était fracturé en plusieurs endroits. J'ai lâché la main de Max que je tenais dans ma main gauche et j'ai essayé de détacher la ceinture, mais elle était bloquée – un truc bizarre que le fabricant a étudié après. Cela venait d'un morceau de métal qui s'était coincé dans le mécanisme au moment du choc. Je me souviens d'avoir baissé les yeux et d'avoir eu l'impression d'être dans un rêve, quand je me suis aperçue que j'étais couverte de sang. Ma tête, mon bras et la région de mon pelvis me faisaient tellement souffrir que je crois que je préférerais mourir que de ressentir ça de nouveau. J'avais mal quand je respirais, quand je bougeais la tête. Je me souviens que Max a marmonné mon nom et j'ai tendu le bras pour chercher sa main. Je lui ai dit que j'allais aller chercher de l'aide et qu'il fallait qu'il tienne le coup. Que je l'aimais. J'ai pris un éclat de verre, j'ai voulu m'en servir pour couper ma ceinture, mais je n'ai réussi qu'à me couper la main et me le planter dans le ventre. Ça été violent. Je n'arrêtais pas de tomber dans les pommes tellement j'avais mal. Chaque fois que je revenais à moi, j'étais saisie d'une panique épouvantable.

Nous arrivons au bas des marches de sa maison et je regarde Baxter bondir avec une énergie infatigable. Colton s'assied sur la marche du bas et me tire par la main pour me faire asseoir à côté de lui. Machinalement, je fais des petits dessins dans le sable avec mes doigts de pied.

– La nuit était glaciale, sombre et terrifiante. Quand le soleil a commencé à éclairer le ciel, Max respirait péniblement et très superficiellement.

Il n'avait plus beaucoup de temps à vivre. Je ne pouvais rien faire d'autre que lui tenir la main, prier pour lui, lui parler et lui dire qu'il avait le droit de lâcher prise. Lui dire que je l'aimais. Il est mort quelques heures plus tard.

Je passe le revers de ma main sur ma joue pour essuyer mes larmes et j'essaie d'effacer de ma mémoire la dernière fois où j'ai vu Max.

– Mon esprit était à côté de mon corps. J'avais perdu beaucoup de sang et j'étais de plus en plus faible, et de plus en plus mal en point à mesure que les heures passaient. C'est à ce moment-là que la panique s'est installée. J'étais prisonnière, et plus je restais dans cette voiture, plus j'avais l'impression qu'elle se refermait sur moi. Quand la nuit est tombée, à la fin du deuxième jour, la claustrophobie m'étouffait et j'ai complètement pété les plombs. Je ne pouvais plus supporter la douleur et le sentiment de défaite, alors j'ai commencé à donner des coups de pied dans tous les sens autour de moi, par peur et par défi. Je ne voulais pas mourir. Je ne sais pas comment, mais à force de bouger j'ai délogé mon portable qui était venu se coincer sous le tableau de bord quand on avait dévalé la pente. Il est tombé par terre, juste au-dessous de moi.

Je prends une profonde inspiration en me rappelant comment j'ai dû mobiliser chaque once de la détermination et de la force qui me restaient pour attraper ce téléphone. Ma planche de salut.

– Il m'a fallu ce qui m'a paru être des heures pour l'atteindre et quand je l'ai allumé, il n'y avait pas de réseau. J'étais anéantie. Je me suis mise à hurler comme une folle et soudain quelque chose a fait tilt dans ma mémoire. Une histoire que j'avais entendue aux infos. Un randonneur égaré avait été retrouvé en suivant les pings sur son téléphone portable, malgré l'absence de réseau. Je savais que quand on ne me verrait pas arriver au boulot le matin, quelqu'un appellerait Haddie et les choses se mettraient en marche. Elle a tendance à s'inquiéter et elle savait que j'avais préparé une réunion importante que je n'aurais manquée pour rien au monde. Je me suis dit que, peut-être, on pourrait nous localiser grâce à mon téléphone. Il y avait peu de chances, mais c'était le seul espoir auquel me raccrocher.

Du pouce, je touche la bague à mon doigt.

– C'est ce que j'ai fait et je me suis obligée à penser que ça allait marcher.

– Je ne sais pas quoi dire.

Il s'éclaircit la gorge. Je suis sûre qu'il ne soupçonnait même pas qu'une telle chose puisse m'être arrivée. En tout cas, je suis impressionnée par sa capacité de compassion.

– Il n'y a rien à dire.

Je hausse les épaules et lui caresse la joue. Un remerciement silencieux pour m'avoir laissée parler et écoutée sans m'interrompre. Sans me dire ce que j'aurais dû faire, comme font la plupart des gens.

– Il leur a fallu encore un jour et demi pour nous retrouver. J'avais des hallucinations à ce moment-là. À cause du froid glacial et de mes efforts pour m'échapper en pensée de l'espace confiné de la voiture. J'ai pris le sauveteur pour un ange. Il regardait par la vitre de la portière et le soleil en contre-jour faisait comme une auréole autour de sa tête. Plus tard, il m'a dit que je l'avais engueulé. (Je ris en y repensant.) Je l'ai traité de fils de pute, j'ai hurlé qu'il ne m'aurait pas, que je n'étais pas prête à mourir.

Colton me prend sur ses genoux, il me berce et embrasse doucement les traces laissées par mes larmes.

– Pourquoi ne suis-je pas étonné que tu sois capable d'engueuler un ange ?

Il rit en pressant ses lèvres sur ma tempe.

– Tu es très douée pour engueuler les gens.

Je me laisse aller contre lui, j'accepte ce réconfort avec reconnaissance. Je ferme les yeux et je laisse la chaleur des rayons du soleil, et celle du corps de Colton contre le mien, dissiper le froid qui s'est logé profondément dans mon âme.

– Je te l'avais dit, Ace. *Des bagages.*

Il pose le menton sur le sommet de ma tête.

– Non, ça c'est juste une situation qui a merdé dans des circonstances qui échappaient totalement à ton contrôle.

J'aimerais que tout le monde voie les choses comme ça.

Je hausse les épaules pour écarter cette pensée.

– C'est des souvenirs trop tristes pour une si belle soirée.

Je pousse un soupir en m'écartant pour le regarder. Un sourire mélancolique flotte sur ses lèvres.

– Merci de m'avoir parlé. Je suis sûr que ce n'est pas ce qu'il y a de plus facile à raconter.

– Qu'est-ce qu'on fait maintenant ?

Colton fait un sourire coquin et, en me prenant par la taille, il me soulève pour se lever. Une fois debout, il ne me lâche pas et continue à me soulever en ignorant mes cris aigus quand je comprends ses intentions, il me couche sur son épaule.

– Je suis trop lourde. Pose-moi par terre !

Je crie quand il commence à monter les marches en courant. Je lui donne une claque sur les fesses, mais ça ne l'arrête pas.

– Arrête de gigoter.

Il rigole en me rendant ma claque. Quand nous arrivons en haut, j'ai mal aux côtes à force de rire et Baxter aboie derrière nous comme un fou. Colton continue de me porter bien que nous soyons arrivés sur la terrasse, et je lui donne encore une claque.

– Pose-moi par terre !

– Je ne sais pas ce qui me retient de te jeter dans la piscine !

– Non !

Je hurle en donnant des coups de pied dans tous les sens tandis qu'il me balance d'avant en arrière tout près du bord. Il reste là un moment, je crie toujours, mais il finit par reculer et je m'écroule, soulagée. Il s'arrête, lâche mes jambes, et mon corps glisse lentement le long du sien. Quand nos visages se trouvent au même niveau, il resserre les bras autour de moi et je suis suspendue sans toucher le sol, avec une conscience aiguë de ma poitrine écrasée contre la sienne.

– Ah, voilà le sourire que j'aime.

Son souffle passe sur mon visage.

– Très drôle, Ace ! Espèce de…

La fin de ma phrase se perd quand il capture mes lèvres dans les siennes. Doux, tendre et demandeur, alors je lui cède. J'ai besoin de cet homme viril pour m'aider à oublier mon histoire et pour me rappeler pourquoi j'ai le droit de tourner la page. Nous nous abandonnons à ce baiser et il me laisse continuer à glisser doucement contre son corps, mes mains toujours sur son visage. Il passe ses mains râpeuses sur la peau nue de mon dos en descendant pour aller empoigner mes hanches.

Je pousse un petit gémissement de protestation quand il s'écarte de moi. Des émotions passent dans ses yeux, impossibles à identifier.

– T'as faim ?

Oui, de toi. Je me mords la lèvre inférieure et je fais oui de la tête pour empêcher les mots de sortir.

– Oui.

Je m'écarte de lui et je me retourne pour découvrir une table dressée sur notre gauche, avec la nourriture servie.

– Quoi ? Comment ?

Colton sourit.

– J'ai mes secrets.

Il rit en m'y conduisant et recule une chaise pour moi.

– Merci, Grace.

Il parle en direction des portes ouvertes de la maison, et une réponse discrète nous parvient de l'intérieur.

– Ton arme secrète ?

– Depuis toujours !

Il sert du vin dans nos verres.

– Grace est la meilleure. Elle est aux petits soins pour moi.

Elle a de la chance.

– Cela sent super bon.

Je bois une gorgée de vin pendant que Colton nous sert ce qui semble être du poulet avec des artichauts et des cheveux d'ange.

– C'est un des plats que je préfère.

Il en prend une bouchée. Il m'observe pendant que je goûte, et je vois clairement qu'il se détend en entendant mon murmure d'approbation.

Le dîner se déroule dans une atmosphère légère et détendue. Le repas est excellent et j'en veux à Colton de me dire que Grace ne divulgue pas ses recettes. Je lui dis que j'arriverai bien à la convaincre, d'une façon ou d'une autre.

Nous parlons de nos boulots respectifs et Colton me demande des nouvelles de Zander. Je lui dis qu'il n'a pas prononcé d'autres paroles pour l'instant mais qu'il semble être plus réactif. Je lui dis que le statut de héros lui a incontestablement été conféré par les garçons et qu'ils n'arrêtent pas de revivre le moment où il s'est garé devant l'école. Je lui explique ce qu'il faudra faire pour obtenir les permis de construire pour certaines installations une fois que Corporate Cares aura obtenu le feu vert.

Il me dit qu'il a été pris par les relations avec la presse de la saison prochaine en plus des opérations courantes à CD Entreprise. La semaine passée, il a tourné une pub pour le rhum Merit, fait une séance de photos pour une nouvelle campagne de marketing et assisté à une réception donnée par l'IRL[7].

Nous adoptons un rythme décontracté, dans des échanges naturels, et je me sens à l'aise dans cet environnement qui m'est totalement étranger. Lorsque nous finissons de dîner, il me propose de faire une visite rapide du reste de la maison, ce que j'espérais sans le dire. Il nous sert un dernier verre et me prend la main. Il me montre une cuisine ultra-sophistiquée avec du granite aux nuances chaudes et un équipement en inox dernier cri.

– Tu fais la cuisine, Ace ?

Je passe les doigts sur le dessus de l'immense îlot central et mes pensées retournent à un autre îlot de cuisine. Comme il ne répond pas, je lève les yeux

7. Indy Racing League. (NdT)

et croise les siens, et je rougis, sachant parfaitement qu'il pense à la même chose.

Il fait non de la tête et sourit.

– Je peux faire deux ou trois trucs, si c'est nécessaire.

– C'est utile à savoir.

Il me conduit dans la pièce suivante, un séjour en contrebas de la cuisine. Des canapés en cuir chocolat, dans lesquels on a l'impression qu'on pourrait être englouti, sont disposés en demi-cercle en face d'un ensemble TV. Il m'emmène dans un bureau typiquement masculin avec des sièges en cuir et des meubles en bois foncé. Un large bureau occupe la plus grande partie de la pièce, les murs sont recouverts d'étagères et une guitare acoustique solitaire est appuyée contre le mur du fond.

Je fais un signe de tête vers la guitare.

– Tu en joues ?

– Uniquement pour moi-même.

Sa réponse et la douceur inattendue de sa voix me poussent à me retourner pour le regarder. Il hausse les épaules.

– Cela m'aide à penser… à m'éclaircir les idées.

Je fais quelques pas plus avant dans le bureau et je passe les doigts sur les étagères en regardant les photos éparses de sa famille.

– Je ne joue pas pour les autres.

Je hoche la tête, je comprends ce besoin d'avoir quelque chose qui vous aide quand vous êtes perturbé. Je continue mon examen de la bibliothèque, et une photo retient mon attention. On y voit un Colton plus jeune mais radieux dans sa combinaison de pilote, les bras levés en signe de victoire, arborant un large sourire satisfait sous une pluie de confettis. La seule chose qui me déplaît dans cette photo, c'est la femme qui l'entoure de ses bras. Elle le dévore des yeux, avec amour, adoration, vénération. Je la reconnaîtrais n'importe où.

– Où a été prise cette photo ? je demande négligemment en me tournant vers lui.

Il m'observe, adossé avec décontraction contre l'embrasure de la porte.

– Laquelle ?

Il penche la tête et vient vers moi. Je recule et lui montre la photo du doigt.

Un sourire se forme sur ses lèvres et ses yeux s'éclairent.

– C'était ma première victoire dans l'Indy Lights.

Il secoue la tête en y repensant.

– Seigneur, quelle année !

– Raconte.

Il hausse un sourcil interrogateur comme s'il se demandait si cela m'intéresse vraiment.

– J'ai envie de savoir.

– C'était ma deuxième année et je pensais que j'allais perdre ma place si je ne gagnais pas au moins une fois. J'avais approché la victoire si souvent et, chaque fois, il y avait quelque chose qui allait de travers.

Il tend le bras et prend la photo sur l'étagère.

– Avec le recul, je sais que j'avais fait un tas d'erreurs de débutant. Mais à cette époque-là, j'étais juste frustré et j'avais peur de perdre la seule chose que j'aimais vraiment – trop d'ego, pas assez d'écoute. Il y a des choses qui ne changent jamais, hein ?

Il lève les yeux et je lui souris.

– En tous cas, tout avait mal commencé pour cette course. On n'arrivait pas à régler la voiture comme il fallait parce que le temps était changeant. Mais cinq tours avant la fin, j'ai décidé de tenter de prendre la tête. J'ai dépassé la voiture de tête en prenant un risque stupide que je n'aurais jamais dû prendre, mais ça a payé et on a gagné.

– La première d'une longue série de victoires, c'est ça ?

Je lui prends la photo des mains et l'observe attentivement encore une fois.

Il sourit d'un air satisfait.

– C'est ça. Et j'espère bien, une de plus cette saison.

– Qui est-ce ?

Je montre Tawny du doigt, en arrivant à ma vraie question.

– Tu n'as pas rencontré Tawny l'autre jour au circuit ?

– Ah ? (Je fais l'idiote.) C'est la personne à qui tu parlais avant les essais ?

– Ouais. Excuse-moi. Je croyais que vous aviez été présentées.

– Non, non.

Je repose le cadre sur l'étagère et je le suis quand il sort du bureau.

– Elle travaillait pour toi à cette époque-là ?

– Non.

Il glousse et me fait entrer dans une pièce où s'entassent des souvenirs de courses, un poste de télé énorme avec un écran plat et une table de billard.

– C'est une amie de la famille et on a plus ou moins grandi ensemble. On est, euh, en fait on est sortis ensemble pendant un moment quand on était à la fac, et c'était une plaisanterie récurrente entre nos familles que nous finirions par nous marier un jour.

Waouh ! Est-ce que j'ai bien entendu ? Il n'y a qu'un mec pour faire ce genre de remarque à la femme avec laquelle il fait ce que nous faisons ensemble, quel que soit le nom qu'on puisse lui donner, et tout ça sans que cela lui pose le moindre problème. Leurs familles pensent qu'ils finiront par se marier un jour ? Putain ! Je déglutis avec difficulté tandis qu'il m'emmène dans la suite réservée aux amis.

– Pourquoi vous avez rompu ?

– Bonne question.

Il soupire en me regardant bizarrement, et je me demande si j'ai été trop insistante.

– Je n'en sais rien. J'étais trop habituée à elle, je suppose. Je la voyais comme une petite sœur. C'était pas mon truc.

Il hausse les épaules.

– Quand cette photo a été prise, on sortait encore ensemble. Après, on est restés bons amis. C'est une des rares personnes en qui je peux vraiment avoir confiance et sur qui je peux compter. Quand elle est sortie de la fac avec son diplôme de marketing en poche et que j'ai lancé CDE, elle m'a aidé. Elle était bonne dans son domaine, alors quand on a créé la société, on l'a engagée.

Eh bien, il veut peut-être une relation platonique, mais elle, il ne fait aucun doute qu'elle veut plus que ça. Je détache mon regard de l'océan et je me tourne vers lui. Il me tend la main.

– Viens, je vais te faire visiter l'étage.

Nous gravissons l'escalier autoportant d'une largeur exceptionnelle. Je suis impressionnée par la sensation de bien-être qui se dégage de cette forteresse de pierre. Je lui dis que je pensais qu'elle serait froide et inhospitalière mais que c'est justement le contraire. Il me dit qu'il a choisi des murs en pierre pour limiter l'entretien qu'exige l'exposition aux variations climatiques rigoureuses du bord de mer.

Quand nous arrivons en haut de l'escalier, nous entrons dans une pièce à ciel ouvert qui est la terrasse que j'ai vue depuis l'entrée de la maison.

– Je crois que j'ai découvert le paradis.

Je parcours du regard cet espace qui combine intérieur et extérieur. Des guirlandes lumineuses passent tout autour d'un treillage recouvert de vigne vierge et scintillent dans le ciel qui s'obscurcit.

Quatre chaises longues dans lesquelles je pourrais me perdre sont disposées autour de l'espace.

Colton se met à rire et me tire par le bras.

– On profitera de cet endroit plus tard.

– Tu as des idées fixes.

Je rigole mais quand nous entrons dans sa chambre, je reste sans voix.

– Waouh.

– Alors ça, c'est la pièce que je préfère de toute la maison.

Je comprends pourquoi. Un lit immense fait face à l'océan. La pièce est décorée dans des tons doux de brun, de bleu et de vert. Un petit canapé est placé dans un angle, devant une table basse sur laquelle sont jetés au hasard des livres et des magazines. Un grand lit pour chien, avec des jouets mâchonnés et une couverture toute froissée, est installé dans un autre coin, juste au-dessous d'une cheminée. Le centre d'intérêt de la chambre, c'est la baie vitrée qui occupe un mur entier et qui laisse entrer la brise qui monte de l'océan.

Je regarde au loin les lumières des bateaux qui rentrent au port. On voit les silhouettes des surfeurs qui attendent d'attraper la dernière vague.

– C'est absolument magnifique chez toi.

Au moment où je m'y attends le moins, Colton glisse les bras autour de ma taille et m'attire contre lui, se colle contre mon dos et enfouit son nez dans mon cou.

– Merci.

Il dépose une suite de baisers légers comme des plumes tout le long de mon épaule avant de remonter dans mon cou de la même façon.

Mon corps tout entier frémit et un petit soupir s'échappe de mes lèvres. Il déploie ses mains sur mon ventre et me serre contre lui, mes rondeurs se moulent contre ses lignes fermes. Sa bouche revient sur mon oreille pour embrasser mon point sensible juste au-dessous.

– Est-ce que je peux te dire à quel point je suis heureux que tu sois là ?

Son souffle me chatouille l'oreille. Je soupire et je penche la tête en arrière pour la poser sur son épaule.

– Merci pour cette soirée, Colton.

Il glousse.

– J'espère que ça ne veut pas dire qu'elle est déjà finie, parce que je commence tout juste à me sentir en forme.

Ses mains montent et descendent le long de mon buste, frôlant du bout des doigts la courbe de mes seins. Par petites touches annonciatrices de ce qui va suivre. Je me cambre contre lui, mon corps vibre de désir, mon cœur est chaviré par sa tendresse.

Je tourne la tête vers lui et il capture mes lèvres dans les siennes. Sa langue fouille entre mes lèvres pour venir lécher la mienne. Excitante. Enveloppante. Gourmande. Amoureuse. Je me retourne contre lui, j'ai besoin de plus pour nourrir mon désir insatiable. Il m'adosse contre le mur de verre. Ses avant-bras s'appuient de part et d'autre de ma tête pendant que son corps se presse contre le mien. Un petit cri étranglé s'échappe de sa bouche quand je mordille sa lèvre inférieure et passe la langue sur sa joue recouverte d'une barbe naissante. Je remonte jusqu'à son oreille et je tire sur son lobe avec les dents.

– Non.

Je chuchote à son oreille.

– Cette soirée n'est certainement pas finie, Ace.

Mes lèvres descendent le long de son cou puis remontent pour déposer un baiser sur le pouls qui bat dans sa gorge.

– Elle ne fait que commencer.

– Rylee.

Il pousse un gémissement de pur plaisir.

Enhardie par sa réaction spontanée, j'ai envie de partager ce qu'il me fait ressentir. De le lui dire par des actes puisque je n'en suis pas capable avec des mots. Je plonge ma langue dans le creux de sa clavicule, ses poils drus me chatouillent les lèvres, son odeur m'enveloppe et je dessine une rangée de petits baisers jusqu'à son autre oreille.

– J'ai envie de te goûter, Colton.

Je l'entends étouffer un petit cri et, soudain, ses mains sont de chaque côté de mon visage pour l'encadrer. Il m'oblige à pencher la tête en arrière et passe les pouces sur mes lèvres gonflées. Ses yeux fouillent les miens, à la recherche de quelque chose que j'ignore, mais la profondeur de l'émotion que j'y vois me suffit. Nous nous fixons pendant un moment, qui me paraît une éternité, captifs de l'état second où nous plonge notre désir.

Cet interlude silencieux dure jusqu'à ce qu'il grogne :

– Bon Dieu, oui, Rylee.

Puis il écrase ses lèvres sur les miennes.

Son baiser est un feu d'artifice de tout ce que j'ai vu dans ses yeux : la gourmandise, la passion, le désir dévorant et une urgence inattendue. Il ne me laisse pas l'occasion de lui offrir quelque chose qu'il n'aurait qu'à prendre et je me soumets docilement à ses exigences muettes. Je me livre à lui, esprit, corps, cœur et âme.

Je m'écarte de notre baiser, mon regard lascif l'empêche de m'attirer de nouveau contre lui. Nos poitrines se soulèvent, anticipant ce qui nous attend. Je me mords la lèvre inférieure tandis que le coin de mes lèvres s'écarte en un sourire prometteur. Je ne pense qu'à une chose : à quel point j'ai envie de parcourir son corps avec ma langue, et je le sens frissonner en réaction à ma caresse.

Je tends le bras, étonnée moi-même de ma réaction. La fille timide et passive du temps de Max, qui pensait que faire l'amour sans éteindre la lumière était une aventure, cette fille n'existe plus. Avec Colton, j'ai besoin de choses que je n'imaginais même pas. Avec lui, je me sens sexy. Désirable. Désirée.

Je remonte le bord de son t-shirt jusqu'à ce que mes mains frôlent son abdomen. Je passe un ongle sur son ventre, juste au-dessus de la ceinture de son jean, et je souris avec satisfaction quand je vois ses lèvres s'entrouvrir et ses yeux s'assombrir de désir sous l'effet de ce simple contact.

Je commence à remonter son t-shirt pour le lui enlever.

– Laisse-moi faire.

Sa voix est rauque quand il attrape le col de son t-shirt et le retire d'un geste, comme seul peut le faire un homme qui ne se soucie pas de déranger sa coiffure ou d'abîmer son maquillage.

– C'est comme ça que je t'aime.

Je parcours des yeux ses épaules musclées et son torse mince jusqu'à la ligne de poils qui orne le centre du V musclé et sexy qui plonge sous sa ceinture.

– Mon corps est tout à toi, tu peux en faire ce que tu veux.

Il me fait un sourire satisfait et sexy qui suggère toutes les choses cochonnes qu'il veut que je lui fasse. Il écarte les mains sur le côté, s'offrant à moi.

Je le prends par le cou pour attirer son visage contre le mien. Je presse mes lèvres contre les siennes et je pointe la langue dans sa bouche, reculant la tête chaque fois qu'il essaie de prendre le contrôle de mon baiser.

– J'ai envie de toi.

Je passe les doigts sur son torse musclé, le griffant doucement, et son corps réagit en se crispant. Ma bouche suit le même chemin mais à un rythme beaucoup plus lent.

Colton laisse tomber la tête en arrière et gémit quand je m'arrête pour lécher les disques plats de ses tétons. Ses mains glissent sur mes bras, vont et viennent sur mes épaules et jouent avec le nœud de ma robe, sur ma nuque.

– Non, non !

Je le regarde sous mes cils et je couvre les muscles tendus de son ventre de baisers, lèvres ouvertes.

– À mon tour, Colton.

Je m'écarte de lui sans le quitter des yeux, je lève les mains sur ma nuque et, lentement, je détache ma robe.

– Il fait un peu chaud ici, tu ne trouves pas, Ace ?

Je joue avec lui en prenant une longue inspiration et je laisse le tissu glisser doucement sur mes courbes. Je vois danser le feu dans ses yeux quand il découvre mes dessous. J'ai mis mon soutien-gorge sans bretelles et ma culotte Agent Provocateur, en dentelle rouge foncé, qui soulignent ma silhouette à la perfection plus qu'ils ne la cachent.

– Dieu du ciel ! On pourrait devenir dingue rien qu'à te regarder.

Ses yeux se baladent sur mon corps de haut en bas.

Il frotte son pouce sur ses autres doigts comme si cela le démangeait de me toucher. Je me rapproche de lui, le corps tendu par la conscience de tout ce qui est autour et entre nous. Je tends les bras pour poser mes paumes sur sa poitrine, son corps frémit par anticipation.

Je baisse les mains pour ouvrir les deux premiers boutons de son jean, soulageant un peu de sa tension. Mes mains se glissent par-derrière à l'intérieur de son jean et de son boxer et s'emparent de ses fesses musclées. Je passe le bout de mes doigts de haut en bas de son très beau cul tandis que je lèche du bout de la langue le chemin de poils qui descend de son nombril. Je lève les yeux vers lui en me laissant tomber à genoux et, très lentement, je défais les trois derniers boutons.

Il me fixe sous ses paupières lourdes de désir, les lèvres entrouvertes. Je baisse son jean en même temps que son boxer, libérant ainsi son membre d'acier qui jaillit. Je passe les doigts dans sa toison sombre et j'agrippe la base de son pieu. Je me penche en avant et Colton retient son souffle tandis que je dessine doucement des cercles du bout de la langue autour de la pointe, avant de la faire glisser lentement tout du long, jusqu'en bas, et retour jusqu'en haut. Ma main bouge lentement de haut en bas de son membre aux veines saillantes, je prends ses couilles dans l'autre et les frôle délicatement du bout des ongles.

J'observe Colton à la dérobée et je suis subjuguée par l'expression de ses yeux. Ses mâchoires se crispent tandis que je l'excite avec mes doigts, et quand je le prends très lentement dans ma bouche, il grimace de plaisir avant de rejeter la tête en arrière et de siffler mon nom.

– Putaiiiin, Ryleeee !

Je continue à l'exciter, doucement pour commencer, je ne prends que l'extrémité de son sexe dans la chaleur de ma bouche, et je le caresse de la langue, en insistant sur la partie sensible située au-dessous, juste à la bordure de son gland. Je tourne les doigts autour de sa hampe pour le stimuler par la friction et la chaleur humide.

Quand je l'ai suffisamment torturé et que je sens dans ses cuisses la tension de l'anticipation, je protège mes dents avec mes lèvres et je le prends tout entier dans ma bouche jusqu'à ce que je le sente au fond de ma gorge. L'exclamation gutturale qui passe les lèvres de Colton emplit la pièce tandis que le goût musqué de son excitation et l'évidence de son désir pour moi provoquent une douleur exquise qui se répand dans les profondeurs de mes parties les plus intimes.

Je baisse la tête tout le long de son membre, ma gorge se crispe quand il atteint la profondeur maximale, et je remonte lentement en appuyant de la langue sur sa face postérieure. Je sens les doigts de Colton s'emmêler dans mes cheveux quand le besoin merveilleux de satisfaction commence à monter en lui. Les mots qu'il souffle en haletant et sa manière suppliante d'appeler mon nom me poussent à bouger plus vite. Encore plus vite. Je le prends encore plus profondément et j'accentue mes caresses. Il gonfle tout à coup et je sens son goût sur ma langue.

– Rylee, grince-t-il, les dents serrées. Je vais jouir, bébé. Je veux être à l'intérieur de toi pour ça.

Son membre toujours dressé dans ma bouche, je lève les yeux vers son visage tendu de plaisir. Celui d'un homme sur le fil du rasoir, au bord de la perte de contrôle. Un spasme le secoue quand je creuse mes joues et aspire fortement une dernière fois.

Sans me laisser le temps de prendre la mesure de sa réaction, Colton me relève et écrase sa bouche sur la mienne sous une pulsion de désir presque violente. Des spirales de sensations tournent en moi tandis qu'il me pousse contre la baie vitrée. La conscience de ce qui va suivre intensifie la tension presque douloureuse qui comprime mon entrejambe.

Une vague de désir brut se transmet dans mon corps et va directement à mon intimité quand ses mains râpeuses trouvent leur chemin sous ma culotte trempée. Il m'écarte délicatement et trouve mon clitoris palpitant et impatient de devenir l'objet de ses attentions. La tête me tourne, j'en veux plus quand ses doigts exercent leur magie en stimulant mes terminaisons nerveuses. Sa bouche s'empare de la mienne et me remplit de son goût addictif.

– J'ai envie de te sentir en moi, Colton.

Ma respiration est haletante quand j'interromps notre baiser. Il me soulève et croise mes jambes autour de sa taille. Le délicat ruban qui fait tenir ensemble les deux triangles de ma culotte de dentelle claque quand il l'arrache.

Je n'ai plus le contrôle. Cette sensation envoie un frisson d'impatience inattendu dans tout mon corps, mais il est de courte durée. En effet, Colton pose les mains sur mes hanches et me soulève en m'appuyant contre le mur pour s'aider. Il me fait descendre en même temps que ses reins donnent une poussée vers le haut, et il m'empale. Je pousse un cri, submergée par une sensation de plénitude quand il s'immobilise pour me laisser le temps de m'adapter à lui.

– Bon Dieu, Rylee.

Il parle dans un souffle saccadé, le visage enfoui dans mon cou. Ses lèvres tirent doucement sur la peau de mon cou, je plante mes doigts dans ses épaules compactes et lentement je fléchis les hanches contre lui.

– Ah, chérie…

Il balance les hanches en arrière et revient en poussant dans ma douceur frémissante.

Son corps glisse contre le mien, ses mains coincées entre la vitre et mes hanches, appuyé contre moi, il s'enfonce en moi aussi profondément que possible. Une exclamation étouffée s'échappe de mes lèvres entrouvertes et mon corps s'alanguit et s'échauffe.

– Colton…

Je gémis tandis qu'il me pousse vers le précipice. M'emplissant jusqu'à ce que je ne puisse plus tenir. Nous liant l'un à l'autre de toutes les manières possibles. Le sang bat dans mes oreilles et des sensations fusent dans tout mon corps tandis que nous trouvons notre rythme commun.

– Retiens-toi, Ry. Encore un peu !

Avec autorité, il accélère son tempo et m'amène encore plus près du bord. Nos respirations haletantes, nos mains agrippées à notre chair luisante de sueur et nos bouches réclamant la moindre parcelle de l'autre qu'elles peuvent goûter.

Je sens que mon corps accélère au moment où Colton se raidit en moi.

– Colton.

Mon corps se tend autour du sien.

– Oui, bébé, oui.

Il pousse un cri au moment même où je ne peux pas me retenir une seconde de plus. Mes cuisses sont dures comme du bois quand je passe par-dessus bord, explosant en plein vol. L'intense contraction de mon corps attrape Colton au passage et l'entraîne avec moi. Une litanie de petits mots inspirés par le plaisir tombe de ses lèvres, son visage blotti dans la courbe de mon épaule, quand un frisson secoue tout son corps au moment où il jouit. Nous restons comme ça un instant, connectés l'un à l'autre, ne faisant plus qu'un et refermés l'un sur l'autre, jusqu'à ce que nous glissions lentement le long de la vitre jusqu'au sol. Nous nous asseyons toujours enlacés, mon visage blotti contre son cou, ses bras autour de moi.

À ce moment-là, je lui appartiens totalement, sans réserve.

Absorbée par lui. Perdue en lui et dans l'instant, à un point tel que la force de mes sentiments m'effraie.

Nous ne bougeons pas, imbriqués l'un dans l'autre, envoûtés, sans un mot. La caresse paresseuse du bout de nos doigts sur notre peau qui rafraîchit et la réverbération de nos cœurs l'un contre l'autre pour toute communication nous suffisent amplement. Notre respiration haletante finit par se calmer dans la nuit qui tombe et que nous baignons dans la clarté de la lune.

Je n'ose pas parler, de peur de gâcher ce moment. Mais mon pied s'engourdit lentement, et il faut que je bouge.

– Ça va, Ace ?

Colton pousse un grognement et j'éclate de rire, satisfaite de l'avoir réduit au silence. J'essaie de m'écarter de lui et de m'adosser à la vitre derrière moi, mais il bouge en même temps, si bien que son visage se retrouve dans le creux de mon cou. Il pousse un soupir de plaisir satisfait qui me va droit au cœur.

Mon regard tombe sur ma culotte déchirée sur le sol et je pouffe de rire.

– C'est quoi ce truc de déchirer mes culottes, hein ? Je me serais fait un plaisir de l'enlever pour toi.

Je gratte son dos langoureusement du bout des ongles.

– Trop long.

Il grogne, sa joue mal rasée me chatouille la peau.

– C'était une de mes préférées. Maintenant, j'ai un soutien-gorge dépareillé.

Je feins de faire la moue.

Colton s'écarte de moi, un sourire narquois sur les lèvres et les yeux pétillants.

– Dis-moi où tu l'a trouvée et je t'en achèterai cent si tu recommences à te tenir debout devant moi comme tu l'as fait ce soir.

Colton se penche vers moi et m'embrasse lentement.

– Et, encore mieux…

Il s'écarte et passe un doigt sur la ligne où ma poitrine rencontre la dentelle de mon soutien-gorge.

– Comme c'est vraiment un soutien-gorge ravissant, tu pourrais peut-être le porter tout seul, sans rien d'autre sous tes vêtements. Ça, ce serait sexy. Personne n'aurait besoin de le savoir.

– Toi, tu le saurais.

Je hausse un sourcil. Il me fait un sourire coquin.

– Justement, moi je le saurais. Et je banderais toute la journée en y pensant.

Je me mets à rire, d'un rire qui met mon cœur à nu, parce que je suis tellement submergée de sensations que je déborde.

– On ne va peut-être pas rester par terre ?

Il se déplace et se déplie en s'écartant de moi. Il se lève et me tend la main pour m'aider à faire de même.

– La salle de bains est par là…

Il désigne du doigt une large ouverture à gauche du lit.

– … si tu veux te rafraîchir.

– Merci.

Je suis soudain gênée par ma nudité. Je ramasse ma robe et la tiens contre moi en cherchant ce qu'il reste de ma culotte. Je ne la vois pas.

– T'as pas vu… ?

Je lève les yeux, Colton m'observe en remontant son jean et j'aperçois les vestiges de ma culotte qui dépassent de sa poche. Il se fige quand mes yeux s'arrêtent sur les siens.

Il vient vers moi, la braguette déboutonnée, et tend le bras pour m'arracher la robe des mains. J'essaie de la retenir, mais je ne suis pas assez rapide.

– Pour l'amour de Dieu, Rylee, tu n'as aucune raison d'être intimidée. Après t'être montrée à moi comme ça.

Il secoue la tête.

– Tu es hyper sexy et le fait d'être sûre de toi te rend encore plus sexy, chérie.

Il perçoit mon malaise et se penche pour poser une petit baiser sur mes lèvres.

– Ce n'est pas comme si je ne t'avais jamais vue nue.

Il me fait un sourire moqueur et me tend ma robe.

Je le regarde fixement, vêtue seulement de mon soutien-gorge, en essayant de ne pas me tortiller.

Ses compliments atténuent un peu mon manque de confiance en moi. Je suis toujours la même fille ordinaire et c'est Colton Donavan lui-même qui est devant moi, putain ! Qui me dit que je suis sexy. Qu'il adore mes rondeurs. J'ai envie de me pincer pour y croire. Au lieu de cela, je mets mes complexes de côté et je me dis que je peux le faire. Un sourire se profile lentement à la commissure de mes lèvres quand je regarde ma robe dans sa main avant de passer résolument devant lui.

Je sens son sourire dans mon dos quand je pénètre dans la salle de bains gigantesque, couverte de granite et carrelée de pierre. Je relâche le soupir que je retenais, fière d'avoir eu le courage de faire ça. Je regarde mon reflet dans la glace et je suis agréablement surprise de voir que mon sac est posé sur le meuble du lavabo. C'est sûrement Grace qui l'a monté.

– Tu peux prendre un de mes t-shirts dans le placard.

– Heu… d'accord. Merci.

– Je vais aller nous chercher à boire. Faire sortir Baxter. Je reviens. Prends ton temps.

– OK.

Je me promène dans la pièce ridiculement spacieuse. Je passe une ouverture sans porte et je découvre un placard qui ferait pâlir de jalousie Haddie, cette obsédée de vêtements. Je parcours du regard l'impressionnante collection de t-shirts et je porte mon dévolu sur un gris chiné. J'enfouis mon nez dans le tissu et je respire l'odeur de lessive qui est une des composantes de l'odeur de Colton, que j'adore.

Je me lave, rafraîchis mon maquillage, enfile un shorty que j'ai apporté parce que, oui, je savais comment ça allait finir, et j'enfile le t-shirt de Colton.

CHAPITRE 24

Comme Colton n'est toujours pas revenu, je vais au bout du couloir et je sors sur la terrasse du premier étage. J'avance jusqu'à la balustrade qui surplombe la terrasse du bas qui fait face à l'océan et je m'y appuie, goûtant le plaisir de la brise du soir et le clair de lune qui danse sur les vagues.

Ce qui s'est passé ces derniers temps est si énorme que je n'arrive pas à remettre mes idées en place. Un moment je suis seule, craintive, et trop coupable pour m'autoriser à aller de l'avant, et quelques semaines plus tard, je suis ici avec un homme compliqué et merveilleux et si incroyablement vivant. De vide, douloureuse et sans intérêt, je suis devenue heureuse, satisfaite et avec l'impression que je vis une expérience transcendentale.

– Juste quand je pensais que tu ne pouvais pas être plus sexy, je te trouve avec un de mes t-shirts préférés.

Ses mots me font sursauter et je me retourne, Colton est à côté de moi, un verre de vin à la main.

– Merci.

Je bois une gorgée et je tends la main pour caresser la tête de Baxter qui essaie encore de se glisser entre nous.

Colton appuie sa hanche contre la balustrade et se tourne vers moi tandis que je regarde la mer.

– J'aime te voir ici.

Sa voix est douce et réfléchie, il penche la tête et m'observe.

– J'aime te voir dans mon environnement, avec mon t-shirt, mon chien… plus que je n'aurais pu l'imaginer.

Je détache mon regard de l'eau pour lire dans ses yeux, en essayant d'imaginer les sentiments qui l'agitent sous la surface.

– C'est une première pour moi, Rylee.

Il murmure et j'arrive à peine à distinguer ses paroles dans le bruit des vagues. Mais cet aveu représente beaucoup pour moi. Putain ! Est-ce que cela veut dire qu'il pense qu'il n'est pas impossible d'aller plus loin ? Que, quel que soit ce qu'il y a entre nous, c'est plus que juste un de ses stupides arrangements ? Je sens son malaise, alors j'essaie d'alléger l'atmosphère.

– Quoi ? Tu ne traînes pas toutes tes nanas dans cette horrible tanière ?

Il tend la main, un petit sourire tranquille sur les lèvres, et me prend par le cou, en caressant ma pommette du pouce.

– Rien que celle-ci.

Je lui rends son sourire, j'adore le côté tendre de Colton autant que son côté têtu et fougueux. Il porte sa bouteille de bière à ses lèvres et boit une longue gorgée.

– Je nous ai apporté du dessert.

– Vraiment ? Moi qui croyais que c'était ce qu'on vient de prendre.

Un rire insouciant s'échappe de ses lèvres.

– Viens.

Il me tire par le bras et me fait asseoir dans une des chaises longues. Puis il se dirige vers une console cachée dans le mur et tout de suite après on entend la voix douce de Ne-Yo. Baxter pousse un grognement satisfait et se laisse tomber sur le pas de la porte.

Colton approche une table près de moi.

– Donc, tu as le choix. Glace aux pépites de chocolat à la menthe ou cookies au chocolat de chez Hershey.

– Tu t'es souvenu ?

Je reste bouche bée.

– Eh bien, quand il s'agit de toi et des sucreries, j'ai du mal à oublier.

Il sourit d'un air moqueur en posant une main sur mon dos pour m'obliger à me redresser, et il se glisse derrière moi.

Un sourire qu'il ne peut pas voir s'étale sur mon visage quand je pense à Colton et ses façons imaginatives de manger une certaine confiserie. Je me laisse aller contre sa poitrine nue, en m'installant sur lui, et je tends la main vers le plateau pour prendre un cookie de chez Hershey. Je le déballe et le glisse dans ma bouche, en reposant la tête sur son épaule et en grognant de plaisir.

– S'il n'en faut pas plus pour t'entendre faire cet adorable bruit, je vais t'en acheter des camions.

Il me murmure dans l'oreille en bougeant derrière moi pour se mettre à son aise.

– T'en veux un ?

Je le taquine en en portant un à ses lèvres puis en le retirant pour mordre dedans, en gémissant intentionnellement cette fois. Il se met à rire et je lui en donne un pour de vrai.

– Je pourrais m'y habituer.

J'aime la chaleur de son corps contre le mien.

Nous restons comme ça un moment à parler de nos familles, de nos voyages, nos expériences et notre travail. J'évite soigneusement le sujet que je voudrais vraiment aborder, sachant que son passé est tabou. Il est drôle, spirituel et attentionné et je sens que mes sentiments pour lui se renforcent et que je m'empêtre un peu plus dans sa toile tentatrice.

Soudain Colton rompt le silence.

– Admirable, Charismatique et Excitant.

J'éclate de rire.

– Pas du tout.

Je m'enfonce un peu plus dans la chaleur confortable de sa poitrine.

– Tu ne me le diras jamais, c'est ça ?

Il lève une main pour écarter les cheveux qui tombent dans mon cou, dévoilant ma peau nue pour y poser un baiser.

– Absolument.

J'essaie de résister au frisson qui me parcourt quand il frotte son nez sous mon oreille.

– Qu'est-ce que tu penses de Addictif, Cochon et Érotique ? murmure-t-il en me chatouillant de son souffle.

Le rire qui bouillonne dans ma gorge se transforme en soupir quand il mordille le lobe de mon oreille et suce doucement le petit creux juste en dessous.

– Hum, ça pourrait marcher.

Il passe ses bras autour de ma poitrine et je les caresse du bout des doigts. Je penche un peu plus la tête sur le côté pour lui donner accès à ma peau sensible quand mes ongles passent sur une ligne en zigzag sur son avant-bras droit.

– C'est une vilaine cicatrice. Quel exploit super viril as-tu réussi pour avoir ça ?

Je frémis en imaginant à quel point cela a dû être douloureux.

Il reste silencieux quelques minutes, m'embrasse la tempe et appuie sa joue contre la mienne, je le sens avaler sa salive.

– Rien qui vaille la peine d'en parler.

Il retombe dans son silence avant de changer de sujet.

– Tu pratiques le surf, Rylee ?

– Pas du tout. Et toi ?

Je bois une gorgée de vin tandis qu'il acquiesce dans un murmure.

– Tu as déjà essayé ?

– Non.

– Je devrais te montrer, un de ces quatre.

– Ce n'est probablement pas ce qu'il y a de mieux pour quelqu'un comme moi qui ai peur des requins.

– Tu te fiches de moi, là ?

Comme je ne réagis pas, il poursuit.

– Oh allez, ce serait marrant. Il n'y a pas de requins par ici.

– Va dire ça aux gens qui se sont fait croquer. Quand j'étais petite, j'en avais si peur que je refusais de nager dans notre piscine parce que je croyais qu'ils allaient sortir de la bonde pour venir me manger.

Bien qu'il soit derrière moi, je me couvre le visage pour cacher ma gêne.

Colton se met à rire.

– Ah, Rylee, personne ne t'a jamais dit qu'il y a des choses beaucoup plus dangereuses sur la terre ferme ?

Si. Toi.

Alors que j'essaie de réfléchir à une réponse spirituelle, mon oreille saisit au vol la chanson qui sort des haut-parleurs.

– Super chanson.

Colton s'immobilise pour écouter la musique et je le sens hocher la tête contre la mienne.

– Pink, c'est ça ?

– Hmm-hmm. « Glitter In The Air ».

Je réponds distraitement en écoutant les paroles d'une des chansons que nous préférons, Haddie et moi, depuis toujours. Colton passe les mains sur mes bras et commence à me masser les épaules. Ses mains puissantes trouvent exactement la bonne pression.

– C'est divin.

Mon corps déjà très détendu se transforme en guimauve sous ses doigts experts.

– Tant mieux. Détends-toi.

Je ferme les yeux et je me laisse aller en fredonnant sur la chanson. Colton passe les doigts tout le long de ma colonne vertébrale puis me masse les reins, et ma tête retombe mollement sur le côté sous l'effet de cette sensation sublime.

– Là, c'est le meilleur passage.

Je chante en même temps, émue par les paroles, comme chaque fois que je les entends.

« *Tu es là, assis dans le jardin, en tenant ma tasse de café, m'appelant mon chou. Tu m'as appelée mon chou.* »

– Je ne vois pas. Pourquoi est-ce le meilleur passage ?

– Parce que c'est le moment où elle se rend compte qu'il l'aime.

Je souris doucement.

– Dis donc, Rylee, tu es une incurable romantique, non ?

– Oh, ça va.

Je me déplace pour le frapper, mais Colton attrape mon poignet au vol et m'attire contre lui. Ses lèvres se posent sur les miennes et les frôlent langoureusement avant de les lécher. Il a le goût du chocolat et de la bière et de tout ce qui fait Colton. Il me caresse la tête d'une main pendant que l'autre se balade sur mes cuisses nues. Il me caresse du bout des doigts, sans impatience, sans s'arrêter sur un endroit en particulier. Je pourrais faire durer ce moment pour toujours, détendue par ses caresses.

Il pose un petit baiser sur le bout de mon nez avant d'appuyer son front sur le mien, sa main toujours sur ma nuque, ses doigts emmêlés dans mes cheveux, son souffle jouant sur mes lèvres.

– Rylee ?

– Hmm-hmm, Ace ?

– Passe la nuit avec moi, dit-il d'une voix douce.

Je me fige en retenant mon souffle. *Putain !* Je perçois l'émotion sous sa requête et je sens un changement par rapport à la dernière fois où il m'a dit ça. Il ne le dit pas parce qu'il se sent obligé de le dire mais parce qu'il en a vraiment envie.

– C'est la première fois que je dis ça en le pensant sincèrement, Rylee.

Il y a dans sa voix une supplique muette qui me va droit au cœur. Il m'entoure de ses bras, en me berçant sur ses genoux, et m'attire avec lui en se laissant aller dans le transat, ses doigts jouant dans mes cheveux. Je garde le silence en essayant de débarrasser ma voix de toute émotion avant de parler.

– Hmm. Je ne crois pas que je pourrais bouger même si je le voulais.

– Tu restes ?

Je suis surprise par l'empressement qui perce dans sa voix.

– Oui.

– Dans ce cas… je pourrais bien être obligé d'abuser de toi, encore une fois.

– Encore ?

Je me mets à rire. Pour toute réponse, il m'attrape par les hanches, me soulève et m'assied à cheval sur lui. Il me positionne de telle façon que nos corps se moulent parfaitement l'un sur l'autre, chacun de ses mouvements se transmet à travers le fin tissu de ma culotte et m'atteint juste au bon endroit.

Il se redresse et m'embrasse violemment, sa langue plonge entre mes lèvres entrouvertes, ses mains pressent mon corps contre lui avec autorité. Mon désir de tout ce qui vient de lui me fait tourner la tête.

– J'ai trop envie de toi, Rylee. Tu es addictive.

Il entrecoupe ses paroles de baisers dans mon cou. Je porte les mains à son visage, caressant du doigt sa barbe drue, et je relève sa tête pour le regarder dans les yeux.

– Je sais.

Du regard, je lui dis que je suis addict, moi aussi. Ses mâchoires se contractent un instant avant qu'il n'écrase sa bouche sur la mienne, reconnaissant implicitement le lien qui nous unit et qui nous est aussi nécessaire que l'air que nous respirons.

– Chevauche-moi.

Un ordre simple, mais la façon dont il le dit – comme si la Terre allait arrêter de tourner si je n'obéis pas – me fait reculer. Je plonge dans son regard, si hypnotique, si intense et si chargé de désir que je ne refuserais pas même si je pouvais.

Alors je commence à bouger, en me livrant à lui. Encore une fois.

CHAPITRE 25

L'air frais qui effleure ma peau contraste radicalement avec la chaleur irradiant du corps qui se presse contre moi. Mon cerveau embrumé par le sommeil s'éclaircit lentement quand j'ouvre les yeux, réveillée en sursaut par la lumière du jour qui entre par les fenêtres ouvertes.

J'essaie de changer de position dans ce lit outrageusement confortable. J'ai besoin d'étirer mes muscles courbatus, ce qui m'étonne, jusqu'à ce que la mémoire me revienne. Du sexe, du sexe et encore du sexe. Un sourire satisfait passe sur mes lèvres.

Colton est enroulé autour de moi comme une liane. Il est couché sur le côté, une jambe pliée jetée sur la mienne, et sa main est déployée dans un geste possessif sur ma poitrine nue, tenant mon sein dans sa paume. Je tourne la tête et je vois la sienne posée à moitié sur mon oreiller et à moitié sur le sien.

J'en profite pour étudier son visage, les angles, les épais cils noirs sur sa peau dorée, la courbe de son nez. Je tends la main pour repousser une mèche folle qui pend sur son front, en faisant attention à ne pas le réveiller. Quand il dort, son expression taciturne et dangereuse est adoucie par ses cheveux emmêlés, par l'absence de cette intensité qu'il porte sur lui comme un badge de protection et par la disparition de la tension dans sa mâchoire. Je suis heureuse de saisir cet instant rare : voir Colton vulnérable et détendu.

En l'admirant, je repense à la nuit dernière. Je me rappelle l'attention totale et inconditionnelle qu'il a portée à tous mes désirs. Je songe aux nouvelles expériences auxquelles il m'a initiée et au plaisir qu'il a instillé en moi. Mes pensées dérivent vers des liens de cuir, des œufs vibromassants, des cubes de glace insérés pour fondre au cours de notre union, et reviennent sur la frontière ténue qui sépare la douleur du plaisir. Je me rappelle comment il m'a fait ressentir le lent et doux avant de me pousser au bord de la perte de conscience avec le dur et rapide. Comment, à la lumière de la lune, dans ce lit immense, il s'est penché sur moi, le regard intense, et d'une voix suppliante m'a demandé de me soumettre à lui. M'a demandé de m'en remettre à lui pour décider de ce que mon corps pouvait supporter et quel seuil il pouvait atteindre. Et à ce moment-là, j'étais tellement fascinée que je me suis livrée à lui sans conditions et sans arrière-pensées. J'ai accepté, sachant qu'il possédait déjà mon esprit, mon cœur et mon corps.

Plus tard, alors que le sommeil me gagnait, dans la chaleur de son corps collé contre le mien, avec ses lèvres posées délicatement sur mes cheveux, j'ai douté de ma raison. Avant de sombrer dans le sommeil, je me suis demandé à quel enfer je m'exposais en acceptant sa requête en apparence bien innocente, car ce qui paraît simple sous le clair de lune l'est beaucoup moins quand le jour se lève au matin.

À côté de moi, Colton change de position, il se retourne et me tourne le dos en tirant la couverture. La fraîcheur me fait frissonner, mais je suis contente de pouvoir étirer mes muscles fatigués. Je fais la grimace en pliant les pieds et en étendant les jambes. Je peux dire que je n'ai pas été traitée comme une poupée de porcelaine cette nuit, mais mon corps a aimé ça lui aussi.

Je commence à avoir froid. Je contemple les muscles bien dessinés du dos de Colton et je me retourne pour coller mon corps contre le sien et savourer la délicieuse sensation de ma peau nue contre la sienne. Mon menton est posé sur son épaule, mes seins appuyés contre son dos, et j'enroule mes bras autour de lui. Je passe distraitement le bout des doigts sur sa poitrine et je me rendors tranquillement.

Je viens à peine de m'endormir quand Colton pousse un cri soudain, le plus poignant, le plus sauvage que j'aie jamais entendu. Je me fige, paralysée par la peur, mais il se débat violemment et me donne un énorme coup de coude dans l'épaule.

Un cri étranglé sort de sa bouche.

– Non !

Il bondit hors du lit et tourne en rond, les jambes écartées, les genoux fléchis, les poings serrés devant son visage. Un visage qui reflète une folle terreur : les yeux arrondis au regard hanté, qui papillotent, les dents serrées et les muscles de son cou étirés à craquer. Sa poitrine se soulève par à-coups, son corps se tend et vibre sous l'effet d'une vigilance aiguë. La sueur perle sur son front.

Je porte machinalement la main à mon épaule douloureuse. Je tremble sous l'effet de la poussée d'adrénaline, choquée par ce qui vient de se passer. Si je n'avais jamais été témoin de ce genre de réaction à un cauchemar, chez les gamins dont je m'occupe, j'aurais été encore plus effrayée. Si Colton n'avait pas ce regard terrorisé, ça m'aurait fait rire de le voir là comme ça, nu, l'air prêt à se battre. Mais je sais que ce n'est pas une plaisanterie. Je comprends que Colton fait régulièrement ce rêve, surgi de ce passé qui le poursuit silencieusement et qui continue à le traumatiser quotidiennement.

Je fais rouler mon épaule qui continue à me faire souffrir.

– Colton.

Je l'appelle d'une voix calme pour ne pas le réveiller en sursaut.

Son regard devient plus précis et la tension dans sa posture diminue progressivement. Il tourne la tête et me regarde, une foule d'émotions se bousculent dans ses yeux : la gêne, la honte, le soulagement, la peur et l'appréhension.

– Oh, bordel !

Un soupir tremblant s'échappe de ses lèvres et il se passe les mains sur le visage pour en effacer la peur. On n'entend dans toute la pièce que sa respiration haletante, le frottement de ses mains sur sa barbe naissante et le bruit des vagues.

– Bordeeeel !

Il plisse les yeux en me voyant masser mon épaule. Je vois ses poings qui s'ouvrent et qui se ferment quand il se rend compte qu'il m'a fait mal. Je ne bouge pas quand ses épaules s'affaissent et qu'il baisse les yeux.

– Rylee… je…

Il se tourne brusquement et pose la main sur sa nuque en baissant la tête.

– Laisse-moi une minute, putain !

Il se précipite dans la salle de bains à grands pas.

Je remonte les draps sur ma poitrine et le regarde sortir, j'aimerais aller vers lui et lui dire des choses auxquelles il ne croit pas ou qu'il ne veut pas entendre. Je reste assise, indécise, quand j'entends le son parfaitement reconnaissable de Colton qui vomit. C'est comme un coup de couteau dans mon ventre, je ferme les yeux en serrant les paupières, je voudrais tellement pouvoir l'aider.

Le bruit de la chasse d'eau me parvient, suivi d'un juron étouffé, et puis le robinet qui coule et le bruit de la brosse à dents. Je sors du lit et j'enfile le t-shirt de Colton. Quand je l'entends soupirer de nouveau, j'entre dans la salle de bains pour m'assurer qu'il va bien. Nous restons immobiles. Il regarde fixement l'eau qui coule du robinet. Son angoisse, palpable, flotte dans l'air entre nous. Il se passe une serviette sur le visage et se tourne vers moi. Quand il abaisse la serviette, le regard fixe qu'il pose sur moi n'est pas le sien. Celui dont je suis tombée amoureuse. C'est un regard mort. Froid. Dépourvu d'émotions. Le muscle de sa mâchoire tressaute et les tendons de son cou sont près de craquer tandis qu'il se racle la gorge.

– Colton…

Le regard assassin que ses yeux vitreux posent sur moi me réduit au silence.

– C'est bon, Rylee. Il faut que tu partes maintenant.

Il prononce cette sentence d'un ton neutre. Aussi vidé de substance que son regard.

Mon cœur défaille. Que lui est-il arrivé ? Quel souvenir, pour anéantir cet homme vibrant de passion ?

– Colton…

Mon ton est suppliant.

– Va-t'en, Rylee. Je ne veux pas de toi ici.

Ma lèvre inférieure se met à trembler. Je ne peux pas croire qu'il pense ce qu'il dit après la soirée et la nuit que nous avons passées. J'ai vu ses sentiments dans ses yeux hier soir. J'ai senti dans sa façon d'être ce qu'il ressentait pour moi. Et maintenant… je le regarde, sidérée. Je ne reconnais plus l'homme qui se tient devant moi.

Je ne sais pas trop quoi faire. Quand je fais un pas en avant, je l'entends grincer des dents. J'ai travaillé avec des enfants traumatisés, mais là, je sors de mon domaine. Je baisse les yeux sur mes mains crispées l'une sur l'autre.

– Je veux juste t'aider.

– Fous le camp !

Son rugissement me fait relever la tête si brusquement que j'ai le temps de saisir l'étincelle de colère brute qui ranime ses yeux morts.

– Fous le camp, bordel ! Je ne veux plus te voir ! Je n'ai pas besoin de toi !

Je me fige, paralysée par cette colère injustifiée.

– Tu ne penses pas ce que tu dis.

– Un peu que je le pense !

Il hurle et le son de sa voix résonne sur les carreaux de pierre. Nous nous regardons fixement tandis que je digère ce qu'il vient de dire. Il s'avance vers moi, menaçant, mais je me contente de le regarder sans bouger, en secouant la tête. Il jette la serviette de toilette en jurant, le tintement des flacons de verre qu'elle renverse résonne dans le silence absolu de la salle de bains. Il me regarde de nouveau en serrant et desserrant la mâchoire. Quand il parle, son ton est terriblement cruel.

– Je t'ai baisée, Rylee, et maintenant j'en ai assez de toi ! *Tu étais prévenue, je t'avais dit que c'était tout ce dont j'étais capable, chérie…*

Il fronce les sourcils un instant quand les larmes qui brûlaient ma gorge me montent aux yeux et se mettent à couler sans que je puisse les retenir. La dureté de ses paroles me retourne l'estomac et me déchire le cœur. Ma tête ordonne à mes jambes de bouger, de partir, mais mon corps ne veut rien entendre. Comme je reste plantée là, en pleine sidération, il attrape mon sac sur le meuble du lavabo et me le colle dans les bras en me poussant dehors.

– Barre-toi !

Il serre les dents. Sa respiration est haletante. Son pouls bat sur sa tempe. Ses poings se serrent.

– J'en ai déjà marre de toi. Tu ne vois pas que tu m'ennuies ? Tu as rempli ton office. Un moyen de me distraire vite fait pour passer le temps. Maintenant, c'est fini. Tire-toi !

Les yeux aveuglés par les larmes, j'attrape mon sac et je dévale les escaliers sans regarder où je vais. Je sens le poids de son regard dans mon dos. Je traverse la maison en courant, la gorge serrée et incapable de réfléchir. Ma poitrine me fait si mal que la douleur irradie à chaque respiration que je prends. Je suis en pleine confusion, l'humiliation est insupportable. Et mes regrets sont immenses parce que je pensais que ce que nous partagions avait vraiment du sens.

Je me retrouve brutalement devant la porte, dans le soleil brillant du petit matin, mais j'ai l'impression d'être dans le noir. Je titube, laisse tomber mon sac et tombe sur les genoux. Je reste comme ça sans bouger, les yeux ouverts sur ce matin splendide sans rien voir de sa beauté.

Je ne retiens pas les larmes qui ruissellent sur mon visage.

Ni l'humiliation qui m'anéantit.

Et je sens mon cœur voler en éclats.

FIN

À PROPOS DE L'AUTEUR

K. Bromberg est cette femme réservée, assise dans son coin, qui a réussi à tromper son monde en dissimulant l'enfant rebelle qui est en elle – celle qu'elle laisse s'exprimer chaque fois qu'elle s'installe devant le clavier de son ordinateur.

C'est une épouse, une maman, qui élève des enfants, une ramasseuse de jouets qui traînent, un chauffeur, une résidente permanente du site de Webslinger, une inconditionnelle des Lalaloopsy, une multi-tâche qui s'habille comme une poupée American Girl. Elle aime agrémenter ses Diet Coke de rhum, écouter la musique fort et garder dans ses placards une réserve secrète de chocolat.

K. vit en Californie avec son mari et ses trois enfants. Quand elle ressent le besoin de s'évader du chaos de son quotidien, on peut être certain de la trouver sur le tapis roulant ou en train de dévorer un bon roman, bien épicé, sur sa liseuse Kindle.

Fueled est le second roman que K. Bromberg a publié et le deuxième volume très attendu de la « Driven Trilogy ». *Driven*, son premier roman, le tome 1 de la série, a reçu un très bon accueil de la critique.

Le voyage de Colton et Rylee se poursuit dans le tome 2 de la trilogie « Driven »

FUELED

Composition et mise en pages
Nord Compo à Villeneuve-d'Ascq